百篇古诗文精选注析

李中生　彭玉平　孙洪伟　吴吉煌　夏令伟　编著

中山大学出版社
·广州·

版权所有　翻印必究

图书在版编目（CIP）数据

百篇古诗文精选注析/李中生，彭玉平，孙洪伟，吴吉煌，夏令伟编著．—广州：中山大学出版社，2015.8
　ISBN 978 - 7 - 306 - 05382 - 4

　Ⅰ.①百…　Ⅱ.①李…②彭…③孙…④吴…⑤夏…　Ⅲ.①古典诗歌—诗歌欣赏—中国②古典散文—散文欣赏—中国　Ⅳ.①I206.2

　中国版本图书馆 CIP 数据核字（2015）第 175373 号

出版人：徐　劲

策划编辑：嵇春霞
责任编辑：嵇春霞
封面设计：曾　斌
责任校对：向晴云
责任技编：何雅涛
出版发行：中山大学出版社
电　　话：编辑部 020 - 84111996，84113349，84111997，84110779
　　　　　发行部 020 - 84111998，84111981，84111160
地　　址：广州市新港西路 135 号
邮　　编：510275　　　传　真：020 - 84036565
网　　址：http://www.zsup.com.cn　E-mail：zdcbs@ mail.sysu.edu.cn
印　刷　者：广东省农垦总局印刷厂
规　　格：787mm×1092mm　1/16　15.25 印张　307 千字
版次印次：2015 年 8 月第 1 版　2018 年 1 月第 2 次印刷
定　　价：29.00 元

如发现本书因印装质量影响阅读，请与出版社发行部联系调换

编写说明

本书是在自印教材《中山大学中文系本科生百篇古文阅读文本》(简称《古文阅读文本》)的基础上增删修订而成的。

中山大学中文系历来有"固本培元"的办学理念。"古代汉语""中国古代文学史"这两门课程可以说是中文系汉语言文学专业"语""文"之"本""元"。而古文文选阅读就像是连接这"本""元"的一座桥梁。建造这样一座桥梁,对缺少古文阅读量的当今大学中文系学生来说十分重要。因此,早在2000年中山大学中文系的教师同仁就已共同商讨,着手为本科生开设"百篇古文阅读"课程。

2002年7月,我参加由北京大学中文系主办的全国重点高校中文系"古代汉语"教学研讨会,会上提出了开设"百篇古文阅读"课程的设想,得到与会众多专家的肯定。此后,又经过几年的调研考察,精选文章,最终从2005年开始在中山大学中文系开出这门课程,并定为本科生二年级的必修课,由古代汉语教研室负责教学任务。使用教材为自编自印教材,也就是《古文阅读文本》。

经过十年教学实践,这门课程的开设收获了可喜的成效。主要表现在三个方面。

第一,这一教学改革解决了长期以来高校中文系想解决又解决不好的问题——如何在"古代汉语""中国古代文学史"课程教学中落实一定数量的古文文选阅读,使理论不脱离实际,使课程的学习扎实深入。对于这个问题,国内高校同仁不是没有想到,只是囿于课时数、考核等因素,无法将一定数量的古文文选放到"古代汉语""中国古代文学史"这两门课程内做具体要求。而放到课外,又很难落到实处。我们将"百篇古文阅读"单独作为一门课开设并加以严格考核,同时教材所选诗文兼顾到各个时期、各种文体、各种类型乃至各个流派的文章,这就同时解决了"古代汉语"和"中国古代文学史"这两门课程对学生文选阅读的要求。

第二,在能力培养方面,"百篇古文阅读"课程不仅仅是古文阅读能力的训练,我们在设计这门课程的时候还充分考虑了它对学生多方面能力的培养。从教学实施上看,阅读理解是这门课程的首要要求,但却不是唯一的考核标准。我们结合课程举行古诗文朗诵比赛,规定每位同学必须参加,并纳入考核范围。这样做的目的是希望学生在诵读过程中,通过情感的体会把握、语气的抑扬顿挫、衣着动作的整体配合，以及在观众面前诵读的从容不迫等素质的培养提高自身的口头表达能力。此外，我们在选择古文篇目时还充分考虑入选作品的语言典范性以及在写作技巧上对学习者的借鉴意义。希望学生能通过美文、范文的阅读，潜移默化，在提高审美情趣的同时，提高自身的写作能力。十年来，我们看到了"百篇古文阅读"课程对学生各种能力培养的显著成效。

第三，在人格涵养方面，一个合格的中文人才不仅要有良好的阅读理解和语言表达能力，更重要的还在于要有良好的道德修养和人文底蕴。中国古代诗文是古人道德品格和人性修养的集中体现。不仅我们所选的一些诸子经典能够很好地涵养学生人格，而且我们所选的文学作品，也能使学生透过语言文字触摸到历史上那些杰出文学家的脉搏，体会到他们的所感、所思，并将这些内在的蕴含融汇到自己的心灵，最终达成道德修养和人文底蕴的提升。十年来，我们同样看到"百篇古文阅读"课程在学生人格涵养上所起到的积极作用。

2010年2月，我到中山大学新华学院（二本、独立学院）工作，将"百篇古文阅读"课程移植到该校中文系，针对"二本"学生的实际情况，改"百篇古文阅读"为"六十篇古文阅读"，采用中山大学中文系的教材。这门课程经过五年实施，同样收到了上述几个方面的成效。

无论是中山大学中文系的"百篇古文阅读"课程，还是中山大学新华学院中文系的"六十篇古文阅读"课程，其实施成效的取得与编有一本适合阅读的教材是分不开的。课程建设与教材建设本来就密不可分，对于以学生课外阅读为主、教师课堂授课为辅的课程来说，《古文阅读文本》这本自编教材对"古文阅读"课程的实施无疑具有更加重要的作用。

尽管是未出版的自印教材，《古文阅读文本》也产生了一定的影响。这些年来，不少外系学生到中山大学中文系求购这本《古文阅读文本》。2012年，时任中山大学新华学院副院长的詹俊川教授看了这本教材之后，曾建议将中文系"六十篇古文阅读"课程加以推广，开成全院性公选课，使更多热爱文学、喜欢古文的学生有机会阅读经典古文，接受熏陶，涵养底蕴。

课程建设的成效以及教材存在的价值和意义，极大地增强了我们将自印教材出版推行的信心，于是也就有了眼前这本《百篇古诗文精选注析》。

出版前的修订工作，除了校勘注释的进一步翔实考证、认真斟酌，继续对选文进行甄别，尽量避免与中学语文教材、高校通行《古代汉语》教材选文上重复，从而提高教材的使用价值等等；还特别针对读者面的扩大以及如何方便读者自学做了一些改动，包括将原来的文前"题解"改为现在的文后"简析"，用简洁明快的短文替换原来文义比较艰深的长文，等等。

总之，眼前这本《百篇古诗文精选注析》比起其源本《中山大学中文系百篇古文阅读文本》，无论是选文、体例，还是校勘、注释，质量都高了许多。这首先要感谢而今一起构成中山大学中文系古汉语教研室中坚力量的孙洪伟、吴吉煌两位才俊,他们付出的心血最多;还要深深感谢中山大学中文系教授、博士生导师、珠江学者特聘教授彭玉平兄携博士后夏令伟的鼎力相助。先前我与孙洪伟、吴吉煌编写教材时,因不擅长而对其选文、注析感到有点心虚的诗、词、曲,有了玉平兄的热忱加盟,重新编选,精心注析,在新书中一变而成为最出彩的部分。

自印本教材十年后首次修订出版,除了有推而广之的愿望,还有能得到各方赐教的期盼。衷心地希望能得到各大学师生以及广大读者的批评指正。

李中生
2015 年 7 月 30 日

目 录

散文

季梁谏追楚师…………………………………《左传》(3)
祁奚请免叔向…………………………………《左传》(6)
鲍叔牙荐贤……………………………………《国语》(8)
王孙圉论楚宝…………………………………《国语》(10)
苏秦始将连横…………………………………《战国策》(12)
《论语》选章…………………………………《论语》(16)
不见诸侯………………………………………《孟子》(20)
伯夷伊尹柳下惠孔子…………………………《孟子》(22)
不材之木………………………………………《庄子》(24)
涸辙之鲋………………………………………《庄子》(26)
唯其当之为贵…………………………………荀 卿(27)
遍善非斗………………………………………荀 卿(29)
说难……………………………………………韩 非(31)
奇鬼……………………………………………《吕氏春秋》(36)
修身齐家治国平天下…………………………《礼记》(38)
风赋……………………………………………宋 玉(40)
田单传…………………………………………司马迁(43)
本议……………………………………………桓 宽(46)
苏武传（节选）………………………………班 固(52)
论盛孝章书……………………………………孔 融(56)
与吴质书………………………………………曹 丕(58)
与杨德祖书……………………………………曹 植(61)
登大雷岸与妹书………………………………鲍 照(65)
北山移文………………………………………孔稚圭(69)
别赋……………………………………………江 淹(74)
与朱元思书……………………………………吴 均(79)

篇名	作者	页码
春夜宴从弟桃花园序	李　白	(80)
进学解	韩　愈	(81)
送孟东野序	韩　愈	(85)
祭十二郎文	韩　愈	(88)
钴鉧潭记	柳宗元	(92)
钴鉧潭西小丘记	柳宗元	(94)
野庙碑	陆龟蒙	(96)
黄州新建小竹楼记	王禹偁	(99)
秋声赋	欧阳修	(101)
答司马谏议书	王安石	(104)
读孟尝君传	王安石	(107)
赠盖邦式序	马　存	(108)
文与可画筼筜谷偃竹记	苏　轼	(111)
游沙湖	苏　轼	(114)
上枢密韩太尉书	苏　辙	(115)
戊午上高宗封事	胡　铨	(117)
送秦中诸人引	元好问	(121)
登西台恸哭记	谢　翱	(123)
送何太虚北游序	吴　澂	(126)
大龙湫记	李孝光	(129)
秦士录	宋　濂	(131)
寒花葬志	归有光	(134)
答茅鹿门知县书	唐顺之	(135)
杂说	李　贽	(139)
叙小修诗	袁宏道	(142)
避风岩记	张明弼	(145)
西湖七月半	张　岱	(149)
李龙眠画罗汉记	黄淳耀	(151)
狱中上母书	夏完淳	(153)
李姬传	侯方域	(156)
阎典史传	邵长蘅	(159)
梅花岭记	全祖望	(165)
哀盐船文	汪　中	(168)
少年中国说	梁启超	(172)

目录

诗

柏舟	《诗经》	(183)
湘君	屈 原	(185)
涉江采芙蓉	《古诗十九首》	(187)
白马篇	曹 植	(188)
咏怀诗（其一）	阮 籍	(190)
读山海经	陶渊明	(191)
感遇（其二）	陈子昂	(192)
终南别业	王 维	(193)
岁暮归南山	孟浩然	(194)
芙蓉楼送辛渐	王昌龄	(195)
答王十二寒夜独酌有怀	李 白	(196)
戏为六绝句（其五）	杜 甫	(198)
山石	韩 愈	(199)
旧将军	李商隐	(200)
春日	苏 轼	(201)
病起荆江亭即事十首（其一）	黄庭坚	(202)
小园（其三）	陆 游	(203)
秋望	李梦阳	(204)
己亥杂诗（其四）	龚自珍	(205)
叶遐庵自香港寄诗询近状赋此答之	陈寅恪	(206)

词

更漏子（玉炉香）	温庭筠	(209)
菩萨蛮（劝君今夜）	韦 庄	(210)
采桑子（笙歌放散）	冯延巳	(211)
浪淘沙（往事只堪哀）	李 煜	(212)
踏莎行（小径红稀）	晏 殊	(213)
鹧鸪天（醉拍春衫）	晏几道	(214)
凤栖梧（伫倚危楼）	柳 永	(215)
八声甘州（有情风万里）	苏 轼	(216)
八六子（倚危亭）	秦 观	(217)
西河（佳丽地）	周邦彦	(218)
武陵春（风住尘香）	李清照	(219)

贺新郎（绿树听鹈鸠）……………………………… 辛弃疾（220）
踏莎行（燕燕轻盈）………………………………… 姜　夔（222）
八声甘州（渺空烟四远）…………………………… 吴文英（223）
摊破浣溪沙（一霎灯前醉不醒）…………………… 纳兰性德（225）
减字浣溪沙（惜起残红泪满衣）…………………… 况周颐（226）
浣溪沙（已落芙蓉并叶凋）………………………… 王国维（227）

曲

〔仙吕〕醉中天·咏大蝴蝶 ……………………… 王和卿（231）
〔双调〕寿阳曲·山市晴岚 ……………………… 马致远（232）
〔双调〕折桂令·村庵即事 ……………………… 张可久（233）

散文

季梁谏追楚师①

《左传》②

楚武王侵随③,使薳章求成焉④,军于瑕以待之⑤。随人使少师董成⑥。斗伯比言于楚子曰⑦:"吾不得志于汉东也,我则使然。⑧我张吾三军而被吾甲兵⑨,以武临⑩之,彼则惧而协来谋我,故难间⑪也。汉东之国,随为大。随张⑫,必弃⑬小国。小国离,楚之利也。少师侈⑭,请羸师以张之⑮。"熊率且比⑯曰:"季梁在,何益?"⑰斗伯比曰:"以为后图,少师得其君。"⑱王毁军而纳少师⑲。

少师归,请追楚师。随侯将许之。季梁止之,曰:"天方授楚⑳。楚之羸,其

---

① 本文选自阮元校勘本《春秋左传正义》卷六。
② 《左传》:我国古代第一部编年体史书,记述鲁隐公元年(前722年)至鲁哀公二十七年(前468年)的春秋各国史事,相传是鲁国的史官左丘明为《春秋》所作的传(古代辅翼解释经书的书称为"传"),所以称为"左传"。
③ 楚武王:名熊通。侵:不设钟鼓地进犯。随:姬姓诸侯国,在今湖北随州市。
④ 薳(wěi)章:楚国大夫。成:和解,媾和。焉:相当于介词"于"加代词宾语,这里是"向随国"的意思。
⑤ 军:(军队)驻扎。瑕:随国地名。之:代词,代求成的结果。
⑥ 少(shào)师:官名,其人姓名不详。董成:主持和谈。董:主持。
⑦ 斗伯比:楚国大夫。楚子:楚国国君为子爵,其君统称楚子。
⑧ "吾不得志"两句:我国不能实现把势力范围扩大到汉水以东的愿望,是因为我们自己失策造成的。然:指示代词,指这种情况。
⑨ 张:陈列。被:披,这个意思后来写作"披"。兵:兵器。
⑩ 临:这里指对付。
⑪ 间(jiàn):离间。
⑫ 张:骄傲自大。
⑬ 弃:这里指轻视。
⑭ 侈:骄横放纵。
⑮ 羸(léi):弱,这里是使动用法,使……现出弱象。张:使动用法,使……骄傲自大。
⑯ 熊率(lǜ)且(jū)比:楚国大夫。
⑰ "季梁"两句:季梁是随国贤者。这句是说季梁会劝谏随侯,使我们的计划不能实现。
⑱ "以为后图"两句:用羸师的办法为以后做打算。这次或许随侯会听从季梁的劝说不盲目进攻,但少师深得随侯的宠信,随侯终将听信少师的意见轻敌冒进,我们的计谋还是能够成功的。按:鲁桓公八年,楚国再次伐随,随侯果然不听季梁而从少师,招致惨败。
⑲ 毁军:毁坏军容使之呈现疲弱之状。纳:让……进来。
⑳ 天方授楚:上天正向楚国授命,即帮助楚国。

诱我也。君何急焉？臣闻：小之能敌大也①，小道大淫②。所谓道，忠于民而信于神也。上思利民，忠也；祝史正辞，信也③。今民馁④而君逞欲，祝史矫举⑤以祭，臣不知其可也。"公曰："吾牲牷肥腯⑥，粢盛丰备⑦，何则不信？"对曰："夫民，神之主也⑧，是以圣王先成民⑨，而后致力于神⑩。故奉⑪牲以告曰：'博硕肥腯⑫。'谓民力之普存⑬也，谓其畜之硕大蕃滋⑭也，谓其不疾瘯蠡⑮也，谓其备腯咸有也⑯。奉盛以告曰：'絜⑰粢丰盛。'谓其三时不害⑱而民和年丰也。奉酒醴⑲以告曰：'嘉栗旨酒⑳。'谓其上下皆有嘉德而无违心也。所谓馨香，无谗慝也。㉑故务其三时、修其五教㉒、亲其九族㉓，以致其禋祀㉔，于是乎民和而神降之福㉕，故动则有成。今民各有心，而鬼神乏主，君虽独丰，其何福之有？君姑修政而亲兄弟之国，庶㉖免于难。"随侯惧而修政，楚不敢伐。

① 小、大：指小国、大国。敌：抗衡。
② 道：有道。淫：放纵。
③ "祝史"两句：祝史说实话，不欺骗鬼神，就是对鬼神诚信。祝史是主持祭祀祈祷的官。
④ 馁（něi）：饥饿。
⑤ 矫举：诈报功德。
⑥ 牲牷（quán）：牲指供祭祀、盟誓和食用的家畜，牷指色纯而完整的祭牲，牲牷泛指祭祀用的牛羊猪等。肥腯（tú）：同义复词，腯指肥壮。
⑦ 粢盛（zī chéng）：盛在祭器里供神享用的食物。黍稷叫粢，装在器皿里叫盛。丰备：既多又全。
⑧ "夫民"两句：人民的情况如何是鬼神行事的依据。
⑨ 先成民：首先做对人民有利的事。
⑩ 致力于神：指虔诚地祭祀。
⑪ 奉：进献。
⑫ 博硕肥腯：又多又大又肥壮。博：多。硕：大。
⑬ 普存：指普遍富裕。
⑭ 蕃滋：繁殖快。
⑮ 瘯蠡（cù luǒ）：六畜的皮肤病，一说是一种结核病。
⑯ 备腯咸有：肥美祭牲应有尽有。以上四句分别对应"博""硕""肥""腯"。
⑰ 絜：通"洁"，洁净。
⑱ 三时不害：不要妨害百姓春夏秋三季的农时。
⑲ 醴（lǐ）：甜酒。
⑳ 栗：量器（章炳麟说）。旨：味美。
㉑ "所谓"两句：祭品的馨香还需要祭祀者的德行与之相符。馨香：（祭品）香美，总括"博硕肥腯""絜粢丰盛""嘉栗旨酒"三者。谗慝（chán tè）：谗谀邪恶。
㉒ 五教：父义、母慈、兄友、弟恭、子孝。
㉓ 九族：高祖、曾祖、祖父、父亲、自己、儿子、孙子、曾孙、玄孙。一说父族四代、母族三代、妻族二代为九族。
㉔ "以致"句：拿这些来祭祀神灵。致：奉献，献纳。禋：祭祀。
㉕ 之：代国君。福：保佑。
㉖ 庶：或许。

散文

【简析】

　　选文主要记录了楚国和随国两个谋臣的言论，其中季梁的定国之策尤其值得注意。他提出要"忠于民而信于神""先成民，而后致力于神""务其三时、修其五教、亲其九族，以致其禋祀"，强调百姓是鬼神之主，只有百姓富足，鬼神才会庇佑。也就是说，并不是仅仅祭品丰富就能取信于神、得到神的福佑。在民事和神事之间，民事更为重要，这种"先民后神"的观念是一种民本主义思想，也反映了当时人的宗教观念已有理性化的一面。

　　文中还较为详细地介绍了祭祀时奉献的物品、祭祀时的祝祷之辞和祝辞的用意所在，这也有助于我们了解春秋时期的祭祀制度。

祁奚请免叔向①

《左传》

  栾盈出奔楚。宣子杀羊舌虎，囚叔向。② 人谓叔向曰："子离③于罪，其为不知④乎？"叔向曰："与其死亡若何？⑤ 《诗》曰：'优哉游哉，聊以卒岁。'⑥ 知也。"

  乐王鲋⑦见叔向曰："吾为子请。"⑧ 叔向弗应，出不拜⑨。其人皆咎叔向⑩。叔向曰："必祁大夫。"⑪ 室老⑫闻之，曰："乐王鲋言于君无不行，求赦吾子，吾子不许；祁大夫所不能也⑬，而曰必由之，何也？"叔向曰："乐王鲋从君⑭者也，何能行？祁大夫外举不弃仇，内举不失亲⑮，其独⑯遗我乎？《诗》曰：'有觉德行，

---

 ① 本文选自阮元校勘本《春秋左传正义》卷三十四，文首略有删节。
 ② "栾盈"三句的背景：栾氏和范氏都是晋国很有权势的大族。栾盈和范鞅为两族的公族大夫，两人不和。栾盈的母亲与家臣私通，怕栾盈会处罚他们，就向范鞅的父亲范宣子诬告，说栾盈要杀掉范宣子来夺取其权位。范鞅也在旁边煽风点火，说自己可以作证。范宣子本来就有些畏惧栾盈，因此设计把栾盈赶走，大杀栾氏一党。叔向是晋国大夫，一向不介入贵族之争，但因为他的弟弟羊舌虎是栾党，所以也被抓起来了。
 ③ 离：通"罹"，触犯。
 ④ 知：聪明，这个意思后作"智"。
 ⑤ "与其"句：（被囚）跟死亡比起来算什么呢？
 ⑥ "优哉"两句：逍遥啊自在，姑且这样度过光阴。这里是说自己不介入各大家族的争斗。这两句诗不见于今本《诗经》，是逸诗。
 ⑦ 乐王鲋（fù）：晋侯的宠臣。
 ⑧ 吾为子请：我替你去请求晋侯（赦免你）。
 ⑨ 出不拜：乐王鲋离开的时候，叔向不拜送。
 ⑩ 其人：指叔向的手下。咎：责怪。
 ⑪ 这句是说，能救我的一定是祁奚。祁大夫：指祁奚。
 ⑫ 室老：羊舌氏的家臣首领。
 ⑬ 所不能：做不到的。这句是说乐王鲋说的话晋侯全听从，这是祁奚做不到的。
 ⑭ 从君：指一味顺从国君。
 ⑮ "祁大夫"两句：祁大夫举荐族外的人时不舍弃自己的仇人，举荐族人时不舍弃自己的亲人。这是说祁奚大公无私。祁奚荐人事见《左传·襄公三年》。
 ⑯ 其：表反问的语气副词。独：偏偏。

四国顺之。'① 夫子②，觉者也。"

晋侯问叔向之罪于乐王鲋，对曰："不弃其亲，其有焉。"③

于是祁奚老矣④，闻之，乘驲而见宣子⑤，曰："《诗》曰：'惠我无疆，子孙保之。'⑥《书》曰：'圣有谟勋，明征定保。'⑦夫谋而鲜过，惠训不倦者，叔向有焉。社稷之固⑧也。犹将十世宥之，以劝能者⑨。今壹⑩不免其身，以弃社稷⑪，不亦惑乎？鲧殛而禹兴⑫；伊尹放大甲而相之，卒无怨色⑬；管、蔡为戮，周公右王⑭。若之何其以虎也弃社稷？子为善，谁敢不勉？多杀何为？"

宣子说，与之乘⑮，以言诸公而免之⑯。不见叔向而归，叔向亦不告免焉⑰而朝。

【简析】

选文着重刻画了叔向的临危不乱和有识人之明，以及祁奚的忠心为国和善于言辞。文中很多细节描写都很精彩，比如叔向被囚后镇定自若的应答，祁奚得知消息后迫不及待的举动，都很好地刻画了人物性格。选文结尾的部分也颇值得注意：祁奚救了叔向，并不去看他；叔向受到祁奚这么大的恩德，也不去致谢。这反映出两人坦荡的胸襟：救人为了国家，无涉私人的感情，祁奚并无意得到叔向的好感，叔向也不觉得要表示感谢。

---

① "有觉"两句：出自《诗经·大雅·抑》，意思是一个人品行正直，大家都会顺从他。有觉：正直的样子。有：形容词前缀。

② 夫子：古代对男子的敬称，这里指祁奚。

③ "不弃"两句：他不丢弃自己的亲人，恐怕参加了这场叛乱。其：表推测的语气副词。

④ 于是：在这个时候。老：告老退休。

⑤ 驲（rì）：古代驿站所用的传车。这时祁奚所居可能离晋国的都城很远，所以乘传车，取其快速。宣子：即范宣子。

⑥ "惠我"两句：出自《诗经·周颂·烈文》，有惠爱之德加于百姓，故子孙将受用无穷。

⑦ "圣有"两句：见于《尚书·胤征》，聪慧有谋略有教诲的人，要相信且爱护他。谟：谋略。勋：今本《尚书》作"训"，教诲。征：信。定：安。

⑧ 社稷之固：犹言国家的柱石。

⑨ "犹将"两句：即便他十代的子孙犯错也应当赦免，以鼓励有才能的人。劝：勉励。

⑩ 壹：同样，指跟普通人一样。

⑪ 弃社稷：犹言损害国家。

⑫ "鲧殛"句：传说鲧治水失败，舜流放了他，又起用他的儿子舜。这是讲父亲的过失不应影响儿子。殛（jí）：流放。

⑬ "伊尹"两句：伊尹是商汤之相，大甲是汤的孙子。传说大甲继位后无道，伊尹将他流放三年，等到他改过才让他复位，大甲对此全无怨恨。这是说不因为小怨而忘记大德。

⑭ "管、蔡"两句：管叔、蔡叔和周公都是周文王之子。管叔、蔡叔谋反，周公辅佐成王平定他们的叛乱。这是说兄弟的过错不互相影响。

⑮ 与之乘（shèng）：给他车。因为祁奚所坐的传车不能上朝。

⑯ "以言"句：向晋侯进言，晋侯释放了叔向。请：之于。

⑰ 不告免焉：不告诉祁奚自己被释放。

鲍叔牙荐贤①

《国语》②

桓公自莒反于齐③,使鲍叔为宰④。辞⑤曰:"臣,君之庸臣也。君加惠于臣,使不冻馁,则是君之赐也。若必治国家者,则非臣之所能也;若必治国家者,则其管夷吾乎⑥。臣之所不若夷吾者五:宽惠柔⑦民,弗若也;治国家不失其柄⑧,弗若也;忠信可结⑨于百姓,弗若也;制礼义可法于四方⑩,弗若也;执枹鼓⑪立于军门,使百姓皆加勇焉,弗若也。"桓公曰:"夫管夷吾,射寡人中钩⑫,是以滨⑬于死。"鲍叔对曰:"夫为其君勤也⑭;君若宥而反之⑮,夫犹是⑯也。"桓公曰:"若何⑰?"鲍叔对曰:"请诸鲁⑱。"桓公曰:"施伯⑲,鲁君之谋臣也,夫知吾将用

---

① 本文选自徐元诰《国语集解》(中华书局 2002 年版)。鲍叔牙:春秋时齐国大夫。
② 《国语》:我国第一部国别体史书,分别记载了西周末年到春秋时(约前 967—前 453 年)周、鲁、齐、晋、郑、楚、吴、越八国 500 多年的史事。以记言为主,多记载各国卿大夫有关政治的言论,其中许多珍贵的史料可与《左传》相参证,具有较高的史料价值。相传其作者为左丘明,不过从西晋至今,有很多学者都表示怀疑。
③ 这句话的背景是,齐襄公(桓公之兄)时,国内混乱,管仲辅佐公子纠逃到鲁国,鲍叔辅佐小白逃到莒国(今山东省南部)。后襄公为公孙无知所杀,公孙无知做了国君。不久公孙无知也被杀,小白和纠争做齐君。管仲辅佐公子纠,曾带兵截击小白,射中小白的带钩。小白逃回齐国,做了国君,即齐桓公。自莒(jǔ)反于齐:从莒回到齐国国君。
④ 宰:卿相。
⑤ 辞:谢绝。
⑥ 其:表示测度的语气副词。管夷吾:即管仲,夷吾是他的名。
⑦ 柔:安抚。
⑧ 柄:本,根本。指治国的准则。
⑨ 结:交结。
⑩ 法于四方:被四方效法、遵守。
⑪ 枹(fú)鼓:枹,鼓槌。战阵之间,击鼓以振作士气。
⑫ 钩:衣带上的钩。
⑬ 滨:迫近,这个意思又写作"濒"。
⑭ "夫为"句:他是为他的国君辛劳。夫:那人,指管仲。以下两个"夫"字同。其君:指公子纠。勤:辛苦。
⑮ 宥(yòu)而反之:宽恕了他而使他回来。反:后写作"返"。
⑯ 夫犹是:他也会像这样。是:指代"为其君勤",这里指为桓公辛劳。
⑰ 若何:怎么办,意思是怎样能让管仲回来。
⑱ 请诸鲁:向鲁国请求。诸:之于。
⑲ 施伯:鲁国大夫。

之，必不予我矣，若之何①？"鲍子对曰："使人请诸鲁，曰：'寡君有不令之臣②在君之国，欲以戮于群臣③，故请之。'则予我矣。"

桓公使请诸鲁，如鲍叔之言。庄公以问施伯，对曰："此非欲戮之也，欲用其政④也。夫⑤管子，天下之才⑥也，所在之国则必得志于天下⑦。令彼在齐，则必长为鲁国忧⑧矣。"庄公曰："若何？"施伯对曰："杀而以其尸授之。"庄公将杀管仲，齐使者请曰："寡君欲亲以为戮⑨，若不生得以戮于群臣，犹未得请也⑩，请生之⑪。"于是庄公使束缚以予齐使⑫，齐使受之而退。

【简析】
　　文章记述了齐桓公即位以后，深知管仲之才的鲍叔牙向齐桓公推荐管仲，并设巧计迎回管仲的故事，赞扬了鲍叔牙举贤荐能、甘居人下的高风亮节和齐桓公重视人才、不计前嫌的博大胸怀。

---

① 若之何：拿这种情况怎么办。之：代"鲁国不与"的情况。
② 不令之臣：不好的臣子。令：善。
③ 戮于群臣：在群臣面前杀了他。
④ 用其政：用他的执政能力，用他执政。
⑤ 夫：句首语气词。
⑥ 天下之才：治理天下的才士。
⑦ 得志于天下：指称霸天下。
⑧ 长为鲁国忧：长期成为鲁国的忧患。
⑨ 亲以为戮：亲自杀掉他。
⑩ 犹未得请也：好像没有满足请求呀。
⑪ 请生之：请使他活着。生：这里是使动用法。
⑫ 束缚以予齐使：捆起（管仲）来交给齐国的使臣。

王孙圉论楚宝①

《国语》

　　王孙圉聘②于晋,定公飨③之。赵简子鸣玉以相④,问于王孙圉曰:"楚之白珩⑤犹在乎?"对曰:"然。"简子曰:"其为宝也,几何⑥矣?"曰:"未尝为宝。楚之所宝⑦者,曰观射父⑧,能作训辞以行事于诸侯⑨,使无以寡君为口实⑩。又有左史倚相⑪,能道训典⑫,以叙百物⑬,以朝夕献善败于寡君,使寡君无忘先王之业;又能上下说⑭乎鬼神,顺道其欲恶⑮,使神无有怨痛⑯于楚国。又有薮曰云连徒洲⑰,金、木、竹、箭⑱之所生也;龟、珠、角、齿、皮、革、羽、毛⑲,所以备

---

① 本文选自徐元诰《国语集解》(中华书局 2002 年版)。王孙圉(yǔ):楚国大夫。
② 聘:访问。
③ 定公:晋定公。飨(xiǎng):宴请宾客。
④ 赵简子:晋国正卿赵鞅。鸣玉:古人在腰间佩带玉饰,行走时使之相击发声。相:相礼,辅助国君执行礼仪。
⑤ 珩(héng):佩玉上端的横玉。
⑥ 几何:多少(钱)。
⑦ 宝:意动用法,以……为宝。
⑧ 观射父(guàn yì fǔ):楚国大夫。
⑨ 训辞:辞令。行事:这里指交往。
⑩ 口实:话柄。
⑪ 左史:官名。倚相:左史名。
⑫ 道:说出。训典:先王的遗训和规章制度。
⑬ 叙:安排次序。百物:百事。
⑭ 说:取悦,这个意思后来写作"悦"。
⑮ 顺道其欲恶:引导他们的好恶。道:引导,这个意思后作"导"。
⑯ 怨痛:怨恨,哀痛。
⑰ 薮(sǒu):水少而草木茂盛的湖泽。云连徒洲:即云梦泽,古代的一个大湖泽,在今湖北、湖南境内。
⑱ 金:金属的统称。箭:竹名,可用来做箭。
⑲ 龟:龟甲,用于占卜。珠:珍珠,古人认为珍珠可以用于防火。角:兽角,用于做弓弩。齿:象牙,用于做剑鼻。皮:兽皮,用来做盛弓箭的袋子。革:犀牛皮,用来做铠甲和头盔。羽:指鸟羽,用来做旗杆上的装饰。毛:牦牛尾,用来做旗杆顶上的装饰。这些都是古代用来备战的物资。

赋①，以戒不虞②者也。所以共币帛③，以宾享④于诸侯者也。若诸侯之好币具，而导之以训辞；有不虞之备，而皇神相之，寡君其可以免罪于诸侯，而国民保焉。⑤此楚国之宝也。若夫白珩，先王之玩也，何宝焉！圉闻国之宝六而已：圣能制议百物⑥，以辅相国家，则宝之；玉足以庇荫嘉谷⑦，使无水旱之灾，则宝之；龟足以宪臧否⑧，则宝之；珠足以御火灾，则宝之；金足以御兵乱，则宝之。山林薮泽，足以备财用，则宝之。若夫哗嚣之美⑨，楚虽蛮夷⑩，不能宝也。"

【简析】

　　文章的中心议题是，对于一个国家来说，什么是宝？赵简子认为是佩玉，王孙圉认为是人才和对国家有用的事物。本文观点鲜明、议论透彻、逻辑严密，是一篇优秀的外交辞令。

---

① 赋：兵赋，即战备物资。
② 不虞：指不能预料的危急事件。
③ 共：供给，这个意思后来写作"供"。币帛：礼物。
④ 宾：招待。享：献，馈赠。
⑤ "若诸侯"数句：如果诸侯喜欢这些礼品，再用辞令来疏通，有了预防意外事件的准备，又得到天神的保佑，我们的国君也许可以不得罪于诸侯，国家和人民也就得以保全了。好（hào）：喜欢。币具：指礼品。皇：大。
⑥ "圣能"句：圣贤能够处理讨论国家大事。
⑦ 玉：祭祀用的瑞玉。庇荫：保护。
⑧ 龟：指龟甲。宪：表明（王念孙说）。臧否：善恶。古代用龟甲占卜吉凶。
⑨ 哗嚣之美：指声音喧嚣的美玉。哗嚣：响声。
⑩ 蛮夷：古代对东南地区少数民族的蔑称，这里是谦虚的说法。

苏秦始将连横①

《战国策》②

　　苏秦始将连横说秦惠王③,曰:"大王之国,西有巴、蜀、汉中④之利,北有胡、貉、代、马⑤之用,南有巫山、黔中⑥之限,东有肴、函之固⑦。田肥美,民殷富,战车万乘,奋击百万,沃野千里,蓄积饶多,地势形便⑧,此所谓天府⑨,天下之雄国也。以大王之贤,士民之众,车骑之用,兵法之教,可以并诸侯,吞天下,称帝而治。愿大王少留意,臣请奏其效。"

　　秦王曰:"寡人闻之,毛羽不丰满者不可以高飞,文章⑩不成者不可以诛罚,道德不厚者不可以使民,政教不顺者不可以烦⑪大臣。今先生俨然⑫不远千里而庭教之,愿以异日⑬。"

　　苏秦曰:"臣固疑大王之不能用也。昔者神农伐补遂⑭,黄帝伐涿鹿而禽蚩

---

① 本文选自《战国策笺证》卷三(上海古籍出版社2011年版)。
② 《战国策》:主要记录战国时代策士的言论行动,不是一人所著,作者也无法查考,是西汉刘向编订并命名的。全书分为西周、东周、秦、齐、楚、赵、魏、韩、燕、宋、卫、中山十二策,共33篇。
③ 连横:当时主张秦国与东方的齐、楚等国联合,来打击其他东方国家的策略;与主张东方六国联合起来抗衡秦国的"合纵"策略相对。说(shuì):劝说。秦惠王:秦国国君嬴驷,前337年至前311年在位。
④ 巴:今四川东部。蜀:今四川西部。汉中:今陕西南部。
⑤ 胡、貉(mò):北方的两个少数民族。代:代郡,今山西、河北北部。马:马邑,在今山西沁水县东。
⑥ 巫山:山名,在今重庆巫山县东。黔中:郡名,今湖南沅水、澧水流域,湖北清江流域,重庆黔江流域和贵州东北部。
⑦ 肴(xiáo):崤山,在今河南洛宁县北。函:函谷关,在今河南灵宝市东北。固:易守难攻的地方。
⑧ 地势形便:指地理形势便于攻守。
⑨ 天府:指土地肥沃、物产富饶之域。
⑩ 文章:指法令。
⑪ 烦:劳。
⑫ 俨然:认真郑重的样子。
⑬ 异日:他日。
⑭ 神农:传说中上古帝王名,曾发明农业、医药。补遂:传说中上古部落名。

尤①，尧伐骥兜②，舜伐三苗③，禹伐共工④，汤伐有夏⑤，文王伐崇⑥，武王伐纣，齐桓任战而伯天下⑦。由此观之，恶⑧有不战者乎？古者使车毂击驰，言语相结，天下为一⑨；约从连横，兵革不藏⑩；文士并饬⑪，诸侯乱惑；万端俱起，不可胜理；科条⑫既备，民多伪态；书策稠浊⑬，百姓不足；上下相愁，民无所聊；明言章理⑭，兵甲愈起；辩言伟服⑮，战攻不息；繁称文辞⑯，天下不治；舌弊⑰耳聋，不见成功；行义约信，天下不亲⑱。于是，乃废文任武，厚养死士，缀甲厉兵⑲，效胜于战场⑳。夫徒处㉑而致利，安坐而广地，虽古五帝、三王、五伯㉒，明主贤君，常欲坐而致之，其势不能，故以战续之。宽㉓则两军相攻，迫则杖戟相撞㉔，然后可建大功。是故兵胜于外，义强于内；威立于上，民服于下。今欲并天下，凌万乘㉕，诎㉖敌国，制海内，子元元㉗，臣㉘诸侯，非兵不可！今之嗣主，忽于至

---

① 黄帝：传说中上古帝王名，是中原各族的共同祖先。涿鹿：今河北涿鹿东南。禽：捉拿，这个意思后作"擒"。蚩尤：传说中九黎部落的首领。

② 尧：传说中的古帝王名。骥（huān）兜：传说中尧的司徒，因作乱被流放。

③ 舜：传说中的古帝王名。三苗：古部落名，相传舜时被迁到三危（今甘肃敦煌一带）。

④ 禹：传说中的古帝王名，国号夏。共工：古水官名，相传曾多次作乱。

⑤ 汤：商的开国帝王，灭夏桀纣王。有夏：夏朝，有是名词前缀。

⑥ 文王：周文王。崇：国名，在今陕西户县。相传其国君崇侯虎助纣为虐，为文王诛灭。

⑦ 齐桓：齐桓公，春秋五霸之一。任战：用战争。伯天下：称霸天下。

⑧ 恶（wū）：哪里。

⑨ "古者"三句：古代通过使者来往，互相约定，就能达到天下和平的局面。驰：盖衍文。使车：使臣乘坐的车。毂：车轮中心车轴两端突出的部分。车毂互相击打，表示使者来往频繁。

⑩ "约从"两句：自从合纵连横的策略兴起后，天下就进入了战乱状态。约从：即合纵。

⑪ 文士：指辩士。饬：同"饰"，指巧为言说。

⑫ 科条：指法令条款。

⑬ 书策：指政令公文。稠浊：繁多杂乱。

⑭ 明言章理：把道理都说得很明白。明、章：都是明白的意思。言、理：都指道理。

⑮ 伟服：指辩士所穿的华丽的衣服。

⑯ 繁称文辞：指辩士所说的又长又有文采的言辞。

⑰ 弊：破。

⑱ 行义：做事符合道义。约信：与人盟约守信用。从"明言章理"至此句，都是说此时再想通过言辞的约定来达到天下太平已经不可能了。

⑲ 缀甲：编制盔甲。厉兵：磨砺兵器。厉：磨，这个意思后来写作"砺"。

⑳ 效胜于战场：在战场上贡献胜利的战绩。效：进献。

㉑ 徒处：闲坐，无所事事。

㉒ 五帝：一般指黄帝、颛顼、帝喾、尧、舜。三王：指夏禹、商汤、周文王（一说包括周武王）。五伯：齐桓公、晋文公、楚庄王、秦穆公、宋襄公。

㉓ 宽：指距离远。

㉔ 迫：谓距离近。杖：执，拿着。

㉕ 凌万乘：战胜有万乘兵车的大国。

㉖ 诎（qū）：使……屈服。

㉗ 子元元：把百姓当作自己的儿子般看待。子，以……为子，爱护。元元，百姓。

㉘ 臣：使……臣服。

道①，皆慴于教，乱于治②，迷于言，惑于语，沈于辩，溺于辞③。以此论之，王固不能行也。"

说秦王书十上而说不行。黑貂之裘弊，黄金百斤尽，资用乏绝④，去秦而归。赢縢履蹻⑤，负书担橐⑥，形容枯槁，面目犁⑦黑，状有归⑧色。归至家，妻不下纴⑨，嫂不为炊，父母不与言。苏秦喟叹曰："妻不以我为夫，嫂不以我为叔，父母不以我为子，是皆秦之罪也。"乃夜发书，陈箧⑩数十，得太公《阴符》⑪之谋，伏而诵之，简练⑫以为揣摩。读书欲睡，引锥自刺其股，血流至足。曰："安有说人主不能出其金玉锦绣，取卿相之尊者乎？"期年⑬揣摩成，曰："此真可以说当世之君矣！"

于是乃摩燕乌集阙⑭，见说赵王于华屋之下，抵掌而谈⑮。赵王大悦，封为武安⑯君。受相印，革车⑰百乘，锦绣千纯⑱，白璧百双，黄金万溢⑲，以随其后，约从散横⑳，以抑强秦。故苏秦相于赵而关不通㉑。

当此之时，天下之大，万民之众，王侯之威，谋臣之权，皆欲决苏秦之策㉒。不费斗粮，未烦一兵，未战一士，未绝一弦，未折一矢，诸侯相亲，贤于㉓兄弟。夫贤人在而天下服，一人用而天下从。故曰：式于政，不式于勇㉔；式于廊庙之

---

① 忽：不注意。至道：这里指用兵平天下之道。
② "慴于教"两句：皆指被那些治理国家的说教弄糊涂了。慴：糊涂。
③ "沈于辩"两句：皆指沉溺于巧妙的言辞中。沈：同"沉"。
④ 资用乏绝：费用花尽。
⑤ 赢縢（léi téng）：裹着绑腿。履蹻（jué）：穿着草鞋。
⑥ 橐（tuó）：盛物的袋子。
⑦ 犁（lí）：通"黧"，黑色。
⑧ 归：通"愧"。
⑨ 下纴：离开织布机。纴：纺织，这里指织布机。
⑩ 箧（qiè）：小箱子，这里指书箱。
⑪ 《阴符》：指姜太公的兵书《阴符》。
⑫ 简练：选择。
⑬ 期（jī）年：满一年。
⑭ 摩：靠近。燕乌集阙：不详，可能是宫阙名。
⑮ 抵（zhǐ）掌：拍手。抵：同"抵"，击。"抵掌而谈"是说谈得很欢畅。
⑯ 武安：今河南武安县西南。
⑰ 革车：一种兵车。
⑱ 纯（tún）：计量单位，布帛一段为一纯。
⑲ 溢：通"镒（yì）"，重量单位，二十两为一镒。
⑳ 约从散横：约定合纵，瓦解连横。
㉑ 关不通：指秦国不敢出兵函谷关。
㉒ 决苏秦之策：取决于苏秦的策略。
㉓ 贤于：胜过。
㉔ "式于政"两句：要用在政治（外交）上，不要用在武力上。式：用。

内，不式于四境之外①。当秦之隆②，黄金万溢为用，转毂连骑③，炫熿④于道，山东⑤之国，从风⑥而服，使赵大重。且夫苏秦，特穷巷掘门、桑户棬枢之士耳⑦，伏轼撙衔⑧，横历天下⑨，廷⑩说诸侯之王，杜左右之口⑪，天下莫之能伉⑫。

将说楚王，路过洛阳，父母闻之，清宫除道⑬，张⑭乐设饮，郊迎三十里。妻侧目而视，倾耳而听；嫂蛇行匍伏⑮，四拜自跪而谢⑯。苏秦曰："嫂，何前倨而后卑也？"嫂曰："以季子⑰之位尊而多金。"苏秦曰："嗟乎！贫穷则父母不子⑱，富贵则亲戚畏惧。人生世上，势位富贵，盖⑲可忽乎哉！"

【简析】

　　本篇讲述苏秦初以连横之说游说秦王失败，后发愤图强，转而游说六国合纵，大获成功，造成六国联合对抗秦国的局面。文章形象地描述了苏秦在失意时所遭到的冷遇和成功后所得到的尊重，揭露了世态炎凉，宣扬了苏秦"人生世上，势位富贵，盖可忽乎哉"的名利思想。文章多用排比句式，很好地渲染了气氛。

---

① "式于廊庙"两句：要用在朝堂上，不要用在国境之外。廊庙：宫殿和宗庙，这里指朝廷。
② 隆：指得势。
③ 转毂连骑：车轮飞奔，骑兵成行。
④ 炫熿（huáng）：光耀煊赫。
⑤ 山东：崤山以东。
⑥ 从风：喻迅速。
⑦ 掘：通"窟"。掘门：在墙上挖洞作门。桑户：桑木做的门板。棬（quān）枢：用树枝卷成门轴。
⑧ 伏轼撙（zǔn）衔：乘坐马车。撙：控制。衔：马勒。
⑨ 横历天下：奔走天下。横：遍。
⑩ 廷：在朝廷上。
⑪ 杜：堵塞。左右：指六国国君左右的大臣。
⑫ 伉：通"抗"，对抗。
⑬ 清宫除道：打扫房子和道路。宫：房子。
⑭ 张：设置。
⑮ 蛇行：像蛇一样爬行。匍伏：即匍匐。
⑯ 四拜：拜四次。古无四拜之礼，这大概是因为谢罪而加拜的。谢：谢罪，认错。
⑰ 季子：苏秦的字。一说嫂呼小叔为季子。
⑱ 子：以为子，当作儿子对待。
⑲ 盖：通"盍"，怎么。

《论语》选章①

《论语》

　　曾子②曰："吾日三省③吾身——为人谋而不忠乎？与朋友交而不信乎？传④不习乎？"（《学而》）

　　子曰："弟子入则孝⑤，出则弟⑥，谨⑦而信，泛爱众，而亲仁⑧。行有余力，则以学文⑨。"（《学而》）

　　子曰："君子不重⑩则不威，学则不固⑪。主⑫忠信，无⑬友不如己者，过则勿惮改⑭。"（《学而》）

　　子曰："君子食无求饱，居无求安，敏⑮于事而慎于言，就⑯有道而正⑰焉，可谓好学也已。"（《学而》）

---

① 以下选自阮元刻《十三经注疏》本《论语注疏》。《论语》：主要记录孔子论道、教学、政治思想，或发感慨、答弟子及时人之问，或告弟子，或评时事、时人、古人，以及弟子之间的谈论。孔子死后，由其弟子及再传弟子整理而成，成书于春秋战国之际。全书共20篇。
② 曾子：孔子弟子。姓曾，名参，字子舆；鲁国人，小孔子46岁。
③ 三：多次。省（xǐng）：反省。
④ 传（chuán）：老师传授的知识。
⑤ 弟子：为人弟与为人子的人，后生晚辈。入：《礼记·内则》："由以上，父子皆异宫。"古代命士以上的贵族父子居处不同，学习则在外舍。这里指进入父亲的住处。
⑥ 弟（tì）：后来写作"悌"，敬爱兄长。
⑦ 谨：恭谨，谨慎。
⑧ 仁：有仁德的人。
⑨ 文：各类文献。
⑩ 重：庄重。
⑪ 固：有两种解释：一是作坚固解，与上句相连，不庄重就没有威严，所学也不坚固；二是作固陋解，言人见闻有限，学了就可以不固陋。
⑫ 主：以……为主。
⑬ 无：毋，不要。
⑭ 过：犯错。惮：害怕。
⑮ 敏：敏捷。
⑯ 就：靠近，接近。
⑰ 正：匡正。

子曰:"道①之以政,齐②之以刑,民免③而无耻;道之以德,齐之以礼,有耻且格④。"(《为政》)

子曰:"视其所以⑤,观其所由⑥,察其所安⑦。人焉廋哉⑧?人焉廋哉?"(《为政》)

子曰:"君子周而不比⑨,小人比而不周。"(《为政》)

子张学干禄⑩。子曰:"多闻阙⑪疑,慎言其余,则寡尤⑫;多见阙殆⑬,慎行其余,则寡悔。言寡尤,行寡悔,禄在其中矣。"(《为政》)

子曰:"参乎!吾道一以贯之。"曾子曰:"唯⑭。"子出,门人问曰:"何谓也?"曾子曰:"夫子之道,忠恕而已矣。"(《里仁》)

子曰:"见贤思齐焉,见不贤而内自省也。"(《里仁》)

子曰:"巧言、令色、足恭,左丘明⑮耻之,丘亦耻之。匿怨而友其人,左丘明耻之,丘亦耻之。"(《公冶长》)

---

① 道:后来写作"导",引导。
② 齐:整治,约束。
③ 免:指免于刑罚、罪过。
④ 格:来,归服。
⑤ 以:为,做。
⑥ 由:方式,方法。
⑦ 安:目的,内心的追求。
⑧ 焉:在哪里。廋(sōu):隐藏,藏匿。
⑨ 周:用道义来团结人。比:因利益相互勾结。
⑩ 子张:孔子弟子。姓颛孙,名师,字子张;陈国人,小孔子48岁。干禄:求取俸禄。
⑪ 阙(quē):空缺,保留。
⑫ 尤:过失。
⑬ 殆:疑惑。
⑭ 唯(wéi):应答声。
⑮ 左丘明:姓左,名丘明。与相传为《左传》《国语》作者的左丘明(《史记》:"左丘失明,厥有《国语》。")并非同一人。

颜渊、季路侍①。子曰："盍②各言尔志?"子路③曰："愿车马衣轻裘,与朋友共,敝④之而无憾。"颜渊曰："愿无伐⑤善,无施⑥劳。"子路曰："愿闻子之志。"子曰："老者安之,朋友信之,少者怀之。"(《公冶长》)

冉求⑦曰："非不说⑧子之道,力不足也。"子曰："力不足者,中道而废⑨。今女画⑩。"(《雍也》)

子曰："德之不修,学之不讲⑪,闻义不能徙,不善不能改,是吾忧也。"(《述而》)

叶公⑫问孔子于子路,子路不对。子曰："女奚不曰:其为人也,发愤忘食,乐以忘忧,不知老之将至云尔⑬。"(《述而》)

曾子曰："士不可以不弘毅⑭,任重而道远。仁以为己任,不亦重乎?死而后已,不亦远乎?"(《泰伯》)

司马牛⑮问君子。子曰："君子不忧不惧。"曰："不忧不惧,斯谓之君子已乎?"子曰："内省不疚,夫何忧何惧?"(《颜渊》)

子曰："君子义以为质,礼以行之,孙⑯以出之,信以成之。君子哉!"(《卫灵公》)

---

① 颜渊:孔子弟子。姓颜,名回,字子渊;鲁国人,小孔子30岁。季路:孔子弟子。名仲由,字子路,又字季路;鲁国人,小孔子9岁。侍:陪从或伺候尊长。
② 盍(hé):何不。
③ 子路:即季路。
④ 敝:使动用法,使……坏。
⑤ 伐:自我夸耀。
⑥ 施:表白,宣扬。
⑦ 冉求:孔子弟子。姓冉,名求,字子有;鲁国人,小孔子29岁。
⑧ 说(yuè):后来写作"悦",喜欢。
⑨ 中道:半路。废:停止。
⑩ 女(rǔ):通"汝",你。画:停止。
⑪ 讲:反复练习。
⑫ 叶公:楚国叶县的县尹。
⑬ 云尔:如此而已。
⑭ 弘毅:宽宏坚毅。
⑮ 司马牛:孔子弟子。复姓司马,名耕,字子牛,宋国人。
⑯ 孙(xùn):通"逊",谦逊,谦让。

孔子曰："益者三友，损者三友。友直，友谅①，友多闻，益矣。友便辟②，友善柔③，友便佞④，损矣。"（《季氏》）

子贡⑤曰："君子亦有恶⑥乎？"子曰："有恶。恶称人之恶者，恶居下流而讪⑦上者，恶勇而无礼者，恶果敢而窒⑧者。"曰："赐也亦有恶乎？""恶徼⑨以为知者，恶不孙以为勇者，恶讦⑩，以为直者。"（《阳货》）

【简析】

　　《论语》主要记录孔子及其弟子的言行，集中反映了孔子的思想。从中我们可以归纳出"仁""义""礼""孝""信""诚"等儒家思想的核心概念。孔子主张通过诗书礼乐的学习和反躬自省提高道德品行、塑造高尚人格。在《论语》中，孔子经常谈及君子和小人的分别，主张通过与正直、诚信、博学的朋友为伍，向贤者学习来提高个人修养。在待人接物上，提倡恭敬守礼、谨言慎行、从善如流。梁启超认为："《论语》之最大价值，在教人以人格的修养。修养人格，决非徒恃记诵或考证，最要是身体力行，使古人所教变成我所自得。"

---

① 谅：诚信。
② 便辟（pián pì）：逢迎谄媚，玩弄手腕。
③ 善柔：阿谀奉承。
④ 便（pián）佞：花言巧语，阿谀奉迎。
⑤ 子贡：孔子弟子。复姓端木，名赐，字子贡；卫国人，小孔子31岁。
⑥ 恶（wù）：讨厌，厌恶。
⑦ 讪（shàn）：诽谤。
⑧ 窒（zhì）：闭塞不通，这里指不会变通。
⑨ 徼（jiāo）：抄袭。
⑩ 讦（jié）：揭发别人的隐私。

不见诸侯①

《孟子》

陈代②曰:"不见诸侯,宜③若小然。今一见之,大则以王,小则以霸。且《志》曰:'枉尺而直寻④',宜若可为也。"

孟子曰:"昔齐景公田⑤,招虞人以旌⑥,不至,将杀之。志士不忘在沟壑,勇士不忘丧其元⑦。孔子奚取焉?取非其招不往⑧也。如不待其招而往,何哉?且夫枉尺而直寻者,以利言也。如以利,则枉寻直尺而利,亦可为与?昔者赵简子使王良与嬖奚乘⑨,终日而不获一禽。嬖奚反命⑩曰:'天下之贱工也。'或以告王良。良曰:'请复之。'强而后可⑪,一朝而获十禽。嬖奚反命曰:'天下之良工也。'简子曰:'我使掌⑫与女乘。'谓王良。良不可,曰:'吾为之范我驰驱⑬,终

---

① 本文选自阮元刻《十三经注疏》本《孟子·滕文公下》,文题为编者所拟。作者孟子:约前372—前289年,名轲,字子舆,战国时邹(今山东邹县)人。曾受业于孔子的孙子子思,是继孔子之后儒家学派的代表人物。孟子以平治天下为己任,提出"民贵君轻"的思想主张,反对"霸道",提倡以仁义为中心的"仁政"和"王道"。他游说诸侯而不受采用,于是退而与弟子著述。孟子及其弟子的主要活动及学说思想主要保存在《孟子》一书中。

② 陈代:孟子弟子。

③ 宜:似乎,恐怕。

④ 枉:弯曲。寻:古代长度单位,八尺为寻。

⑤ 田:狩猎。

⑥ 虞人:古代掌管山泽苑囿的官员。旌:用羽毛装饰杆头的旗子。

⑦ 元:头,脑袋。

⑧ 非其招不往:《左传·昭公二十年》载"齐侯田于沛,招虞人以弓,不进,公使执之。辞曰:'昔我先君之田也,旃以招大夫,弓以招士,皮冠以招虞人。臣不见皮冠,故不敢进。'乃舍之。仲尼曰:'守道不如守官,君子韪之。'"古代君王召唤臣下,要有相应的事物作为凭信。召唤虞人要用皮冠,用旌或弓都是"非其招",所以虞人不往。

⑨ 赵简子:晋国正卿赵鞅。王良:春秋末年善于驾车的人。嬖奚:嬖,国君宠幸的人;奚,人名。乘:驾车。

⑩ 反命:复命。

⑪ 强(qiǎng):勉强。可:同意。

⑫ 掌:掌管,这里指专门替嬖奚驾车。

⑬ 范:用作动词,指纳于轨范之中。范我驰驱:指使我的驰驱合于轨范。

日不获一；为之诡遇①，一朝而获十。《诗》②云：'不失其驰，舍矢如破③。'我不贯④与小人乘，请辞。'御者且羞与射者比⑤；比而得禽兽，虽若丘陵，弗为也。如枉道而从彼，何也？且子过⑥矣！枉己者，未有能直人者也。"

【简析】

　　孟子在本章举虞人、王良两个事例，表明自己不主动进见诸侯是为了坚守礼义，强调"枉己者，未有能直人者也"的道理。宋儒杨时指出："古之人宁道之不行而不轻其去就，是以孔孟虽在春秋战国之时而进必以正，以至终不得行而死也。使不恤其去就而可以行道，孔孟当先为之矣。孔孟岂不欲道之行哉？"（朱熹《孟子集注》）本文显示了儒家学者在礼义等原则问题上决不让步的坚定立场。

---

① 诡遇：指不依法驾御。
② 《诗》：见《诗经·小雅·车攻》。
③ 舍矢如破：箭一放就能射中目标。如：而。
④ 贯：通"惯"，习惯。
⑤ 比：勾结。
⑥ 过：错。

伯夷伊尹柳下惠孔子①

《孟子》

孟子曰："伯夷②目不视恶色，耳不听恶声。非其君不事，非其民不使。治则进③，乱则退④。横政⑤之所出，横民之所止⑥，不忍居也。思与乡人⑦处，如以朝衣朝冠坐于涂炭⑧也。当纣之时，居北海之滨，以待天下之清也。故闻伯夷之风者，顽⑨夫廉，懦夫有立志⑩。

"伊尹⑪曰：'何事非君⑫？何使非民⑬？'治亦进，乱亦进。曰：'天之生斯民也，使先知觉⑭后知，使先觉觉后觉。予，天民⑮之先觉者也。予将以此道觉此民也。'思天下之民匹夫匹妇有不与被⑯尧舜之泽者，若己推而内⑰之沟中——其自任以天下之重也。

"柳下惠不羞污君⑱，不辞小官，进不隐贤，必以其道⑲。遗佚⑳而不怨，厄穷

---

① 本文选自阮元刻《十三经注疏》本《孟子·万章下》，文题为编者所拟。
② 伯夷：商末孤竹国国君长子。
③ 治：（天下）太平。进：出仕，做官。
④ 退：退隐。
⑤ 横政：暴政。
⑥ 横民：不守法度的百姓。止：居处。
⑦ 乡人：这里指平常百姓。
⑧ 涂炭：湿泥与炭灰。
⑨ 顽：贪婪。
⑩ 立志：独立不屈的意志。
⑪ 伊尹：商汤大臣，名伊，尹是官名。
⑫ 何事非君：哪个君主不可以侍奉。
⑬ 何使非民：哪个百姓不可以使唤。
⑭ 觉：启发，使人觉悟。
⑮ 天民：上天生育的百姓。
⑯ 被：蒙受。
⑰ 内：通"纳"，放入，使进入。
⑱ 柳下惠：展氏，名获，字子禽，一字季。"惠"是谥号。曾担任过鲁国大夫，后归隐。不羞污君：不以侍奉坏的国君为羞耻。
⑲ 以其道：这里指以其道行事。
⑳ 遗佚：被遗弃，指不被任用。

而不悯①。与乡人处，由由然②不忍去也。'尔为尔，我为我，虽袒裼裸裎于我侧③，尔焉能浼④我哉？'故闻柳下惠之风者，鄙夫⑤宽，薄夫敦⑥。

"孔子之⑦去齐，接淅⑧而行。去鲁，曰：'迟迟⑨吾行也。'去父母国之道也。可以速而速，可以久而久，可以处而处⑩，可以仕而仕，孔子也。"

孟子曰："伯夷，圣之清⑪者也；伊尹，圣之任⑫者也；柳下惠，圣之和⑬者也；孔子，圣之时⑭者也。孔子之谓集大成。集大成也者，金声而玉振之⑮也。金声也者，始条理也；玉振之也者，终条理也。始条理者，智之事也；终条理者，圣之事也。智，譬则巧也；圣，譬则力也。由⑯射于百步之外也，其至，尔力也；其中，非尔力也。"

【简析】

孟子在本章对伯夷、伊尹、柳下惠、孔子四位古代圣贤的立身行事和社会影响做了评价。四位圣贤对待事物的态度各有不同，难免有自己的局限，但都有值得后人景仰和赞许的优点。孟子尤其推重孔子作为"集大成者"的伟大成就。文章对四位古代圣贤的评论展现了历史人物的多样性，也给我们取人所长、补己之短的启发。

---

① 厄穷：困厄穷困。悯：忧愁。
② 由由然：愉悦的样子。
③ 袒裼（xī）：脱去上衣，裸露肢体。裸裎（chéng）：赤身裸体。
④ 浼（měi）：沾染，沾污。
⑤ 鄙夫：庸俗浅陋的人。
⑥ 薄：刻薄。敦：敦厚，厚道。
⑦ 之：助词，主谓间取消句子独立性。
⑧ 淅（xī）：淘洗过的米。
⑨ 迟迟：慢慢。
⑩ 处：居家，不做官。
⑪ 清：清高。
⑫ 任：负责，有担当。
⑬ 和：随和。
⑭ 时：识时务。
⑮ 金声而玉振之：指奏乐时以钟发声，以磬结尾。
⑯ 由：通"犹"，犹如。

不材之木①

《庄子》②

匠石③之齐，至于曲辕④，见栎社树⑤。其大蔽数千牛，絜⑥之百围；其高临山⑦，十仞⑧而后有枝。其可以为舟者，旁⑨十数。观者如市，匠伯不顾⑩，遂行不辍⑪。弟子厌⑫观之，走及⑬匠石，曰："自吾执斧斤以随夫子，未尝见材如此其美也。先生不肯视，行不辍，何邪？"曰："已矣⑭，勿言之矣！散木⑮也，以为舟则沈，以为棺椁⑯则速腐，以为器则速毁，以为门户则液樠⑰，以为柱则蠹⑱，是不材之木也，无所可用，故能若是之寿⑲。"

匠石归，栎社见梦⑳曰："女将恶乎比予哉㉑？若将比予于文木邪㉒？夫柤梨橘

---

① 本文选自《新编诸子集成》本《庄子集释》（中华书局1961年版），文题为编者所加。
② 《庄子》：共33篇，包括内篇7篇，外篇15篇，杂篇11篇。通常认为内篇大体是庄周自著，外篇、杂篇则是庄周后学所作。庄子：名周，战国时蒙（今河南商丘）人。他继承并发展了老子思想，和老子同为道家学派的代表人物，世称老庄。
③ 匠石：名叫石的木匠。
④ 曲辕：地名。
⑤ 栎（lì）社树：古代称土地神为社，封土为社，各随其地所宜种植树木，作为社神的象征，称社树。栎：麻栎，落叶乔木，古代多做炭薪。
⑥ 絜（xié）：用绳子度量粗细。
⑦ 临山：接近山巅。临：接近，靠近。
⑧ 仞：古代长度单位，七尺为一仞（一说八尺为一仞）。
⑨ 旁：旁枝。
⑩ 匠伯：指匠石，因匠石为众匠之长，故称"匠伯"。顾：本指回头看，这里指看。
⑪ 辍：停止。
⑫ 厌：满足，足够。
⑬ 走：跑。及：赶上。
⑭ 已矣：算了。
⑮ 散木：这里指没有用处的树木。
⑯ 椁（guǒ）：外棺。
⑰ 液：这里指树木的脂液。樠（mán）：渗出的样子。
⑱ 蠹：虫蛀。
⑲ 寿：长寿。
⑳ 见（xiàn）梦：托梦。
㉑ 女：汝，你。恶：什么。
㉒ 若：你。文木：与"散木"相对，指有用之木。

柚果蓏之属①，实熟则剥②，剥则辱③；大枝折，小枝泄④。此以其能苦其生者也⑤，故不终其天年⑥而中道夭，自掊击于世俗者也⑦。物莫不若是。且予求无所可用久矣，几⑧死，乃今得之⑨，为予大用。使予也而有用，且得有此大也邪？且也若与予也皆物也，奈何哉其相物也⑩？而⑪几死之散人，又恶知散木！"

匠石觉而诊⑫其梦。弟子曰："趣取无用，则为社何邪？"⑬曰："密⑭！若无言！彼亦直⑮寄焉，以为不知己者诟厉⑯也。不为社者，且几有翦乎⑰！且也，彼其所保⑱与众异，而以义誉之⑲，不亦远乎！"

【简析】

　　文木"以其能苦其生"，难免于斧斤之患。只有"求无所可用"，方能全生远害。本文借栎社托梦的故事阐明"无用之用方为大用"的观点。所谓"无用"即不为人所役用，不沦为世人的工具。这样才能保全自己的性命，发展自己的天性。

---

① 柤（zhā）：果树名。果蓏（luǒ）：瓜果的总称，结在树上的叫果，在地上的叫蓏。
② 剥（pū）：击，打。
③ 辱：这里指受摧残，被扭折。
④ 泄（yì）：通"抴（yè）"，被牵拉。
⑤ 能：才能，功用。苦：使动用法，使……受苦。
⑥ 天年：本应有的自然寿命。
⑦ "自掊"句：指自己显露用处而招来世俗的打击。掊：打击。
⑧ 几：几乎，将近。
⑨ 得之：这里指得以保全自己。
⑩ 相物：指以散木看待。相：视，看待。
⑪ 而：你。
⑫ 诊：通"畛"，告诉。
⑬ "趣取"两句：栎树既然意在追求无用，却为什么还要做社树呢？趣取：意在求取。趣：志趣，意趣。
⑭ 密：指不要做声。
⑮ 直：仅仅，只是。
⑯ 诟厉：诟病，讥议。
⑰ 几：岂。翦：砍伐。
⑱ 所保：指用来保全自己的方法。保：保全。
⑲ 义誉：指用常理来衡量。义：这里指常理。

涸辙之鲋①

《庄子》

庄周家贫，故往贷粟于监河侯②。监河侯曰："诺。我将得邑金③，将贷子三百金④，可乎？"庄周忿然作色⑤曰："周昨来，有中道⑥而呼者。周顾视车辙中，有鲋鱼⑦焉。周问之曰：'鲋鱼来⑧，子何为者邪？'对曰：'我，东海之波臣⑨也。君岂⑩有斗升之水而活我哉？'周曰：'诺。我且⑪南游吴越之王，激⑫西江之水而迎子，可乎？'鲋鱼忿然作色曰：'吾失我常与⑬，我无所处。吾得斗升之水然⑭活耳，君乃言此，曾不如早索我于枯鱼之肆⑮！'"

【简析】

本文通过庄周和鲋鱼之间的对答揭示这样一个道理：当别人有困难的时候，要诚心诚意地尽自己的力量去帮助，绝不能只说大话、空话，要从实际出发，解决实际问题，有实事求是的精神和脚踏实地的作风。

---

① 本文选自《新编诸子集成》本《庄子集释》（中华书局1961年版），文题为编者所加。
② 监河侯：监河之官。
③ 邑金：封邑百姓缴纳的赋税。
④ 金：战国时以一镒为一金，一金为20两（一说24两）。
⑤ 忿然：生气的样子。作色：改变脸色，这里指发怒。
⑥ 中道：道中，路上。
⑦ 鲋（fù）鱼：鲫鱼。
⑧ 来：语气助词。
⑨ 波臣：这里指水中族类。
⑩ 岂：语气词，表推测，也许。
⑪ 且：将。
⑫ 激：阻截水流，使之腾涌。
⑬ 常与：在这里指水。与：相与，亲近。
⑭ 然：乃，就。
⑮ 索：求，寻找。肆：店铺。

唯其当之为贵①

荀 卿②

　　君子行不贵苟难，说不贵苟察，名不贵苟传，唯其当之为贵。③ 故怀负石而赴河，是行之难为者也，而申徒狄能之，然而君子不贵者，非礼义之中也。④ 山渊平，天地比，齐秦袭⑤；入乎耳，出乎口⑥；钩有须⑦，卵有毛⑧，是说之难持者也，而惠施、邓析能之⑨，然而君子不贵者，非礼义之中也。盗跖吟口⑩，名声若日月，与舜禹俱传而不息，然而君子不贵者，非礼义之中也。故曰：君子行不贵苟难，说不贵苟察，名不贵苟传，唯其当之为贵。《诗》曰："物其有矣，唯其时矣。"⑪ 此之谓也。

【简析】

　　用现代的话来说，不苟就是不搞歪门邪道。荀况在文章中认为：人们立身处世要循正门，不循邪门；要搞正道，不搞歪道。说话行事都要适宜得当，不要苟且偷合。

---

　　① 本文选自《新编诸子集成》本《荀子集解》（中华书局1988年版）。本文是《不苟》篇的节选，文题为编者所加。
　　② 荀卿：荀子，名况，战国末期赵国人。时人尊称为荀卿，汉人避宣帝讳（汉宣帝名询），称为孙卿。
　　③ "君子"四句：君子的行为不以不合乎礼义的难事为贵，学说不以不合礼义的明察为贵，名声不以不合乎礼义的流传为贵，只有行为、学说、名声符合了礼义才是可贵的。贵：以……为贵。苟：苟且，这里指不符合儒家的礼义标准。当：合宜，恰当。
　　④ "故怀负石"五句：抱石自沉于河，这是难以做到的，而申徒狄能做到，可是君子不赞许，因为它不合礼义。申徒狄：殷时人，恨道不行，投河自杀。
　　⑤ 比：接近。袭：合。
　　⑥ 入乎耳，出乎口：这六个字注家们历来认为有讹误，原文是什么，说法不一。邓汉卿《荀子绎评》说："原文可能是'出乎耳，入乎口'，耳入声而说出，口出言而说入，正是名家合同异的辩题。"
　　⑦ 钩有须：这三个字也存在讹误。历来注家们众说纷纭，但多为臆测，不妨阙疑待考。不过有一点可以肯定，它也是"说之难持者"，即很难说清楚的问题。
　　⑧ 卵有毛：鸡有毛，卵里含有鸡形，所以说卵也有毛。
　　⑨ 惠施、邓析：两人均为战国时人，学术上属于名家。《荀子·非十二子》篇认为这两人是喜好操持诡怪论说之人。
　　⑩ 吟口：即说话含混不清，但盗跖名声若日月一样显赫，并与舜、禹俱传而不息。吟，谓语音模糊。
　　⑪ "《诗》曰"句：事物之所以可贵，就在于它应时而生。作者引此诗说明"唯其当之为贵"。

这段文章充分体现了《荀子》一书写作上的一大特点——善用比喻。文章通过三个比喻论述主旨。就像申徒狄能行"行之难为者",惠施邓析能说"说之难持者",盗跖吟口,名声若日月而君子皆不贵,因为非礼义之中;君子行不贵苟难,说不贵苟察,名不贵苟传,唯其当之为贵。行文简明而生动,论述简约而透彻。

遍善非斗①

荀 卿

　　憍泄②者，人之殃也；恭俭者，屏五兵也③；虽有戈矛之刺，不如恭俭之利也。故与人善言，煖④于布帛；伤人以言，深于矛戟。故薄薄⑤之地，不得履之，非地不安也。危足⑥无所履者，凡在言也。巨涂则让，小涂则殆，虽欲不谨，若云不使。⑦

　　快快⑧而亡者，怒也；察察⑨而残者，忮⑩也；博而穷者，訾⑪也；清之而俞⑫浊者，口也；豢之而俞瘠者⑬，交⑭也；辩而不说者，争也⑮；直立而不见知者，胜也；廉而不见贵者，刿也⑯；勇而不见惮者，贪也；信而不见敬者，好剸⑰行也。此小人之所务而君子之所不为也。

　　斗者，忘其身者也，忘其亲者也，忘其君者也。行其少顷之怒而丧终身之躯，然且为之，是忘其身也。室家立残，亲戚不免乎刑戮，然且为之，是忘其亲也。

---

① 本文选自《新编诸子集成》本《荀子集解》（中华书局1988年版），文题为编者所加。
② 憍（jiāo）泄：傲慢，轻慢。憍：同"骄"。泄：通"媟（xiè）"，轻慢，不庄重。
③ 五兵：五种兵器，古代所指不一，这里泛指兵器。屏：抵御。
④ 煖：同"暖"。
⑤ 薄薄：广阔。
⑥ 危足：踮起脚跟。危：高，使……高。
⑦ "巨涂"四句：大路上人所共行熙熙攘攘，小路上人所罕行危殆不安。不管是大路还是小路都有危险性，即使人们主观上不以为然，但客观上却不容许不谨言慎行。涂：通"途"。让（ràng）：通"攘"，拥挤。殆：危险。
⑧ 快快：做事明快。
⑨ 察察：明察一切。
⑩ 忮（zhì）：嫉妒。
⑪ 訾：好毁谤。
⑫ 俞：通"愈"。
⑬ 豢（huàn）：养。瘠：瘦。
⑭ 交：通"骄"。
⑮ "辩而"两句：本想养其尊荣却尊荣越来越少是因为骄傲，能言善辩却说服不了人是因为好与人争。说：解释。
⑯ "立而不见"两句：立身正直而不被人理解是因为盛气凌人，端正守节而不受人尊重是因为尖刻伤人。胜：凌，欺凌。廉：指棱角。刿（guì）：割，刺伤。借以喻人品行端正，有志节。
⑰ 剸（zhuān）：同"专"。

君上之所恶也，刑法之所大禁也，然且为之，是忘其君也。忧①忘其身，内忘其亲，上忘其君，是刑法之所不舍也，圣王之所不畜②也。乳彘不触虎，乳狗不远游，不忘其亲也。③ 人也，忧忘其身，内忘其亲，上忘其君；则是人也，而曾④狗彘之不若也。

【简析】

　　"遍善"与"非斗"是《荀子·荣辱》篇论荣辱的两个重要方面。

　　要做到"遍善"，除了恭俭为人、谨言慎行，还需要时时处处注意弥补自己的缺陷。荀子在《修身》篇谈到"扁（遍）善之度"时从正面即君子的一面对此做了论述，"治气养心之术：血气刚强则柔之以调和，知虑渐深则一之以易良，勇胆猛戾则辅之以道顺，齐给便利则节之以动止，狭隘褊小则廓之以广大……"在此处荀子则从反面即小人的一面进行了论述。

　　在文章的表现手法上，本篇充分体现了《荀子》的一个写作特点，即善于运用文句变例来构成行文的错综变化，使得文章生动活泼、富有文采。比如第二段"此小人之所务"之前的排比句，前一分句，四字句、五字句、六字句与七字句交替使用，整齐与错综和谐；后一分句，前面所有的都是两字句，煞句是四字句。这是《荀子》写作上较常见的手法，它的好处是可以极大地增强文章的韵味。

① 忧：当为"下"，下同。杨倞《荀子注》说："'下'误为'夏'，又转误为'忧'字。"
② 畜：容留。
③ 乳彘、乳狗：指哺乳的母彘、母狗。不触虎：《集解》本无"不"字，据宋本补，指为了哺养幼彘而爱护自身。不远游：指为了哺养幼狗不远离。亲：指所亲爱的幼彘、幼狗。
④ 曾：竟，竟然。

说　难①

韩　非②

　　凡说③之难：非吾知之④，有以说之之⑤难也；又非吾辩⑥之，能明⑦吾意之难也；又非吾敢横失⑧，而能尽⑨之难也。凡说之难，在知所说之心⑩，可以吾说当之⑪。所说出于为名高⑫者也，而说之以厚利，则见下节而遇卑贱⑬，必弃远矣。所说出于厚利者也，而说之以名高，则见无心而远事情，必不收矣⑭。所说阴为厚利而显为名高者也⑮，而说之以名高，则阳收其身⑯，而实疏之；说之以厚利，则阴用其言，显弃其身矣⑰。此不可不察也。

　　夫事以密成，语以泄败。未必其身泄之也，而语及所匿之事⑱。如此者身危。彼显有所出事，而乃以成他故，说者不徒知所出而已矣，又知其所以为。⑲ 如此者

---

① 本文选自《韩非子新校注》（上海古籍出版社2000年版）。
② 韩非：约前280—前233年，战国末期韩国诸公子，师从儒家学派的大师荀卿。韩非继承和发展荀子的法术思想，又吸收了申不害、商鞅等早期法家的学说，成为法家思想的集大成者。秦始皇十四年（前233年），受李斯谗害，被杀于秦。其著作后人集为《韩非子》。
③ 说（shuì）：游说。
④ 之：代词，指事理。
⑤ 之之：前一个"之"，代词，指人君；后一个"之"，助词，相当于"的"。
⑥ 辩：分析辩明事理。
⑦ 明：阐明。
⑧ 横失（yì）：失，通"佚"。横佚，指纵横放肆，无所顾忌。
⑨ 尽：详尽。
⑩ 所说：游说的对象，指国君。心：心意。
⑪ 以：用。当：适应，迎合。之：指国君的心意。
⑫ 为名高：为了博取好的名声。
⑬ "则见下节"句：就会被国君看成是志节卑下的人而受到卑贱的待遇。
⑭ "则见无心"两句：就会被君主看成是没有头脑、脱离实际的人，一定不加任用。无心：没有心计，不会审时度势。远事情：迂阔，不切实际。收：接受，这里指任用。
⑮ 阴：暗地里，指心中。显：公开，指表面上。
⑯ 阳：表面上。收其身：录用游说者。
⑰ "则阴用"两句：便暗中采纳他的建议，表面上抛弃游说的人。
⑱ 及：涉及，触及。匿：藏，隐蔽。所匿之事：指国君心中隐藏的事。
⑲ "彼显"四句：国君表面上做出了某件事，实际上是利用它做幌子来达到另一个目的，游说者不仅知道他表面上做出的事情，还知道他的真实目的。成他故：达到其他目的。徒：仅仅。

身危。规异事而当,知者揣之外而得之,事泄于外,必以为己也。① 如此者身危。周泽未渥也,而语极知,说行而有功则德忘,说不行而有败则见疑。② 如此者身危。贵人有过端③,而说者明言礼义以挑④其恶。如此者身危。贵人或得计而欲自以为功,说者与知焉⑤。如此者身危。强⑥以其所不能为,止以其所不能已⑦。如此者身危。故与之论大人⑧,则以为间⑨己矣;与之论细人⑩,则以为卖重⑪;论其所爱,则以为藉资⑫;论其所憎,则以为尝己也⑬。径省其说⑭,则以为不智而拙⑮之;米盐博辩⑯,则以为多而交之⑰;略事陈意⑱,则曰怯懦而不尽⑲;虑事广肆⑳,则曰草野而倨侮㉑。此说之难,不可不知也。

凡说之务㉒,在知饰所说之所矜而灭其所耻。㉓ 彼有私急也,必以公义示而强

---

① "规异事而当"四句:游说者替国君谋划非同寻常的事情并符合了他的心意,另有一个聪明的人不参与其事,从外面揣测到了这件事,事情因而泄漏出去,国君一定以为是游说者泄露的。规:谋划。当(dàng):得当,合意。知:通"智"。

② "周泽"四句:国君对游说者的亲密的恩宠还不深厚,而游说者却讲出了自己知道的一切。如果游说者的话行得通且有功效,国君因他不是亲信便忘了奖赏他;游说者的说法如果行不通并且遭到失败,国君便疑心游说者在愚弄他。周:亲密。泽:恩宠,恩泽。渥:深厚。语极知:说出自己知道的一切。德:奖赏。

③ 贵人:地位尊贵的人,这里指国君。过端:过错。

④ 挑:挑明,揭露。

⑤ 与(yù):参与。知:知道,了解。

⑥ 强(qiǎng):勉强。

⑦ 已:停止。

⑧ 大人:指大臣。

⑨ 间(jiàn):离间。

⑩ 细人:地位卑微的小臣,指国君身边的侍从。

⑪ 卖重:《史记》引作"鬻(yù,卖弄)权",卖弄权势。

⑫ 这句是说,游说的人有意借助谈论君王宠爱的人来拉近关系。藉(jiè):凭借,借助。资:资助,帮助。

⑬ 尝:试探。己:指君王。

⑭ 径省其说:言辞直截简略。其:指游说者。

⑮ 拙:意动用法,认为……愚钝。

⑯ 米盐博辩:辩辞广博,言语琐碎。米盐:喻指琐碎。

⑰ 这句是说,国君嫌游说者话多琐碎,便抛弃他。多:话多,啰唆。交:陈奇猷《韩非子集释》以为"弃"字之误。

⑱ 略事陈意:略言其事,粗陈己意。

⑲ 不尽:不敢尽言。

⑳ 虑事广肆:谋划事情时广泛放肆地陈述意见。

㉑ 草野:粗野。倨侮:傲慢无礼。

㉒ 务:要务,要领。

㉓ "在知"句:在于知道粉饰国君引以为豪的地方,而掩盖他自以为耻的地方。饰:粉饰,美化。灭:这里指掩盖。

之。① 其意有下也，然而不能已，说者因为之饰其美而少其不为也。② 其心有高也，而实不能及，说者为之举其过而见其恶，而多其不行也。③ 有欲矜以智能，则为之举异事④之同类者，多为之地⑤，使之资说于我⑥，而佯⑦不知也，以资其智⑧。欲内相存之言，则必以美名明之，而微见其合于私利也。⑨ 欲陈危害之事，则显其毁诽，而微见其合于私患也。⑩ 誉异人与同行者，规异事与同计者。⑪ 有与同污者，则必以大饰其无伤也；有与同败者，则必以明饰其无失也。⑫ 彼自多⑬其力，则毋以其难概之也⑭；自勇其断，则无以其谪怒之⑮；自智其计，则毋以其败穷⑯之。大意无所拂悟⑰，辞言无所系縻⑱，然后极骋智辩焉。此道所得，亲近不疑而得尽辞也。伊尹为宰⑲，百里奚为虏⑳，皆所以干㉑其上也。此二人者，皆圣人也，然犹不能无役㉒身以进，如此其污也。今以吾言为宰虏，而可以听用而振世㉓，此非

---

① "彼有"两句：国君有私事急于办理，游说者一定要说这件事符合公义而鼓励他去做。

② "其意"三句：国君的用意很卑下，然而不能抑制，游说者就应该替他粉饰这件事情的好处，抱怨他为什么不去做。少：不满，抱怨。

③ "其心"四句：国君的志向很高远，然而实际上做不到，游说者就应该替他指出这件事情的坏处，称赞他不去做是对的。多：赞美，称赞。

④ 异事：其他事情。

⑤ 多为之地：多给他提供事理的依据。

⑥ "使之"句：使他能从我这里获取说法的材料。资：取，借取。

⑦ 佯：假装。

⑧ 以资其智：以帮助表现他的智慧。资：帮助。

⑨ "欲内"三句：要向国君进献与人相安的话，便用这事情符合公义的话来劝说，暗示这样做对他自己有好处。内：通"纳"，进献。相存：与人相安共处。微：隐晦地，暗暗地。微见：不明显地表示出来，即暗示。见：同"现"，显示。

⑩ "欲陈"三句：要陈述对国君有危害的事情，便明确地说这件事会受到诋毁和非议，暗示那样做对他自己有害。

⑪ "誉异人"两句：赞美和国君行事相同的其他人，谋划与国君打算相同的其他事情。意指借别的人别的事来赞美国君。

⑫ "有与同污"四句：有人和国君做了同样卑污、失败的事，一定要大加文饰，说这种事是没有关系的，没有过错的。无伤：没有关系，不碍事。

⑬ 自多：自矜，自夸。

⑭ 毋：不要。概：阻止。

⑮ 自勇其断：自认为勇于决断。无：依上下文，此处当作"毋"。谪：过失。怒：激怒。

⑯ 穷：窘迫，使……难堪。

⑰ 大意：进说的主旨。拂：违背。悟：通"忤"，逆，抵触。

⑱ 系縻：本作"击摩"。击：顶撞。摩：摩擦。

⑲ 伊尹：商汤时贤相，名伊，一名挚。相传他本是有莘氏之女的私臣，曾借做宰割烹调之事求进于汤。宰：掌管膳食之官。

⑳ 百里奚：春秋时虞国人。晋灭虞后，晋献公把他作为陪嫁小臣送给秦国，他中途逃走被楚人抓住，秦穆公闻其贤，用五羖羊皮把他赎回，后相秦七年。虏：奴隶。以上两事见《孟子·万章上》。

㉑ 干：求。

㉒ 役：供人役使。

㉓ 前一个"而"：如果。振世：救世。

能仕之所耻也。夫旷日离久①，而周泽既渥，深计而不疑，引争而不罪，则明割利害以致其功②，直指是非以饰③其身。以此相持④，此说之成也。

昔者郑武公⑤欲伐胡，故先以其女妻胡君以娱其意。因问于群臣："吾欲用兵，谁可伐者？"大夫关其思对曰："胡可伐。"武公怒而戮之，曰："胡，兄弟之国也，子言伐之，何也？"胡君闻之，以郑为亲己，遂不备郑。郑人袭胡，取之。宋有富人，天雨墙坏，其子曰："不筑，必将有盗。"其邻人之父亦云。暮而果大亡其财。其家甚智其子，而疑邻人之父。此二人⑥说者皆当矣，厚者为戮，薄者见疑⑦，则非知之难也，处⑧知则难也。故绕朝之言当矣，其为圣人于晋而为戮于秦也。⑨ 此不可不察。

昔者弥子瑕有宠于卫君⑩。卫国之法：窃驾君车者罪刖⑪。弥子瑕母病，人间⑫往夜告弥子，弥子矫⑬驾君车以出。君闻而贤之，曰："孝哉！为母之故，忘其刖罪。"异日，与君游于果园，食桃而甘，不尽，以其半啖⑭君。君曰："爱我哉，忘其口味以啖寡人。"及弥子色衰爱弛，得罪于君，君曰："是固尝矫驾吾车，又尝啖我以余桃。"故弥子之行，未变于初也，而以前之所以见贤而后获罪者，爱憎之变也。故有爱于主，则智当而加亲⑮；有憎于主，则智不当见罪而加疏。故谏说谈论之士，不可不察爱憎之主而后说焉。

夫龙之为虫⑯也，柔可狎⑰而骑也；然其喉下有逆鳞⑱径尺，若人有婴⑲之者则

---

① 旷日：费时。离久：《史记》作"弥久"，长久。
② 割：剖析。致：取得，获取。
③ 饰：通"饬"，整治，端正。
④ 相持：相对待。持：通"待"。
⑤ 郑武公：春秋时郑国国君，名掘突。
⑥ 此二人：指关其思与邻人之父。
⑦ "厚者"两句：重的被杀害（如关其思），轻的被怀疑（如邻人之父）。
⑧ 处：处理，运用。
⑨ "故绕朝"两句：绕朝的话说得很对，在晋国看来他像圣人一样的明智，然而在秦国却不被采纳，甚至会被杀害。绕朝，春秋时秦国大夫。晋国大夫士会逃亡秦国，为秦国所用。晋国非常不安，便派人到秦诱使士会骗过秦伯回到晋国。临行的时候，绕朝赠给士会一条马鞭，说："你不要以为秦国没人了解你们的计策，只是我的话不被秦伯采纳罢了。"意即他已经看破了他们的圈套。（士会回到晋国后觉得绕朝是个威胁，于是派间谍到秦国诋毁绕朝，秦伯听信谗言，杀掉了绕朝。）
⑩ 弥子瑕：春秋时卫灵公的宠臣。卫君：指卫灵公。
⑪ 罪：惩罚。刖（yuè）：断足之刑。
⑫ 间（jiàn）：秘密。
⑬ 矫：假托君命。
⑭ 啖（dàn）：给⋯⋯吃。
⑮ 智当而加亲：智谋变得适当而更加被亲近。
⑯ 虫：古代对动物的泛称。
⑰ 狎：亲近。
⑱ 逆鳞：倒生的鳞片。
⑲ 婴：触也。

必杀人。人主亦有逆鳞，说者能无婴人主之逆鳞，则几①矣！

【简析】
  在这篇文章中，作者反复剖析游说"人主"之难，并提出了一系列应对的办法。作者对人主的心理剖析得十分透辟，揭露了统治者多疑刻薄、虚伪矫饰、文过自矜的丑陋。和儒家坚持道义、不合则去的主张不同，作者给出的对策是不择手段地迎合人主，不惜卑躬屈节、文饰献媚以获取宠信，体现了法家积极进取、直言不讳的作风。

  文章围绕游说之难展开具体分析，论述缜密细致，笔锋直率犀利，体现了韩非子散文严峻峭刻的特色。

---

① 几：庶几，接近，差不多。

奇　　鬼①

《吕氏春秋》②

梁北有黎丘部③，有奇鬼焉，喜効人之子姪昆弟之状④。邑丈人有之市而醉归者⑤，黎丘之鬼効其子之状，扶而道苦之⑥。丈人归，酒醒而诮⑦其子曰："吾为汝父也，岂谓⑧不慈哉？我醉，汝道苦我，何故？"其子泣而触地⑨曰："孽⑩矣！无此事也。昔也往责⑪于东邑，人可问也。"其父信之，曰："嘻⑫！是必夫奇鬼也⑬！我固尝闻之矣⑭。"明日，端⑮复饮于市，欲遇而刺杀之。明旦之市而醉，其真子恐其父之不能反⑯也，遂逝⑰迎之。丈人望其真子，拔剑而刺之。丈人智惑于似其子者，而杀于真子。夫惑于似士者而失于真士，此黎丘丈人之智也。疑似⑱之迹不可不察，察之必于其人也⑲。舜为御⑳，尧为左，禹为右㉑，入于泽而问牧童，入于

---

① 本文选自《吕氏春秋新校释》（上海古籍出版社2002年版），文题为编者所加。
② 《吕氏春秋》：也称《吕览》，是战国末期秦相吕不韦召集门客共同编写的。它汇集了先秦各种学派的思想，既有儒家、墨家、法家、名家的主张，也有道家、农家、阴阳家的观点，是杂家的代表著作。
③ 梁：魏国。魏国原都安邑（今山西夏县西北），惠王迁都大梁（今河南开封），所以又称梁国。部：李贤注《后汉书·张衡列传》引作"乡"。
④ 喜：李善注《文选》"张衡《思玄赋》"引作"善"，形近而误作"喜"。効：模仿。姪：王引之认为"子姪"为"子姓"之误。子姓，子孙。昆：兄。
⑤ 邑：村镇。丈人：老人的通称。之：到，往。
⑥ 道：名词作状语，在路上。苦：折磨。
⑦ 诮（qiào）：责备，责怪。
⑧ 谓：称作。
⑨ 触地：叩头至地。触：撞。
⑩ 孽：妖孽，这里用作动词。
⑪ 责：讨债，这个意思后来写作"债"。
⑫ 嘻：叹词，表示惊怒不满。
⑬ 是：此。夫：指示代词，那。
⑭ 固：本来，原来。尝：曾经。
⑮ 端：故意。
⑯ 反：返回，这个意思后来写作"返"。
⑰ 逝：往。
⑱ 疑似：同义连用，相似。
⑲ "察之"句：辨察一定要通过适当的人。其：一定的，适当的。
⑳ 御：驾车的人。
㉑ 右：车右，又叫参乘。古制一车乘三人，尊者居左，御者居中，参乘居右。

水而问渔师①。奚故也？其知之审也②。夫孪子之相似者，其母常识③之，知之审也。

【简析】
　　文章通过黎丘丈人的故事告诫人们，凡事要审慎详察，不要被似是而非的假象迷惑。对于相似的事物和现象如果不加审察，不能透过纷繁复杂的现象把握本质，就容易酿成"惑于似子者，而杀于真子"的大错。文章最后指出，审察"疑似之迹"应该向真正了解并熟悉掌握实际情况，即"知之审"的人请教，如此才能够确实做到客观审察，避免犯错。

---

① 渔师：古代掌鱼之官。
② 其：代词，他们。审：清楚，明白。
③ 识：识别，辨认。

修身齐家治国平天下①

《礼记》②

大学之道③，在明明德④，在亲民⑤，在止于至善。知止⑥而后有定，定而后能静，静而后能安，安而后能虑，虑而后能得⑦。物有本末，事有终始。知所先后，则近道矣。

古之欲明明德于天下者，先治其国；欲治其国者，先齐其家⑧；欲齐其家者，先修其身⑨；欲修其身者，先正其心⑩；欲正其心者，先诚其意；欲诚其意者，先致其知⑪；致知在格物⑫。物格而后知至，知至而后意诚，意诚而后心正，心正而后身修，身修而后家齐，家齐而后国治，国治而后天下平。自天子以至于庶人⑬，壹是以修身为本⑭。其本乱而末⑮治者，否矣。其所厚者薄，而其所薄者厚⑯，未之有也⑰！此谓知本，此谓知之至也。

---

① 本文选自阮元刻《十三经注疏》本《礼记正义》。
② 《礼记》：是战国到秦汉时期儒家论说或解释礼制的文章汇编。南宋理学家朱熹选取《礼记》中的《大学》《中庸》，与《论语》《孟子》合称"四书"，用来作为儒学的基础读物。
③ 大学之道：大学的宗旨。"大学"一词在古代有两种含义：一是"博学"的意思；二是相对于小学而言的"大人之学"。古人8岁入小学，学习"洒扫应对进退、礼乐射御书数"等文化基础知识和礼节；15岁入大学，学习伦理、政治、哲学等"穷理正心，修己治人"的学问。所以，后一种含义其实也和前一种含义有相通的地方，同样有"博学"的意思。道：本义是道路，引申为规律、原则等，在中国古代哲学、政治学里，也指宇宙万物的本原、个体，一定的政治观或思想体系等，在不同的上下文环境里有不同的意思。
④ 明明德：前一个"明"作动词，使动用法，使……彰明，也就是发扬、弘扬的意思；后一个"明"作形容词，明德也就是光明正大的品德。
⑤ 亲民：就是新民，使人弃旧图新、去恶从善。亲：应为"新"，即革新、图新。
⑥ 知止：指知道自己内心应该达到至善的境地。止：停止。
⑦ 得：收获。
⑧ 齐其家：管理好自己的家庭或家族，使家庭或家族和和美美、兴旺发达。
⑨ 修其身：修养自身的品性。
⑩ 正其心：使内心安定。正：定。
⑪ 致其知：使自己获得知识。
⑫ 格物：认识、研究万事万物。
⑬ 庶人：指平民百姓。
⑭ 壹是：都是。本：根本。
⑮ 末：相对于"本"而言，指枝末、枝节。
⑯ 厚者薄：该重视的不重视。薄者厚：不该重视的却加以重视。
⑰ 未之有也：即未有之也，指没有这样的道理（事情、做法等）。

【简析】

　　这里所选的《大学》两段文章,向我们说明了儒学"三纲八目"的追求。第一段说明"三纲",第二段说明"八目"。所谓三纲,指明德、亲民、止于至善。它既是《大学》的纲领旨趣,也是儒学"垂世立教"的目标所在。所谓八目,指格物、致知、诚意、正心、修身、齐家、治国、平天下。它既是达到"三纲"的要求,也是儒学为我们展示的人生进修阶梯。儒家的全部学说实际上都是循着这"三纲八目"而展开的。抓住这三纲八目就等于抓住了一把打开儒学大门的钥匙,可以帮助我们领略儒学经典的奥义。这里的阶梯实际上包括"内修"和"外治"两大方面:前面四级"格物、致知、诚意、正心"是"内修",后面"齐家、治国、平天下"是"外治"。而其中间的"修身"一环,则是联结"内修"和"外治"两方面的枢纽:它与前面的"内修"项目连在一起,是"独善其身";它与后面的"外治"项目连在一起,是"兼济天下"。

风　　赋①

宋　玉②

　　楚襄王游于兰台之宫③，宋玉、景差④侍。

　　有风飒然⑤而至，王乃披襟而当之⑥，曰："快哉此风！寡人所与庶人共者邪？"⑦

　　宋玉对曰："此独大王之风耳，庶人安得而共之！"

　　王曰："夫风者，天地之气，溥畅而至⑧，不择贵贱高下而加焉⑨。今子独以为寡人之风，岂有说⑩乎？"

　　宋玉对曰："臣闻于师，枳句来巢⑪，空穴来风⑫。其所托者然，则风气殊焉。"⑬

　　王曰："夫风，始安生哉⑭？"

　　宋玉对曰："夫风生于地，起于青蘋之末⑮。侵淫⑯溪谷，盛怒于土囊之口⑰。

---

① 本文选自四部丛刊本《六臣注文选》卷十三。
② 宋玉，战国末期楚国人，在楚辞创作方面是屈原的继承者。他的《风赋》《高唐赋》《神女赋》和《登徒子好色赋》在赋的语言体式、表现形式上多所创造，对汉赋有着直接的影响。
③ 楚襄王：即顷襄王（前298—前262年）。兰台之宫：宫苑名，旧址在今湖北省钟祥县境。
④ 景差：楚大夫，以辞赋著称，但没有作品流传下来。
⑤ 飒（sà）然：风声。
⑥ 披襟而当之：敞开衣襟迎着清风。披：分开。
⑦ "寡人"句：这风是我和百姓一起享受的吗？邪：同"耶"，疑问语气词。
⑧ 溥（pǔ）：普遍。畅：畅通。
⑨ 加：这里指吹到身上。焉：在他们身上。
⑩ 说：解释。
⑪ 此句意即枳树枝干弯曲，故飞鸟常来做巢。枳（zhǐ）：枳树，枝条弯曲，有刺。句（gōu）：弯曲。
⑫ 这句是说有空隙的地方，往往招来风。来：招致。
⑬ "其所托"两句：鸟巢和风是根据环境条件的不同而出现的，那么风的气势也因自然条件的差异而有所不同。其：指"巢"和"风"。所托者：所依托的东西，指"枳句"和"空穴"。然：如此。风气：风的气势。
⑭ 始安生哉：开始是从哪里产生的呢？
⑮ 青蘋：水草。末：尖端。
⑯ 侵淫：逐渐进入。
⑰ 盛怒：形容风势之猛。土囊：大山洞。

缘泰山之阿①，舞于松柏之下。飘忽淜滂②，激飏熛怒③，耾耾④雷声，回穴错迕⑤。蹶石伐木⑥，梢杀林莽⑦。至其将衰也，被丽披离，冲孔动楗⑧，眴焕粲烂⑨，离散转移⑩。故其清凉雄风⑪，则飘举升降，乘凌⑫高城，入于深宫。邸花叶而振气⑬，徘徊于桂椒⑭之间，翱翔于激水⑮之上，将击芙蓉之精⑯，猎蕙草、离秦蘅、概新夷、被荑杨⑰，回穴冲陵⑱，萧条⑲众芳。然后徜徉中庭⑳，北上玉堂㉑，跻于罗帷㉒，经于洞房㉓，乃得为大王之风也。故其风中㉔人，状直憯凄惏慄㉕，清凉增欷㉖。清清泠泠㉗，愈病析酲㉘，发明耳目㉙，宁体便人㉚。此所谓大王之雄风也。"

王曰："善哉论事！夫庶人之风，岂可闻乎？"

---

① 缘：沿着。泰山：大山。泰：通"太"，大。阿：山的弯曲处。
② 淜滂（píng pāng）：风吹在物上的声音。
③ 激飏（yáng）：急飞的样子。熛（biāo）：火飞貌。熛怒：形容风势猛如烈火。
④ 耾耾（hóng）：风声。
⑤ 回穴：联绵词，回旋的样子。错迕（wǔ）：交错，风盘旋回翔的样子。
⑥ 蹶（guì）石：摇动石头。伐木：折断树木。
⑦ 梢杀：冲击。莽：丛草。
⑧ "被丽"两句：当风势渐小、风力分散的时候，便只有钻越小孔和冲动门栓的力量了。被丽、披离：都是联绵词，风力四散的样子。楗（jiàn）：门栓。
⑨ 眴（xuàn）焕、粲烂：都是联绵词，色彩鲜明的样子。这里是说，微风吹过，景物呈现灿烂的光彩。
⑩ 离散转移：指微风飘散。
⑪ 雄风：指属于王侯的雄伟之风。
⑫ 乘凌：跨越。
⑬ 邸：通"抵"，触动。振气：发散香气。
⑭ 桂椒：桂花树和香椒树，桂花和椒子都有香味。
⑮ 激水：急流。
⑯ 芙蓉之精：就是荷花。精：这里指花。
⑰ 猎：掠过。离：分开。概：吹平。被：通"披"，分开。这些动词都是形容风吹来时，花草树木展现的各种形态。蕙草、秦蘅（héng）：都是香草。新夷：辛夷树。荑（tí）杨：初生的杨树。
⑱ 冲陵：冲击。
⑲ 萧条：使动用法，使……凋零。
⑳ 徜徉：徘徊。中庭：庭院中。
㉑ 北上：古代宫殿均坐北朝南，故风吹来称为北上。玉堂：宫中正殿的美称。
㉒ 跻（jī）：升。罗帷：丝织品做成的帷帐。
㉓ 洞房：宫中的内室。
㉔ 中（zhòng）：动词，这里指风吹。
㉕ 直：仅仅。憯（cǎn）凄：联绵词，悲痛，感伤。惏慄（lín lì）：联绵词，冷得发抖的样子。
㉖ 增欷（xī）：让人倒抽冷气。
㉗ 清清泠泠（líng）：清凉的样子。
㉘ 析酲（chéng）：解酒。酲：酒醉后神志不清。
㉙ 发明耳目：使耳目清明。发：开。明：使动用法，使……看得清楚。
㉚ 宁体：使人身体安宁。便人：令人轻松舒畅。

宋玉对曰："夫庶人之风，塕然①起于穷巷之间，堀堁②扬尘，勃郁烦冤③，冲孔袭门，动沙堁，吹死灰，骇溷浊④，扬腐余⑤，邪薄入瓮牖⑥，至于室庐。故其风中人，状直憞溷郁邑⑦，殴温致湿⑧，中心惨怛⑨，生病造热⑩，中唇为胗⑪，得目为蔑⑫，啗齰嗽获⑬，死生不卒⑭。此所谓庶人之雌风也。"

【简析】

《风赋》以楚襄王在兰台宫当风有感为端，通过楚王和宋玉的对答来展开。文中形象生动地描绘出风的动态，把风分为"大王之雄风"和"庶人之雌风"两种，反映了宫廷生活的奢侈豪华与百姓生活的凄惨悲苦。赋中没有过多的铺排，描写适可而止，文字活泼简净，是一篇相当巧妙而生动的讽刺文章。

---

① 塕（wěng）然：风起的样子。
② 堀堁（kū kè）：扬起尘土。堀：冲起。堁：尘土。
③ 勃郁烦冤：形容风刮尘土飞扬时，显得郁怒不平。
④ 骇：惊，这里是搅起的意思。溷（hùn）浊：指肮脏的东西。
⑤ 腐余：东西腐败后的臭味。
⑥ 邪：偏斜。薄：迫近。瓮牖（wèng yǒu）：穷人家在土墙上挖一个圆孔，塞入破瓮做成的窗子。
⑦ 憞（dùn）溷：联绵词，怨恨心烦的样子。郁邑：联绵词，忧郁气闷的样子。
⑧ 殴温致湿：意即这种风驱来温热之气，令人得湿病。殴：同"驱"。
⑨ 惨怛（dá）：忧伤痛苦。
⑩ 造热：发烧。
⑪ 中（zhòng）唇：碰到嘴唇上。胗（zhěn）：唇疮。
⑫ 得目：碰到眼睛。蔑：眼病，眼睛红肿不明。
⑬ 这句形容中风后人嘴的种种病态。啗（dàn）：吃。齰（zé）：嚼。嗽（sòu）：吮吸。获：通"嚄（huò）"，大叫。
⑭ 死生不卒：不死不活。卒：终结。

田单传①

司马迁②

　　田单者，齐诸田疏属③也。湣王④时，单为临菑市掾⑤，不见知⑥。及燕使乐毅伐破齐，齐湣王出奔，已而保莒城。⑦燕师长驱平齐，而田单走安平⑧，令其宗人尽断其车轴末而傅铁笼⑨。已而燕军攻安平，城坏，齐人走，争涂⑩，以𨎹折车败⑪，为燕所虏，唯田单宗人以铁笼故得脱，东保即墨⑫。燕既尽降齐城，唯独莒、即墨不下。燕军闻齐王在莒，并兵攻之。淖齿既杀湣王于莒⑬，因坚守，距⑭燕军，数年不下。燕引兵⑮东围即墨，即墨大夫⑯出与战，败死。城中相与推田单，曰："安平之战，田单宗人以铁笼得全，习兵⑰。"立以为将军，以即墨距燕。

---

　① 本文选自标点本《史记》卷八十二（中华书局1982年版）。
　② 司马迁：前145—？年，字子长，龙门（今陕西韩城市南）人。他的父亲司马谈在汉武帝时担任太史令，立志要编一部史书，不过未动笔就去世了。司马迁继承父志，他38岁继任太史令，开始整理史料，42岁开始写作《史记》。中间因替李陵辩护而受宫刑，精神上受到很大的打击。出狱后任中书令（由宦者担任的掌管文书奏事的官），仍用主要精力写作《史记》，一直到他去世。《史记》原名《太史公书》或《太史公记》，是我国第一部纪传体的通史，奠定了我国正史的体例。《史记》记黄帝至汉武帝太初年间史事，由十二本纪、十表、八书、三十世家、七十列传五部分组成，共计130篇，52万字。
　③ 诸田疏属：齐王宗室的远房子弟。齐王姓田，齐国的田姓贵族称诸田。
　④ 湣王：齐湣王田地，前300—前284年在位。
　⑤ 临菑：齐国都城，在今山东淄博市临淄城北。市掾（yuàn）：管理市场的小吏。掾：古代官署属员的通称。
　⑥ 不见知：不为人所知，不出名。
　⑦ "及燕使"三句：前284年燕昭王派乐毅领兵攻打齐国，齐国大败，齐湣王逃出都城，逃到莒。莒：今山东莒县，是齐国南部的重要城邑。
　⑧ 安平：齐邑名，在今山东淄博市临淄城东北。
　⑨ 尽断其车轴末而傅铁笼：把车轴末端突出的部分截去，用铁箍包好。傅：包裹。铁笼：铁箍。
　⑩ 涂：通"途"，路。
　⑪ 这句是说因为车轴头被撞断而车子坏了。𨎹（wèi）：车轴头。
　⑫ 即墨：齐国东部的主要城邑，在今山东平度市东南。
　⑬ "淖齿"句：《史记·田敬仲完世家》载"楚使淖齿将兵救齐，因相齐湣王。淖齿遂杀湣王而与燕共分齐之侵地卤（虏）器"。
　⑭ 距：通"拒"，抵御。
　⑮ 引兵：率领军队。
　⑯ 即墨大夫：即墨城的长官，类似后来的县令。
　⑰ 习兵：通晓打仗。

顷之，燕昭王①卒，惠王②立，与乐毅有隙③。田单闻之，乃纵反间④于燕，宣言曰："齐王已死，城之不拔者二耳。乐毅畏诛而不敢归，以伐齐为名，实欲连兵南面而王齐⑤。齐人未附，故且缓攻即墨以待其事。⑥ 齐人所惧，唯恐他将之来，即墨残矣。"⑦ 燕王以为然，使骑劫⑧代乐毅。

　　乐毅因归赵，燕人士卒忿。⑨ 而田单乃令城中人食必祭其先祖于庭，飞鸟悉翔舞城中下食。燕人怪之。田单因宣言曰："神来下教我。"乃令城中人曰："当有神人为我师。"有一卒曰："臣可以为师乎？"因反走⑩。田单乃起，引还⑪，东乡坐⑫，师事之⑬。卒曰："臣欺君，诚⑭无能也。"田单曰："子勿言也！"因师⑮之。每出约束⑯，必称神师。乃宣言曰："吾唯惧燕军之劓⑰所得齐卒，置之前行⑱，与我战，即墨败矣。"燕人闻之，如其言。城中人见齐诸降者尽劓，皆怒，坚守，唯恐见得⑲。单又纵反间曰："吾惧燕人掘吾城外冢墓，僇⑳先人，可为寒心。"燕军尽掘垄墓㉑，烧死人。即墨人从城上望见，皆涕泣，俱欲出战，怒自十倍。

　　田单知士卒之可用，乃身操版插㉒，与士卒分功㉓，妻妾编于行伍㉔之间，尽散饮食飨士㉕。令甲卒皆伏，使老弱女子乘城㉖，遣使约降于燕，燕军皆呼万岁。

---

① 燕昭王：名职，前311—前279年在位。
② 惠王：昭王之子，前279—前272年在位。
③ 有隙：有矛盾。
④ 反间：用假情报迷惑敌人，令他们内部互相猜忌、互相斗争。
⑤ 连兵：指联合即墨和莒的齐军。南面而王齐：在齐国称王。
⑥ "齐人未附"两句：齐国人还没有归附，所以他暂且放缓对即墨的进攻来等待事情成功。
⑦ "齐人所惧"三句：齐国人最担心的就是别的将领来，如果别的将领来，即墨就会被攻破。
⑧ 骑（jì）劫：燕将名。
⑨ 这句是说燕国的士兵同情乐毅有功而被免，都很不满。
⑩ 因反走：说完后转身就走。
⑪ 引还：把他拉回来。
⑫ 东乡坐：古代以面朝东坐的位子为上位。乡：通"向"。
⑬ 师事之：像对待老师那样侍奉他。
⑭ 诚：实在。
⑮ 师：意动用法，以……为师。
⑯ 约束：规章、法令。
⑰ 劓（yì）：古代的一种酷刑，割去鼻子。
⑱ 前行（háng）：军队的前排。
⑲ 见得：被俘虏。
⑳ 僇：侮辱。
㉑ 垄墓：坟墓。垄：坟。
㉒ 版：建筑工具，筑墙时以版夹土，用杵捣实。插：通"锸（chā）"，铁锹。
㉓ 功：指修筑工事的劳务。
㉔ 行伍：军队。
㉕ 这句是说把自己家的食物都分给了士兵。飨：犒劳。
㉖ "令甲卒"两句：这是故意显示自己兵力不足，麻痹敌人。乘：登上。

田单又收民金,得千溢①,令即墨富豪遗②燕将,曰:"即墨即③降,愿无掳掠吾族家妻妾,令安堵④。"燕将大喜,许之。燕军由此益懈。

　　田单乃收城中得千余牛,为绛缯衣⑤,画以五彩龙文⑥,束兵刃于其角,而灌脂束苇于尾,烧其端。凿城数十穴,夜纵牛,壮士五千人随其后。牛尾热,怒而奔燕军,燕军夜大惊。牛尾炬火光明炫耀⑦,燕军视之皆龙文,所触⑧尽死伤。五千人因衔枚⑨击之,而城中鼓噪⑩从之,老弱皆击铜器为声,声动天地。燕军大骇,败走。齐人遂夷杀⑪其将骑劫。燕军扰乱奔走,齐人追亡逐北⑫,所过城邑皆畔⑬燕而归田单,兵日益多,乘胜,燕日败亡,卒至河上⑭,而齐七十余城皆复为齐。乃迎襄王⑮于莒,入临菑而听政。

　　襄王封田单,号曰安平君。

【简析】

　　《田单传》全文都在写田单之"奇":开头断车轴傅铁笼一事,是小做渲染;之后行反间计除去乐毅,奉神师来安抚民心,诱使燕军刑齐俘、掘齐冢来激怒齐民,置老弱于城上、让富商行贿来麻痹燕军,奇计迭出,且愈出愈奇;最终火牛计出,更是奇中之奇。文章娓娓道来,次序井然,引人入胜。

---

① 溢:通"镒"(yì),一镒为20两(一说24两)。
② 遗(wèi):赠送。
③ 即:倘若。
④ 安堵:安居。
⑤ 为绛缯衣:给牛披上红色丝织品。绛:深红色。缯:丝织品。
⑥ 龙文:龙形花纹。
⑦ 炫耀:耀眼。
⑧ 触:撞。
⑨ 衔枚:横衔枚于口中,以防喧哗或叫喊。枚:形如筷子,两端有带,可系于颈上。
⑩ 鼓噪:擂鼓呐喊。
⑪ 夷杀:杀。夷:平,这里也是杀的意思。
⑫ 亡、北:指逃跑败北的人。
⑬ 畔:通"叛"。
⑭ 河上:黄河边。古黄河流经今沧州、黄骅一带,那里是齐燕两国的分界处。
⑮ 襄王:齐湣王之子,名法章,前283—265年在位。淖齿杀掉湣王占据莒后,齐国群臣诛淖齿,立法章为王,坚守莒城。

本 议①

桓 宽②

惟始元六年③，有诏书使丞相、御史与所举贤良、文学语④。问民间所疾苦。

文学对曰："窃闻治人之道，防淫佚之原⑤，广道德之端⑥，抑末利而开仁义⑦，毋示以利，然后教化可兴，而风俗可移也。今郡国有盐铁、酒榷、均输⑧，与民争利，散敦厚之朴，成贪鄙之化。是以百姓就本⑨者寡，趋末者众。夫文繁则质衰⑩，末盛则本亏。末修则民淫⑪，本修则民悫⑫。民悫则财用足，民侈则饥寒生。愿罢盐铁、酒榷、均输，所以进本退末，广利农业，便也。"

大夫⑬曰："匈奴背叛不臣，数⑭为寇暴于边鄙。备之则劳中国之士，不备则侵

---

① 本文选自新编《诸子集成》本《盐铁论校注》卷一（中华书局1992年版）。本议：根本计议，是《盐铁论》的第一篇。

② 桓宽：：生卒年不详，字次公，汉汝南郡（治所在今河南上蔡西南）人，治《公羊春秋》。宣帝时举为郎，后官至庐江太守丞。汉昭帝始元六年（前81年）召开了一次盐铁会议，讨论盐铁国营（盐铁）和酒类专卖（酒榷）以及设官员贱买贵卖来平抑物价（均输）政策的利弊，参加者是主持推行这一政策的御史大夫桑弘羊等人和反对这项政策的贤良、文学之士。《盐铁论》就是桓宽根据当时的会议记录写成的一部对话体的书。

③ 始元六年：即前81年。

④ 丞相：指丞相田千秋。御史：御史大夫的省称，指御史大夫桑弘羊。贤良：古代选拔统治人才的科目之一，士人被选拔为"贤良方正"，给予功名，但无一定官职。文学：地方上推举的有学问的读书人。

⑤ 原：源头，这个意思后作"源"。

⑥ 端：开端。

⑦ 末利：指工商之利。古以农为本，工商为末。

⑧ 盐铁：指盐铁国营。酒榷：酒类专卖。均输：为便利各地交纳贡赋，在各地设置均输官，分别收购土特产，运往京师，以均远近劳逸。

⑨ 本：这里指农业。

⑩ 文、质：是古代相对的两个概念，这里"文"指奢华浮躁，"质"指平凡朴实。

⑪ 淫：放纵。

⑫ 悫（què）：诚朴。

⑬ 大夫：指御史大夫桑弘羊。

⑭ 数（shuò）：屡次。

盗不止。先帝①哀边人之久患，苦为虏所系获也②，故修障塞③，饬烽燧④，屯戍⑤以备之。边用度不足，故兴盐铁，设酒榷，置均输，蕃货长财⑥，以佐助边费。今议者欲罢之，内空府库⑦之藏，外乏执备⑧之用，使备塞乘城之士⑨，饥寒于边，将何以赡之？罢之，不便也。"

文学曰："孔子曰：'有国有家者，不患寡而患不均，不患贫而患不安。'⑩ 故天子不言多少，诸侯不言利害，大夫不言得丧。⑪ 畜仁义以风之⑫，广德行以怀⑬之。是以近者亲附而远者悦服。故善克者不战，善战者不师，善师者不阵。⑭ 修之于庙堂，而折冲还师。⑮ 王者行仁政，无敌于天下，恶⑯用费哉？"

大夫曰："匈奴桀黠⑰，擅恣⑱入塞，犯厉⑲中国，杀伐郡县、朔方都尉⑳，甚悖逆不轨，宜诛讨之日久矣。陛下垂大惠，哀元元之未赡㉑，不忍暴士大夫于原野㉒，纵然被坚执锐㉓，有北面复㉔匈奴之志，又欲罢盐铁、均输，忧边用㉕，损武

---

① 先帝：指汉武帝。
② 虏：俘虏，这里是对匈奴的蔑称。系获：掳去。
③ 障塞：于边塞险要之处筑城，设吏防守，故称障塞。
④ 饬：整治。烽燧：古代守边，作高土台，置薪草或狼粪于其上，遇有敌人入侵，即点火告警，叫烽燧。
⑤ 屯戍：驻扎边防军。
⑥ 蕃货长财：增加国家财富。蕃：使动用法，使……多。货：财物。
⑦ 府库：府和库都是国家收藏财物的地方。
⑧ 执备：守备。
⑨ 备塞：守护边塞。乘城：登城，这里指守城。
⑩ "有国"三句：见《论语·季氏》，意即不愁财少国贫，只怕贫富不均和国内不安。有国有家者：指诸侯和卿大夫。
⑪ "故天子"三句：多少、利害、得丧都是指财货说的。
⑫ 畜：通"蓄"，积蓄。风：教化。
⑬ 怀：安抚。
⑭ "故善克者不战"三句：善于克敌的不用作战，善于作战的不用起兵，善于用兵的不用布阵。师：名词用作动词，使用军队。
⑮ "修之于庙堂"两句：在朝廷上修明政治，就能使军队凯旋。折冲：摧折敌人战车，击败敌人。冲：战车。
⑯ 恶（wū）：为什么。
⑰ 桀黠：凶恶奸诈。
⑱ 擅恣：任意。
⑲ 厉：危害。
⑳ 朔方：郡名，治所在今内蒙古杭锦旗北什拉召一带。都尉：武官名。
㉑ 元元：百姓。赡：富足。
㉒ 暴士大夫于原野：指让将士在外作战。暴（pù）：显露，这个意思后来写作"曝"。士大夫：将士。
㉓ 然：当为"难"，这里是不能的意思。被坚执锐：披坚实的盔甲，执锐利的兵器。
㉔ 复：报复。
㉕ 忧：当作"扰"，破坏。边用：边塞的用度。

略①，无忧边之心，于其义未便也②。"

文学曰："古者贵以德而贱用兵。孔子曰：'远人不服，则修文德以来之。既来之，则安之。'③ 今废道德而任兵革，兴师而伐之，屯戍而备之，暴兵露师以支久长，转输④粮食无已，使边境之士饥寒于外，百姓劳苦于内。立盐铁，始张利官以给之⑤，非长策也。故以罢之为便也。"

大夫曰："古之立国家者，开本末之途，通有无之用⑥，市朝以一其求⑦，致⑧士民，聚万货，农商工师⑨各得所欲，交易而退。《易》曰：'通其变，使民不倦。'⑩ 故工不出，则农用乏；商不出，则宝货绝⑪；农用乏，则谷不殖；宝货绝，则财用匮；故盐铁均输，所以通委财而调缓急⑫，罢之，不便也。"

文学曰："夫导民以德，则民归厚；示民以利，则民俗薄；俗薄则背义而趋利，趋利则百姓交于道而接于市⑬。老子曰：'贫国若有余，非多财也，嗜欲众而民躁也。'⑭ 是以，王者崇本退末，以礼义防民欲，实菽粟货财⑮。市、商不通无用之物，工不作无用之器。故商所以通郁滞⑯，工所以备器械，非治国之本务也。"

大夫曰："管子云：'国有沃野之饶而民不足于食者，器械不备也。有山海之货而民不足于财者，商工不备也。'⑰ 陇蜀之丹漆旄羽⑱，荆扬之皮革骨象⑲，江南

---

① 损武略：损害军事谋略。
② 于其义未便也：疑当作"其于义未便也"（据杨树达说），意思是道理上是说不通的。
③ "孔子"句：见《论语·季氏》。来之：使他们来归顺。安之：安抚他们。
④ 转输：运输。
⑤ 张：设置。利官：逐利之官，指掌盐铁、酒榷、均输之官。之：指守卫边境的将士。
⑥ 通有无之用：以其所有易其所无。
⑦ 市朝以一其求：设立集市来统一调节他们的需求。市朝：这里专指"市"，且用作动词，设立集市。
⑧ 致：招引。
⑨ 工师：工匠。
⑩ "通其变"两句：见《易·系辞》，使货物流通，不断满足人民生活所需，故人民乐其业而不懈倦。
⑪ 宝货：指货币。绝：不流通。
⑫ 委财：积聚的财货。委：积聚，储备。调：调剂。缓急：这里专指"急"，指急需的情况。
⑬ 百姓交于道而接于市：百姓交接于市街，做生意。
⑭ "贫国"三句：今本《老子》无此文。意思是说，欲望太多，民心浮躁才会导致真正的贫穷。
⑮ 实：使……充实。菽：豆类。粟：谷类。
⑯ 郁滞：积压不流通的东西。
⑰ "管子云"句：见《管子》的《国蓄》与《轻重乙》篇，文句略有出入。
⑱ 陇：陇西郡，今甘肃东南部。蜀：蜀郡，今四川北部。丹：朱砂。漆：髹漆。旄：牦牛尾。羽：鸟羽。
⑲ 荆：荆州，包括今湖南、湖北和河南、贵州、广东、广西的一部分。扬：扬州，相当于今江苏、安徽南部和江西、浙江、福建一带。皮：未经加工的兽皮。革：已经加工的兽皮。骨：兽骨。象：象牙。

之柟梓竹箭①，燕齐之鱼盐旃裘②，兖豫之漆丝绨纻③，养生送终之具也④，待商而通，待工而成。故圣人作为舟楫⑤之用，以通川谷，服牛⑥驾马，以达陵陆；致远穷深⑦，所以交庶物⑧而便百姓。是以先帝建铁官以赡农用，开均输以足民财；盐铁、均输，万民所戴仰而取给者⑨，罢之，不便也。"

文学曰："国有沃野之饶而民不足于食者，工商盛而本业荒也。有山海之货而民不足于财者，不务民用而淫巧⑩众也。故川源不能实漏卮，山海不能赡溪壑。⑪是以盘庚率苦⑫，舜藏黄金⑬，高帝⑭禁商贾不得仕宦，所以遏贪鄙之俗而醇⑮至诚之风也。排困市井⑯，防塞利门⑰，而民犹为非也，况上之为利乎⑱？传曰：'诸侯好利则大夫鄙，大夫鄙则士贪，士贪则庶人盗。'⑲是开利孔为民罪梯也⑳。"

大夫曰："往者郡国诸侯各以其方物㉑贡输，往来烦难，物多苦㉒恶，或不偿其费㉓。故郡国置输官以相给运㉔，而便远方之贡，故曰均输。开委府㉕于京师，以

---

① 柟(nán)：楠木。梓(zǐ)：梓树。箭：箭竹，一种细短的竹子，可做箭杆。
② 燕：相当于今河北北部和辽宁西部。齐：相当于山东北部和胶东半岛。两地沿海的地方盛产鱼盐。旃：通"毡"，一种毛制的毡子。
③ 兖：兖州，相当于今山东西南部和河南东部。豫：豫州，相当于今河南东部和安徽北部。绨(chī)：葛布。纻(zhù)：麻布。
④ 养生：养活生者。送终：安葬死者。
⑤ 楫(jí)：桨。
⑥ 服牛：驾牛。服：驾御。
⑦ 致远穷深：到达很远很偏僻的地方。
⑧ 交庶物：交换货物。庶物：万物。
⑨ 戴仰：仰赖。取给：取得给养。
⑩ 淫巧：过于精巧而无益的技艺与制品。
⑪ "故川源"两句：比喻再多的财物也不能填补无穷的欲望。川源：指河流。漏卮(zhī)：渗漏的酒器。
⑫ 此句是指盘庚率领人民从事劳苦的工作。盘庚：商汤十世孙。率苦：原作"萃居"，此据孙诒让、郭沫若校改。
⑬ 舜藏黄金：《新语》《淮南子》都记载舜曾把黄金藏进深山里，目的在于堵塞贪鄙之心。
⑭ 高帝：汉高祖刘邦。
⑮ 醇：使动用法，使……朴厚。
⑯ 排困：排斥困辱。市井：做买卖的地方，这里指商人。
⑰ 防塞：防卫堵绝。利门：逐利的途径。
⑱ 上：指统治者。为利：逐利。
⑲ "传曰"句：不知出自何书。汉代称辅翼经书的著作为"传"。在《盐铁论》之后的《说苑·贵德篇》和《公羊传·桓公十五年》何休注也引过这句话。
⑳ 利孔：牟利的门路。罪梯：制造罪恶的阶梯。
㉑ 方物：土产。
㉒ 苦(gǔ)：通"盬"，粗劣。
㉓ 费：指运费。
㉔ 相给运：指运输供应到中央。
㉕ 委府：犹今仓库。

笼①货物。贱即买，贵则卖。是以县官不失实②，商贾无所贸利③，故曰平准④。平准则民不失职⑤，均输则民齐劳逸⑥。故平准、均输所以平万物而便百姓，非开利孔而为民罪梯者也。"

文学曰："古者之赋税于民也，因其所工，不求所拙⑦，农人纳其获，女工效其功⑧。今释其所有，责其所无，百姓贱卖货物以便上求⑨。间者⑩，郡国或令民作布絮，吏恣留难，与之为市⑪。吏之所入，非独齐阿之缣⑫，蜀汉之布⑬也，亦民间之所为耳。行奸卖平⑭，农民重苦，女工再税⑮，未见输之均也⑯。县官猥发，阖门擅市⑰，则万物并收。万物并收，则物腾跃⑱。腾跃，则商贾侔利。自市，则吏容奸。⑲豪吏富商积货储物以待其急，轻贾奸吏收贱以取贵⑳，未见准之平也。盖古之均输，所以齐劳逸而便贡输，非以为利而贾万物也。"

【简析】

"本议"是御史大夫桑弘羊等和应征召来的贤良、文学对安邦治国根本大计的议论。会议双方对盐铁官营、酒类专卖、均输等政策"罢"与"不罢"的关键问题，展开了激烈的辩论。贤良、文学从儒家的教条出发，认为治国当以仁德礼义来教化百姓，怀安匈奴，不当追求利益，不应轻启战端。他们认为盐铁官营、酒类专卖是与民争利，且给百姓以不好的教化；均输政策则被贪官奸商利用，给老

---

① 笼：指国家统一掌管。
② 县官：指汉朝廷。失实：损失实际的利益。
③ 贸利：即取利。
④ 平准：古代测量水平的器具叫"准"，所以用"平准"来称平抑物价的官职。
⑤ 失职：失去常业，失所。
⑥ 齐劳逸：指各地可以就近送到均输官那里，由他们运到中央，不再像以前离京师远的地方劳苦、近的地方轻松。
⑦ "古者"三句：古代征收赋税的时候，是根据百姓擅长生产的产品来征收，不索取他们不擅长生产的东西。
⑧ 效：献出。功：工作产品，这里指布帛等。
⑨ "百姓"句：百姓贱卖所有换取所无来满足在上者的要求。
⑩ 间者：近来。
⑪ "吏恣"两句：官吏故意刁难，跟百姓讨价还价。留难：无端阻拦，故意刁难。为市：做交易。
⑫ 齐阿（ē）：都是当时著名的丝绸产地。阿：即山东省的东阿。缣（jiān）：丝织品。
⑬ 蜀汉：都是当时著名的麻布产地。汉：今陕西汉中一带。
⑭ 行奸：用欺诈的手段。卖平：谓收受贿赂而对征收的物品妄加评定。平：通"评"。
⑮ "农民重苦"两句：谓经过官员的盘剥，农民和女工相当于受了两倍苦，纳了两倍的税。
⑯ "未见"句：没看到均输均在哪里。
⑰ "县官"两句：朝廷随便下令垄断市场。猥：随意。发：下令。阖（hé）：关闭。擅：独占。
⑱ 物腾跃：物价猛涨。
⑲ "自市"两句：官吏独霸市场，就会跟奸商勾结，纵容欺诈的行为。
⑳ 轻贾：投机奸商。轻：轻薄、奸巧。收贱以取贵：即贱买贵卖。

百姓带来很大的损害,因此都应该废除。大夫则从实际的需要出发,说明这些政策给国家的经济、军事带来的好处。桓宽把当时参加会议的人物和他们的辩论比较真实地叙述出来,为研究中国古代经济思想史提供了很好的参考材料。

苏武传①（节选）

班　固②

　　初，武与李陵俱为侍中③，武使匈奴明年，陵降④，不敢求武。久之，单于使陵至海⑤上，为武置酒设乐，因谓武曰："单于闻陵与子卿素厚，故使陵来说足下，虚心⑥欲相待。终不得归汉，空自苦亡⑦人之地，信义安所见⑧乎？前长君为奉车⑨，从至雍棫阳宫⑩，扶辇下除⑪，触⑫柱折辕，劾大不敬，伏剑自刎，赐钱二百万以葬。孺卿从祠河东后土⑬，宦骑与黄门驸马争船⑭，推堕驸马河中溺死，宦骑亡，诏使孺卿逐捕不得，惶恐饮药而死。来时⑮，大夫人⑯已不幸，陵送葬至阳

---

① 本文选自标点本《汉书》卷五十四（中华书局1962年版）。苏武：前140—前60年，字子卿，杜陵（今陕西西安）人。天汉元年（前100年）奉命以中郎将出使匈奴，因副使参与匈奴的叛乱而被匈奴扣留，坚持不降，被放逐到北海（今贝加尔湖）放羊，备尝艰辛，守汉节不失。始元六年（前81年）才得以回国。

② 班固：32—92年，字孟坚，扶风安陵（今陕西咸阳东北）人，东汉著名史学家、文学家。著有《汉书》。《汉书》是我国第一部纪传体的断代史。全书记载了自汉高祖元年（前206年）至王莽地皇四年（23年）共229年的历史。分十二纪、八表、十志、七十传，共100篇。《汉书》叙事详密，在史料上有非常大的价值。

③ 李陵：？—前74年，字少卿，陇西成纪（今甘肃天水市秦安县）人，李广之孙，西汉名将。天汉二年（前99年）奉汉武帝之命出征匈奴，率五千步兵与八万匈奴战于浚稽山，最后因寡不敌众兵败投降。侍中：职官名，为正规官职外的加官之一。侍从皇帝左右，出入宫廷，与闻朝政。

④ "武使"两句：苏武出使在天汉元年（前100年），李陵投降在天汉二年。

⑤ 海：即北海，指匈奴极北之处，今贝加尔湖。

⑥ 虚心：平心静气。

⑦ 亡：通"无"。下文除"宦骑亡""存亡"外，其他"亡"都是此用法。

⑧ 见（xiàn）：显露，这个意思后作"现"。

⑨ 长君：苏武的哥哥苏嘉。奉车：奉车都尉，掌帝王车驾，并随车驾出行。

⑩ 雍：指雍县，在今陕西凤翔县西南。棫（yù）阳宫：战国秦昭襄王所建，后为秦太后所居。

⑪ 除：台阶。

⑫ 触：撞。

⑬ 孺卿：苏武的弟弟苏贤。河东：今山西夏县北。后土：土地神。

⑭ 宦骑：充任皇帝骑从的宦官。黄门驸马：职官名，属驸马都尉，掌管帝王副车所用车驾。舩：同"船"。

⑮ 来时：指李陵出征匈奴时。

⑯ 大（tài）夫人：指苏武的母亲。

陵①。子卿妇年少，闻已更嫁矣。独有女弟②二人，两女一男③，今复十余年，存亡不可知。人生如朝露，何久自苦如此！陵始降时，忽忽④如狂，自痛负汉，加以老母系保宫⑤，子卿不欲降，何以过陵？且陛下春秋⑥高，法令亡常，大臣亡罪夷灭者数十家，安危不可知，子卿尚复谁为乎？愿听陵计，勿复有云。"武曰："武父子亡功德，皆为陛下所成就，位列将，爵通侯⑦，兄弟亲近⑧，常愿肝脑涂地⑨。今得杀身自效⑩，虽蒙斧钺汤镬⑪，诚甘⑫乐之。臣事君，犹子事父也，子为父死亡所恨⑬。愿勿复再言。"陵与武饮数日，复曰："子卿壹⑭听陵言。"武曰："自分⑮已死久矣！王⑯必欲降武，请毕今日之驩⑰，效死⑱于前！"陵见其至诚，喟然叹曰："嗟乎，义士！陵与卫律⑲之罪上通于天。"因泣下沾衿⑳，与武决去。陵恶自赐武㉑，使其妻赐武牛羊数十头。

后陵复至北海上，语武："区脱捕得云中生口㉒，言太守以下吏民皆白服㉓，曰上崩。"武闻之，南乡㉔号哭，欧㉕血，旦夕临㉖数月。

① 阳陵：汉景帝陵，在长安东北弋阳山。
② 女弟：妹妹。
③ 两女一男：指苏武的孩子。
④ 忽忽：恍惚，迷糊。
⑤ 保宫：拘禁犯罪官吏的监狱。
⑥ 陛下：指汉武帝。春秋：指年龄。
⑦ 通侯：爵位名，多授予有功的异姓大臣。
⑧ 这句是说自己兄弟都做了皇上的近侍之臣。
⑨ 肝脑涂地：形容尽忠竭力，不惜一死。
⑩ 效：进献。
⑪ 斧钺汤镬：指死刑。
⑫ 甘：情愿。
⑬ 亡所恨：没有什么遗憾。
⑭ 壹：一定。
⑮ 分（fèn）：料定。
⑯ 王：指李陵，李陵当时被匈奴封为右校王。
⑰ 驩：通"欢"。
⑱ 效死：犹言自杀。
⑲ 卫律：本是胡人之后，长于汉朝，与协律都尉李延年交好。李延年淫乱宫廷被族诛后，卫律怕受株连，投降匈奴，被封为丁灵王。
⑳ 沾：沾湿。衿：衣的前幅，衣襟。
㉑ 这句是说李陵因自己所有的都是匈奴之物，所以羞于自己赠送给苏武。恶（wù）：羞恶。
㉒ 区（ōu）脱：指汉时与匈奴连界的边塞所立的土堡哨所。云中：汉郡名，治所在云中县，今内蒙古托克托东北。生口：俘虏。
㉓ 白服：指丧服。
㉔ 乡：通"向"。
㉕ 欧：通"呕"。
㉖ 临（lìn）：哭吊死者。

昭帝①即位。数年，匈奴与汉和亲。汉求武等，匈奴诡②言武死。后汉使复至匈奴，常惠请其守者与俱③，得夜见汉使，具自④陈道。教使者谓单于，言天子射上林⑤中，得雁，足有系帛书⑥，言武等在某泽⑦中。使者大喜，如惠语以让⑧单于。单于视左右而惊，谢⑨汉使曰："武等实在。"

于是李陵置酒贺武曰："今足下还归，扬名于匈奴，功显于汉室，虽古竹帛⑩所载，丹青⑪所画，何以过子卿！陵虽驽怯，令汉且贳陵罪⑫，全其老母，使得奋大辱之积志⑬，庶几乎曹柯之盟⑭，此陵宿昔⑮之所不忘也。收族陵家，为世大戮，⑯陵尚复何顾乎？已矣⑰！令子卿知吾心耳。异域之人，壹别长绝！"陵起舞，歌曰："径万里兮度沙幕，为君将兮奋匈奴。⑱路穷绝兮矢刃摧，士众灭兮名已隤。⑲老母已死，虽欲报恩将安归！"陵泣下数行，因与武决⑳。单于召会武官属㉑，前以降及物故㉒，凡随武还者九人。

---

① 昭帝：武帝之子弗陵。
② 诡：欺骗。
③ 这句是说常惠请求看守者跟他一起去见汉使。常惠：苏武出使匈奴时的属吏，当时也被拘于匈奴。其守者：就是看守常惠的人。
④ 具自：详细地。自：副词后缀。
⑤ 上林：上林苑，汉宫苑名。
⑥ 帛书：写在帛上的书信。
⑦ 某泽：当时常惠告诉了使者苏武所居之泽的名字，后来史家不详泽名，故称某泽。
⑧ 让：责备。
⑨ 谢：道歉。
⑩ 竹帛：这里指史书。
⑪ 丹青：这里指记载历史的绘画。
⑫ 令：假如。贳（shì）：赦免，宽恕。
⑬ 大辱：指降匈奴之辱。积志：郁积的愿望。
⑭ 这句是说李陵有劫持匈奴单于的想法。庶几乎：近似于。曹柯之盟：曹指春秋鲁庄公时大将曹沫。柯是春秋时齐国城邑，在今山东阳谷阿城镇。曹沫曾与齐国交战三次，皆失利。后齐桓公与鲁庄公在柯盟会，曹沫用刀劫持齐桓公，迫使齐国将侵略的土地还给鲁国。事见《史记·刺客列传》。
⑮ 宿昔：通"夙夕"，早晚。
⑯ "收族"两句：李陵降匈奴后，汉武帝曾派公孙敖率军深入匈奴，想迎回李陵。公孙敖无功而返，回去跟武帝说，捉到的俘虏说李陵在帮匈奴练兵（其实是另一个汉降将李绪）。武帝大怒，将李陵的母弟妻子全部杀掉。收：逮捕。族：灭族。戮：耻辱。
⑰ 已矣：算了。
⑱ "径万里"两句：这是说自己当年率军万里行军，穿过沙漠来攻打匈奴。径：穿过。沙幕：沙漠。
⑲ "路穷绝"两句：这是说自己的军队被匈奴包围，苦战之下，武器损坏殆尽，士卒死伤惨重，自己的名声也已丧失。隤（tuí）：丧失。
⑳ 决：告别。
㉑ 会：会集。武官属：当初苏武出使时的下属。
㉒ 物故：犹言人死。

【简析】

　　《苏武传》是《汉书》的名篇，节选部分主要记述李陵和苏武在匈奴劝降和送别两次见面的情形。文章歌颂了苏武忠心为国、正气凛然的精神。李陵劝降苏武所说的话，不可谓不推心置腹、设身处地地替苏武考虑，且以自己的经历现身说法，口气诚挚，饱含情意和关切。但苏武仍不为所动，先述汉皇功德，继而以死明志，委婉而坚决地拒绝了李陵。得知武帝去世后的表现，更体现了他的耿耿忠心。

　　节选部分对李陵投降后的心态有更为细腻的刻画。作为一位年少成名、志向远大的名将之后，李陵投降匈奴后内心真实的想法，在《李陵传》中交代不多，但在《苏武传》的两次李陵与苏武的对话中却有清楚的展现。劝降苏武时他看似理直气壮，但被苏武拒绝时他痛心的感叹，说明他并不能坦然接受自己投降的事实。给苏武送行时的话，是他真正地表露心迹：他对自己的投降深感惭愧，其实是想找机会立功以返回汉朝，但武帝将其家人族诛，这深仇大恨、奇耻大辱彻底断了他的归路，他的雄心壮志已成灰土，只能终生背负叛徒的骂名，承受内心的折磨。作者在这里对李陵表达了深切的同情。

论盛孝章书①

孔　融②

　　岁月不居③，时节如流。五十之年，忽焉④已至，公为始满⑤，融又过二。海内知识⑥，零落殆尽，惟有会稽盛孝章尚存。其人困于孙氏，妻孥湮没⑦，单子⑧独立，孤危愁苦。若使忧能伤人，此子不得永年⑨矣！《春秋》传曰："诸侯有相灭亡者，桓公不能救，则桓公耻之。"⑩今孝章实丈夫之雄也，天下谈士，依以扬声⑪，而身不免于幽絷⑫，命不期于旦夕。吾祖不当复论损益之友⑬，而朱穆所以绝交也⑭。公诚能驰一介之使⑮，加咫尺之书⑯，则孝章可致⑰，友道可弘⑱矣。

---

① 本文选自四部丛刊本《六臣注文选》卷四十一。本篇是孔融向曹操推荐盛孝章的一封信。盛孝章名宪，会稽（今浙江绍兴）人，曾为吴郡（今江苏苏州吴中区等地）太守，后因病去官。孙策平定江东，诛杀英豪，盛宪是当时名士，孙策对他颇为顾忌。孔融与盛宪交好，恐他不免于祸，乃写信给曹操推荐盛宪。
② 孔融：153—208年，字文举，鲁国（今山东曲阜）人，孔子二十世孙。28岁辟举司徒掾，转为北海（郡治在今山东潍坊西南）相。曹操迎汉献帝都许昌，孔融被征为少府。他屡次批评曹操，后被曹操所杀。孔融是"建安七子"之一，曹丕说他"体气高妙，有过人者；然不能持论，理不胜词"。
③ 居：停留。
④ 忽焉：快速的样子。
⑤ 公：指曹操。始满：刚满（50岁）。
⑥ 知识：相识的人，朋友。
⑦ 孥：子。湮没：埋没，指死亡。
⑧ 子：孤单。
⑨ 永年：长寿。
⑩ "诸侯"三句：见《公羊传·僖公元年》。春秋时北方的狄人灭掉邢国，齐师、宋师、曹师往救不及，齐桓公甚以为耻。
⑪ 依以扬声：依靠他（的称誉）来传扬名声。
⑫ 幽絷（zhí）：拘囚。
⑬ 吾祖：指孔子。论损益之友：《论语·季氏》里记载孔子说："益者三友，损者三友：友直，友谅（诚信），友多闻，益矣；友便辟（谄媚的人），友善柔（伪善的人），友便佞（花言巧语的人），损矣。"
⑭ "朱穆"句：朱穆（东汉人）因感当世风俗浇薄不厚道，故著《绝交论》以示讽刺。
⑮ 驰一介之使：派一个使者赶去。驰：车马疾行。一介：一个。
⑯ 咫尺之书：即一封信。八寸叫咫，咫尺，指当时简牍或长八寸或长一尺。
⑰ 致：召来。
⑱ 弘：扩大，弘扬。

今之少年，喜谤①前辈，或能讥评孝章，孝章要②为有天下大名，九牧③之人，所共称叹。燕君市骏马之骨，非欲以骋道里，乃当以招绝足也。④ 惟公匡复汉室，宗社⑤将绝，又能正之。正之之术，实须得贤。珠玉无胫⑥而自至者，以人好之也，况贤者之有足乎！昭王筑台以尊郭隗⑦，隗虽小才而逢大遇，竟能发明主之至心，故乐毅⑧自魏往，剧辛⑨自赵往，邹衍⑩自齐往。向使郭隗倒悬⑪而王不解，临难而王不拯，则士亦将高翔远引⑫，莫有北首燕路⑬者矣。凡所称引，自公所知，而复有云者，欲公崇笃斯义⑭，因表不悉⑮。

【简析】

　　这是一篇议论性的书信。作者抓住曹操欲统一天下、建功立业的心态，盛赞盛宪之才，引齐桓公重贤和燕昭王筑台招贤之事，论述欲建功业必须求良才，以此来打动曹操。

　　建安文人的书信多有较强的抒情性，本文开头"岁月不居，时节如流……若使忧能伤人，此子不得永年矣"一段，辞气委婉感伤，真挚动人。

---

① 谤：公开指责。
② 要：总归，毕竟。
③ 九牧：即九州，古时分天下为九州。
④ "燕君"三句：《战国策·燕策》中载，战国时燕国人郭隗（wěi）对燕昭王说："古时有个国王派人拿千金去买千里马，那使者用五百金买了死千里马的头回来。国王大怒，使者说，天下人听说您连死千里马都买，活的千里马很快就会来了。果然一年之内就买到了三匹千里马。"郭隗因劝燕昭王先尊重他，那么别的有才能的人听到了，一定都会到燕国来。绝足：绝尘之足，喻千里马。
⑤ 宗社：宗庙社稷，指汉朝。
⑥ 胫：小腿，这里泛指腿。
⑦ 筑台：筑黄金台。《战国策》里说，"昭王为隗筑宫而师之"。
⑧ 乐毅：战国时燕昭王的大臣，曾率领赵、楚、韩、魏、燕五国兵伐齐，几乎灭掉齐国。
⑨ 剧辛：战国时越人，曾向燕昭王献攻齐之计。
⑩ 邹衍：一作"驺衍"，战国时阴阳家，齐国人。燕昭王曾为他筑碣石宫，并尊之为师。
⑪ 倒悬：比喻极困苦。
⑫ 引：后退，这里指离开。
⑬ 北首燕路：北向燕国。首：向。
⑭ 斯义：尊贤礼士，救人于水火的大义。
⑮ 表：上表。不悉：不尽，即书不能尽意。

与吴质书①

曹　丕②

　　二月三日，丕白。岁月易得③，别来行复④四年。三年不见，《东山》犹叹其远，况乃过之⑤，思何可支⑥？虽书疏⑦往返，未足解其劳结⑧。

　　昔年疾疫，亲故多离其灾。⑨徐、陈、应、刘，一时俱逝，痛可言邪！昔日游处，行则连舆⑩，止则接席⑪，何曾须臾相失⑫！每至觞酌流行⑬，丝竹⑭并奏，酒酣耳热，仰而赋诗。当此之时，忽然不自知乐⑮也。谓百年己分⑯，可长共相保⑰；何图⑱数年之间，零落略⑲尽，言之伤心！顷撰其遗文⑳，都㉑为一集。观其姓名，

---

① 本文选自四部丛刊本《六臣注文选》卷四十一。吴质（177—230年）：字季重，魏济阴（今山东定陶县西北）人，以文才见重于曹丕，曾为朝歌（今河南淇县）令；后官至震威将军，假节都督河北诸军事。
② 曹丕：187—226年，字子桓，曹操次子，220年代汉即帝位（魏文帝）。
③ 岁月易得：就是时光易逝的意思。
④ 行复：将要。行：将。复：副词后缀。
⑤ "三年不见"三句：《东山》诗里的那个士兵与亲人分别了三年尚且叹恨离别得太久了，何况我们分别已超过了三年呢？《东山》：《诗经·豳风》篇名，是一首描写战士于战争结束后还乡途中思家的诗，诗中第三章："我徂（往）东山，慆慆（久久）不归，……自我不见，于今三年。"
⑥ 思何可支：思念哪里能够承担。
⑦ 书疏：指书信。
⑧ 劳结：郁结于心的思念之情。劳：忧伤。
⑨ "昔年疾疫"两句：指汉献帝建安二十二年（217年）的大疫，"建安七子"中的徐干（字伟长）、陈琳（字孔璋）、应玚（字德琏）、刘桢（字公干）等人都死于此疫，故下文说"徐、陈、应、刘，一时俱逝"。亲故：亲戚朋友。离：通"罹"，遭受。
⑩ 连舆：车子前后相接。
⑪ 接席：座次相接。席：坐席。
⑫ 相失：分离。
⑬ 觞酌流行：巡回劝饮。觞（shāng）：酒杯。酌：盛酒劝饮叫"酌"。流行：巡回行酒。
⑭ 丝：弦乐器。竹：箫笛之类的竹制管乐器。
⑮ 忽然不自知乐：乐极而说不出为什么这么快乐。忽然：恍惚，不明的样子。
⑯ 己分（fèn）：自己分内所应得的。
⑰ 相保：这里指相守、共度。
⑱ 何图：哪里料得到。
⑲ 略：全部。
⑳ 顷：近来。撰：指编。
㉑ 都：汇总。

已为鬼录①。追思昔游,犹在心目,而此诸子,化为粪壤②,可复道哉!

观古今文人,类不护细行③,鲜④能以名节自立。而伟长独怀文抱质⑤,恬淡寡欲,有箕山之志⑥,可谓彬彬君子⑦者矣。著《中论》二十余篇,成一家之言,辞义典雅,足传于后,此子为不朽矣。德琏常斐然有述作之意⑧,其才学足以著书,美志不遂,良可痛惜!间者⑨历览诸子之文,对之抆泪⑩,既痛逝者,行自念也⑪!孔璋章表殊健,微为繁富。⑫公干有逸气,但未遒耳;⑬其五言诗之善者,妙绝时人⑭。元瑜书记翩翩,致足乐也⑮。仲宣续自善于辞赋,惜其体弱,不足起其文⑯;至于所善,古人无以远过。昔伯牙绝弦于钟期⑰,仲尼覆醢于子路⑱,痛知音之难遇,伤门人之莫逮⑲;诸子但为⑳未及古人,自一时之隽㉑也。今之存者,已不逮矣!后生可畏,来者难诬㉒。然恐吾与足下不及见也。

年行已长大,所怀万端㉓,时有所虑,至通夜不瞑㉔。志意何时复类昔日?已

---

① 鬼录:阴间死人的名簿。
② 粪壤:污秽的泥土。粪:脏土。
③ 类:大都。不护细行:不注意检点小节。
④ 鲜(xiǎn):少。
⑤ 伟长:徐干的字。怀文:有文才。抱质:有好的品质。
⑥ 箕山之志:箕山,在今河南省境内。尧让天下于许由,许由隐于箕山。这里是说徐干不慕荣利,不好虚名。
⑦ 彬彬君子:文质兼备叫彬彬。《论语·雍也》:"文质彬彬,然后君子。"
⑧ 德琏:应场的字。斐然:很有文采的样子。
⑨ 间(jiān)者:近来。
⑩ 抆(wěn)泪:拭泪。
⑪ "既痛逝者"两句:既伤痛朋友的亡故,也想到了自己。行:就。
⑫ "孔璋"两句:孔璋是陈琳的字。孔璋长于写表章,文笔很挺秀,只是稍嫌冗杂,不够简洁。
⑬ "公干"两句:公干是刘桢的字。刘桢词气奔放洒脱,只是不够刚健。遒:劲健。
⑭ 妙绝时人:同时的人不能与他相比。
⑮ "元瑜"两句:阮瑀的书、记写得灵动优美,情趣令人赞赏。元瑜:是阮瑀的字。书记:书与记为两种应用文体。翩翩:灵动轻快的样子。致:情趣。
⑯ "仲宣"三句:王粲的文章气魄不足,风格纤弱,不能使他的文章具有刚劲的特色。仲宣:是王粲的字,建安七子之一。续:一本作"独"。
⑰ 伯牙绝弦于钟期:伯牙是春秋时鼓琴技艺精良的人,钟子期是唯一能欣赏他的琴音的人,他们遂成知己,钟子期死,伯牙即破琴绝弦,终身不复鼓琴(见《吕氏春秋·本味》)。
⑱ 仲尼覆醢(hǎi)于子路:孔子闻子路被卫人杀害,剁成肉酱,非常哀痛,因命人将家里食用的肉酱倾倒出去(事见《礼记·檀弓上》)。覆:倾倒。醢:肉酱。
⑲ 莫逮:没有人比得上。
⑳ 但为:只是。
㉑ 自:本来。隽:通"俊",优秀的人。
㉒ 诬:欺骗。
㉓ 所怀万端:思绪万千。
㉔ 瞑:闭目。

成老翁,但未白头耳!光武言:"年三十余,在兵中十岁,所更非一。"① 吾德不及之,年与之齐矣。以犬羊之质,服虎豹之文;② 无众星之明,假③日月之光,动见瞻观,何时易乎④!恐永不复得为昔日游也!少壮真当努力,年一过往,何可攀援?古人思炳烛夜游,良有以也。⑤

顷何以自娱?颇复有所述造不⑥?东望於邑⑦,裁书⑧叙心。丕白。

【简析】

作者在这封信里,追忆往日游处之欢,表达对过去生活的怀恋和对朋友深切的怀念。文章感情悲怆真挚,文笔清秀婉丽。信中还评论了建安诸子文学上的长处和短处,与他的《典论·论文》相表里。

---

① 光武:汉光武帝刘秀。《东观汉记》:"光武赐隗嚣书曰:'吾年已三十余,在兵中十岁,所更非一。'"所更非一:意思是经历过很多事情。
② "以犬羊"两句:扬雄《法言》载"羊质而虎皮,见草而悦,见豺而战"。质:本质。这是曹丕自谦之词,言自己才能平庸却居高位。
③ 假:借。
④ "动见"两句:一举一动都为世人所瞩目,什么时候可以自在些呢!易:和悦自在。
⑤ "古人"句:《古诗十九首》其十五载"昼短苦夜长,何不秉烛游"。炳:点燃,一本作"秉"。良有以也:实在是有道理的。
⑥ "颇复"句:可有新的著作吗?颇:语气副词,可。复:副词后缀。不:同"否"。
⑦ 於(wū)邑:忧郁烦闷。
⑧ 裁书:写信。

与杨德祖书①

曹 植②

植白：数日不见，思子为劳③，想同之也④。

仆少小好为文章，迄至于今，二十有五年矣。然今世作者可略而言也。昔仲宣独步于汉南⑤，孔璋鹰扬于河朔⑥，伟长擅名于青土⑦，公干振藻于海隅⑧，德琏发迹于此魏⑨，足下高视于上京⑩。当此之时，人人自谓握灵蛇之珠，家家自谓抱荆山之玉。⑪吾王于是设天网以该之，顿八纮以掩之⑫，今悉集兹国矣。然此数子，

---

① 本文选自四部丛刊本《六臣注文选》卷四十一。杨德祖，即杨修（175—219 年），是太尉杨彪之子，华阴（今陕西华阴市）人。为人博学多才，颇为曹氏父子所重视。与曹植关系尤为密切，曾极力为曹植谋划争夺太子之位。曹操立曹丕为太子后，借故把他处死。

② 曹植：192—232 年，字子建，曹操第三子，曹丕之弟。曹植少聪敏，文采斐然，曹操很宠爱他，几次想立他为继承人，但由于他行事太过任性放纵，终于失宠。曹丕即位后，对他百般防范压抑，多次将他贬爵徙封。明帝曹睿继位后，情况也没有好转。曹植郁郁不得志，生活困顿苦闷，41 岁就去世了。

③ 思子为劳：想你想得很厉害。劳：苦，这里表示思念的程度。

④ 想同之也：料想你也是如此思念我。

⑤ 仲宣：王粲的字。独步：无与伦比。汉南：《尔雅》载"汉南曰荆州"。王粲曾在荆州依靠刘表，后归曹操。

⑥ 孔璋：陈琳的字。鹰扬：像鹰一样高飞远扬。河朔：指黄河以北地区。陈琳曾入冀州袁绍幕府，后归曹操。

⑦ 伟长：徐干字。擅名：享有名声。青土：即青州，约在今山东及辽宁两省的部分地区。徐干居北海郡，北海郡位于青州东部。

⑧ 公干：刘桢字。振藻：显露文采。海隅：刘桢是东平宁阳（今山东宁阳县）人，东平，春秋时属齐，靠海。

⑨ 德琏：应玚字。发迹：显身扬名。此魏：曹操迎汉献帝建都在许昌（今河南许昌市），应玚是南顿（今河南项城市）人，地近许昌，所以说他发迹于此魏。

⑩ 足下：称杨修。高视：傲视。上京：京师的通称。杨修跟随他的父亲杨彪一直在京师，所以说他高视上京。以上说明王粲等作家，在归曹魏以前便已经闻名天下了。

⑪ "人人"两句：上述这些杰出的文士都怀才自负，等待着受到当政者的赏识和重用。灵蛇之珠：春秋时随侯见大蛇被斩为两截，把蛇身联结在一起，敷药治疗。后来大蛇从江中衔一颗大珠来报答他，因称此珠为随侯之珠，亦即灵蛇之珠。荆山之玉：即楚和氏璧。

⑫ "吾王"两句：意为曹操网罗全部人才，直到极边远的地区。吾王：指魏王曹操。天网：包举天地的网，本于《老子》："天网恢恢。"该：兼收，网罗。顿：整理。纮（hóng）：网的大绳。掩：获取。

犹复不能飞轩绝迹,一举千里①也。以孔璋之才,不闲②于辞赋,而多自谓能与司马长卿同风③,譬画虎不成反为狗也④。前有书嘲之,反作论盛道⑤仆赞其文。夫钟期不失听⑥,于今称之,吾亦不能妄叹⑦者,畏后世之嗤⑧余也。

　　世人著述,不能无病。仆常好人讥弹其文⑨,有不善者,应时⑩改定。昔丁敬礼⑪常作小文,使仆润饰之。仆自以才不过若人⑫,辞不为也。敬礼谓仆:"卿何所疑难?文之佳恶,吾自得之,后世谁相知定吾文者耶?"⑬吾常叹此达言,以为美谈。昔尼父⑭之文辞,与人通流⑮,至于制《春秋》,游、夏之徒乃不能措一辞⑯。过此而言不病者⑰,吾未之见也。

　　盖有南威之容⑱,乃可以论于淑媛⑲;有龙渊⑳之利,乃可以议其断割。刘季绪才不能逮于作者㉑,而好诋诃㉒文章,掎摭利病㉓。昔田巴毁五帝、罪三王,呰

---

① "犹复"两句:意为仲宣等人虽然有卓越的才华,但是还没有达到最高的境界。犹复:还。复:副词后缀。飞轩绝迹:飞得很高,看不到踪迹。轩:高。

② 闲:精熟,这个意思后作"娴"。

③ "而多"句:常常自以为与司马相如是同一流的。多:常常。司马长卿:即汉代大辞赋家司马相如,长卿是他的字。同风:格调、风格相同。

④ "画虎"句:东汉马援《诫兄子严敦书》:"效季良(杜季良,为人豪侠好义,但不够严谨,无论善恶,皆与定交)不成,陷为天下轻薄子,所谓'画虎不成反类狗'也。"意即好高骛远,结果一无所成。

⑤ 盛道:极力称说。

⑥ 不失听:听觉不误,指钟子期听了伯牙所鼓的琴声,就能理解伯牙当时的心情。

⑦ 妄叹:乱加叹赏。

⑧ 嗤(chī):笑。

⑨ 常:通"尝",曾经。讥弹:批评。其文:指自己的文章。

⑩ 应时:立刻。

⑪ 丁敬礼:即丁廙(yì),建安中官黄门侍郎,和其兄丁仪、杨修都是曹植的好朋友,谋划拥立曹植为太子,曹丕继位后被杀。

⑫ 若人:那个人,指丁廙。

⑬ "文之佳恶"三句:文章好坏的声名,自然归我,后世人谁知道我的文章经他人帮助修改过?相知:这里的"相"偏指一方,相知就是知道。

⑭ 尼父:即孔子,父是尊称。

⑮ 通流:犹混杂。《史记·孔子世家》:"孔子在位听讼,文辞有可与人共者,弗独有也。"意思是说孔子做司寇时处理案件的公文,常常经别人修改,因此与别人的文辞混杂在一起。

⑯ 游、夏之徒:孔子的学生子游、子夏之辈,子游和子夏是孔子的学生中比较擅长文学的。措一辞:加一句话。《史记·孔子世家》:"至于作《春秋》,笔则笔,削则削,子夏之徒不能赞一辞。"自本段"世人著述"到这里,是说作者自己应该虚心,多争取别人的批评、帮助,不要自以为是。

⑰ 此:指《春秋》。言不病:语言没有毛病。

⑱ 南威:古代美女,《战国策·魏策》:"晋文公得南之威,三日不听朝,遂推南之威而远之曰:'后世必有以色亡其国者。'"

⑲ 淑媛:美女。

⑳ 龙渊:古代的宝剑名。

㉑ 刘季绪:建安时刘表的儿子,官至东安太守,曾著诗、赋、颂六篇。逮:及。

㉒ 诋诃(dǐ hē):批评,指摘。

㉓ 掎摭利病:指摘优劣。掎(jǐ),抓住,拖住。摭(zhí),拾取。

五霸于稷下,一旦而服千人①;鲁连一说,使终身杜口②。刘生之辩,未若田氏;今之仲连,求之不难,可无息③乎?人各有好尚,兰茝荪蕙④之芳,众人所好,而海畔有逐臭之夫⑤;《咸池》、《六茎》之发⑥,众人所共乐,而墨翟有非之之论⑦,岂可同哉!

今往仆少小所著辞赋一通相与⑧。

夫街谈巷说,必有可采;击辕之歌,有应风雅⑨。匹夫⑩之思,未易轻弃也。辞赋小道⑪,固未足以揄扬⑫大义,彰示来世也。昔扬子云先朝执戟之臣耳⑬,犹称"壮夫不为⑭也"。吾虽薄德,位为蕃侯⑮,犹庶几戮力上国⑯,流惠下民,建永世之业,流金石之功⑰,岂徒以翰墨为勋绩⑱,辞赋为君子哉?若吾志未果,吾道不行,则将采庶官之实录⑲,辩时俗之得失,定仁义之衷⑳,成一家之言。虽未能藏之于名山,将以传之于同好。非要之皓首,岂今日之论乎?㉑ 其言之不

---

① "昔田巴"数句:齐国的辩士田巴,在稷下大发议论,谤毁五帝、三王和五霸,很短的时间,使千人为之折服。田巴:战国时齐国的辩士。訾(zǐ):谤毁。稷下:齐国国都的西门叫稷门,齐宣王在稷门外设立了一个学宫,聚集了很多有才学的人。服:这里是使动用法。

② "鲁连"两句:《史记·鲁仲连邹阳列传》正义引"鲁仲连子"云:鲁仲连前去见田巴先生,指责他在外国军队压境、国家危亡之秋,所发的这些议论,并不能挽救国家,因此请他闭口。田巴果然闭口不说了。鲁连:即鲁仲连。杜口:闭口。

③ 息:停止。

④ 兰茝(chǎi)荪(sūn)蕙:皆香草名。

⑤ 海畔有逐臭之夫:《吕氏春秋·遇合》上记有一段寓言,说一个身上奇臭的人,家里人都没法和他住在一起,他只好独自住到海边去。不料竟有酷爱他的臭味的人,昼夜追随着他。这里喻有人爱好坏文章。

⑥ 《咸池》:传说中黄帝的乐曲名。《六茎》:乐曲名,传说中颛顼所作。发:演奏。

⑦ "墨翟"句:墨子著有《非乐》篇。非:批评。

⑧ 往仆少小所著辞赋:以前我小时候写的辞赋。一通:通是量词,诗赋文书一卷或一份叫一通。

⑨ "击辕"两句:民间的作品,也有合乎风雅的精神的。击辕之歌:拍着车辕所唱的歌,指民歌。风雅:指《诗经》的《国风》和《大雅》《小雅》。

⑩ 匹夫:普通人。

⑪ 小道:小技艺,与礼乐政教的"大道"相对。

⑫ 揄扬:宣扬。

⑬ 扬子云:即扬雄,西汉成帝时著名的辞赋家。先朝:前朝,指西汉。执戟之臣:扬雄曾做过给事黄门郎,是执戟保卫宫廷的小官吏。

⑭ 壮夫不为:扬雄在《法言》里曾说辞赋是"雕虫篆刻,壮夫不为也"。意思是说男子汉不屑于写这类东西。

⑮ 蕃:通"藩",藩篱。侯国作为王室的屏藩,因此称诸侯为藩侯。

⑯ 庶几:希望。戮力:尽力。上国:这里是曹植以藩国地位称魏中央政府。

⑰ 金石之功:"金"指钟鼎之属,"石"指碑碣之类。古人纪颂功德,将事迹刻在金石上,以流传后世。

⑱ 徒:仅仅。翰墨:笔墨,指文章。

⑲ 庶官:百官。实录:符合实际的记载。

⑳ 衷:内心。

㉑ "非要(yāo)之"两句:如果不是和你有愿同终始的交情,哪能对你发出像今天的这些议论?要:约。皓首:白头,直到老死的意思。

惭，恃惠子之知我①也。

明早相迎，书不尽怀。植白。

【简析】

  本文是曹植年轻时的创作，是一篇书信体的文艺论文。曹植在信中畅论了他的文学见解。他称扬当时的著名作家，也指明其短。他认为批评家既有较高的文学修养，又有创作实践的体验。他也说了一些轻视文学创作的话，认为不如建立功业和写学术著作重要。

  全文的气势豪放飘逸，论断简洁有力，句法上骈散并用，而流畅自然，语言率直恳切。

---

  ① 惠子之知我：惠子即惠施，战国时人，是庄子的朋友。惠施死后，庄子说："自夫子之死也，吾无以为质矣，吾无与言之矣！"意思是说，惠子死后，他没有可与谈话的对象了。曹植这句话，是自比为庄子，以惠子比杨修，意思是因为杨修真正了解自己，所以可以对他畅所欲言。

登大雷岸与妹书①

鲍 照②

吾自发寒雨③,全行日少④,加秋潦浩汗⑤,山溪猥⑥至,渡溯无边⑦,险径游历,栈石星饭,结荷水宿⑧。旅客贫辛,波路⑨壮阔,始以今日食时⑩,仅及大雷。涂登千里⑪,日逾十晨,严霜惨节⑫,悲风断肌。去亲⑬为客,如何如何⑭!

向因涉顿⑮,凭观⑯川陆,遨神清渚⑰,流睇方曛⑱。东顾五洲⑲之隔,西眺九派⑳之分;窥地门之绝景㉑,望天际之孤云。长图大念㉒,隐㉓心者久矣!南则积山

---

① 本文选自四部丛刊本《鲍氏集》卷九。宋文帝元嘉十六年(439年),临川王刘义庆出镇江州,秋天,鲍照到江州去就职,途中登大雷岸时给他的妹妹鲍令晖写了这封信。大雷:地名,在今安徽省望江县。
② 鲍照:414?—466年,字明远,东海郡(今江苏涟水县)人。他初仕南朝宋临川王刘义庆门下,因献诗得到临川王赏识,任命为国侍郎,后被宋孝武帝任命为太学博士兼中书舍人,晚年任荆州刺史、临海王刘子顼的前军参军,在兵乱中被杀。鲍照的诗、文和赋都有很高的成就,有《鲍氏集》十卷。
③ 发寒雨:冒着寒冷的秋雨出发。
④ 全行日少:整个行程中都很少见到太阳。
⑤ 潦(lǎo):大雨水。浩汗:水广大无边的样子。
⑥ 猥(wěi):一下子。
⑦ 渡溯无边:渡过无边广阔的水面或逆流上行。溯:逆流而上。
⑧ "栈石"两句:写路上风餐水宿、跋涉劳顿情形。栈石星饭:夜间在山路险绝处顶着星星吃饭。栈石:在山岩险绝地方,用竹木架起的栈道。结荷水宿:连起荷叶作为屏障,在水边过夜。
⑨ 波路:水路。
⑩ 食时:古人一日两餐,这里指晚餐时间,即申时(下午三点到五点)。
⑪ 涂登千里:跋涉了千里路程。涂:道路,后通常写作"途"。登:向上走。
⑫ 惨节:犹言刺骨。
⑬ 去亲:离开亲人。
⑭ 如何如何:意思是心情非常悲伤。
⑮ 向:刚才。涉:经过。顿:休息。
⑯ 凭观:登高而望。
⑰ 遨神:神游。清渚:水中清明的小洲。
⑱ 流睇:犹"游目",放眼四望。睇(dì):斜视。方曛:正是黄昏时候。
⑲ 五洲:可能指大雷以东的江中沙洲。
⑳ 九派:派是大河的支流,旧说长江自浔阳分为九派。
㉑ 地门:这个"地门"与"天际"相对,可能是指地势险要处。绝景:夕阳的余光。景:日光。
㉒ 长图大念:很深很远地思考。
㉓ 隐:忧伤。

万状，负气争高①，含霞饮景②，参差代雄③，凌跨长陇④，前后相属⑤，带天有匝，横地无穷⑥。东则砥原远隰⑦，亡端靡际⑧，寒蓬⑨夕卷，古树云平⑩，旋风四起，思鸟群归，静听无闻，极视⑪不见。北则陂池潜演，湖脉通连⑫，苎蒿攸积，菰芦所繁⑬，栖波之鸟⑭，水化之虫⑮，智吞愚，强捕小，号噪惊聒⑯，纷乎⑰其中。西则回江永指⑱，长波天合⑲，滔滔何穷，漫漫安竭？创古迄今，舳舻⑳相接。思尽波涛，悲满潭壑。㉑烟归八表㉒，终为野尘㉓。而是注集㉔，长写不测㉕。修灵浩荡，知其何故哉㉖？

西南望庐山，又特惊异。基㉗压江潮，峰与辰汉㉘相接。上常积云霞，雕锦

---

① 负气争高：恃气争高，言山峰争高争胜。负气：凭意气不甘居人下，这里是拟人的用法。
② 含霞：指山中飘着云霞。饮景：指阳光照在山中。
③ 参差（cēn cī）：形容山势高低不一。代雄：争雄。
④ 长陇：绵延很长的较矮的群山。陇：大的山坡。
⑤ 相属（zhǔ）：相连。
⑥ "带天"两句：这里形容山脉之长，可以绕天一周，在大地上看不到尽头。匝（zā）：周、圈。
⑦ 砥原：平原。隰（xí）：低地。
⑧ 亡端：找不着起点。亡：通"无"。靡际：望不到边际。
⑨ 蓬：草名。
⑩ 古树云平：老树高耸入云。
⑪ 极视：尽目力而望。
⑫ "北则"两句：写池塘和湖泽的水，在地下暗相通连。陂（bēi）：水池。演：当作"㴅（yǐn）"，水在地下潜行。
⑬ 苎（zhù）：麻属。蒿（hāo）：草名。菰（gū）：菜名，即茭白。芦：芦苇。攸：所。攸积、所繁：指这些植物生长繁盛的地方。
⑭ 栖波之鸟：水鸟。
⑮ 水化之虫：指鱼。
⑯ 聒（guō）：吵闹。
⑰ 纷乎：杂乱的样子。
⑱ 回江永指：曲折奔流的江水，长长地流去。回：曲折。永：长。指：这里意为向远处流。
⑲ 天合：与天交接。
⑳ 舳（zhú）：船尾。舻（lú）：船头。
㉑ "思尽"两句：悲思同波涛一样无边，充满深渊大潭。作者面对滔滔江水，兴起了古今人事代谢之感。
㉒ 八表：八方之外，指极远之处。
㉓ 野尘：语出《庄子·逍遥游》："野马也，尘埃也，生物之以息相吹也。"野马，田野间的浮气。
㉔ 注集：灌注汇集，指江水。
㉕ 长写不测：长流不尽。写：流泻，这个意思后写作"泻"。以上四句是说，云烟散到八方，最终变成雾气尘埃；而江水却奔腾不息，不知终极。
㉖ "修灵"两句：神灵也茫无所知，不明白其中的缘故。修灵：指神灵。浩荡：指漠然无知觉的样子。
㉗ 基：指山脚。
㉘ 辰：星辰。汉：天河。

缛①。若华夕曜②，岩泽气通③，传明散彩，赫似绛天④。左右青霭，表里紫霄⑤。从岭而上，气尽金光，半山以下，纯为黛色。信可以神居帝郊⑥，镇控湘汉者也⑦。

若淙洞所积⑧，溪壑所射⑨，鼓怒之所豗击⑩，涌洑之所宕涤⑪，则上穷荻浦⑫，下至狶洲⑬，南薄燕爪⑭，北极雷淀⑮，削长埤短，可数百里⑯。其中腾波触天，高浪灌日，吞吐百川，写泄万壑；轻烟不流，华鼎振涾⑰，弱草朱靡⑱，洪涟陇蠛⑲，散涣长惊⑳，电透箭疾㉑，穿㵎崩聚，坻飞岭覆㉒。回沫冠山㉓，奔涛空谷㉔，砧石㉕为之摧碎，碕岸为之齑落㉖。仰视大火，俯听波声㉗，愁魄胁息㉘，心惊慓㉙矣。

---

① 缛：花样繁多的彩饰。

② 若华：若木的花，指夕阳。若木，传说中日入处的树，《淮南子·地形训》："若木在建木西，木有十花，其光照下地。"曜：照耀。

③ 岩泽气通：山泽之间雾气相连。

④ "传明"两句：这里是说山泽间的雾气把阳光传播到各方，使得庐山山峰周围好像是绛红色的天空。

⑤ "左右"两句：萦绕在山左右的青色云气缭绕在紫霄峰周围，使紫霄峰忽隐忽现。紫霄：庐山南高峰名。

⑥ 神居帝郊：像神一样居住在帝郊。帝郊：指九嶷山周围一带，传说是帝舜的葬地。

⑦ 镇控：镇守控制。湘汉：湘江和汉水。

⑧ 淙（cóng）：小水汇入大水。洞：疾流。

⑨ 射：喷射。

⑩ 鼓怒：指疾风鼓起的怒涛。豗（huī）击：撞击。

⑪ 涌：翻腾的水流。洑（fú）：回旋的水流。宕（dàng）：荡，冲击。"若淙洞"四句说的是各种流水，是下面六句的主语。

⑫ 荻（dí）浦：生满芦苇的水边。

⑬ 狶（xī）洲：野猪出没的小洲。狶：野猪。

⑭ 薄：逼近。燕爪：地名，未详。爪："派"的本字，指水的支流。

⑮ 极：至。雷淀：地名，未详。淀：浅水的湖泊。以上四句说的是上文说到的各种流水经过的地方。

⑯ "削长"两句：水流所经之地，削长补短，方圆有数百里。埤（pí）：补。

⑰ "轻烟"两句：水流上停着轻烟，下面波涛翻滚，如同华丽的大鼎中的水在沸腾一样。振涾（tà）：振动而溢出。

⑱ 朱靡：指草被淹没。

⑲ 洪涟：大波纹。陇蠛：聚集。陇：通"拢"，聚集。

⑳ 散涣：指波浪崩散。长惊：常常如受惊了一样。

㉑ 电透箭疾：水流急下，如闪电和疾箭般快。透：跳。

㉒ "穿㵎"两句：描写在凶猛的激浪的冲击下，山岭倾覆。㵎（kè）：高大的波浪。崩聚：形容巨浪一会儿跌下散落，一会儿汇聚升起。坻（chí）：水中高地。

㉓ 回沫冠山：浪退下去的时候，浮沫盖满山顶。

㉔ 奔涛空谷：波涛将山谷冲刷一空。

㉕ 砧（zhēn）石：捣衣石，这里指坚硬的山石。

㉖ 碕（qí）岸：曲折的河岸。齑（jī）落：如粉末般下落。

㉗ "仰视"两句：出自《楚辞·七谏·自悲》："观天火之炎炀兮，听大壑之波声。"大火：星名，即心宿，夏历六月黄昏，升起于南方，七月开始向西下降。

㉘ 愁魄：使魂魄惊。愁：是使动用法。胁息：屏住呼吸。

㉙ 慓（piào）：急疾。

至于繁化殊育①，诡质怪章②，则有江鹅、海鸭、鱼鲛、水虎之类③，豚首、象鼻、芒须、针尾之族④，石蟹、土蚌、燕箕、雀蛤之俦⑤，折甲、曲牙、逆鳞、返舌之属⑥。掩沙涨，被草渚⑦，浴雨排风⑧，吹涝弄翮⑨。

　　夕景欲沉，晓雾将合，孤鹤寒啸，游鸿远吟，樵苏⑩一叹，舟子再泣。诚足悲忧，不可说也。

　　风吹雷飙⑪，夜戒前路⑫。下弦内外⑬，望达所届⑭。寒暑难适，汝专⑮自慎。夙夜戒护⑯，勿我为念。恐欲知之，聊书所睹。临途草蹙⑰，辞意不周。

【简析】

　　鲍照出身寒微，在仕途中饱受歧视和排挤。宋文帝元嘉十六年，久沉沦下僚的鲍照得到临川王刘义庆的赏识，到江州上任。途中他凭观川陆，周流绝景，顿觉天广地阔，激起他久郁于中的壮志豪情。鲍照运用生动的笔触、瑰丽的想象、华丽峻健的语言，浓墨重彩地敷写他登大雷岸所见的景物，高山大川，风云鱼鸟，酣畅淋漓地描绘出一幅风格雄伟奇崛的图画。文中很多地方都借山川形胜来抒写怀抱，其中既有"长图大念"的雄心壮志，又有"负气争高"的不平之气，还有"悲满潭壑"的深广忧思。文末还表达了对妹妹的诚挚的关怀和爱护之情。

① 繁化殊育：繁殖生长的各种异类。
② 诡质怪章：怪异的躯体，奇特的花纹。诡：怪异。质：躯体。
③ 江鹅：水鸥。海鸭：似鸭而有斑白文，亦称水鸭。鱼鲛：皮有斑纹的一种鱼。水虎：《襄沔记》："沔水中有物，如三四岁小儿，甲如鳞鲤，秋曝沙上，膝头如虎掌爪，常没水，名曰水虎。"
④ 豚首：即江豚。象鼻：传说真腊国（南海中小国）有鱼名建同，四足无鳞，鼻如象，吸水上喷，高五六十丈。芒须：须如芒刺的水中生物。针尾：尾如针的水中生物。族：类。
⑤ 石蟹：蟹属，生在溪涧石穴之中，壳赤坚体小。土蚌：蚌属，老而产珠。燕箕：鱼名，《兴化县志》："虹鱼头圆秃如燕，身扁圆如簸箕，又曰燕虹鱼。"雀蛤（gé）：据《礼记·月令》，"季秋之月，……雀入大水为蛤"。俦（chóu）：类。
⑥ 折甲、曲牙、逆鳞、返舌：传说中四种样子怪异的动物。
⑦ "掩沙涨"两句：借沙丘、草渚掩盖身体。沙涨：淤积露出水面的沙丘。掩、被：都是覆盖的意思。
⑧ 排风：乘风。排：推。
⑨ 吹涝：吹动波浪。弄翮（hé）：即弄羽。翮：鸟的翅膀。
⑩ 樵苏：泛指樵夫。取薪曰樵，取草曰苏。
⑪ 飙：迅疾。
⑫ 夜戒前路：指天不亮就准备上路。
⑬ 下弦：农历每月二十二三日，月亮缺下一半，形如弓弦。内外：犹言左右。
⑭ 所届：所至，指目的地。
⑮ 专：务必。
⑯ 夙夜：早晚。戒护：保重。
⑰ 草蹙：仓猝。

北山移文①

孔稚圭②

　　钟山之英③，草堂④之灵，驰烟驿路⑤，勒移山庭⑥。

　　夫以耿介拔俗之标⑦，萧洒出尘之想⑧，度白雪以方絜⑨，干⑩青云而直上，吾方知之矣。若其亭亭物表，皎皎霞外⑪，芥千金而不眄⑫，屣万乘其如脱⑬；闻凤吹于洛浦⑭，值薪歌于延濑⑮，固亦有焉。岂期终始参差⑯，苍黄翻覆⑰，泪翟子之

---

① 本文选自四部丛刊本《六臣注文选》卷四十三。北山：即钟山，在今江苏省江宁县北。移：一种文体，类似于现在的通告、布告。本文是假借北山山神的名义所作的一篇讨伐假隐士的布告。据《六臣注文选》吕向注，时人周颙先隐于钟山，后应诏出为海盐令，欲再经钟山，孔稚圭乃作此文，讽刺周颙。但据《南史》与《南齐书》的《周颙传》记载，周颙并无隐居钟山而后应诏出仕的经历，故本文中所称"周子"，是否是指周颙，有待于进一步研究。

② 孔稚圭：447—501年，字德璋，会稽山阴（今浙江绍兴）人。刘宋时曾任尚书殿中郎，齐武帝永明年间任御史中丞，东昏侯永元元年（499年）迁太子詹事，死后追赠金紫光禄大夫。长于骈文，善写碑文、弹章劾表。明人辑有《孔詹事集》。

③ 钟山：即北山。英：指神灵，和下句的"灵"意同。

④ 草堂：周颙喜爱蜀之草堂寺，于是在钟山立寺，亦名草堂。

⑤ 驰烟：驱驰烟尘，指飞奔。驿路：古代驿马传递官家文书所走的大道。

⑥ 勒：铭，刻。移：移文。山庭：山前。

⑦ 耿介：正直，不同流俗。拔俗：超出世俗。标：标格，风度。

⑧ 萧洒：清高绝俗的样子。出尘：超出尘世。

⑨ 该句意为与白雪比洁。度白雪：意即以白雪为标准。度：衡量，标准。方：比。

⑩ 干（gān）：犯。

⑪ "亭亭"两句形容品格高超。亭亭物表：高出于万物之上。亭亭：挺立的样子。物表：物外。皎皎：洁白明亮的样子。霞外：云霞之上。

⑫ 这句是说视千金如草芥，不屑一顾。芥：小草，这里是意动用法。眄：同"眄（miǎn）"，斜眼看。

⑬ 这句是说鄙弃帝位如同脱下破草鞋。屣（xǐ）：草鞋，这里是意动用法。万乘：指天子，周制，天子出兵车万乘。

⑭ 这句意即耳听世外仙音。闻：听。洛浦：洛水之滨。《列仙传》："周灵王太子晋，吹笙作凤鸣，游于伊、洛之间。"

⑮ 薪歌：采薪者之歌。延濑（lài）：犹长河。水流沙上为濑。《文选》吕向注：苏门先生（魏末孙登隐于苏门山，称苏门先生）游于延濑，见一人采薪，谓之曰："子以此终乎（你就这样度过一生吗）？"采薪人曰："吾闻圣人无怀，以道德为心，何怪乎而为哀也（为什么觉得奇怪、可悲呢）！"遂为歌二章而去。意即隐者不以富贵利禄为怀。

⑯ 终始参差：后来的行为和开始时不一致。参差：不齐，这里指不一致。

⑰ 苍：深青色。苍黄翻覆：指丝可染成青的，也可染成黄的，变化不定。《淮南子·说林训》："杨子（指杨朱）见歧路而哭之，为其可以南，可以北；墨子见练丝而泣之，为其可以黄，可以黑。"

悲，恸朱公之哭①。乍回迹以心染②，或先贞而后黩③，何其谬哉！呜呼！尚生④不存，仲氏⑤既往，山阿寂寥，千载谁赏？

世有周子，隽俗之士⑥，既文既博，亦玄亦史⑦。然而学遁东鲁⑧，习隐南郭⑨，偶吹草堂⑩，滥巾北岳⑪，诱我松桂，欺我云壑。虽假容于江皋⑫，乃缨情⑬于好爵。

其始至也，将欲排巢父，拉许由⑭，傲百氏⑮，蔑王侯。风情张日，霜气横秋。⑯或叹幽人长往，或怨王孙不游。⑰谈空空于释部⑱，核玄玄于道流⑲。务光⑳何足比？涓子㉑不能俦！

及其鸣驺入谷㉒，鹤书赴陇㉓，形驰魄散，志变神动。尔乃眉轩席次㉔，袂耸

---

① "泪翟子"两句：为墨子所悲伤之事流泪，为杨朱所哭之事悲恸。翟子：墨翟。朱公：战国时杨朱。
② 这句是说，假隐士虽暂时避迹山林，而其心则被利禄所染。乍：暂。回迹：躲避踪迹，即隐居。心染：心为尘俗所染。
③ 这句意即或者先前坚持操守而后变成污秽的俗人。贞：有节操。黩（dú）：污浊。
④ 尚生：即尚子平。《高士传》：尚子平，后汉人，隐居不仕，性尚中和，研习《老子》《周易》。
⑤ 仲氏：即后汉时仲长统。《后汉书·仲长统传》：仲长统，字公理，高平（今山东邹城市）人，为人疏狂不羁，时或高谈阔论，时或沉默不语，无常态。每州郡征召，则称病推辞。著有《昌言》。
⑥ 隽俗之士：才智高出世俗。隽：同"俊"。
⑦ 玄：指庄、老之学。史：史学。
⑧ 东鲁：指春秋时的高士颜阖。《庄子·让王》里说，颜阖乃得道之人，鲁君派人去聘请他，他把使者诳开而逃。
⑨ 南郭：南郭子綦。《庄子·齐物论》："南郭子綦，隐机而坐，仰天而嘘，答焉（解体貌）似丧其耦（丧失自己）。"以上两句，描写周子本来没有隐者的修养，只是表面上学习隐遁行为。
⑩ 这句是说充隐士于草堂之中。偶吹：结伴吹。《韩非子·内储说上》里说，齐宣王有三百人吹竽，南郭处士不会吹而充数其中，"滥竽充数"成语即本此。
⑪ 滥巾：就是穿着隐居者的服装不得当。滥：过分，不得当。巾：指隐者服装，这里用作动词。北岳：北山。
⑫ 假容：装出隐士的样子。江皋：江边。
⑬ 缨情：萦心。
⑭ 排：推。拉：摧折，这里是压倒的意思。巢父、许由：均尧时高士。意即在巢父、许由之上。
⑮ 百氏：诸子百家。
⑯ 风情、霜气：都指神情气概。张（zhàng）：挡住。横：盖住的意思。
⑰ 幽人、王孙：都指隐者。汉淮南小山《招隐士》："王孙游兮不归，春草生兮萋萋。"长往：指死去。
⑱ 空空：空是佛教真谛，佛家认为空即是色，色即是空，即以万物皆空。释部：佛经。
⑲ 核：考察。玄玄：玄之又玄的道家理论。道流：指老、庄之道。以上两句，写周颙来隐居时，终日谈佛论道。
⑳ 务光：《列仙传》里说，务光，夏时人，代桀得天下，曾让天子位给他，务光不受而逃。
㉑ 涓子：《列仙传》里说，涓子，齐人，好饵术，隐居宕山（在今四川渠县东）。
㉒ 这句是说朝廷派人到山里来征召隐士。鸣：指官吏出行时喝道。驺（zōu）：骑马驾车的随从。
㉓ 鹤书：即诏书，古代诏书用的字体是鹤头书（因状如鹤头而得名）。陇：高丘。
㉔ 尔乃：这样于是。眉轩：欢喜得意的样子。轩：举。席次：坐中。

筵上①，焚芰制而裂荷衣②，抗尘容而走俗状③。风云悽其带愤，石泉咽而下怆④。望林峦而有失，顾草木而如丧。

至其纽金章⑤，绾墨绶⑥，跨属城之雄⑦，冠百里之首⑧，张英风于海甸⑨，驰妙誉于浙右。⑩ 道帙长殡⑪，法筵⑫久埋。敲扑喧嚣犯其虑，牒诉倥偬装其怀。⑬ 琴歌既断，酒赋无续。⑭ 常绸缪于结课⑮，每纷纶于折狱⑯，笼张、赵于往图⑰，架卓、鲁于前箓⑱。希踪三辅豪⑲，驰声九州牧⑳。使我高霞孤映，明月独举㉑；青松落荫，白云谁侣㉒？磵户摧绝无与归㉓，石径荒凉徒延伫㉔！至于还飙入幕㉕，写雾

---

① 袂耸：即举袖。袂：衣袖。以上两句形容周颙得意的样子。
② "焚芰（jì）制"句：焚烧和撕毁了菱衣荷裳。《离骚》："制芰荷以为衣兮，集芙蓉以为裳。"芰：菱。芰制、荷衣：这里指隐者服装。
③ 抗：举，这里是显示出的意思。走：这里是肆意呈现的意思。尘容、俗状：世俗的仪态。
④ 咽：鸣咽。下怆：犹言生悲。
⑤ 纽：系结，佩带。金章：铜印，县令的官印。
⑥ 绾（wǎn）：系。墨绶：黑色系印丝绦。
⑦ 这句是说，周颙所任的县城，是首屈一指的大县。跨：占据。属城：一郡下属的县城。
⑧ 这句是说周颙是附近各县县令之首。百里：指县，汉制县大约百里。
⑨ 海甸：海边。
⑩ 浙右：浙江西部。
⑪ 这句是说丢弃道书不看。帙（zhì）：古代书籍的函套。殡：埋葬。
⑫ 法筵：讲经说法的坐席。
⑬ "敲扑"两句：写县令的日常工作。敲扑喧嚣：指打犯人时的吵闹声。牒诉：文牒和诉讼。倥偬：困苦貌。装其怀：装在胸中。
⑭ "琴歌"两句：《文选》李善注"《董仲舒集》七言《琴歌》二首，《西京杂记》邹阳《酒赋》"，这里通指音乐。
⑮ 绸缪：缠缚，这里是致力的意思。结课：考课，考核官吏的成绩。
⑯ 纷纶：繁乱，忙碌。折狱：断案。
⑰ 全句是说：在记载过去吏治的书籍里，搜罗出关于张敞、赵广汉的资料来，要胜过他们的吏治。笼：包括。张、赵：张敞，字子高；赵广汉，字子都，皆西汉人。两人都做过京兆尹，俱有吏治。往图：过去的政绩。
⑱ 这句是说，举出关于卓茂、鲁恭为令的事迹，要越过他们。架：通"驾"，凌驾，超越。卓、鲁：东汉卓茂，字子康，迁密令；鲁恭，字仲康，拜中牟令。两人均善于为令。前箓（lù）：前人记载。以上两句，说的是周颙想要兼有这四人的政绩。
⑲ 希踪三辅豪：写周颙极力模仿前代有才干的官吏。希：仰慕，模仿。踪：指行为。三辅：汉时，京兆（京师地方）、左冯翊（郡名，治所在今西安市东北）、右扶风（郡名，治所在今西安市西北），为三辅。豪：指杰出的官吏。
⑳ 驰声：远播声名。九州：古代分天下为九州。牧：州长。
㉑ "使我"两句：山上的云霞和空中的明月，再也无人观赏，因而孤独地在那里映照着。
㉒ "青松"两句：松荫、白云因无人游赏观看而凋落孤独。谁侣：何人为伴，即无人相伴。
㉓ 磵户：涧边的路在两山间像门户。磵：同"涧"。摧绝：破坏。无与归：指周颙不再回来了。
㉔ 徒：空。延：长久。伫：举踵而望。
㉕ 还飙（xuán biāo）：旋风。入幕：吹入帘幕。

出楹①，蕙帐②空兮夜鹄怨，山人③去兮晓猿惊。昔闻投簪逸海岸④，今见解兰缚尘缨⑤。

　　于是南岳献嘲，北垄腾笑⑥，列壑争讥，攒峰竦诮⑦。慨游子之我欺，悲无人以赴吊⑧。故其林惭无尽，涧愧不歇。秋桂遣风，春萝罢月⑨，骋西山之逸议⑩，驰东皋之素谒⑪。

　　今又促装⑫下邑，浪拽上京⑬，虽情投于魏阙⑭，或假步于山扃⑮。岂可使芳杜厚颜，薜荔无耻⑯，碧岭再辱，丹崖重滓⑰，尘游躅于蕙路⑱，污渌池以洗耳⑲？宜扃岫幌⑳，掩云关，敛㉑轻雾，藏鸣湍㉒，截来辕于谷口㉓，杜妄辔于郊端㉔。于是丛条瞋胆㉕，叠颖怒魄㉖。或飞柯以折轮，乍低枝而扫迹。请回俗士驾，为君谢逋客㉗。

---

① 写雾：吐雾。写：泻，后写作"泻"。出楹：飘离房前。
② 蕙帐：用蕙草编结的帐子，这里指隐者的帐幔。
③ 山人：隐士，指周颙。
④ 投簪：即弃官。簪：贵人的冠饰。逸：隐遁。海岸：指东海。《汉书·疏广传》载"疏广，东海兰陵（故城在今山东省峄县东）人，宣帝时为太傅，兄子疏受同时为少傅。在位五载，俱谢病弃官而归"。
⑤ 解兰：解下隐士的兰佩。兰：指兰佩。《离骚》："纫秋兰以为佩。"缚尘缨：指走入仕途。尘缨：尘世的冠缨。
⑥ 腾笑：哄笑。
⑦ 攒峰：聚在一起的山峰。竦：举足引领。诮：讥诮。
⑧ 无人以赴吊：意即山林被周颙所欺，无人吊问抚慰。
⑨ 萝：女萝，植物名。遣风、罢月：指桂、萝为假隐士含愧，而把风月打发回去。
⑩ 西山：指首阳山，伯夷叔齐隐居处。逸议：隐逸之士的评议。
⑪ 东皋：陶渊明《归去来兮辞》："登东皋以舒啸"，这里泛指隐士所在地。皋：水泽。素谒：素士的谒告，犹言清议。以上几句，描写山林涧壑因被周颙所欺骗，感到无限羞愧，所以罢遣风月，并对周颙的行为纷纷评议。
⑫ 促装：急治行装。
⑬ 浪拽：即行船。拽：通"枻（yì）"，船舷。上京：指当时京城建康。以上两句叙述周颙秩满入京。
⑭ 魏阙：古代宫门悬法处，因用以代指朝廷。
⑮ 这句是说周颙又要来游北山。假步：借道。山扃：山门。
⑯ 芳杜、薜（bì）荔：皆香草名。
⑰ 滓：污秽。
⑱ 尘：用作动词，污染，弄脏。游躅（zhú）：指隐士的足迹。躅：足迹。
⑲ 本句极写周颙重到山林，对林泉的污辱。渌（lù）池：清池。洗耳：《高士传》载："尧聘许由为九州长，许由不肯，洗耳于河。巢父正欲在河饮牛，认为水被许由洗耳所污，牵牛于上流饮之。"
⑳ 扃：闭。岫幌（xiù huǎng）：犹山窗。
㉑ 敛：收。
㉒ 鸣湍：急流。
㉓ 辕：指车。谷口：山外。
㉔ 杜：堵塞。妄辔：不该来而擅自来的车马，指周颙的车乘。
㉕ 瞋胆：等于说气坏了肝胆。瞋：通"嗔"。
㉖ 颖：草穗。怒魄：使魂魄发怒。
㉗ 谢逋客：谢绝逃客，即不许周颙再来。

【简析】

　　文章用对比的手法，生动地描绘出当时以隐居为出仕捷径的知识分子表面清高、骨子庸俗不堪的嘴脸。运用拟人化手法，描绘山灵景物，使文章活泼生动、讽刺辛辣。文章语言精练华美，属对精工，其中虚词的使用尤为人所称道。清代许梿评价说："此六朝中极雕绘之作，炼格炼词，语语精辟。其妙处尤在数虚字旋转得法，当与徐孝穆《玉台新咏序》并为唐人轨范。"

别　　赋①

江　淹②

　　黯然销魂者③，唯别而已矣！况秦吴兮绝国④，复燕宋兮千里⑤。或春苔兮始生，乍秋风兮暂起⑥。是以行子肠断，百感悽恻⑦。风萧萧而异响，云漫漫而奇色。⑧舟凝滞⑨于水滨，车逶迟⑩于山侧。櫂容与而讵前⑪，马寒鸣而不息。掩金觞而谁御⑫，横玉柱而沾轼⑬。居人⑭愁卧，恍若有亡⑮。日下壁而沉彩，月上轩而飞光。⑯见红兰之受露，望青楸之离霜。⑰巡曾楹而空掩，抚锦幕而虚凉。⑱知离梦之踯躅，意别魂之飞扬。⑲

---

① 本文选自四部丛刊本《六臣注文选》卷十六。

② 江淹：444—505年，字文通，宋州济阳考城（今河南商丘市民权县）人。少时孤贫好学，6岁能诗。20岁左右在新安王刘子鸾幕下任职，历仕南朝宋、齐、梁三代，官至金紫光禄大夫，封醴陵侯。他的抒情小赋艺术成就较高。江淹晚年才思衰退，史称"江郎才尽"。有《江文通集》传世。

③ 黯然：感伤沮丧的样子。销魂：灵魂和身体分开，形容极度悲伤。

④ 秦：在今陕西省。吴：在今江苏南部。绝国：隔绝的国家，言相隔极远。

⑤ 燕：在今河北北部。宋：在今河南南部。言燕与宋一北一南相隔千里。

⑥ 乍：忽然。暂：同"暂"，刚刚。

⑦ 悽恻：悲伤。

⑧ "风萧萧"两句：写风声云色，在游子的感情上，有不同的感受。萧萧：秋天的风声。漫漫：没有边际。

⑨ 凝滞：留止，停泊。

⑩ 逶迟：徘徊不进貌。

⑪ 这句意即船徘徊流连，不愿前进。櫂（zhào）：船桨，这里指船。容与：徘徊貌。讵（jù）：岂。

⑫ 这句是说，空对着美酒，谁也喝不下去。掩：覆盖。御：进用，这里指喝。

⑬ 这句是说，放着琴瑟无心弹奏，眼泪沾湿了车轼。玉柱：琴上着弦的短柱，指琴瑟。轼：用以凭靠的车上的横木。

⑭ 居人：留在家里的人，指闺妇。

⑮ 恍若有亡：精神恍惚，如有所失。恍：恍惚。

⑯ "日下"两句：太阳落下，月亮升起。下壁：日光从墙上消逝，指傍晚。轩：栏杆。

⑰ "见红兰"两句：从春望到秋，指行人离家之久。红兰：兰花的一种。青楸：树名。离：通"罹"，遭受。

⑱ "巡曾楹"两句：写行人去后，家中一片空阔寂寥。巡：巡视，边走边看。曾：通"层"，高。楹：堂屋间柱子，这里代指房屋。掩：通"掩"。锦幕：锦织的帷幕。虚凉：空虚，凄凉。

⑲ "知离梦"两句：居人设想行人正做着不舍远离的梦，魂灵飞回到家乡。踯躅（zhí zhú）：徘徊不前。以上一段总叙别离双方的痛苦心情。

故别虽一绪①，事乃万族②。至若龙马③银鞍，朱轩绣轴④，帐饮东都⑤，送客金谷⑥。琴羽张兮箫鼓陈⑦，燕赵歌兮伤美人⑧，珠与玉兮艳暮秋，罗与绮兮娇上春⑨。惊驷马之仰秣，耸渊鱼之赤鳞⑩。造分手而衔涕，感寂漠而伤神⑪。

乃有剑客惭恩⑫，少年报士⑬；韩国赵厕⑭，吴宫燕市⑮。割慈忍爱⑯，离邦去里。沥泣⑰共诀，抆血相视⑱。驱征马而不顾，见行尘之时起。方衔感于一剑，非买价于泉里⑲。金石震而色变⑳，骨肉悲而心死㉑。

---

① 绪：头绪，这里指类。
② 族：类。
③ 龙马：马八尺以上称为龙马。
④ 轩：高大的车子。绣：有文绣的车帷。轴：指车。
⑤ 帐饮：设帐饮酒饯别。东都：指长安东都门。《汉书·疏广传》载："汉宣帝时疏广为太傅，兄子疏受为少傅，在官五年，同时辞官回乡，公卿大夫亲戚故旧为之饯行在东都门外。"
⑥ 金谷：金谷涧，在今河南洛阳市西北。晋石崇有别馆在金谷涧中，他和当时权贵、名人曾在此地饯送征西将军祭酒王诩回长安。
⑦ 琴羽：琴奏羽调。羽：五音之一，声音清细。张、陈：陈设，这里都是演奏的意思。
⑧ 伤美人：使美人感伤。《古诗十九首》："燕赵多佳人，美者颜如玉。"
⑨ 珠、玉、罗、绮：形容歌姬们服饰的华贵。艳暮秋：在秋天显得艳丽。娇上春：在春天显得娇媚。
⑩ 惊、耸：皆使动用法，使惊吓。驷马：驾车的马，古代一辆车驾四匹马。仰秣：仰头咀嚼饲料。秣：牲口吃饲料。渊鱼：深潭的鱼。《韩诗外传》卷六："伯牙鼓琴而渊鱼出听，瓠巴鼓瑟而六马仰秣。"形容音乐的优美，使正在吃饲料的马仰起头听，使深潭的鱼也浮出水来听。
⑪ 漠：通"寞"。以上一段描写贵族官僚们的送别。
⑫ 惭恩：受人恩德，感激而思图报答。惭：感谢。
⑬ 少年报士：少年侠士受人以国士相待的礼遇而思图报答。
⑭ 韩国：指聂政刺侠累事。战国时严仲子和韩相侠累有仇。聂政是卫国勇士，严仲子以黄金百镒与聂政结交，聂政虽拒收黄金，仍感谢严仲子的知遇之恩，于是在母亲死后，到韩国杀死了侠累。赵厕：指豫让刺赵襄子事。豫让是战国时晋人，事智伯，颇受尊宠。赵襄子灭智伯，豫让变姓名充作贱役，挟匕首，入宫粉刷厕壁，想行刺赵襄子未成。(事皆见《史记·刺客列传》)
⑮ 吴宫：指春秋时专诸刺吴王僚事。专诸是吴国的勇士，吴国公子光假意请吴王僚宴饮，使专诸藏匕首在鱼腹中，送鱼上席时刺死了吴王僚。燕市：即荆轲刺秦王故事。(事亦见《史记·刺客列传》)
⑯ 这句是说离开亲人。
⑰ 沥泣：流泪。沥：下滴。
⑱ 抆(wěn)血：拭血泪，言悲痛之深。
⑲ "方衔感"两句：为感恩而替人报仇，不是为邀取身后的声名。衔感：衔恩感德。一剑：指行刺报仇。买价：指沽取声名。泉里：泉下，指死后。
⑳ 这句指秦舞阳事。《燕丹子》载：秦舞阳跟随荆轲到了秦廷，"钟鼓并发，群臣皆呼万岁。舞阳大恐，两足不能相过，面如死灰色"。金石震：钟鼓齐鸣。
㉑ 这句指聂政姐聂荌事。聂政刺杀侠累后，恐被辨认出来，连累家人，因此自己割裂面皮，抉出双眼，然后破腹出肠而死。聂荌猜想刺死侠累的定是聂政，跑去相认，在聂政尸边哀哭而死。(事亦见《史记·刺客列传》)以上一段写任侠之士的生离死别。

或乃边郡未和，负羽①从军。辽水无极②，雁山参云③。闺中风暖，陌上草薰④。日出天而耀景⑤，露下地而腾文⑥。镜朱尘之照烂，袭青气之烟煴⑦，攀桃李兮不忍别，送爱子兮沾罗裙。⑧

至如一赴绝国，讵见相期⑨！视乔木兮故里，决北梁兮永辞⑩。左右兮魄动，亲宾兮泪滋。可班荆兮赠恨⑪，惟樽酒兮叙悲。值秋雁兮飞日，当白露兮下时。怨复怨兮远山曲⑫，去复去兮长河湄⑬。

又若君居淄右⑭，妾家河阳⑮，同琼珮之晨照，共金炉之夕香⑯。君结绶兮千里，惜瑶草之徒芳⑰。惭幽闺之琴瑟，晦高台之流黄⑱。春宫閟此青苔色，秋帐含兹明月光⑲。夏簟清兮昼不暮，冬釭凝兮夜何长！⑳织锦曲兮泣已尽，回文诗兮影独伤。㉑

---

① 羽：指箭。
② 辽水：即辽河，在今辽宁省境内。无极：无边。
③ 雁山：在今山西省，上有雁门关，是北方军事重地。参云：高耸入云。
④ 薰：香。
⑤ 耀景：闪耀着光辉。
⑥ 腾文：指草上的露珠在日光照耀下闪耀着光彩。
⑦ "镜朱尘"两句：春天佳气笼罩天地之间，生机一片。镜：动词，照。朱尘：红尘，飞扬的尘埃。照烂：光彩绚烂。袭：笼罩。青气：春天的地气。烟煴（yīn yūn）：联绵词，气盛的样子。
⑧ 以上一段描写正当春天，征人应召入伍的别离。
⑨ 讵（jù）相见期：哪里还有相见的时候。
⑩ "视乔木"两句：看着故乡的景物不忍离去。乔木：高大的树木。决：通"诀"，别。梁：桥梁。汉代王褒《九怀·陶壅》："绝北梁兮永辞。"
⑪ 这句是说可布席对坐，诉说离别之恨。班：布，铺。荆：草席。《左传·襄公二十六年》载："楚伍举与声子相善，举将奔晋，声子遇之于郑郊，班荆相与食，而言复故（共同商量归楚的计划）。"
⑫ 曲：山回折处。那里遮断了视线，再不得互相遥望。
⑬ 湄：岸边。以上一段描写远赴异域他乡时的别情离绪。
⑭ 淄右：淄水之西。淄：水名，在今山东莱芜市。
⑮ 河阳：黄河之北。一说为河阳县，在今河南孟州市西。
⑯ "同琼珮"两句：早上晨光同时照耀着两人身上的玉佩，傍晚两人在炉香中共处。琼珮：美玉做的佩饰。金炉：香炉。
⑰ "君结绶"两句：丈夫出门做官，妻子在家叹息年华在孤独中白白消逝。结绶：指做官。绶：系官印的丝带。瑶草：传说赤帝之女名瑶姬，未嫁而死，精魂化为瑶草。这里用瑶草喻年轻女子。徒：空。芳：指年轻貌美。
⑱ "惭幽闺"两句：无心弹琴，所以对着深闺的琴瑟觉得惭愧；不能远眺，所以高台上帷幕长掩，晦暗无光。流黄：褐黄色的绢。
⑲ "春宫"两句：少妇春天只有庭院内的青苔，秋天只有帐中的月光相伴。閟（bì）：闭门。
⑳ "夏簟"两句：因为思念丈夫，所以夏天觉得白天太长，冬天觉得夜晚太长。簟（diàn）：竹席。釭（gāng）：灯。凝：指灯的火焰不动。
㉑ 织锦曲：即回文诗，是一种可以倒着读或回旋反复读的杂体诗，多属文字游戏。武则天《璇玑图序》载，前秦安南将军窦滔，带着他的宠妾赵阳台赴任，他的妻子苏蕙在家织回文相寄，纵横反复成诗共200多首，名曰《璇玑图》。这一段写夫妇的离别。

散文

　　傥有华阴上士①，服食②还山。术既妙而犹学，道已寂③而未传。守丹灶而不顾④，炼金鼎而方坚⑤。驾鹤上汉⑥，骖鸾腾天⑦。暂游万里，少别千年。⑧惟世间兮重别，谢主人兮依然。⑨

　　下有芍药之诗⑩，佳人之歌⑪，桑中卫女，上宫陈娥⑫。春草碧色，春水绿波，送君南浦⑬，伤如之何！至乃秋露如珠，秋月如珪⑭，明月白露，光阴往来。与子之别，思心徘徊。⑮

　　是以别方不定⑯，别理千名⑰，有别必怨，有怨必盈。使人意夺神骇，心折骨惊⑱，虽渊、云之墨妙⑲，严、乐之笔精⑳，金闺之诸彦㉑，兰台之群英㉒；赋有凌云之称㉓，辩有雕龙之声㉔。谁能摹暂离之状，写永诀之情者乎？㉕

---

① 傥：同"倘"，或许。华阴：即今陕西省华阴市。上士：指修芉（qiān）公，他隐居在华阴山下石室中，服黄精，后不知所往。
② 服食：指道士服丹药。
③ 寂：安静，指道已达到最高境界。
④ 丹灶：炼丹的炉子。不顾：不顾恋人世。
⑤ 金鼎：炼丹的鼎。坚：指意志坚定。
⑥ 驾鹤：《列仙传》载，太子晋好吹笙，被仙人浮丘生接引上嵩山。后乘白鹤到缑氏山头，举手告别家人。汉：天河，这里指天。
⑦ 骖鸾：乘着鸾凤。张僧鉴《豫章记》载，洪井有鸾冈，旧说为洪崖先生乘鸾休息之处。腾天：升天。
⑧ "暂游"两句：成仙后，一刹那就能飞出几万里，分别一会儿就相当于人世间的几千年。暂：同"暂"，指短暂的时间。少别：短时间的分别。
⑨ "惟世间"两句：只是因为人世间重视离别，所以还依依不舍地与世人告别。谢：告辞。依然：不舍的样子。这一段写学道成仙者的离别。
⑩ 芍药之诗：指《诗经·郑风·溱洧》，其中有"维士与女，伊其相谑，赠之以芍药"之句，描写男女相恋之情。
⑪ 佳人之歌：指汉武帝时李延年所作的歌。歌曰："北方有佳人，绝世而独立，一顾倾人城，再顾倾人国；宁不知倾城与倾国，佳人难再得！"
⑫ "桑中"两句：《诗经·鄘风·桑中》载"期我乎桑中，要我乎上宫，送我乎淇之上矣"。桑中、上宫：男女约会的地方。鄘属卫地，所以桑中、上宫都在卫地。说上宫属陈，只是为了避免重复。
⑬ 浦：水边。《楚辞·九歌·河伯》："送美人兮南浦。"
⑭ 珪：上尖下方的玉。
⑮ 以上一段写恋人分别的情形。
⑯ 别方不定：别离的种类不同。
⑰ 别理千名：别离的原因很多。
⑱ 心折骨惊：形容别离的痛苦。
⑲ 渊：西汉王褒，字子渊；云：西汉扬雄，字子云。两人均为辞赋家。
⑳ 严、乐：西汉严安、徐乐，两人均为当时著名文人。
㉑ 金闺：金马门，汉时是文学侍从之臣所集的地方。彦：才华出众的人。
㉒ 兰台：汉代收藏图书的宫观，也是文人所集之地，班固、傅毅都做过兰台令史。
㉓ 赋有凌云之称：司马相如作《大人赋》，献给汉武帝，武帝非常高兴，说读了这篇赋飘飘然有凌云之感。
㉔ 辩有雕龙之声：战国时邹奭学邹衍的辩术，文饰之如雕镂龙文，因此称他为雕龙奭。
㉕ 这一段是总结，说别离之痛苦，难以用笔墨来形容。

【简析】

  这篇抒情小赋，是江淹的代表作品。赋中选取七种有代表性的离别，用铺陈排叙的手法，既总写离别之感的共性，又具体描摹不同身份的人在别离时的不同感受：或缠绵悱恻，或慷慨激昂，或哀婉凄绝，或忘情脱俗。技巧上的最大特色是通过对时序物色等客观环境的渲染，刻画处在别离中的人物的心理状态，其中一些抒情气氛很强的描绘，极富感染力，成为历来传诵的名句。

与朱元思书①

吴 均②

  风烟俱净,天山共色。从流飘荡,任意东西。自富阳至桐庐③,一百许④里,奇山异水,天下独绝。水皆漂碧⑤,千丈见底,游鱼细石,直视无碍。急湍甚箭⑥,猛浪若奔⑦。夹峰⑧高山,皆生寒树,负势竞上,互相轩邈⑨,争高直指,千百成峰。泉水激石,泠泠⑩作响;好鸟相鸣,嘤嘤⑪成韵。蝉则千转⑫不穷,猿则百叫无绝。鸢飞戾天者,望峰息心,经纶世务⑬者,窥谷忘反。横柯⑭上蔽,在昼犹昏;疏条交映,有时见日。

【简析】
  吴均在这封信里,生动地描写了浙江富阳、桐庐一带也即是有名的富春江上的景色。文章层次清晰,先总说"奇山异水,天下独绝";再分写"异水""奇山";继而由体形貌转为摹声音,描述鸟禽的奇声异音;然后由景色对人心的感染,强化山水诱人的力量;最后四句渲染气氛,悠然而止。文章虽用骈体但不绮丽浮华,文风清新隽逸,疏畅谐婉。与陶弘景的《答谢中书书》同是六朝山水小品中的优秀作品。

---

  ① 本文选自汪绍楹校本《艺文类聚》卷七(上海古籍出版社1999年版)。朱元思,一本作"宋元思",其人不详。
  ② 吴均:469—520年,南朝齐梁时人,字叔庠,吴兴故鄣(今浙江安吉)人。曾任吴兴主簿,奉朝请等职。诗文自成一家,常描写山水景物,称为"吴均体",开创一代诗风。明人辑有《吴朝请集》。
  ③ 富阳:在今浙江省富春江下游。桐庐:即今浙江省桐庐县,也在富春江边。
  ④ 许:表示不定的意思,这里犹100里左右。
  ⑤ 漂碧:淡青色。漂:通"缥",一本也作"缥"。
  ⑥ 甚箭:比箭快。
  ⑦ 奔:指奔马。
  ⑧ 峰:一本作"岸"。
  ⑨ "负势"两句:指高山借着山势争相向上,互比高下。轩:高。邈:远。
  ⑩ 泠泠(líng):清脆的水声。
  ⑪ 嘤嘤:鸟和鸣声。
  ⑫ 转:婉转地鸣叫,这个意思后作"啭"。
  ⑬ 鸢(yuān)飞戾(lì)天者:具有一飞冲天的雄心的人。鸢:即鹞鹰。戾:至。《诗经·大雅·旱麓》:"鸢飞戾天,鱼跃于渊。"望峰息心:看见了这样的高峰,也息了竞进之心。经纶:经营,处理。世务:指政事。
  ⑭ 柯:枝条。

春夜宴从弟桃花园序①

李 白②

夫天地者,万物之逆旅③也;光阴者,百代之过客④也。而浮生若梦,为欢几何?古人秉烛夜游,良有以也⑤。况阳春召我以烟景,大块假我以文章⑥。会桃李之芳园,序天伦之乐事⑦。群季俊秀,皆为惠连⑧;吾人咏歌,独惭康乐⑨。幽赏未已,高谈转清。开琼筵以坐花,飞羽觞而醉月⑩。不有佳咏,何伸雅怀?如诗不成,罚依金谷酒数⑪。

【简析】

这是一篇篇幅短小、辞情慷慨的不凡之作,生动地记述了和众兄弟在春夜聚会、饮酒赋诗的情景。作者感叹天地广大、光阴易逝、人生短暂、欢乐甚少,而且还以古人"秉烛夜游"加以佐证,抒发了作者热爱生活、热爱自然的欢快心情,也显示了作者俯仰古今的广阔胸襟。文章写得潇洒自然,音调铿锵,精彩的骈偶句式使文章更加生色。

---

① 本文选自《李白集校注》卷二七(上海古籍出版社2007年版)。从弟:堂弟。
② 李白:701—762年,字太白,唐代伟大的诗人。祖籍陇西成纪(今甘肃天水),生于碎叶城(今吉尔吉斯斯坦共和国北部)。5岁时随父迁居绵州昌隆(今四川江油)。少博览群书,放纵任侠,喜纵横术。25岁出蜀到各地漫游,行迹近半个中国。42岁被唐玄宗召见,任为翰林学士。3年后因蔑视权贵而遭陷害,便愤然去职。安史之乱中参加永王李璘的军队讨伐叛乱。后李璘起兵反对唐肃宗失败,李白受牵连而流放夜郎,中途遇赦放还。晚年漂泊困苦,死于当涂(今属安徽)。李白以诗歌著称,被称为"诗仙"。他的文章也有鲜明的特色,清新俊逸,雄健奔放。有《李太白文集》传世。
③ 逆旅:客舍,旅店。
④ 过客:意谓人的生命在漫漫的时间长河中不过是匆匆的过客而已。
⑤ 古人秉烛夜游:《古诗十九首》有"昼短苦夜长,何不秉烛游",举着烛光在夜间行游。意谓人生短暂,应当及时行乐。良有以也:实在太有道理了。
⑥ 烟景:春天烟雾朦胧的美景。大块:大自然。假:提供。
⑦ 序:叙说,谈论。天伦:父子、兄弟等亲属关系,这里指兄弟关系。
⑧ 季:弟。惠连:谢惠连,南朝宋文学家,是谢灵运的族弟。
⑨ 独惭康乐:只有我比不上谢灵运。这是作者的自谦之辞。康乐:谢灵运,南朝著名文学家,晋时袭封康乐公,故称谢康乐。
⑩ 琼筵:盛宴。坐花:坐于花间。羽觞:鸟雀形的酒杯。
⑪ 金谷酒数:西晋石崇筑金谷园,邀友宴饮,席间赋诗,有不能成诗者,罚酒三斗。

进学解①

韩 愈②

国子先生③晨入太学，召诸生立馆下，诲之曰："业精于勤荒于嬉④，行成于思毁于随⑤。方今圣贤⑥相逢，治具毕张⑦，拔去凶邪，登崇畯良⑧。占小善者率以录⑨，名一艺者无不庸⑩，爬罗剔抉⑪，刮垢磨光⑫。盖有幸而获选，孰云多而不扬？⑬诸生业患不能精，无患有司⑭之不明；行患不能成，无患有司之不公。"

言未既⑮，有笑于列者曰："先生欺余哉！弟子事先生，于兹有年矣。先生口不绝吟于六艺⑯之文，手不停披于百家之编⑰，纪事者必提其要⑱，纂言者必钩其

---

① 本文选自《韩昌黎文集汇校笺注》卷二（中华书局2010年版）。
② 韩愈：768—824年，字退之，河南河阳（今河南孟州）人。德宗贞元八年（792年）中进士，两为节度使幕僚，贞元十八年（802年）授四门博士，贞元十九年（803年）迁监察御史，因论事贬阳山令。宪宗元和元年（806年）召为国子博士，后历仕河南令、比部郎中、史馆修撰、考功郎中、中书舍人等。元和十二年（817年）迁刑部侍郎，元和十四年（819年）因谏迎佛骨贬潮州刺史，量移袁州刺史。穆宗时召为国子祭酒，历兵部侍郎、京兆尹、吏部侍郎。韩愈推崇儒学，力排佛老，反对六朝以来的骈文，提倡古文，是古文运动的领袖，对后世的散文写作影响极大，有《昌黎先生集》40卷传世。
③ 国子先生：唐代的国子监，设有国子学、大学、四门学、律学、算学、书学，各学都立国子博士。韩愈先后几次任国子博士。国子先生是自称其职衔。
④ 嬉：玩闹。
⑤ 随：盲目、随便。
⑥ 圣贤：指圣主贤臣。
⑦ 治具：指法令。张：指建立。
⑧ 登崇畯良：进用和推崇有才能的人。畯：通"俊"。
⑨ 占小善者率以录：稍有长处的人都加以录用。占：具有。
⑩ 名一艺者无不庸：精通一艺的人，没有不录用的。名：专精（某一项技艺）。庸：用。
⑪ 爬罗剔抉：指搜罗选拔人才。爬罗：收集。剔抉：去掉差的，选择好的。
⑫ 刮垢磨光：比喻训练培养人才。
⑬ "盖有"两句：只有侥幸被选拔录用的，哪有因为人才多而不能扬名呢？幸：侥幸。
⑭ 有司：指官吏。
⑮ 既：完毕。
⑯ 六艺：即六经。
⑰ 披：翻开，这里是翻阅的意思。百家之编：指先秦诸子。
⑱ 纪事者必提其要：阅读记载史事的书，必概括其要点。

玄①，贪多务得，细大不捐②，焚膏油以继晷③，恒兀兀以穷年④。先生之业，可谓勤矣。觝排异端⑤，攘斥佛老⑥，补苴罅漏⑦，张皇幽眇⑧。寻坠绪之茫茫，独旁搜而远绍⑨，障百川而东之，回狂澜于既倒⑩，先生之于儒，可谓有劳矣。沉浸酿郁，含英咀华⑪，作为文章，其书满家⑫。上规姚姒⑬，浑浑⑭无涯；周诰殷盘⑮，佶屈聱牙⑯；《春秋》谨严⑰，《左氏》浮夸⑱；《易》奇而法⑲，《诗》正而葩⑳；下逮《庄》《骚》㉑，太史所录㉒，子云、相如㉓，同工异曲㉔。先生之于文，可谓闳其中而肆其外㉕矣。少始知学，勇于敢为；长通于方，左右具宜。㉖先生之于为人，可谓成矣。然而公不见信于人，私不见助于友，跋前踬后㉗，动辄得咎。暂为御史，

---

① 纂言者必钩其玄：阅读言论类的著作，一定探取其中深奥的道理。纂言：指言论类著作。纂：集。
② 捐：丢弃。
③ 这句是说勤奋读书，夜以继日。膏油：灯油。晷：日影。
④ 这句是说，终年不辞劳苦地读书。兀兀（wù wù），劳苦的样子。穷年：终年。
⑤ 觝（dǐ）：抵制。异端：指非儒家的思想。
⑥ 佛老：佛教和道教。
⑦ 这句是说，儒家学说有缺漏的地方，加以弥补和充实。苴（jū）：鞋里垫的草，这里用作动词，填补。罅（xià）：孔隙。
⑧ 这句是说，儒家思想有幽深不明的地方，则加以阐明和发扬。张皇：发扬张大。幽眇：幽深不明。
⑨ "寻坠绪"两句：对儒家学说中某些将要衰竭的理论，则广泛地搜集来继承发扬。坠绪：断绝了的事业。旁：广博。远绍：继承古代的遗产。
⑩ "障百川而东之"两句：阻止江河旁流，使之归于东方；挽回奔腾的狂澜，使之归于正途。这都是说他独立支撑儒学的危局。障：防堵。东：使……向东。
⑪ "沉浸酿郁"两句：指深入领会书中的意义，仔细体味书中的道理。
⑫ "作为文章"两句：指家里藏书很丰富，写文章能够取精用弘，多所借鉴。
⑬ 规：取法。姚姒：指《尚书》中的《虞书》《夏书》。姚：虞舜的姓氏。姒：夏的姓氏。
⑭ 浑浑：学问深广的样子。
⑮ 周诰：《尚书》的《周书》部分，包括《大诰》《康诰》《酒诰》《召诰》《洛诰》等。殷盘：《尚书》的《商书》部分有《盘庚》。
⑯ 佶（jí）屈聱（áo）牙：指文字艰涩难懂。佶屈：曲折不顺。聱牙：拗口。
⑰ 《春秋》谨严：《春秋》对历史事件的记载，言简意赅，语寓褒贬，故称谨严。
⑱ 《左氏》浮夸：《左传》文字铺张夸大。
⑲ 《易》奇而法：《周易》文辞奇突，但所含的道理可为法则。
⑳ 《诗》正而葩（pā）：《诗经》思想纯正，辞藻华丽。葩：华丽。
㉑ 逮：及。《庄》《骚》：指《庄子》和《离骚》。
㉒ 太史所录：指《史记》。太史：史官，这里指司马迁。
㉓ 子云、相如：汉代辞赋家扬雄、司马相如。
㉔ 同工异曲：文章都是好的，但风格各异。工：精美。
㉕ 闳其中而肆其外：指文章的内容深博而文辞奔放流畅。
㉖ "少始知学"四句：韩愈少年时刚懂得学习，就很勇于作为，成年以后，通晓了儒家的大道，更能从心所欲，得心应手。方：道。
㉗ 跋前踬（zhì）后：跋：踩踏。踬：遇障碍而跌倒。《诗经·豳风·狼跋》篇有"狼跋其胡，载疐其尾"句，就是说老狼进则踩其胡（项下的悬肉），退则踏其尾，进退两难。这里形容韩愈做事多阻碍。

遂窜南夷。① 三年博士②，冗不见治③。命与仇谋，取败几时!④ 冬暖而儿号寒，年丰而妻啼饥。头童齿豁⑤，竟死何裨⑥，不知虑此，而反教人为!"

先生曰："吁⑦! 子来前。夫大木为杗⑧，细木为桷⑨。欂栌侏儒⑩，椳阒扂楔⑪，各得其宜，施以成室者，匠氏之工也。玉札丹砂，赤箭青芝⑫，牛溲马勃，败鼓之皮⑬，俱收并蓄，待用无遗者，医师之良也。登明选公⑭，杂进巧拙⑮，纡余为妍⑯，卓荦为杰⑰，校短量长⑱，唯器是适⑲者，宰相之方也。昔者孟轲好辩，孔道以明，辙环天下，卒老于行⑳；荀卿守正，大论是宏，逃谗于楚，废死兰陵㉑。是二儒者，吐辞为经㉒，举足为法㉓，绝类离伦，优入圣域㉔，其遇于世何如也! 今先生学虽勤而不由其统㉕，言虽多而不要其中㉖，文虽奇而不济于用㉗，行虽修㉘

---

① "暂为御史"两句：韩愈于德宗贞元十九年（803年）为监察御史，因上疏言弊政得罪，被贬为阳山（今广东阳山县）令。窜：放逐。
② 三年博士：韩愈于宪宗元和元年至四年（806—809年），做了三年国子博士。
③ 这句是说，因做了闲散的官职，不能显示政治才能。冗：闲散。见（xiàn）：显露。
④ "命与仇谋"两句：好像命运和你的仇敌商量好了，所以你一再地失败。
⑤ 这句是说韩愈未老先衰。头童：即秃顶。童：山无草木叫童。齿豁：牙齿掉了，露出豁口。
⑥ 竟死：直到死。竟：终。裨（bì）：益。
⑦ 吁（xū）：叹词。
⑧ 杗（máng）：房屋的大梁。
⑨ 桷（jué）：椽子。
⑩ 欂栌（bó lú）：短柱。侏儒：短椽。
⑪ 椳（wēi）：承托门轴的门臼。阒（niè）：门橛，门中央竖立的作为隔阻的短木。扂（diàn）：门栓。楔（xiē）：门两旁的立柱，防车子出入时碰到大门。
⑫ 玉札：即地榆。丹砂：朱砂。赤箭：即天麻。青芝：一名龙芝。这四种都是名贵的药品。
⑬ 牛溲：即车前草。马勃：又名马屁菌。败鼓之皮：破鼓的废皮。三者皆贱药。
⑭ 登明选公：选用人才明智公平。
⑮ 杂进巧拙：各种人才都得到进用。
⑯ 这句是说没有锋芒的人被认为可爱。纡余：从容不迫。妍：美好。
⑰ 这句是说露出锋芒的人被认为是豪杰。卓荦（luò）：特出不凡。
⑱ 校短量长：衡量人物的优缺点。
⑲ 唯器是适：适应他的才能（来任用）。
⑳ "孟轲"四句：孟子以其滔滔雄辩将儒学发扬光大，但游说天下皆不为所用，终于在奔走中衰老。
㉑ "荀卿"四句：荀子遵守正道，发扬了儒家学说，但却遭人污蔑，逃到楚国，后来被废失官而死于兰陵（今山东苍山县）。《史记·荀卿列传》里说，荀卿在齐国成为学术界的领袖，齐人嫉之，向齐王进谗，诬蔑荀卿。他逃避到楚国，楚国的宰相春申君任他为兰陵令。春申君死，荀卿被废，他就住在兰陵，著书数万言。
㉒ 吐辞为经：指孟轲与荀卿的言论成为经典性的著作。
㉓ 举足为法：指他们的行为成为后人仿效的法则。
㉔ "绝类离伦"两句：意思是说孟、荀的言行超乎一般人之上，进入了圣贤的境地。
㉕ 不由其统：不能遵循儒家的道统。
㉖ 不要其中：不得其关键。要（yāo）：求得。
㉗ 不济于用：对于实际应用没有帮助。
㉘ 修：美好。

而不显于众；犹且月费俸钱，岁縻①廪粟，子不知耕，妇不知织，乘马从徒，安坐而食，踵常途之促促②，窥陈编以盗窃③，然而圣主不加诛，宰臣不见斥④，非其幸欤？动而得谤，名亦随⑤，投闲置散，乃分之宜⑥。若夫商财贿之有亡⑦，计班资之崇庳⑧，忘己量之所称⑨，指前人⑩之瑕疵，是所谓诘匠氏之不以杙为楹⑪，而訾医师以昌阳引年，欲进其豨苓也⑫。"

【简析】

　　韩愈敢于揭露当时的某些弊政，因此，屡次受到贬谪，前后做了几任国子博士。自以才高屈居下位，很不得志。

　　这篇文章就是他再任国子博士时写的，主要在指责当时的执政者（宰相）不识贤愚，大材小用。文章虚构了一场辩论，先是国子先生训诲诸生，然后诸生责难先生，最后先生反驳诸生。学生的话表面上是作者批评的对象，却真实地描述了一个笃志求道、怀才不遇的学者志士形象，抒发了作者的愤懑不平。先生的责难貌似理直气壮，却有些言不由衷，他的话有真有假，有正有反。讲原则和典范，所谓"登明选公，杂进巧拙，纡余为妍，卓荦为杰，校短量长，唯器是适者，宰相之方也"，他说的是正面话，真心话；讲朝廷用人和个人遭际，所谓"动而得谤，名亦随之，投闲置散，乃分之宜"，则是反面话，违心话。巧妙地表达出当时所谓的原则典范根本无人看重，用人不明不公，才学无处施展的现实。

　　文章吸收了汉赋铺陈排比的技巧，气势充沛，趣味盎然。作者还注意从口语中提炼简洁生动的话作书面语言，文中很多词语，如"贪多务得""细大不捐""含英咀华""头童齿豁"都成为后世常用的成语。

---

① 縻：耗费。
② 这句是说随着大家小心谨慎地行动。促促：拘谨的样子。
③ 窥陈编以盗窃：著述只是袭取旧书中的说法。这是韩愈自谦之辞。
④ 见斥：斥退我。
⑤ "动而得谤"两句：做什么事情都被人毁谤，名誉也跟着受到影响。
⑥ "投闲置散"两句：把我安置在闲散的职位上，也是理所应当的。
⑦ 商：考虑。财贿：指俸禄。亡：通"无"。
⑧ 班资：指官职的高下。崇庳（bèi）：高下。
⑨ 己量之所称：与自己的才能相称的地位。称（chèn）：与……适合，相当。
⑩ 前人：即前文所说的宰相。
⑪ 这句是说，质问工匠为什么不用小木做大柱。诘（jié）：质问。杙（yì）：小木橛。楹：柱。
⑫ "而訾"两句：指责医师不应以昌阳做延年益寿的药，而希望用豨苓来代替昌阳。訾（zǐ）：指责。昌阳：即菖蒲，传说久服可以延年。豨苓（xīlíng），即猪苓，菌类植物，是一种泻药。

送孟东野序①

韩　愈

　　大凡物不得其平则鸣：草木之无声，风挠之鸣②。水之无声，风荡之鸣③。其跃也，或激之④；其趋也，或梗之⑤；其沸也，或炙之⑥。金石⑦之无声，或击之鸣。人之于言也亦然⑧，有不得已者而后言⑨，其歌也有思，其哭也有怀。凡出乎口而为声者，其⑩皆有弗平者乎？乐也者，郁于中而泄于外者也，择其善鸣者而假⑪之鸣。金、石、丝、竹、匏、土、革、木八者⑫，物之善鸣者也。维天之于时⑬也亦然，择其善鸣者而假之鸣。是故以鸟鸣春，以雷鸣夏，以虫鸣秋，以风鸣冬。四时之相推敓⑭，其必有不得其平者乎！

　　其于人也亦然。人声之精者为言，文辞之于言，又其精也，尤择其善鸣者而假之鸣。其在唐、虞⑮，咎陶、禹⑯，其善鸣者也，而假以鸣。夔⑰弗能以文辞鸣，

---

① 本文选自《韩昌黎文集汇校笺注》卷九（中华书局2010年版）。孟东野：751—814年，即唐代诗人孟郊，字东野，湖州武康（今浙江省德清县）人，壮年屡试不第。46岁始中进士，做过县尉等小官，仕途很不得志，终生贫困。孟郊50岁被任为溧阳县尉，颇有怀才不遇之感，韩愈写了这篇序文送给他，目的在宽慰孟郊的抑郁之情。
② 风挠之鸣：风吹动草木而发出声音。
③ 风荡之鸣：风摇动水面而发出声音。
④ "其跃也"两句：水跳跃飞溅，是由于外物的阻遏而成。其：代水。激：阻遏水势，激起波涛。
⑤ "其趋也"两句：水流迅疾，是由于外物的阻碍。趋：疾行。梗：阻塞。
⑥ "其沸也"两句：水沸腾，是由于用火煮它。以上几句指水发出鸣声的各种成因。
⑦ 金石：指乐器，如钟用金属制，磬用石制。
⑧ 人之于言也亦然：人们发表言论，也是像上述草木、水、金石一样，是由于受到外力的影响。
⑨ 有不得已者而后言：人是因对客观现实有所感触，不得不发表意见。
⑩ 其：表示推测的语气副词，大概。
⑪ 假：借助。
⑫ 金：指钟镈（bó）。石：指磬。丝：指琴瑟。竹：指管箫。匏：指笙竽。土：指埙（xūn，一种陶制乐器）。革：指鼓。木：柷（zhù）、敔（yǔ），皆为打击乐器。
⑬ 时：季节。
⑭ 推敓：推移变化。敓：同"夺"。
⑮ 唐、虞：指尧、舜。尧初封于陶，又封于唐，号陶唐氏。舜其先在虞地，故称。
⑯ 咎陶（gāo yáo）：也作"皋陶"，舜时贤臣，曾制作法律，《尚书》里有《皋陶谟》篇。禹：即大禹，舜时为臣，伪古文《尚书》里有《大禹谟》篇。
⑰ 夔（kuí）：舜时的乐官。

又自假于《韶》① 以鸣。夏之时，五子以其歌鸣②。伊尹鸣殷③，周公鸣周④。凡载于《诗》《书》六艺⑤，皆鸣之善者也。

周之衰，孔子之徒鸣之，其声大而远⑥。传曰："天将以夫子为木铎"⑦，其弗信矣乎⑧？其末也，庄周以其荒唐之辞鸣⑨。楚大国也，其亡也，以屈原⑩鸣。臧孙辰、孟轲、荀卿⑪，以道⑫鸣者也。杨朱、墨翟、管夷吾、晏婴、老聃、申不害、韩非、慎到、田骈、邹衍、尸佼、孙武、张仪、苏秦之属⑬，皆以其术⑭鸣。秦之兴，李斯⑮鸣之。汉之时，司马迁、相如、扬雄⑯，最其善鸣者也。其下魏晋氏，鸣者不及于古，然亦未尝绝也。就其善者，其声清以浮⑰，其节数以急⑱，其辞淫以哀⑲，其志弛以肆⑳，其为言也，乱杂而无章㉑，将天丑其德莫之顾耶？何为乎

---

① 《韶》：夔所制的乐曲名。
② 五子以其歌鸣：伪古文《尚书》中有《五子之歌》，相传夏代的国君太康游乐无度，因此失国。他的五个兄弟很怨愤，作《五子之歌》以告诫之。
③ 伊尹鸣殷：伊尹名挚，是殷代的贤相。先佐商汤伐桀，灭夏，平定天下；汤死后，辅助太甲（汤的孙），太甲荒淫无道，伊尹把他放逐到桐宫，让他反省；三年后太甲悔过，伊尹又把他接回复位。伪古文《尚书》有《咸有一德》《伊训》《太甲》诸篇，传为伊尹所作。
④ 周公鸣周：周公，名旦，佐武王伐纣，灭商，建立周王朝。武王死，辅成王，成王年幼，由周公代行政事，平定叛乱，制礼作乐。《尚书》中《大诰》《康诰》《多士》《无逸》等，传为周公所作。
⑤ 《诗》《书》六艺：指《诗经》《尚书》和《易》《礼》《乐》《春秋》六经。
⑥ "其声"句：指孔子和他的学生的言论影响范围广大，流传后世久远。
⑦ "天将"句：语见《论语·八佾》。木铎，用木做铃舌的大铃，古代凡将宣布或施行新的政教时，必先摇铃晓谕老百姓。在这里是用木铎比喻孔子言论影响大。
⑧ 其弗信矣乎：这能不相信吗？
⑨ 庄周：庄子名周，战国时代蒙（今河南商丘市）人。荒唐：谓其辞广大，漫无边际。
⑩ 屈原：战国时楚国诗人，著有《离骚》《九歌》《九章》《天问》等。
⑪ 臧孙辰：即鲁国大夫臧文仲。孟轲：即孟子，有《孟子》7 篇。荀卿：即荀子，有《荀子》32 篇。
⑫ 道：指儒家之道。
⑬ 杨朱：战国时魏人，倡利己。管夷吾：即管仲，春秋时齐国的贤相。墨翟：即墨子，墨家学派创始人，提出了"兼受""非攻"等观点。晏婴：春秋时齐国的贤相，有《晏子春秋》八卷。老聃：即老子，有《老子》。申不害：战国时韩人，主刑名，与韩非并称申韩，有《申子》两篇。韩非：战国末期韩人，法家思想的集大成者，著有《韩非子》。慎到：即"慎到"，"昚"是"慎"的古字，战国时赵人，法家，著有《慎子》42 篇。田骈：战国时齐人，学黄老之术。邹衍：战国时齐人，阴阳家，著有《邹子》49 篇，今不传。尸佼：战国时鲁人，著有《尸子》20 篇，今亡佚。孙武：春秋时齐人，著有《孙子兵法》13 篇。张仪：战国时魏人，纵横家。苏秦：战国时洛阳人，纵横家。
⑭ 术：指思想、主张、策略、手段等。
⑮ 李斯：战国时楚人，先为秦客卿，后任丞相，辅佐始皇灭六国并建立一系列制度。李斯的文章见《史记·李斯列传》。
⑯ 司马迁：汉代史学家，著有《史记》。相如：汉代辞赋家司马相如。扬雄：汉代辞赋家，著有《太玄》《法言》等书。
⑰ 其声清以浮：指文辞清丽而浮夸。
⑱ 其节数（shuò）以急：指文章的音节繁数而急促。
⑲ 其辞淫以哀：指文章的语言放纵而悲凉。
⑳ 其志弛以肆：指文章的思想感情松懈而放恣。
㉑ 乱杂而无章：指魏晋时的著作没有系统，意即不能发扬儒家的道统。

不鸣其善鸣者也?①

　　唐之有天下,陈子昂、苏源明、元结、李白、杜甫、李观②,皆以其所能鸣;其存而在下③者,孟郊东野始以其诗鸣。其高出魏晋,不懈而及于古,其他浸淫乎汉氏矣。④ 从吾游者,李翱、张籍其尤也⑤。三子者之鸣信善矣。抑不知天将和其声而使鸣国家之盛耶?抑将穷饿其身,思愁其心肠,而使自鸣其不幸耶?⑥ 三子者之命,则悬乎天矣。其在上也奚以喜,其在下也奚以悲?⑦ 东野之役于江南也,有若不释⑧然者,故吾道其命于天者以解之⑨。

【简析】

　　全篇以一"鸣"字立论,从自然界的"物不平则鸣"推论到人事,多方取譬,反复阐述,最后推论到"天意"作结,认为或者"在上"而"鸣国家之盛",或者"在下"以"自鸣其不幸",都是天意所决定的,以此劝解孟郊不必因为官职低微而悲哀。文笔纵横恣肆,寓意深远,是论说文中的佳作。

---

　　① "将天丑其德"两句:这难道是天认为他们德行丑陋,而不加以眷顾吗?为什么不让那些善鸣的人来鸣呢?丑:意动用法,以……为丑。

　　② 陈子昂:唐梓州射洪(今四川射洪)人,字伯玉。苏源明:唐武功(今陕西武功)人,字弱夫。元结:唐河南(今河南洛阳)人,字次山。李观:唐陇西(今甘肃陇西)人,字元宾,韩愈同年进士。

　　③ 存而在下:尚存活而居下位。

　　④ "其高出"三句:指孟郊的诗高出魏晋诗文之上,继续努力会达到古人的水平,其他的诗也接近汉代了。不懈:不松懈,继续努力。浸淫:逐渐渗透,喻接近。

　　⑤ 李翱:字习之,从韩愈学习,是古文运动的拥护者。张籍:字文昌,苏州人,韩愈的学生。尤:最优秀的。

　　⑥ "抑不知"数句:还不知道天意将调谐他们的声音,使他们歌颂国家的兴盛呢?还是将使他们处境穷困,心情愁苦,而歌唱他们自己的不幸呢?第一个"抑"是表转折的连词,"然而"的意思;第二个"抑"是表选择的连词,意为"还是"。

　　⑦ "其在上也"两句:这三个人得位或失位,何足以为喜忧。

　　⑧ 不释:心放不下,即不快乐。

　　⑨ "故吾道"句:所以我谈谈他的命运决定于天意来宽慰他。

祭十二郎文①

韩 愈

年月日②，季父③愈闻汝丧之七日，乃能衔哀致诚④，使建中远具时羞之奠⑤，告汝十二郎之灵：呜呼！吾少孤⑥，及长，不省所怙⑦，惟兄嫂是依。中年，兄殁南方⑧，吾与汝俱幼，从嫂归葬河阳⑨，既又与汝就食江南⑩，零丁孤苦，未尝一日相离也。吾上有三兄⑪，皆不幸早世。承先人后者，在孙惟汝，在子惟吾，两世一身⑫，形单影只。嫂常抚汝指吾而言曰："韩氏两世，惟此而已。"汝时尤小，当不复记忆。吾时虽能记忆，亦未知其言之悲也。

吾年十九，始来京城；其后四年，而归视汝⑬。又四年，吾往河阳省⑭坟墓，

---

① 本文选自《韩昌黎文集汇校笺注》卷十三（中华书局 2010 年版）。十二郎：韩愈的哥哥韩会的儿子，名老成，他在韩氏族中排行第十二，故称为十二郎。
② 年月日：《文苑英华》作"贞元十九年五月廿六日"。不过下文说老成去世在六月，所以这个日期当有误。
③ 季父：父辈中排行最小的叔父。
④ 衔哀：心中含着悲哀。致诚：表达赤诚的心意。
⑤ 建中：韩愈的仆人。时羞：应时的鲜美食品。羞，精美的食物，这个意思后来写作"馐"。奠：祭品。
⑥ 少孤：韩愈 3 岁时父母均已去世。
⑦ 不省（xǐng）：不记得。所怙（hù）：依靠，这里指他的父母。
⑧ "中年"两句：唐代宗大历十二年（777 年），韩会由起居舍人贬为韶州（今广东韶关）刺史，次年死于任所，年 41 岁。时韩愈 11 岁，随兄在韶州。
⑨ 河阳：今河南孟州西，是韩氏祖宗坟墓所在地。
⑩ 就食：谋生。唐德宗建中三年（782 年），北方藩镇李希烈反叛，中原局势动荡。韩愈随嫂迁家避居宣州（今安徽宣城），因韩氏在宣州置有田庄。江南：指宣州，宣州属江南西道。
⑪ 三兄：韩愈的三位兄长现在可知的只有韩会、韩介。韩介去世时约 30 岁。
⑫ 两世一身：子辈和孙辈均只剩一个男丁。
⑬ "吾年十九"四句：贞元二年（786 年），韩愈 19 岁，由宣州至长安应进士举，至贞元八年（792 年）春始及第，其间曾回宣州一次。
⑭ 省（xǐng）：探望，察看，这里指祭扫。

遇汝从嫂丧来葬①。又二年，吾佐董丞相于汴州②，汝来省吾。止一岁，请归取其孥③。明年，丞相薨，吾去汴州④，汝不果来⑤。是年，吾佐戎徐州⑥，使取汝者始行，吾又罢去⑦，汝又不果来。吾念汝从于东，东亦客也，不可以久⑧；图久远者，莫如西归，将成家而致汝。呜呼！孰谓汝遽去吾而殁乎⑨！吾与汝俱少年，以为虽暂相别，终当久相与处，故舍汝而旅食京师，以求斗斛之禄⑩；诚知其如此，虽万乘之公相⑪，吾不以一日辍汝而就也⑫！

去年孟东野往⑬，吾书与汝曰："吾年未四十，而视茫茫，而发苍苍，而齿牙动摇。念诸父⑭与诸兄，皆康强而早世，如吾之衰者，其能久存乎！吾不可去，汝不肯来，恐旦暮死，而汝抱无涯之戚⑮也。"孰谓少者殁而长者存，强者夭而病者全乎！呜呼！其信然邪？其梦邪？其传之非其真邪？信也，吾兄之盛德而夭其嗣乎？汝之纯明而不克蒙其泽乎⑯？少者强者而夭殁，长者衰者而存全乎？未可以为信也。梦也，传之非其真也，东野之书，耿兰之报⑰，何为而在吾侧也？呜呼！其信然矣！吾兄之盛德而夭其嗣矣！汝之纯明宜业⑱其家者，不克蒙其泽矣！所谓天者诚难测，而神者诚难明矣！所谓理者不可推⑲，而寿者不可知矣！

虽然，吾自今年来，苍苍者或化而为白矣，动摇者或脱而落矣。毛血⑳日益

---

① 遇汝从嫂丧来葬：韩愈嫂子郑氏卒于贞元九年（793 年）。贞元十一年（795 年），韩愈往河阳祖坟扫墓，与奉母灵柩来河阳安葬的十二郎相遇。

② 董丞相：指董晋。贞元十二年（796 年），董晋是检校尚书左仆射、同中书门下平章事、宣武军节度使，时韩愈在董晋幕中任观察推官。汴州：宣武军治所，在今河南开封市。

③ 孥（nú）：妻子儿女的统称，即家眷。

④ "明年"三句：贞元十五年（799 年）二月，董晋死于汴州任所，韩愈随葬西行。去后第四天，汴州即发生兵变。薨（hōng）：唐代二品以上官员死称薨。

⑤ 不果来：没来成。

⑥ 佐戎徐州：当年秋，韩愈入徐泗濠节度使张建封幕任节度推官。节度使府在徐州。佐戎：辅助军务。

⑦ 罢去：贞元十六年（800 年）五月，张建封卒，韩愈离开徐州赴洛阳。

⑧ "吾念汝"三句：我考虑到即便你跟随我到汴州、徐州团聚，也只是暂时客居，不能长久。东：指汴州和徐州，在故乡河阳之东。

⑨ 孰谓：谁料到。遽（jù）：突然。

⑩ 斗斛之禄：指微薄的俸禄。韩愈离开徐州后，于贞元十七年（801 年）来长安选官，调四门博士，贞元十九年（803 年），迁监察御史。

⑪ 万乘（shèng）之公相：指地位显赫的官职。万乘：原指能出兵车万乘的大国，这里泛指国家。

⑫ 辍：停止，这里是离开的意思。就：就职。

⑬ 去年：指贞元十八年（802 年）。孟东野：即韩愈的诗友孟郊。是年孟郊出任溧阳（今江苏溧阳市）尉，溧阳去宣州不远，故韩愈托他捎信给宣州的十二郎。

⑭ 诸父：指叔伯。

⑮ 戚：忧伤。

⑯ 纯明：纯正贤明。不克：不能。蒙其泽：承受父亲的恩泽。

⑰ 耿兰之报：耿兰当是宣州十二郎家的仆人。十二郎死后，耿兰也有丧报。

⑱ 业：继承。

⑲ 理：指天理。推：推求，了解。

⑳ 毛血：指身体。

衰，志气①日益微，几何②不从汝而死也！死而有知，其几何离③；其无知，悲不几时，而不悲者无穷期矣④。汝之子⑤始十岁，吾之子⑥始五岁，少而强者不可保，如此孩提者，又可冀其成立耶？呜呼哀哉！呜呼哀哉！

　　汝去年书云："比得软脚病⑦，往往而剧。"吾曰："是疾也，江南之人，常常有之。"未始⑧以为忧也。呜呼！其竟以此而殒其生乎！抑别有疾而至斯乎？汝之书，六月十七日也；东野云，汝殁以六月二日；耿兰之报无月日。盖东野之使者，不知问家人以月日；如耿兰之报，不知当言月日。东野与吾书，乃问使者，使者妄称以应之耳。其然乎？其不然乎？

　　今吾使建中祭汝，吊汝之孤与汝之乳母⑨，彼有食可守以待终丧⑩，则待终丧而取以来⑪；如不能守以终丧，则遂取以来。其余奴婢，并令守汝丧，吾力能改葬⑫，终葬汝于先人之兆⑬，然后惟其所愿⑭。

　　呜呼！汝病吾不知时，汝殁吾不知日。生不能相养以共居，殁不得抚汝以尽哀⑮，敛不凭其棺⑯，窆⑰不临其穴。吾行负神明，而使汝夭；不孝不慈，而不得与汝相养以生，相守以死。一在天之涯，一在地之角，生而影不与吾形相依，死而魂不与吾梦相接。吾实为之，其又何尤⑱。彼苍者天，曷其有极⑲！

　　自今已往，吾其无意于人世矣。当求数顷之田于伊、颍⑳之上，以待余年，教吾子与汝子，幸其成㉑；长㉒吾女与汝女，待其嫁，如此而已。

---

① 志气：指精神。
② 几何：多久。
③ 其几何离：分离会有多久呢？意谓死后仍可相会。
④ "其无知"三句：这里说自己不久后就会死去，死去之后若无知，也就不会再悲伤。
⑤ 汝之子：十二郎有二子，长韩湘，次韩滂，这里当指韩湘。
⑥ 吾之子：指韩愈长子韩昶。
⑦ 比：近来。软脚病：即脚气病。
⑧ 未始：不曾。
⑨ 吊：此指慰问。孤：指十二郎的儿子。
⑩ 终丧：守满三年丧期。
⑪ 取以来：把十二郎的儿子和乳母接来。
⑫ 力能改葬：假设之词，合下句可知。
⑬ 兆：墓地。
⑭ 惟其所愿：让他们（指奴婢）去留听便。
⑮ 抚汝以尽哀：指抚尸恸哭。
⑯ 敛：也写作"殓"，为死者更衣称小殓，尸体入棺材称大殓。凭：靠着。
⑰ 窆（biǎn）：下棺入土。
⑱ 尤：怨恨。
⑲ "彼苍者天"两句：意谓青苍的上天啊，我的痛苦哪有尽头啊。前一句语出《诗经·秦风·黄鸟》，后一句语出《诗经·唐风·鸨羽》。
⑳ 伊、颍（yǐng）：伊水和颍水，均在今河南省境。此指故乡。
㉑ 幸其成：希望他们成才。
㉒ 长（zhǎng）：养育。

呜呼！言有穷而情不可终，汝其知也邪？其不知也邪？呜呼哀哉！尚飨①。

【简析】

在韩愈诸多优秀的抒情散文里，《祭十二郎文》当推为其中的佼佼者。该文在我国浩繁的古代散文作品中，亦是不可多得的珍贵名篇，历来被誉为"祭文中千年绝调"。

韩愈与十二郎从小生活在一起，情逾一般骨肉。唐德宗贞元十九年（803年），在京城长安（今西安）任监察御史的韩愈骤闻十二郎死讯，悲不自胜，痛悼万分。在这种巨大的感情压力下，自他胸臆涌出了这篇千古至文。

祭文通常是祭奠亲友的有固定形式的骈文。韩愈的这篇《祭十二郎文》，却一改过去惯例，不单在形式上用的是散句单行，在内容指向上也一任情感的激荡，信笔写来。文章在对身世、家常和生活遭际朴实的叙述中，表现出对兄嫂和侄儿深挚的情意；而文章后半对侄儿病情的猜测、沉痛的自责和后事的交代，宣泄出无处言说、无法遏制的深切的伤痛，感情如波涛般层层推进，一浪高过一浪，使读者读毕不能不掩卷叹息，为之泪下。

---

① 尚飨：古代祭文结语用词，意为希望死者享用祭品。

钻䥥潭记①

柳宗元②

  钻䥥潭在西山西③。其始盖冉水④自南奔注，抵⑤山石，屈折东流。其颠委势峻⑥，荡击益暴⑦，啮⑧其涯，故旁广而中深，毕至石乃止。流沫成轮⑨，然后徐行。其清而平者且⑩十亩余，有树环焉，有泉悬焉。

  其上有居者，以予之亟⑪游也，一旦款门来告曰⑫：不胜官租私券之委积⑬，既芟⑭山而更居，愿以潭上田，贸财⑮以缓祸。

  予乐而如其言。则崇⑯其台，延其槛⑰，行其泉于高者坠之潭⑱，有声潀然⑲，

---

① 本文选自点校本《柳宗元集》卷二九（中华书局1979年版）。本篇和下面的《钻䥥潭西小丘记》均属"永州八记"。柳宗元被贬官到永州后，常以游览山水自娱，到处搜奇觅胜，先后经他发现的胜景很多，并一一作文记载，写成《始得西山宴游记》《钻䥥潭记》《钻䥥潭西小丘记》《至小丘西小石潭记》《袁家渴记》《石渠记》《石涧记》《小石城山记》等8篇，这就是有名的"永州八记"。
② 柳宗元：773—819年，字子厚，河东解县（今山西永济）人，世称柳河东。他21岁中进士，26岁任集贤殿正字，后任蓝田尉、监察御史里行。后参与王叔文集团的政治革新，迁礼部员外郎。永贞元年（805年）革新失败，贬邵州刺史，再贬永州司马，后改做柳州刺史。柳宗元和韩愈都是古文运动的领袖，并称"韩柳"。他的散文内容丰富，形式多样。说理文谨严缜密，尖锐峭拔；寓言简洁生动，辛辣犀利；山水游记清新优美，多所寄托。有《柳河东集》传世。
③ 钻䥥（gǔ mǔ）潭：形似熨斗的潭，在今湖南零陵县西。钻䥥：即熨斗。西山：在永州城西四五里。
④ 冉水：永州的一条小溪，柳宗元给这条小溪取名"愚溪"，见他的《愚溪诗序》。
⑤ 抵：遇到。
⑥ 颠委势峻：指水的上游和下游高低差别很大。颠：开端。委：末端。
⑦ 荡击益暴：激荡冲刷得更加厉害。
⑧ 啮：这里是冲刷侵蚀的意思。
⑨ 轮：指漩涡。
⑩ 且：将近。
⑪ 亟（qì）：多次。
⑫ 一旦：有一天。款：敲。
⑬ 这句是说官租和私债都欠了很多。私券：私人借据，指债务。委积：积累，堆积。
⑭ 芟（shān）：除草，这里指开荒。
⑮ 贸财：交易换钱。
⑯ 崇：使动用法，使……高。
⑰ 槛（jiàn）：栏杆。
⑱ 这句是说，疏导高处的泉水使其坠落入潭中。行其泉：疏导泉水。
⑲ 潀（cóng）然：小水流入大水的声音，此指水流到潭里的声音。

尤与中秋观月为宜,于以见天之高,气之迥①。孰使予乐居夷②而忘故土者,非兹潭也欤?

【简析】
　　文章前半部分写潭的位置和形势,着力写冉水迂回曲折、奔泻激荡而成潭的景色,清丽自然;后半部分含蓄地写出了人民苦于赋税不能安居的痛苦。结语写寄情山水的悠然,但"孰使予乐居夷而忘故土者,非兹潭也欤"一句,点出胸中壮志难酬的郁闷,似冲淡而实激愤。

---

① 迥:辽远。
② 夷:边远的地方。

钴鉧潭西小丘记①

柳宗元

得西山后八日②,寻③山口西北道二百步,又得钴鉧潭。

潭西二十五步,当湍而浚者为鱼梁④。梁之上⑤有丘焉,生竹树。其石之突怒偃蹇⑥,负土而出⑦,争为奇状者,殆不可数。其嵚然相累而下者⑧,若牛马之饮于溪;其冲然角列而上者⑨,若熊罴⑩之登于山。丘之小不能⑪一亩,可以笼⑫而有之。问其主,曰:"唐氏之弃地,货而不售⑬。"问其价,曰:"止四百。"余怜而售之⑭。李深源、元克己⑮时同游,皆大喜,出自意外。即更取器用,铲刈秽草,伐去恶木,烈火⑯而焚之。嘉木立,美竹露,奇石显。由其中以望:则山之高,云之浮,溪之流,鸟兽之遨游,举熙熙然回巧献技⑰,以效⑱兹丘之下。枕席而卧,则清泠之状与目谋⑲,潆潆⑳之声与耳谋,悠然而虚者㉑与神谋,渊然而静者㉒与心

---

① 本文选自点校本《柳宗元集》卷二九(中华书局1979年版)。

② 得:发现。西山:在永州城西四五里。八日:据"永州八记"的第一篇《始得西山宴游记》,得西山是在元和四年(809年)九月二十八日。八日后,应是十月初七。

③ 寻:沿着。

④ 湍:水流急。浚(jùn):水深。鱼梁:阻水的堰,中间有缺口,装上竹制渔具,以便捕鱼。

⑤ 梁之上:靠近鱼梁河岸的上游。

⑥ 突怒:形容石头突起有棱角的样子。偃蹇(yǎn jiǎn):盘曲高耸的样子。

⑦ 负土而出:形容石头好像从土中钻出来似的。

⑧ 嵚(qīn)然:山势高耸的样子。相累而下:一个叠着一个往下。

⑨ 冲然:向上冲的样子。角列而上:如兽角并列向上。

⑩ 罴(pí):马熊。

⑪ 不能:不足,不到。

⑫ 笼:活用作动词,装在笼子里。

⑬ 货而不售:卖但没卖出去。货:卖。售:卖出去。

⑭ 售之:使它卖出去,就是自己买下来了。售:这里是使动用法。

⑮ 李深源、元克己:柳宗元在永州时的友人。

⑯ 烈火:把火烧旺。烈:火烧得猛,这里用作动词,猛烈地烧起。

⑰ 熙熙然:和乐的样子。回巧:指山云水回环萦绕。献技:指鸟兽呈献出各种技艺。

⑱ 效:呈献。

⑲ 清泠(líng):清凉。与目谋:指景色与目光相接触。以下"与耳谋""与心谋"均有这样的意思。

⑳ 潆潆(yíng):水流声。

㉑ 悠然而虚者:悠远空阔的境界。

㉒ 渊然而静者:深远恬静的境界。

谋。不匝旬而得异地者二①，虽古好事之士，或未能至焉。

嘻！以兹丘之胜，致之沣、镐、鄠、杜②，则贵游之士争买者，日增千金而愈不可得。今弃是州③也，农夫、渔夫过而陋④之，贾⑤四百，连岁不能售。而我与深源、克己独喜得之，是其果有遭⑥乎？

书于石，所以贺兹丘之遭也。

【简析】

《钴鉧潭西小丘记》是一篇寄意深远的山水小品。文章借写小丘徒有奇石、嘉木、美竹、溪流，但因秽草恶木包围而成为弃地，暗喻自己被排挤贬谪的遭遇；又以小丘因处僻地而不为人所欣赏，抒发自己怀才不遇的愤懑之情。文章对景物的观察描写颇为独特，以牛马熊罴貌山石，以动写静，生动鲜明；以拟人化的手法写高山、溪流、浮云、鸟兽"回巧献技"，趣味盎然，令人心往神驰。

---

① 不匝旬：不满十天。匝（zā）：经历一周。异地者二：指西山和这个小丘。
② 沣（fēng）：水名，在今陕西户县境。镐（hào）：地名，在今陕西西安长安区西。鄠（hù）：县名，在今陕西户县北。杜：今陕西西西安长安区东南。以上四处都在当时都城长安附近。
③ 弃是州：被遗弃在永州这个地方。
④ 陋之：看不起它。陋：意动用法，轻视的意思。
⑤ 贾：价钱，这个意思后作"价"。
⑥ 遭：际遇。

野庙碑①

陆龟蒙②

碑者，悲也。③ 古者悬而窆，用木④，后人书之以表其功德⑤，因留之不忍去⑥，碑之名由是而得。自秦、汉以降⑦，生而有功德政事者，亦碑⑧之，而又易之以石。失其称矣⑨。余之碑野庙也，非有政事功德可纪，直悲夫氓竭其力⑩，以奉无名之土木而已矣。

瓯越⑪间，好事鬼⑫，山椒⑬水滨，多淫祀⑭。其庙貌有雄而毅、黟而硕者⑮，则曰将军；有温而愿、哲而少者⑯，则曰某郎；有媪而尊严者⑰，则曰姥⑱；有妇而容艳者，则曰姑⑲。其居处则敞之以庭堂，峻之以陛级⑳，左右老木，攒植森

---

① 本文选自四部丛刊本《唐甫里先生文集》卷十八。
② 陆龟蒙：?—881年，字鲁望，姑苏（今江苏苏州）人。举进士不第，隐居甫里，自号江湖散人，甫里先生，又号天随子。与皮日休齐名，人称"皮陆"。陆文以小品文为主，多抨击现实、愤世嫉俗之言。有《笠泽丛书》4卷、补遗1卷，《甫里集》19卷。
③ "碑者"两句：碑这个东西，是表达人们的悲哀的。这是用声训的方法。
④ "古者"两句：古代下葬的时候，砍伐大树做成丰碑，样子如同石碑，树立在外棺的四角，把绳子绕在上面，用来把棺材放到墓穴里。悬：挂下去。窆（biǎn）：下葬。
⑤ "后人"句：子孙们在所用的木板上写上文字，表彰死者生前的功德。后人：指死者的子孙后代。
⑥ "因留"句：便把写了字的木板留下，不忍撤去。
⑦ 以降：以后。
⑧ 碑：用作动词，为……立碑。
⑨ 失其称矣：失去原称为碑（悲）的含义了。
⑩ 直：只。氓（méng）：农民。
⑪ 瓯越：今浙江东南地带。汉初东越王摇以瓯（今浙江永嘉县）为都，世称"瓯越"。
⑫ 好事鬼：喜欢信鬼，祭祀鬼。
⑬ 山椒（jiāo）：山顶。
⑭ 多淫祀：有许多不正当的祭祀。《礼记·曲礼》："非其所祭而祭之，名曰淫祀。"
⑮ 庙貌：指庙中神像的相貌。黟而硕：黑而高大。
⑯ 温而愿、哲而少：温和谨善。愿：老实，善良。哲而少：聪明而年少。哲：一作"晢"，则为白晳义。
⑰ 媪（ǎo）：对年老妇女的尊称。尊严：尊贵肃穆。
⑱ 姥（mǔ）：老妇的通称。
⑲ 姑：妇女的通称。
⑳ 敞之以庭堂：修了庭堂，使庙显得宽敞。峻之以陛级：砌了很多台阶，使庙显得很高。敞、峻：都是使动用法。陛级：台阶。

拱①，萝茑翳于上②，枭鸮室其间③。车马徒隶④，丛杂怪状。氓作之⑤，氓怖之，走⑥畏恐后，大者椎⑦牛，次者击豕，小不下鸡犬鱼菽之荐⑧，牲酒之奠⑨。缺于家可也，缺于神不可也。一日懈怠，祸亦随作⑩，耋孺畜牧慄慄然⑪，疾病死丧，氓不曰适丁其时耶，而自惑其生，悉归之于神⑫。

虽然，若以古言之，则戾；以今言之，则庶乎神之不足过也！⑬ 何者？岂不以生能御大灾，捍大患，其死也，则血食于生人。⑭ 无名之土木，不当与御灾捍患者为比，是戾于古也明矣。今之雄毅而硕者有之，温愿而少者有之⑮，升阶级⑯，坐堂筵，耳弦匏⑰，口粱肉⑱，载车马，拥徒隶者，皆是也。解民之悬⑲，清民之暍⑳，未尝贮于胸中。民之当奉者㉑，一日㉒懈怠，则发悍吏，肆淫刑㉓，驱㉔之以就事；较神之祸福，孰为轻重哉！㉕ 平居无事，指为贤良，一旦有大夫之忧㉖，当

---

① 攒植：密集地种植。森拱：繁密地环绕。森：繁密。拱：环绕。
② 萝茑（niǎo）：均为植物名，蔓延攀附他物（如墙壁、树木）以生。翳：遮蔽。
③ 枭鸮（xiāo）：凶鸟，即俗称之夜猫子或猫头鹰。室：作动词用，筑巢。
④ 车马徒隶：指泥木塑雕的车马仆从。徒：徒役。隶：皂隶。
⑤ 氓作之：农民雕塑了它们。
⑥ 走：跑，这里指赶去祭祀。
⑦ 椎：用铁椎击打。
⑧ 菽：豆类总名。荐：进献的祭品。
⑨ 牲：供祭祀的家畜。奠：祭品。
⑩ 作：发生。
⑪ 耋（dié）：老人，《礼记·曲礼上》："八十、九十曰耋。"孺：小孩。畜牧：指祭祀用的牛羊猪等。慄慄然：恐惧的样子。
⑫ "氓不曰"三句：老百姓不认为是正好碰上这时候，不清楚为何会活着，以为完全是神决定的。
⑬ "若以"四句：如果在古代来说不合情理，但以现在来说，则神也没什么可责难的了。戾：乖戾，不合理。庶乎：大概，近似。过：动词，责难。
⑭ "岂不"四句：意思是说真神生时能够消灾免祸，死后就应该享受祭祀。血食：指接受祭祀。古人杀牲取血以祭祀，故称。生人：即生民，百姓。
⑮ 雄毅而硕者、温愿而少者：都是指地方官吏。
⑯ 阶级：台阶。
⑰ 耳弦匏（páo）：即听着音乐。弦：琴瑟等带弦的乐器。匏：笙竽之类的乐器。
⑱ 口粱肉：吃着精美的食物。粱：精细的小米。
⑲ 解民之悬：解民于倒悬，也就是把老百姓从痛苦中解脱出来。
⑳ 清民之暍（yē）：指清除人民所受的痛苦。暍：中暑。
㉑ 当奉者：应当奉养他们（指官吏）的人。
㉒ 一日：一旦。
㉓ 肆淫刑：滥用过分的刑罚。
㉔ 驱（qū）：驱赶。
㉕ "较神之"两句：是说地方官吏对老百姓的危害，比那些淫祀的鬼神还要大。
㉖ 大夫之忧：指国势危急的情况。大夫在国家危急时当为君主分忧。

报国之日，则佪挠脆怯①，颠踬窜踣②，乞为囚虏之不暇③，此乃缨弁言语之土木耳④，又何责其真土木也！故曰，以今言之，则庶乎神之不足过也。既而为诗，以纪其末：

土木其形，窃吾民之酒牲，固无以名⑤；土木其智，窃吾君之禄位，如何可议？禄位颀颀，酒牲甚微⑥，神之飨也，孰云其非。视吾之碑，知斯文之孔悲⑦。

【简析】
　　这是一篇讽刺贪官污吏的优秀杂文。作者饱含激情，运用映衬推比的手法，由民间的淫祀推衍成刺时之作，淋漓尽致地勾勒了贪官污吏的狰狞面目，揭露了统治者迫害人民的深重罪恶；同时，也批判了封建社会里神权对人民的压迫。

　　文章极尽嬉笑怒骂之能事，语言犀利，讽刺辛辣，形象鲜明，不愧为"一塌糊涂的泥塘里的光彩和锋芒"（鲁迅《小品文的危机》）。

---

① 佪（huí）挠脆怯：指一旦有危难临头，则张皇失措，一团混乱。佪：迷惑昏乱，不知所从。挠：纷扰混乱。脆：弱。怯：畏惧。
② 颠、踬（zhì）：跌倒。窜：逃匿。踣（bó）：仆倒。
③ "乞为"句：求当俘虏而唯恐不及。
④ "此乃"句：这就是穿着礼服而会说话的泥像木偶。缨：系冠用的丝带。弁（biàn）：礼冠。
⑤ 固无以名：固然是无以为名，即名不正、不合理之意。
⑥ "禄位"两句：官吏得到的俸禄优厚，神像享用的祭品微薄。颀颀（qí）：长貌，这里指优厚。
⑦ 斯文：指这篇碑文。孔：很，十分。

黄州新建小竹楼记①

王禹偁②

  黄冈③之地多竹,大者如椽,竹工破之,刳④去其节,用代陶瓦,比屋皆然⑤,以其价廉而工省也。

  子城⑥西北隅,雉堞圮毁⑦,蓁莽⑧荒秽。因作小楼二间,与月波楼⑨通。远吞山光,平挹江濑。⑩幽阒辽敻⑪,不可具状。夏宜急雨,有瀑布声;冬宜密雪,有碎玉声。宜鼓琴,琴调虚畅⑫;宜咏诗,诗韵清绝⑬;宜围棋,子声丁丁⑭然;宜投壶⑮,矢声铮铮然:皆竹楼之所助也⑯。公退⑰之暇,披鹤氅,戴华阳巾⑱,手执《周易》一卷,焚香默坐,销遣世虑。江山之外,第⑲见风帆沙鸟、烟云竹树而已!待其酒力醒,茶烟歇;送夕阳,迎素月,亦谪居之胜概⑳也。

---

① 本文选自四部丛刊《小畜集》卷十七。
② 王禹偁:954—1001年,字元之,济州巨野(今山东巨野)人。他出身寒微,太平兴国八年(983年)考中进士,先后担任过右拾遗、左司谏、翰林学士等职。他关心民生疾苦,多次向皇帝进谏,因此先后3次遭到贬谪。他的诗文都平易生动,自然清新,且能托讽寄托,针砭现实。他是北宋初期提倡文学革新的重要人物,对北宋一代文风的转变有很大的影响。有《小畜集》《小畜外集》。
③ 黄冈:县名,在今湖北省。
④ 刳(kū):挖空。
⑤ 比屋皆然:家家房屋都是这样的。比:并列,连着。
⑥ 子城:指附属于大城的小城。
⑦ 雉堞(dié):城上矮墙。圮(pǐ)毁:倒塌。
⑧ 蓁(zhēn)莽:丛生的草木。
⑨ 月波楼:在黄州城西北角,王禹偁有长诗《月波楼咏怀》。
⑩ "远吞山光"两句:远望可以尽览山光,平视可以看见江滩、波浪。吞:这里是容纳,接受的意思。平:平视。挹(yì):舀取,这里也是接受的意思。濑(lài):浅水流沙上。
⑪ 阒(qù):寂静。敻(xiòng):远。
⑫ 虚畅:空灵流畅。
⑬ 诗韵清绝:吟诵诗歌的声韵极为清幽。
⑭ 丁丁(zhēng):棋子落在棋盘上的声音。
⑮ 投壶:古人宴饮时的一种游戏,往壶里投矢,中者为胜,胜者斟酒给败者喝。
⑯ "皆竹楼"句:上面所说的各种声音,都因竹楼而变得更动听。
⑰ 公退:办完公事回家。
⑱ 鹤氅(chǎng):用鸟羽编制的外衣。华阳巾:道冠,当时多用作高雅之士的打扮。
⑲ 第:只。
⑳ 胜概:美景,美好的境界。概:景象。

彼齐云、落星①，高则高矣；井干、丽谯②，华则华矣！止于贮妓女，藏歌舞，非骚人③之事，吾所不取。

吾闻竹工云："竹之为瓦仅十稔④，若重覆之，得二十稔。"噫！吾以至道乙未岁自翰林出滁上⑤；丙申，移广陵⑥；丁酉，又入西掖⑦；戊戌岁除日⑧，有齐安之命⑨；己亥⑩闰三月到郡。四年之间，奔走不暇，未知明年又在何处，岂惧竹楼之易朽乎？幸⑪后之人与我同志，嗣而葺之⑫，庶斯楼之不朽也。

咸平二年八月十五日记。

【简析】

宋真宗咸平元年（998年），王禹偁被贬到黄冈，到黄冈后，他修建了一所竹楼。这篇文章，便是描述竹楼清幽的环境和他潇洒淡泊的生活情趣的。笔势萧疏自然，情韵幽深，风格淡远，表现了作者被贬后豁达自适的心情。而文末四年奔走不暇的感慨，也透露了他愤懑不平的情绪。

① 齐云：楼名，即古月华楼，旧在江苏苏州子城上，唐曹恭王所建。落星：吴嘉禾元年（232年），于桂林苑（在南京）落星山，起三层楼，名曰"落星楼"。
② 井干（hán）：楼名，汉武帝所建，高50余丈，在长安。丽谯（qiáo）：楼名，曹操所建。
③ 骚人：诗人。屈原作《离骚》，故称诗人为骚人。
④ 十稔（rěn）：十年。谷熟曰稔，古称一年为一稔。
⑤ 至道乙未：宋太宗至道元年（995年）。这一年，孝章皇后死，不用后礼举丧，王禹偁提出应按后礼办丧事，因此被贬官滁州。滁：州名，今安徽省滁县。
⑥ 丙申：996年。广陵：郡名，即扬州。996年11月，王禹偁奉诏改知扬州。
⑦ 丁酉：997年。西掖：即中书省，中央政府的行政机构。因其在右，故称右曹，亦称西掖。宋真宗即位，王禹偁上疏言事，召还，任知制诰（替皇帝起草诏书）。
⑧ 戊戌：998年。除日：除夕之日。
⑨ 齐安：即黄州，原为南齐所置齐安县，在今湖北省黄冈市西北。这一年王禹偁因参与修撰《太祖实录》时据实直书，被罢知制诰，出知黄州。
⑩ 己亥：999年。
⑪ 幸：希望。
⑫ 嗣：继续。葺：修整。

秋声赋①

欧阳修②

欧阳子③方夜读书,闻有声自西南来者。悚然④而听之,曰:"异哉!"初淅沥以萧飒⑤,忽奔腾而砰湃⑥,如波涛夜惊,风雨骤至。其触于物也,鏦鏦铮铮⑦,金铁皆鸣;又如赴敌之兵,衔枚⑧疾走,不闻号令,但闻人马之行声。余谓童子:"此何声也?汝出视之。"童子曰:"星月皎洁,明河⑨在天,四无人声,声在树间。"

余曰:"噫嘻⑩,悲哉!此秋声也,胡为⑪而来哉?盖夫秋之为状也:其色惨⑫淡,烟霏云敛⑬;其容清明,天高日晶;其气栗冽⑭,砭⑮人肌骨;其意萧条,山川寂寥⑯。故其为声也,凄凄切切,呼号愤发。丰草绿缛⑰而争茂,佳木葱茏⑱而

---

① 本文选自四部丛刊本《欧阳文忠公集·居士集》卷十五。
② 欧阳修:1007—1072年,字永叔,号醉翁,晚年又号六一居士,庐陵(今江西吉安市)人。少孤家贫,聪颖好学。宋仁宗天圣八年(1030年)进士,历任西京留守推官、监察御史、馆阁校勘、龙图阁学士、礼部侍郎、枢密副使、参知政事等职,谥文忠。欧阳修是北宋诗文革新运动的领导人物,作品以散文的成就为最高,是唐宋八大家之一。
③ 欧阳子:作者欧阳修自称。
④ 悚(sǒng)然:吃惊的样子。
⑤ 淅沥:叠韵联绵词,轻微的风声、雨声、落叶声。萧飒:稀疏,双声联绵词。
⑥ 砰湃:同"澎湃",浪涛冲激声。
⑦ 鏦(cōng)鏦铮(zhēng)铮:金属相击声。
⑧ 衔枚:古代秘密行军,让士兵嘴里衔着枚以免发出声音。枚:形似筷子,竹制。
⑨ 明河:指银河。
⑩ 噫嘻:感叹声。
⑪ 胡为:为何,怎样。
⑫ 惨:浅色。
⑬ 霏:飘散。敛:收。
⑭ 栗冽:同"凛冽",寒冷的样子。以下两句转入对秋景悲凉的描写。古人行文,常常不用关联词,语义的转折需细加体会。
⑮ 砭(biān):用石针刺穴治病,这里是刺的意思。
⑯ 寂寥:寂静空旷。
⑰ 绿缛:碧绿茂密。
⑱ 葱茏:形容草木青翠而茂盛。

可悦；草拂之而色变，木遭之而叶脱①；其所以摧败零落者，乃其一气之余烈②。夫秋，刑官③也，于时为阴④；又兵象⑤也，于行用金⑥；是谓天地之义气⑦，常以肃杀⑧而为心。天之于物，春生秋实。故其在乐也，商声主西方之音，夷则为七月之律⑨。商，伤也⑩，物既老而悲伤；夷，戮也⑪，物过盛而当杀⑫。"

"嗟乎！草木无情，有时⑬飘零。人为动物，惟物之灵⑭。百忧感其心，万事劳其形，有动于中，必摇其精。⑮而况思其力之所不及，忧其智之所不能。宜其渥然丹者为槁木，黟然黑者为星星⑯。奈何以非金石之质，欲与草木而争荣？念谁为之戕贼，亦何恨乎秋声！⑰"

童子莫对⑱，垂头而睡⑲。但闻四壁虫声唧唧，如助余之叹息。

---

① "草拂之"两句：草触到秋气就会变色，树遇到秋气叶子就会脱落。
② 一气：指天地的元气。余烈：余威。
③ 刑官：周代以天地四时之名命六官，司寇为秋官，掌刑狱，后世因以秋官为刑部的通称，故秋属刑官。
④ 于时为阴：古人用阴阳二气的升降消长来解释季节的变化，并以阴阳二气配四时，春夏为阳、秋冬为阴。故秋在四时中受阴气支配。
⑤ 兵象：战争的象征。古代征伐、治兵，多在秋天，秋天属金，故言秋为兵象。
⑥ 于行用金：秋在五行中属金。古人用金、木、水、火、土五行的学说来解释社会和自然现象，并用五行配四时，秋属金。
⑦ 义气：《礼记·乡饮酒义》载"天地严凝之气，始于西南而盛于西北，此天地之尊严气，此天地之义气"。
⑧ 肃杀：严酷萧瑟的样子，指万物凋敝。
⑨ "故其"三句：意谓因此表现在音乐上，"五音"中的"商"代表西方的声音，"十二律"中的"夷"则属于七月的律调。按古人把音乐的音调分为五音十二律，用五音与四时相配，用十二律与十二月相配。五音中的商音属秋（秋的方位属西），十二律的夷则与七月相配。
⑩ 商，伤也："商""伤"同音，这是声训。商：悲伤。
⑪ 夷：杀戮。
⑫ 杀：衰、减。
⑬ 有时：以时，按时。
⑭ "人为"两句：人是动物，在万物中是最有灵性的。
⑮ "百忧"四句：人有忧愁劳苦，比草木更容易衰老。中：内心。精：指人的精神、元气。《庄子·在宥》："必静必清，无劳汝神，无摇汝精，乃可以长生。"
⑯ "宜其"两句：难怪人们红润的面容忽然变得像枯木一样，乌黑的头发很快变白。宜：副词，意思是当然，莫怪。渥（wò）然丹者：红润的脸色。渥：沾润，浓抹。丹：朱红色。《诗经·秦风·终南》："颜如渥丹。"星星：形容鬓发花白。
⑰ "念谁"两句：是谁使人受到这样的残害，还不是由于人的忧劳，又何必去怨恨无知的秋声呢？戕贼：残害。何：何必。
⑱ 莫对：不回答。
⑲ 睡：打瞌睡。

【简析】

欧阳修的这篇《秋声赋》是宋代文赋的典范。本文作于宋仁宗嘉祐四年（1059 年）。以秋声发端，描绘暮秋山川寂寥、草木凋零的萧条景象，极渲染之能事。在极情铺陈秋声秋色之后，转出另一种潜在的、伤害人类身心更为酷烈的"秋"——忧愤和苦闷。通过写"秋"，作者告诉我们三个修身要则：保持心的宁静，去除非分之想，坚执乐观精神。

按照赋的问答体，本文开头写我（欧阳修）夜间读书听到有声音从西南方向传来，点出文题（秋声）。又听到各种奇怪的声音，心有杂念，而童子只听到风声，心无杂念；揭示文旨（清心养生）。结尾以"童子莫对，垂头而睡"（无忧无虑）衬托我（欧阳修）忧虑叹息，照应文旨。构思十分精妙。

答司马谏议书①

王安石②

某启③：昨日蒙教④，窃以为与君实游处相好之日久⑤，而议事每不合，所操之术多异故也⑥。虽欲强聒⑦，终必不蒙见察⑧，故略上报⑨，不复一一自辨。重念蒙君实视遇厚⑩，于反覆不宜卤莽⑪，故今具道所以⑫，冀君实或见恕也。

盖儒者所争，尤在于名实⑬，名实已明，而天下之理得矣。今君实所以见教者，以为侵官、生事、征利、拒谏，以致天下怨谤也⑭。某则以谓受命于人主⑮，

---

① 本文选自四部丛刊本《临川先生文集》卷七十三。宋神宗熙宁二年（1069年），王安石推行新法。熙宁三年（1070年）二月二十七日，司马光（时任右谏议大夫）写了3000余字的长信《与王介甫书》指责王安石变法的政策和措施，尖锐批评了王安石。王安石当即作简短的复函（即本文所说的"故略上报"），后经考虑，又写了这封信作答。
② 王安石：1021—1086年，字介甫，号半山，临川（今江西临川）人。宋仁宗庆历二年（1042年）进士，历任淮南节度判官、鄞县令、常州知州、度支判官、参知政事等职，为民兴利除弊，颇有政绩。宋神宗熙宁二年推行变法，遭保守派反对，曾两次罢相。晚年退居金陵，封荆国公，世称王荆公。王安石强调文学创作要经世致用，其文直抒胸臆，简洁精深，雄健峭拔，是"唐宋八大家"之一。
③ 某：古人写信起稿，常用"某"代替自己的名字。誊写发信时再写出名字。后世据书稿编文集，常保留"某"字。也有作者的弟子、门人编集子时为了表示尊敬和避讳而用"某"来代替姓名的。启：禀告，陈述。
④ 蒙教：承蒙赐教，意即收到来信。这是古人回信时的一种客气说法。
⑤ 窃：私下，表自谦。君实：司马光的字。游处：朋友间交游相处。写此信时，王安石与司马光已相识10多年，并同朝为官，故云。
⑥ 所操之术：指个人所坚持的政治主张和见解。故：缘故。
⑦ 强聒（guō）：强作解释。聒：频繁地说。
⑧ 见察：被谅解，被了解。
⑨ 略：简略。上报：指回信，这是一种客气的说法。王安石在收到司马光的信后，先前曾有一封简短的复函，故称"略上报"。
⑩ 重（chóng）：复，又。视遇厚：即很看得起（我）。视遇：看待。厚：优厚。
⑪ 反覆：这里指书信往来。卤莽：简慢无礼，草率从事。
⑫ 具：详细，详尽。所以：原因，情由。
⑬ 名实：名称与实际。指名与实是否相符。
⑭ 所以见教者：拿来教训我的。侵官：超越权限而侵犯其他官员的职权。
⑮ 人主：君王，皇帝，这里指宋神宗。

议法度而修之于朝廷①，以授之于有司②，不为侵官；举先王之政③，以兴利除弊，不为生事；为天下理财，不为征利；辟邪说④，难壬人⑤，不为拒谏。至于怨诽之多，则固前知其如此也⑥。人习于苟且非一日⑦，士大夫多以不恤⑧国事、同俗自媚于众为善⑨，上乃欲变此⑩，而某不量敌之众寡，欲出力助上以抗之，则众何为而不汹汹然⑪？盘庚之迁⑫，胥⑬怨者民也，非特⑭朝廷士大夫而已。盘庚不为怨者故改其度⑮。度义而后动⑯，是⑰而不见可悔故也。如君实责我以在位久，未能助上大有为，以膏泽⑱斯民，则某知罪矣；如曰今日当一切不事事，守前所为而已，则非某之所敢知⑲。

无由⑳会晤，不任区区向往之至㉑。

【简析】

王安石在这封复信中简洁有力地逐条驳斥了司马光"侵官、生事、征利、拒谏、致怨"的指责，尖锐批评了因循苟且的社会风气和反对派"不恤国事、同俗自媚于众"的卑劣行径，表达了推行新法的坚定立场和知难而进的气魄决心，充分表明了作者以国家兴亡为己任的胸怀与眼界。

这是一篇书信体的驳论文。文章观点鲜明，态度坚决，分析透彻，具有极强

---

① 议：讨论，议订。修：修改。
② 有司：古代设官分职，各有专司，故称官吏为有司。
③ 举：推行。先王：古代的贤明君王。
④ 辟：驳斥，批驳。邪说：不正确的言论。
⑤ 难：诘难，驳斥。壬人：奸佞之人。
⑥ 固：原来，本来。前知：事先知道。
⑦ 习：习惯。苟且：得过且过。
⑧ 恤（xù）：关怀，关心。
⑨ 同俗自媚于众：附和世俗之见，献媚讨好众人。善：好。
⑩ 变此：改变这种风气。
⑪ 汹汹然：大声喧闹的样子。
⑫ 盘庚：殷代中兴之君。迁：迁都。《尚书·盘庚》记载盘庚即位后，力排众议，把国都从奄（今山东曲阜）迁往殷（今河南安阳）。
⑬ 胥：相。
⑭ 特：仅仅，只是。
⑮ 度：计划，决定。
⑯ 度（duó）：谋虑。义：适宜，合宜。
⑰ 是：认为正确。
⑱ 膏泽：滋润，这里指施恩惠。
⑲ 事事：做事情。第一个"事"作动词，第二个"事"作名词。守前所为：墨守祖宗成法。知：领教，受教。
⑳ 无由：没有机会。
㉑ 不任：不胜。区区：诚恳真挚。向往之至：仰慕到了极点。这是旧时书信结尾常用的套语。

的论辩力和严密的逻辑性。作者把彬彬有礼、谦和诚恳、委婉含蓄的书信风格和理直气壮、针锋相对、犀利透辟的驳论风格巧妙结合，取得了寓刚于柔、刚柔并济的艺术效果。本文充分体现了王安石简练雄健、谨严锐利的论说文风格。清代古文家吴汝纶评此文："固由傲兀性成，究亦理足气盛，故劲悍廉厉无枝叶如此。"

读孟尝君传①

王安石

世皆称孟尝君②能得士,士以故归③之,而卒赖其力以脱于虎豹之秦④。嗟乎!孟尝君特鸡鸣狗盗之雄耳⑤,岂足以言得士?不然,擅齐之强,得一士焉,宜可以南面而制秦,尚何取鸡鸣狗盗之力哉?⑥夫鸡鸣狗盗之出其门⑦,此士之所以不至也。

【简析】

本文是王安石读《史记·孟尝君列传》后所写的一篇读后感,也是一篇短小精悍的驳论文。王安石通过对"士"与"鸡鸣狗盗"之徒的区别,有力地驳斥了"孟尝君能得士"的世俗成见。

全文仅90字,共4句。首句开门见山,树起驳论的靶子;次句用反问语气确立起"士"与"鸡鸣狗盗"之徒的区别;第三句用反证法提出自己对于"士"的评判标准;末句更进一层,揭示孟尝君不能得士的原因。金圣叹言此文:"凿凿只是四笔,笔笔如一寸之铁,不可得而屈也。读之可以想见先生生平执拗,乃是一段气力。"全文结构严谨,词气凌厉,发人深思,令人耳目一新。是"文短气长"的典范之作,被誉为驳论文中的"千秋绝调"(沈德潜语)。

---

① 本文选自四部丛刊本《临川先生文集》卷七十一。
② 孟尝君:战国时期齐国公子田文的封号,曾任齐国相国。在自己的封地薛(今山东藤县南)招致门客达数千名之多。与魏国信陵君魏无忌、赵国平原君赵胜、楚国春申君黄歇并称"战国四公子"。
③ 归:归附,投奔。
④ 这句话说的史实是,秦昭王听说孟尝君是贤人,请他来秦国做国相,后又听信谗言,把他囚禁起来,准备杀掉他。孟尝君派人向昭王的宠妃求救,宠妃提出要孟尝君的狐白裘。恰巧孟尝君已把狐白裘献给了秦昭王。孟尝君的食客中有个能做狗盗的人,夜入秦宫将狐白裘盗出献给宠妃,宠妃便替孟尝君说情,秦昭王把孟尝君放了。孟尝君连夜奔逃,至函谷关,天还未明,关法规定,鸡鸣后才开关放人,而秦昭王后悔放走了孟尝君,派兵追赶。孟尝君门客中有人能学鸡鸣,引得群鸡叫起来,孟尝君才逃出了关。下文"鸡鸣狗盗"便是指这两个人。卒:最终。虎豹之秦:语出《史记·苏秦列传》:"夫秦,虎狼之国也。"
⑤ 特:仅仅,只是。雄:这里指首领。
⑥ 擅:据有,占有。南面:指君临天下。古代君王听政或接见诸侯,坐北面南,故称"南面"。制:制服。尚何取鸡鸣狗盗之力哉:还用得着鸡鸣狗盗之流的力量吗?
⑦ 出其门:出现在他的门庭。

赠盖邦式序①

马 存②

予友盖邦式,尝为予言:"司马子长之文章有奇伟气③,窃有志于斯文也,子其④为说以赠我。"予谓:"子长之文章不在书,学者每以书求之,则终身不知其奇。予有《史记》一部,在天下名山大川、壮丽奇怪之处,将与子周游而历览⑤之,庶几⑥可以知此文矣。

"子长生平喜游,方⑦少年自负之时,足迹不肯一日休,非直为景物役也⑧,将以尽天下之大观以助吾气⑨,然后吐而为书。今于其书观之,则其平生所尝游者皆在焉。南浮长淮⑩,溯大江⑪,见狂澜惊波,阴风怒号,逆走而横击,故其文奔放而浩漫⑫;望云梦洞庭之陂⑬,彭蠡之潴⑭,涵混太虚⑮,呼吸万壑而不见介量⑯,

---

① 本文选自《文渊阁四库全书补遗》据文津阁四库全书补《古文集成前集》。盖邦式:其人不详。盖邦式喜爱《史记》文章的雄奇瑰丽,欲学《史记》文章,问其法于马存,马存写了这篇序文赠他。
② 马存:? —1096 年,字子才,乐平(今江西乐平)人。宋哲宗元祐三年(1088 年)进士,历任镇南节度推官、越州观察推官。绍圣三年(1096 年),卒于官。
③ 司马子长:司马迁,字子长。气:指文章的气势、风格。
④ 其:副词,表希望、祈求语气。
⑤ 历览:遍览,逐一地看。
⑥ 庶几:或许,也许。
⑦ 方:正当。
⑧ 直:仅仅。役:役使。
⑨ 大观:盛大壮丽的景象。气:这里指气概或修养。
⑩ 浮:乘船航行。长淮:淮河。
⑪ 溯:逆流而上。大江:长江。
⑫ 浩漫:广大深远貌。
⑬ 云梦:古大泽名,在今湖北省境内,后世淤成低泽地。洞庭:湖名,在今湖南省境内。陂(bēi):大泽,湖泊。
⑭ 彭蠡:即今江西鄱阳湖,古称彭蠡,亦称彭泽。潴(zhū):水停聚之处。
⑮ 涵混:包容。太虚:指天空。
⑯ 介:边际,边界。量:容量。

故其文停滀而渊深①；见九疑之芊绵②，巫山之嵯峨③，阳台朝云④，苍梧⑤暮烟，态度⑥无定，靡曼绰约⑦，春妆如浓，秋饰如薄，故其文妍媚而蔚纡⑧；泛沅渡湘⑨，吊大夫⑩之魂，悼妃子之恨，竹上犹有斑斑⑪，而不知鱼腹之骨⑫尚无恙者乎？故其文感愤而伤激；北过大梁之墟⑬，观楚汉⑭之战场，想见项羽之喑呜⑮，高帝之谩骂⑯，龙跳虎跃，千兵万马，大弓长戟，具游而齐呼，故其文雄勇猛健，使人心悸而胆栗⑰；世家龙门⑱，念神禹之鬼功⑲，西使巴蜀，跨剑阁之鸟道⑳，上有摩云之崖，不见斧凿之痕，故其文斩绝㉑峻拔而不可攀跻；讲业齐鲁之都㉒，

---

① 停滀（chù）：也作"停蓄"，本指停留积蓄，这里指深沉。渊深：深邃，深厚。
② 九疑：山名，亦作"九嶷（yí）"，下文又称"苍梧"，相传为舜的葬地，在今湖南省境内。芊（qiān）绵：草木丛生蔓衍貌。
③ 巫山：山名，在今重庆市。嵯峨（cuó é）：高耸貌。
④ 阳台：山名，在今重庆市巫山县境。朝云：宋玉《高唐赋》载"妾在巫山之阳，高丘之阻。旦为朝云，暮为行雨"，这里的朝云，是指早晨的云彩。
⑤ 苍梧：即上文"九疑"，《礼记·檀弓》："（舜）葬于苍梧之野。"
⑥ 态度：姿态，气势。
⑦ 靡曼：柔弱貌。绰约：姿态美好貌。
⑧ 蔚：文采华美。纡：文笔曲折。
⑨ 沅：沅江，源出贵州省，流入湖南省境。湘：湘水，亦称湘江，源出广西壮族自治区，流入湖南省境。
⑩ 大夫：指屈原。屈原自沉于汨罗江，汨罗江西北流入湘水，所以有时也称屈原自沉湘水。
⑪ "悼妃子"两句：《博物志》记载，尧的两个女儿娥皇、女英做了舜的妃子，舜死后，二妃痛哭，血泪洒在江边竹子上，以后竹上即生斑斑血痕，故称湘妃竹，亦称斑竹。
⑫ 鱼腹之骨：指屈原及二妃等人的尸骨。
⑬ 大梁：即今河南开封，战国时为魏国都城，这里是楚、汉相争之处。墟：本意是大丘，这里指荒废的旧址。
⑭ 楚：指项羽，项羽曾自立为西楚霸王。汉：指刘邦，刘邦曾被封为汉王。
⑮ 项羽之喑呜：《史记·淮阴侯列传》载"项王喑噁叱咤，千人皆废"，喑噁即喑呜，满怀怒气的样子。
⑯ 高帝之谩骂：汉高帝刘邦出身低微，喜欢谩骂下属及士人。《史记·淮阴侯列传》等篇中均有记载。
⑰ 栗：通"慄"，发抖。
⑱ 世家龙门：司马迁世世代代住在龙门。龙门：在山西省河津市西北和陕西省韩城市东北。黄河至此，两岸峭壁对峙，形如门阙，故名。司马迁即生于此。
⑲ 神禹之鬼功：相传夏禹导黄河至龙门，即凿开了山以通流。
⑳ 跨剑阁之鸟道：司马迁曾奉使巴蜀，经过剑阁。剑阁为长安入蜀要道，甚险要。鸟道：只有鸟能飞过的道路，喻指险要。
㉑ 斩绝：本指山势陡峭，这里指文章锋芒毕露。
㉒ 讲业齐鲁之都：齐国的都城在今山东省临淄县。鲁国的都城在今山东省曲阜市，这是孔子的故乡。司马迁曾到过这两地，参观过曲阜城北泗上的孔子墓，并细心地体会和观察过孔子的遗风，参观了儒生们按时习礼的情景。讲：学习。

睹①夫子之遗风，乡射邹峄②，彷徨乎汶阳洙泗之上③，故其文典重温雅，有似乎正人君子之容貌。凡天地之间万物之变，可惊可愕，可以娱心，使人忧，使人悲者，子长尽取而为文章，是以变化出没，如万象供四时而无穷④，今于其书观之，岂不信矣！

"予谓欲学子长之为文，先学其游可也。不知学游以采奇而欲操觚弄墨⑤，组缀腐熟者⑥，乃其常常⑦耳。昔公孙氏善舞剑而学书者得之⑧，乃入于神；庖丁氏善操刀，而养生者得之，乃极其妙。事固有殊类而相感⑨者，其意同故也。今天下之绝踪诡观⑩，何以异于昔，子果能为我游者乎？吾欲观子矣。醉把杯酒，可以吞江南吴越之清风⑪，拂剑长啸，可以吸燕赵秦陇之劲气⑫，然后归而治文著书，子畏子长乎？子长畏子乎？不然断编败册，朝吟而暮诵之，吾不知所得矣！"

【简析】

作者在这篇文章中指出司马迁文章之所以奇伟，在于他有周游天下的阅历，有丰富的历史和生活知识，对各种客观事物有深刻细致的观察和体会。

作者不像唐宋时期的古文家那样片面强调"文以载道"，片面强调书本知识，而大力强调对社会历史的观察和了解，强调生活感受，强调实际的生活感受对作家创作及其艺术风格有着重大的意义，强调开阔眼界多观察各种事物可以收到艺术上"殊类相感"的效果，反对那种"组缀腐熟"，专门关闭在书斋里抄袭陈词滥调的所谓"创作"。

---

① 睹：观看，瞻仰。

② 乡射邹峄（yì）：乡射，古射礼之一，《仪礼》有《乡射礼》。胡匡衷《仪礼释官》载："乡射有二：一是州长会民习射，一是乡大夫贡士后，以此射询众庶，其礼皆先行乡饮酒礼。"邹峄：山名，即山东省邹县东南之峄山。司马迁在南游途中，曾到过邹县，游览峄山，并在那里学习古礼。

③ 汶阳：地名，在今山东省宁阳县北。洙泗：春秋时鲁国境内的洙水和泗水。孔子曾在洙泗之间聚徒讲学。后人因以洙泗代称孔子及儒家文化。

④ 万象供四时而无穷：各种景象、事物跟随着四季的变化而不断变化，没有终止的时候。

⑤ 操觚（gū）：拿着木版，这里指写文章。觚：古代写字的木简。弄墨：磨墨，指写文章。

⑥ 组缀：编组。腐熟：陈腐的思想和语言。

⑦ 常常：平常，平庸。

⑧ 公孙氏：公孙大娘，唐开元间有名的女舞蹈家，精于剑器浑脱舞。唐代草书大家张旭说："始吾见公主担夫争路而得笔法之意，后见公孙氏舞剑器而得其神。"

⑨ 殊类而相感：不同事情之间互相启发，如张旭观舞而悟草书法。

⑩ 绝踪诡观：奇踪异观。

⑪ 吴越：指江苏、浙江一带。清风：江浙山水秀丽，民风淳秀，故称清风。

⑫ 燕赵秦陇：指河北、山西、陕西、甘肃一带，统指北方。劲气：北方山川雄伟，民风刚劲，故称劲气。

文与可画筼筜谷偃竹记①

苏 轼②

竹之始生，一寸之萌③耳，而节叶具焉，自蜩腹蛇蚹④，以至于剑拔十寻者⑤，生而有之也。今画者乃节节而为之，叶叶而累之，岂复有竹乎？⑥ 故画竹必先得成竹于胸中⑦，执笔熟视⑧，乃见其所欲画者，急起从之，振笔直遂⑨，以追其所见，如兔起鹘落⑩，少⑪纵则逝矣。与可之教予如此。予不能然也，而心识⑫其所以然。夫既心识其所以然，而不能然者，内外不一⑬，心手不相应，不学之过也。故凡有

---

① 本文选自《苏轼文集》（中华书局1986年版）。文与可（1018—1079年）：名同，字与可，梓州梓潼（今四川绵阳）人，北宋著名画家，善画竹。宋仁宗皇祐元年（1049年）进士及第，曾任湖州（今浙江吴兴一带）知州，故亦称文湖州。他和苏轼是表兄弟。元丰二年（1079年）初，文与可逝世。这年七月，苏轼晒所藏书画时，见到文与可赠予自己的画作《筼筜谷偃竹》，睹物思人，故作此文。苏轼时任湖州知州。筼筜：一种皮薄、节长而竿高的竹子。筼筜谷：谷名，在今陕西洋县，其地盛产大竹，故名。偃竹：仰斜的竹子。
② 苏轼：1037—1101年，字子瞻，号东坡居士，眉州眉山（今四川眉山市）人。宋仁宗嘉祐二年（1057年）进士。元丰二年（1079年）因御史劾以作诗谤朝廷，贬为黄州团练副使。哲宗元祐中，累迁翰林学士。绍圣元年（1094年），又因御史劾以作文讥斥先朝，贬惠州、儋州。卒后谥文忠。
③ 萌：嫩芽。
④ 蜩（tiáo）腹蛇蚹（fù）：《庄子·齐物论》载"吾待蛇蚹蜩翼邪？"蜩腹：即蜩甲，指蝉所蜕壳。蛇蚹：蛇蜕旧皮。蚹：同"蛇"。竹在初生时蜕脱外面的笋壳（箨），如同蝉蜕壳、蛇蜕皮一样。这里用"蜩腹蛇蚹"指竹子初生时的状态。
⑤ 剑拔：像剑拔出鞘，指笋长而抽成竹。寻：古代八尺为一寻。
⑥ "节节而为之"三句：米芾《画史》载"子瞻作墨竹，从地一直起至顶。余问：'何不逐节分？'曰：'竹生时何尝逐节生？'"此处所论画竹和米芾记载的苏轼画竹理论一致，即强调竹的神韵，画竹时不要拘泥于枝节。
⑦ "故画竹"句：因此画竹之前必须先在心里酝酿出完整的竹子的形态。
⑧ 熟视：仔细看。
⑨ 振笔直遂：挥动画笔，一气呵成。遂：完成。
⑩ 兔起鹘（hú）落：兔子刚出现，鹘鸟就立即冲下来捕捉它。极言动作敏捷，这里比喻作画时下笔迅捷。
⑪ 少：稍微，稍稍。
⑫ 识（zhì）：记住。
⑬ 内外不一：心手不一致，即手不称心。

见于中，而操①之不熟者，平居自视了然②，而临事忽焉③丧之，岂独竹乎？子由为《墨竹赋》以遗与可④，曰："庖丁，解牛者也，而养生者取之⑤；轮扁，斫轮者也，而读书者与之。⑥ 今夫夫子之托于斯竹也⑦，而予以为有道⑧者，则非耶？"子由未尝画也，故得其意而已。若予者，岂独得其意，并得其法⑨。

与可画竹，初不自贵重。四方之人，持缣素⑩而请者，足相蹑⑪于其门。与可厌之，投诸地而骂曰："吾将以为韈⑫材！"士大夫传之，以为口实⑬。及与可自洋州⑭还，而余为徐州⑮。与可以书遗余曰："近语士大夫：'吾墨竹一派，近在彭城⑯，可往求之。'韈材当萃⑰于子矣。"书尾复写一诗，其略曰："拟将一段鹅溪⑱绢，扫取寒梢万尺长⑲。"予谓与可："竹长万尺，当用绢二百五十匹⑳，知公倦于笔砚，愿得此绢而已！"与可无以答，则曰："吾言妄矣！世岂有万尺竹哉？"余因而实㉑之，答其诗曰："世间亦有千寻竹㉒，月落庭空影许㉓长。"与可笑曰："苏子辩则辩矣，然二百五十匹，吾将买田而归老焉！"因以所画筼筜谷偃竹遗予，曰："此竹数尺耳，而有万尺之势。"筼筜谷在洋州，与可尝令予作洋州三十咏，筼筜

---

① 操：练习。
② 平居自视了然：平常自以为清楚明白。
③ 忽焉：很快，快速。
④ 子由：苏轼的弟弟苏辙，字子由。遗（wèi）：赠送。
⑤ 取之：这里指从中得到启发，领悟到道理。
⑥ "轮扁"三句：《庄子·天道》载，齐桓公在堂上读书，轮扁在堂下斫轮，他说桓公读的都是古人留下的糟粕。他用斫车轮做比方说，辐条和车毂之间的榫接，宽了虽然容易插入，但松而不固；紧了虽然坚固，但无法插入。这种功夫，只能靠长期的实践才能获得，没有办法用语言表达。意即有些道理必须通过自己的实践才能体会，光看古人传下的书是不行的。斫（zhuó）：同"斲"，砍。轮扁：制车轮的人名扁。与：赞许。
⑦ 夫子：指文与可。托（tuō）：寄寓，寄托。
⑧ 有道：得道，这里指了解、把握事物规律。
⑨ 法：技法。
⑩ 缣（jiān）素：供写字画画的细绢。色淡黄的叫缣，洁白的叫素。
⑪ 蹑：踩踏。
⑫ 韈（wà）：同"袜"，袜子。
⑬ 口实：话柄。
⑭ 洋州：今陕西洋县，文与可于宋神宗熙宁八年（1075年）任洋州知州。熙宁十年（1077年）冬回京师。
⑮ 为徐州：苏轼于熙宁十年至元丰二年（1079年）任徐州知州。
⑯ "吾墨竹"两句：我画墨竹的这一派，传到近在徐州的苏轼。彭城：即徐州。
⑰ 萃：聚集。
⑱ 鹅溪：地名，在今四川盐亭县西北，以产绢著名。唐时以鹅溪绢为贡品，宋代作书画更贵重此绢。苏轼有"为爱鹅溪白茧光，扫残鸡距紫毫芒"的诗句。
⑲ 扫取：挥笔作画。寒梢：指竹，因其耐寒，故名。
⑳ 匹：古代以40尺为一匹。250匹正好10000尺。
㉑ 实：证实，证明。
㉒ 千寻竹：长8000尺的竹子，夸张地指竹影。
㉓ 许：如此，这般。

谷其一也。予诗云:"汉川修竹贱如蓬①,斤斧何曾赦箨龙②。料得清贫馋太守,渭滨千亩在胸中③。"与可是日与其妻游谷中,烧笋晚食,发函④得诗,失笑⑤喷饭满案。

元丰二年正月二十日,与可没于陈州⑥。是岁七月七日,予在湖州,曝书画,见此竹,废卷⑦而哭失声。昔曹孟德祭桥公文,有车过腹痛之语⑧,而予亦载与可畴昔⑨戏笑之言者,以见与可于予亲厚无间如此也。

【简析】

本文是苏轼为好友文与可《筼筜谷偃竹》画卷所写的一篇题画记。文章第一部分以论画为主,阐述文与可的绘画理论,谈自我艺术实践的体会。提出了"成竹于胸中"的艺术见解,处处点染作者与文与可之间共同的艺术主张。第二部分以叙述为主,详细交代与《筼筜谷偃竹》相关的几件趣事,表达了用自己的整体生命去把握自然界的整体生命、不但求形似而应得其神似的美学见解,表现了文与可平易而不从俗的品德。在深沉诚厚的感情中,又杂以诙谐幽默的笔调,风趣横生。自然地流露出苏文二人之间的深厚友情。最后一段是抒情,抒发了作者对亡友的沉痛悼念。

文章以《筼筜谷偃竹》画为线索,将议论、叙述、抒情完美结合,文笔疏落自然,语言清新朴素,情感深挚真切,是东坡小品文中的佳作。

---

① 汉川:汉水。修:长。蓬:草名,秋天枯萎后根拔出,风卷而飞,因此又叫飞蓬。这里用以形容竹子不值钱。
② 赦:放过。箨(tuò)龙:竹笋。箨:笋壳。
③ "料得清贫"两句:想必清贫而嘴馋的太守已经把渭水之滨的千亩竹笋都吞下去了。意指文与可胸中有丰富的墨竹画稿。清贫馋太守:这是苏轼和文与可开玩笑的话,当时文与可为洋州知州。渭滨:渭水之滨,这里指洋州。
④ 发函:打开信函。
⑤ 失笑:不自主地发笑。
⑥ 没:通"殁",去世。陈州:在今河南省淮阳县。
⑦ 废卷:放下书画。
⑧ "昔曹孟得"两句:以前曹操祭桥玄的文中,有"车过……腹痛……"的话。《三国志·魏书·武帝纪》记载,曹操少年时,不为人器重,唯桥玄和南阳何颙赏识他,对他期望很大。建安七年(202年)春,曹操过故乡谯郡,派人用太牢祭桥玄,并且自作《祀故太尉桥玄文》,文中有:"又承从容约誓之言:'殂逝(死)之后,路有经由,不以斗酒只鸡过相沃酹(祭奠),车过三步,腹痛勿怪。'虽临时戏笑之言,非至亲之笃好,胡肯为此辞乎?"此处借以说明文中记载了和文与可生平戏笑之言,正表明他们彼此间感情深厚。
⑨ 畴昔:从前,往日。

游 沙 湖①

苏 轼

黄州②东南三十里为沙湖，亦曰螺师店。予买田其间，因往相田③得疾。闻麻桥人庞安常善医而聋，遂往求疗。安常虽聋，而颖悟绝人，以纸画字，书不数字，辄深了人意。余戏之曰："余以手为口，君以眼为耳，皆一时异人也。"疾愈④，与之同游清泉寺。寺在蕲水郭门外二里许⑤。有王逸少洗笔泉⑥，水极甘，下临兰溪，溪水西流。余作歌⑦云："山下兰芽短浸溪，松间沙路净无泥，萧萧暮雨子规啼。谁道人生无再少，君看流水尚能西⑧，休将白发唱黄鸡⑨。"是日剧饮⑩而归。

【简析】

《游沙湖》是苏轼因乌台诗案贬居黄州时写下的一篇随笔小品。作者运用风趣的语言，记述了他和聋人庞安常结识和同游的情形。文章前一部分以文写人，后一部分以词记游，文、词融为一体，自然流畅且情韵悠长。

作者在文中用"安常虽聋，而颖悟绝人，以纸画字，书不数字，辄深了人意"这一细节凸显了庞安常的特异之处。用"余以手为口，君以眼为耳"将自己有口而不能言，庞安常有耳而不能闻，但又能言人所不能言、闻人所不能闻的异人之处点化出来。体现了作者诙谐风趣的性情和乐观自信的精神。

---

① 本文选自《东坡志林》（中华书局1981年版）。宋神宗元丰二年（1079年）七月，苏轼在湖州任上，御史何正臣、舒亶及谏议大夫李定上奏说他所作诗文谤毁朝廷，被捕入狱。十二月出狱，责授黄州团练副使。本文为作者贬居黄州时所作。
② 黄州：今湖北省黄冈市。
③ 相田：视察田地。
④ 愈：痊愈。
⑤ 蕲水：县名，故城在今湖北蕲水县东30里。许：左右，表约略估计数。
⑥ 王逸少：王羲之，字逸少。洗笔泉：相传王羲之曾临池学书，池水尽黑。
⑦ 作歌：苏轼的这首歌词调名《浣溪沙》。
⑧ "谁道人生无再少"两句：古诗有"百川东到海，何时复西归？少壮不努力，老大徒伤悲！"苏轼见兰溪水向西流，触景生情，写出了这首和古诗意思相反的词。
⑨ "休将白发"句：白居易《醉歌示妓人商玲珑》："谁道使君不解歌，听唱黄鸡与白日。黄鸡催晓丑时鸣，白日催年酉前没。腰间红绶系未稳，镜里朱颜看已失。"是感叹时光飞逝，朱颜易老的。苏轼这句的意思与之相反，意谓不要因为流光易逝、年华老大而感到悲伤。白发：指老年。黄鸡：报晓鸡。
⑩ 剧饮：畅饮。

上枢密韩太尉书①

苏 辙②

太尉执事③：辙生好为文，思之至深。以为文者，气之所形。④ 然文不可以学而能⑤，气可以养而致⑥。孟子曰："我善养吾浩然之气⑦。"今观其文章，宽厚宏博，充乎天地之间，称⑧其气之小大。太史公行天下，周览四海名山大川，与燕赵间豪俊交游⑨，故其文疏荡⑩，颇有奇气。此二子⑪者，岂尝执笔学为如此之文哉？其气充乎其中⑫，而溢乎其貌；动乎其言，而见⑬乎其文，而不自知也。

辙生十有九年矣，其⑭居家所与游者，不过其邻里乡党之人；所见不过数百里之间，无高山大野可登览以自广⑮。百氏之书⑯虽无所不读，然皆古人之陈迹，不足以激发其志气，恐遂汩没⑰，故决然舍去，求天下奇闻壮观，以知天地之广大。

---

① 本文选自《栾城集》（上海古籍出版社1987年版）。韩太尉：韩琦（1008—1075年），字稚圭，安阳（在今河南）人，宋仁宗时为枢密院使，掌执军事重权，位同太尉（武官之首）。后辅佐英宗、神宗立朝，为顾命重臣，官至右仆射，封魏国公，名闻天下，故下文有"入则周公、召公，出则方叔、召虎"等语。
② 苏辙：1039—1112年，字子由，一字同叔，晚年自号"颍滨遗老"，眉州眉山（今四川眉山市）人。嘉祐二年（1057年）进士及第，官至尚书右丞、门下侍郎。与父苏洵、兄苏轼合称"三苏"，为"唐宋八大家"之一。
③ 执事：意指托执事人转达，是古代书信中常用的对对方的敬称。
④ "以为文者"两句：认为文章是作者气质的外在表现。气：气质，精神。
⑤ 然文不可以学而能：作者认为气质是内容，文章仅仅是表现形式。如果不养气而想学习作文章，那是不可能学到的。
⑥ 致：求取，获得。
⑦ 我善养吾浩然之气：语出《孟子·公孙丑上》。浩然之气：正大刚直之气。
⑧ 称（chèn）：相称。
⑨ "太史公"三句：司马迁写《史记》前，曾足历长江中下游、黄河南北岸10余省，游览山川名胜，调查历史古迹，访问豪俊、游侠等社会各阶层人物，获得了广博的社会历史知识和资料，这对他完成《史记》这部伟大著作，起到了极大的促进作用。太史公：指司马迁。
⑩ 疏荡：疏朗而奔放。
⑪ 此二子：指孟子与司马迁。
⑫ 中：心中，内心。
⑬ 见：同"现"，表现。
⑭ 其：指自己。
⑮ 自广：开阔自己的视野。
⑯ 百氏之书：指诸子百家的著作。
⑰ 汩（gǔ）没：淹没，埋没，这里指声名不显。

过秦、汉之故都①，恣观终南、嵩、华之高②，北顾黄河之奔流，慨然③想见古之豪杰；至京师④，仰观天子宫阙之壮，与仓廪府库城池苑囿⑤之富且大也，而后知天下之巨丽；见翰林欧阳公⑥，听其议论之宏辩⑦，观其容貌之秀伟，与其门人贤士大夫游，而后知天下之文章聚乎此也。

太尉以才略⑧冠天下，天下之所恃以无忧，四夷之所惮以不敢发⑨，入则周公、召公，出则方叔、召虎⑩，而辙也未之见焉。且夫人之学也，不志⑪其大，虽多而何为？辙之来也，于山，见终南、嵩、华之高；于水，见黄河之大且深；于人，见欧阳公，而犹以为未见太尉也。故愿得观贤人之光耀，闻一言以自壮，然后可以尽天下之大观而无憾者矣。

辙年少，未能通习吏事⑫。向⑬之来，非有取于斗升之禄，偶然得之，非其所乐。然幸得赐归待选⑭，使得优游⑮数年之间，将归益⑯治其文，且学为政，太尉苟以为可教而辱教之，又幸矣！

【简析】

作者从作文章必须首先提高精神气质方面的修养，必须游历四方，博览多识，广结有学问、有声望的著名人士等方面说起，行文如剥竹笋，层层深入，既阐述了自己的为文主张，又表达了对韩琦的景仰。

文章着重强调，摆脱书本局限，游历四方，开拓见闻，虚心学习，以加强和提高自己的精神气质与修养，才能使自己具有独创性，写出高瞻远瞩、博大精深、真挚自然而表现出自己鲜明风格的文章来。

---

① 秦、汉之故都：指长安、洛阳。秦、汉以长安、洛阳为国都，宋以开封为国都，故称故都。
② 恣观：尽情任意地观览。终南：终南山，在陕西省西安市南。嵩：嵩山，在河南省登封市北，为五岳之中岳。华：华山，在陕西省华阴市南，为五岳之西岳。
③ 慨然：感情激昂的样子。
④ 京师：都城，指汴京，在今河南开封。
⑤ 池：护城河。苑囿（yòu）：君王种植花木和畜养禽兽的园林。
⑥ 欧阳公：指欧阳修。
⑦ 宏辩：见识广博，言辞雄辩。
⑧ 才略：才能和谋略。
⑨ 发：发难，指发动战争。
⑩ "入则周公"两句：借用周代四个大臣，来称赞韩琦出将入相，具有极大权位和威望。周公：周文王之子姬旦。召公：文王之子姬奭。他们两人是帮助周武王开国和辅佐周成王（武王之子）立朝的重臣。方叔：周宣王时大臣，受命南征，平定荆楚地区的骚乱。召虎：周宣王时的贵族召穆公，受命平定两淮地区的骚乱。
⑪ 志：记住。
⑫ 吏事：政事，官府的事务。
⑬ 向：之前，先前。
⑭ 赐归待选：苏辙因为年轻，不愿做官，所以请得上司批准，回原籍等待朝廷以后再行选拔。
⑮ 优游：悠闲自得。
⑯ 益：进一步。

戊午上高宗封事①

胡　铨②

绍兴八年十一月日，右通直郎枢密院编修官臣胡铨③，谨斋沐裁书④，昧死⑤百拜献于皇帝陛下。

臣谨按⑥，王伦本一狎邪小人⑦，市井无赖。顷缘宰相无识⑧，遂举⑨以使虏。专务诈诞⑩，欺罔天听⑪，骤得美官，天下之人，切齿唾骂。今者无故诱致虏使，以诏谕江南为名⑫，是欲臣妾我也，是欲刘豫⑬我也。刘豫臣事丑虏⑭，南面称王，自以为子孙帝王万世不拔之业，一旦豺狼改虑，捽而缚之，父子为虏⑮。商鉴不

---

① 本文选自文渊阁四库全书《澹庵文集》卷二。戊午：宋高宗绍兴八年（1138 年）。封事：密封的奏章。绍兴七年（1137 年）十二月，高宗复遣王伦等使金奉迎梓宫。绍兴八年三月，复秦桧为尚书右仆射。七月，复命王伦等奉迎梓宫。十月，金国遣使张通古等与王伦同往宋朝。十一月，高宗下诏："金国遣使入境，欲朕屈己就和，命侍从台谏详思条奏。"胡铨因上此封事，斥责和议。

② 胡铨：1102—1180 年，字邦衡，号澹庵，庐陵芗城（今江西吉安）人。绍兴七年（1137 年）任枢密院编修官。绍兴八年（1138 年）因上书反对秦桧与金议和，被贬为福州签判。绍兴十二年（1142 年），又被贬编管新州（今广东新兴）。绍兴二十五年（1155 年）秦桧死后，始得内移。孝宗时官至兵部侍郎、端明殿学士。

③ 通直郎：文散官名。枢密院：官署名，掌管军政。编修：掌修国史之职。

④ 谨：恭敬地。裁书：裁笺作书，写信。

⑤ 昧死：冒死。

⑥ 按：同"案"，据此以证彼之意。

⑦ 王伦：字正道，莘县（今山东莘县）人。南宋初，任徽猷阁直学士，与秦桧等力倡和议。狎邪：行为放荡，品行不端。

⑧ 顷：最近，近来。宰相：指秦桧。

⑨ 举：推荐，推举。

⑩ 诈诞：欺诈夸诞。

⑪ 天听：皇帝的听闻。

⑫ "今者"两句：绍兴八年，金国派遣肖哲、张通古为江南诏谕使，偕同王伦出使宋国。以"诏谕"为名，即将宋国视为属国。

⑬ 刘豫：字彦游，建炎二年（1128 年）知济南府，降金。建炎四年（1130 年）被金人立为帝，国号"大齐"。金人命其攻宋，无功，为金所废。

⑭ 丑虏：对金人的蔑称。

⑮ "一旦"三句：绍兴七年（1137 年），金主令挞懒、兀术假称南进，至汴京，擒获刘豫、刘麟父子，废黜后徙于临潢。捽（zuó）：抓住别人的头发。

117

远①，而伦又欲陛下效之。

夫天下者，祖宗之天下也，陛下所居之位，祖宗之位也。奈何以祖宗之天下，为犬戎②之天下，以祖宗之位，为犬戎藩臣③之位。陛下一屈膝，则祖宗庙社之灵，尽污夷狄；祖宗数百年之赤子④，尽为左衽⑤；朝廷宰执⑥，尽为陪臣⑦；天下之士大夫，皆当裂冠毁冕，变为胡服，异时豺狼无厌之求，安知不加我以无礼如刘豫者哉！夫三尺童子，至无知也，指犬豕而使之拜，则怫然⑧怒。今丑虏则犬豕也，堂堂天朝，相率而拜犬豕，曾⑨童孺之所羞，而陛下忍为之耶！

伦之议乃曰："我一屈膝，则梓宫⑩可还，太后⑪可复，渊圣⑫可归，中原⑬可得。"呜呼！自变故以来，主和议者，谁不以此说啖⑭陛下哉？而卒无一验，是虏之情伪⑮已可知矣！而陛下尚不觉悟，竭民膏血而不恤，忘国大仇而不报，含垢忍耻，举天下而臣之，甘心焉！就令虏决可和⑯，尽如伦议，天下后世，谓陛下何如主！况丑虏变诈百出，而伦又以奸邪济之，则梓宫决不可还，太后决不可复，渊圣决不可归，中原决不可得。而此膝一屈，不可复伸；国势陵夷⑰，不可复振。可为痛哭流涕长太息也！

向者陛下间关海道，危如累卵⑱，当时尚不肯北面臣虏，况今国势稍张⑲，诸将尽锐，士卒思奋。只如顷者丑虏陆梁⑳，伪豫㉑入寇，固尝败之于襄阳㉒，败之

---

① 商鉴：即殷鉴。《诗经·大雅·荡》："殷鉴不远，在夏后之世。"本指殷商应以夏后氏的灭亡为鉴戒，喻指南宋应以刘豫的走投降路线为鉴戒。

② 犬戎：古代西戎种族名，见《国语·周语》。这里的"犬戎"和下文的"夷狄"，都是对金的蔑称。

③ 藩臣：拱卫王室的臣子。

④ 赤子：本指婴儿，这里指人民、百姓。

⑤ 左衽：衽，衣襟。古代少数民族的服装，衣襟向左掩，故称"左衽"。

⑥ 宰执：宰相等执掌国家政事的重臣。

⑦ 陪臣：古代诸侯之大夫对"天子"自称陪臣，意谓臣之臣。

⑧ 怫（fèi）然：愤怒貌。

⑨ 曾：乃，甚至。

⑩ 梓宫：指宋徽宗赵佶的棺柩。古代皇帝的棺材是用梓木制作的，故称梓宫。

⑪ 太后：指高宗生母韦贤妃，与徽宗同被虏往金国。高宗即位后，遥尊其为皇太后。后回宋朝。

⑫ 渊圣：指钦宗赵桓。

⑬ 中原：指被金占据的宋朝北部土地。

⑭ 啖（dàn）：利诱。

⑮ 情伪：感情虚伪。

⑯ 就令：即使。决：一定，必定。

⑰ 陵夷：衰颓，衰落。

⑱ "向者"两句：指建炎三年（1129年）高宗被金兵追击，由杭州乘船从海上逃到温州。间关海道：指宋高宗构南渡后，金兵跟踪追击，辗转逃避于艰险的东南海上。间关：状道路艰险。

⑲ 张：扩充，强大。

⑳ 陆梁：跳走奔窜貌，指绍兴初年金兵南侵。

㉑ 伪豫：刘豫伪齐的军队。

㉒ 襄阳：今湖北省襄阳。绍兴四年（1134年），岳飞破刘豫部将李成，收复襄阳六郡。

于淮上①，败之于涡口②，败之于淮阴③。较之前日蹈海④之危，已万万矣。倘不得已而遂至于用兵，则我岂遽出房人下哉！

今无故而反臣之，欲屈万乘之尊，下穹庐⑤之拜。三军之士，不战而气已索⑥。此鲁仲连⑦所以义不帝秦，非惜夫帝秦之虚名，惜天下大势有所不可也。今内而百官，外而军民，万口一谈⑧，皆欲食伦之肉。谤议汹汹⑨，陛下不闻，正恐一旦变作，祸且⑩不测。臣窃谓不斩王伦，国之存亡，未可知也。虽然，伦不足道也。秦桧以腹心大臣，而亦为之。陛下有尧舜之资，桧不能致陛下如唐虞，而欲导陛下如石晋⑪。近者礼部侍郎曾开⑫等，引古谊以折之⑬。桧乃厉声曰："侍郎知故事，我独不知！"则桧之遂非狠愎⑭，已自可见。而乃建白令台谏从臣⑮，金⑯议可否，是明畏天下议己，而令台谏从臣共分谤耳。有识之士，皆以为朝廷无人，吁，可惜哉！孔子曰："微管仲，吾其被发左衽矣⑰。"夫管仲霸者之佐耳，尚能变左衽之区⑱，为衣冠之会⑲。秦桧大国之相也，反驱衣冠之俗，归左衽之乡，则桧也不惟陛下之罪人，实管仲之罪人矣。

孙近⑳附会桧议，遂得参知政事㉑。天下望治，有如饥渴。而近伴食中书㉒，

---

① 淮上：淮水之上。绍兴四年（1134年），韩世忠大败金军于大仪镇（今江苏省江都市西），追至淮水而还。
② 涡口：涡水入淮之处，在今安徽怀远县东北。绍兴六年（1136年），杨沂中大破刘豫兵于涡口。
③ 淮阴：今江苏省淮阴区。建炎六年（1129年），韩世忠守淮阴，屡败金齐联军。
④ 蹈海：建炎三年（1129年），高宗为金军所逼，从明州坐海船逃到温州。
⑤ 穹庐：古代北方游牧民族居住的帐幕，这里指代金国。
⑥ 索：尽。
⑦ 鲁仲连：战国时齐人。不仕诸侯，喜为人排难解纷，为后世所称。一称"鲁连"，或称"鲁连子"。
⑧ 一谈：同一论调。
⑨ 汹汹：形容声音喧闹。
⑩ 且：将。
⑪ 石晋：指石敬瑭。石敬瑭原为后唐河东节度使，为了夺取帝位，借外族契丹兵，灭后唐，自称帝，国号晋，史称后晋。他割让燕云十六州贿赂契丹，并称契丹为父皇帝，自称儿皇帝。
⑫ 曾开：字天游，官礼部侍郎。因反对秦桧议和，被贬为徽州太守。
⑬ 古谊：古义。折：驳斥。
⑭ 遂非：意即坚持错误。狠愎：凶恶暴戾。
⑮ 建白：建议。台谏：御史台、谏议院，掌弹劾规谏之职。从臣：隶属御史台、谏议院的官吏。
⑯ 金（qiān）：皆。
⑰ "微管仲"两句：见《论语·宪问》。孔子赞美管仲说，如果没有管仲，我大概要做外族的俘虏了。微：无。管仲：春秋时齐相，辅佐齐桓公霸天下，尊周王，攘夷狄。
⑱ 区：指有限的区域，小地方。
⑲ 衣冠：这里指文明礼教。会：大城市，大都会。
⑳ 孙近：字叔诸，高宗时以翰林学士承旨参知政事兼枢密院，主和议。
㉑ 参知政事：宰相的副贰，相当于副宰相。
㉒ 伴食中书：《旧唐书·卢怀慎传》载"怀慎与紫微令姚崇对掌枢密（宰相之职），怀慎自以为吏道不及崇，每事皆推让之，时人谓之伴食宰相"，伴食中书即只任职而不管事的宰相。

漫①不可否事。桧曰：房可和；近亦曰：可和；桧曰：天子当拜；近亦曰：天子当拜。臣尝至政事堂②，三发问而近不答，但曰已令台谏侍从议矣。呜呼！参赞大臣，徒取充位如此，有如房骑长驱，尚能折冲御侮耶③？臣窃谓秦桧孙近亦可斩也。

臣备员枢属④，义不与桧等共戴天⑤。区区之心，愿斩三人头，竿之藁街⑥。然后羁留房使，责以无礼，徐兴问罪之师。则三军之士，不战而气自倍。不然，臣有赴东海而死⑦耳，宁能处小朝廷求活耶？小臣狂妄，冒渎天威，甘俟斧钺⑧，不胜陨越⑨之至。

【简析】

此文代表了南宋前期反对议和的政治主张。作者一针见血地指出秦桧、王伦等乞和派的奴颜婢膝和金人"诏谕江南"的不轨图谋。提出了立斩秦桧、王伦、孙近，竿之藁街，以示抗敌决心的慷慨之辞。文章义正词严，理直气壮，感情充沛，态度决绝，表现了作者高尚的民族气节和坚贞的爱国热忱。

奏疏问世后，朝野震惊，正直之士纷纷传抄刻印，争相传诵，使"勇者服，怯者奋"（周必大《胡忠简公神道碑》）；而秦桧等人则惊恐万状，"当日奸谀皆胆落"（王庭圭《送胡邦衡之新州贬所》）；金人以千金购得此文，读后君臣失色，惊叹"南宋有人""中国不可轻"。

---

① 漫：散漫。
② 政事堂：讨论政事的地方，即宰相办公处。《却扫编》："唐之政令，虽出于中书门下，然宰相治事之地，别号曰政事堂。"
③ 折冲：抵御敌人。《诗·大雅·绵》传："折冲曰御侮。"冲：古代用于攻城的冲车。
④ 备员枢属：胡铨当时任枢密院编修官，属于枢密院官员之一。
⑤ 不与桧等共戴天：《礼记·曲礼》载"父之仇，弗与共戴天"，古以君父并称，这里指秦桧等为君父之仇。
⑥ 竿之藁街：意指向外国使臣示威，表示决不议和。藁（gǎo）街：汉代首都长安城内外族使臣居住的地方。
⑦ 赴东海而死：见《鲁仲连义不帝秦》，作者借用这句话表达反对议和的坚定意志。
⑧ 俟：等待。斧钺：古代军中杀人所用的武器，后凡行刑均称斧钺。
⑨ 陨越：古代上书皇帝时的套语，意谓犯上而有死罪。

送秦中诸人引①

元好问②

  关中风土完厚③,人质直④而尚义,风声习气⑤,歌谣慷慨,且有秦、汉之旧;至于山川之胜、游观之富,天下莫与为比⑥,故有四方之志者,多乐居焉。

  予年二十许时,侍先人官略阳⑦,以秋试⑧留长安中八九月。时纨绮气⑨未除,沉涵⑩酒间,知有游观之美而不暇也。长大来,与秦人游益多,知秦中事益熟,每闻谈周、汉都邑及蓝田、鄠、杜间风物⑪,则喜色津津然⑫动于颜间。二三君⑬多秦人,与余游,道相合而意相得也。常约近南山⑭,寻一牛田⑮,营五亩之宅⑯,

---

① 本文选自四部丛刊本《遗山先生文集》卷三十七。秦中:指今陕西中部平原地区,因春秋战国时地属秦国而得名,也称关中。引:文体名。徐师曾《文体明辨·引》:"唐以后始有此体,大略如序而稍为短简,盖序之滥觞也。"
② 元好问:1190—1257年,字裕之,号遗山,太原秀容(今山西忻州)人。金兴定五年(1221年)进士,官至行尚书省左司员外郎。金亡不仕,归乡著述。
③ 关中:春秋战国时秦以函谷关为东面边界,函谷关以西称关中,其地与秦中相当。完厚:富庶肥沃。
④ 质直:质朴直爽。
⑤ 风声:风气,教化。习气:习惯,习性。
⑥ "至于山川之胜"两句:从秦汉至隋唐各代,多以长安为都,文物遗迹十分丰富。长安附近的西岳华山又以奇险秀丽名闻天下,故云"莫与为比"。
⑦ 先人:元好问已经去世的养父元格,元好问自幼过继给叔父元格为后。略阳:郡名,今陕西略阳县。
⑧ 秋试:封建时代科举取士,于每年秋季举行乡试,故称乡试为秋试。
⑨ 纨绮气:纨绔子弟的习气。
⑩ 沉涵:沉溺。
⑪ "每闻谈"句:西周都镐京,在今陕西西安市西南;西汉都长安,即今西安市。蓝田:县名,在今陕西省,以产美玉著名。鄠(hù):鄠县,在今西安市西南。杜:古县名,在今西安市东南。鄠、杜之间有杜曲、杜陵等名胜古迹。
⑫ 津津然:喜色洋溢的样子。
⑬ 二三君:诸君。
⑭ 南山:终南山,在今陕西省西安市南。
⑮ 一牛田:一条牛可以耕完的田地,指一小块田地。
⑯ 五亩之宅:语出《孟子·梁惠王上》"五亩之宅,树之以桑,五十者可以衣帛矣"。

如举子结夏课时①，聚书深读，时时酿酒为具②，从宾客游，伸眉高谈，脱屣世事③，览山川之胜概④，考前世之遗迹，庶几乎不负古人者。然予以家在嵩前⑤，暑途千里⑥，不若二三君之便于归也。

清秋⑦扬鞭，先我就道，矫首⑧西望，长吁青云。今夫世俗惬意⑨事，如美食大官、高赀⑩华屋，皆众人所必争而造物者之所甚靳⑪，有不可得者。若夫闲居之乐，澹乎其无味，漠乎其无所得，盖自放于方之外者之所贪⑫，人何所争，而造物者亦何靳耶？行矣诸君，明年春风，待我于辋川⑬之上矣。

【简析】

　　这是一篇赠序体散文。文章先写关中风土人情、名胜古迹，向往之情溢于言表。接着写弱冠之时，无暇欣赏关中之美，长大后想象与友人结庐南山，闭门读书，"伸眉高谈，脱屣世事"，如今友人归秦，而自己未能同行，遗憾之情，跃然纸上。最后作者对追名逐利的世俗之人进行了讽刺，表达明春与友人相聚秦中的美好愿望。文章质朴恬淡，潇洒自然。李祖陶评此文："情深意远，气岸老苍。"

---

① 如举子结夏课时：封建时代科举取士，被荐举应试之人称举子；举子考进士不中，继续肄业学习，称为过夏，待结业出学后称结夏课。元好问二十几岁时，前往太原学舍，与友人吴庭俊等结夏课于由义西斋。

② 为具：置办酒食。具，酒食。

③ 脱屣（xǐ）世事：比喻摆脱世事的烦扰。脱屣：脱掉鞋子。

④ 胜概：美丽的景色。

⑤ 嵩前：嵩山之前。元好问在金宣宗兴定二年（1218 年）从河南宜阳县移家居登封县，登封县在嵩山以南，故称嵩前。

⑥ 暑途千里：长安与登封相距近千里，本文当为炎夏时作，故云"暑途千里"。

⑦ 清秋：秋高气爽时节。

⑧ 矫首：昂首，抬头。

⑨ 惬（qiè）意：称心，满意。

⑩ 赀（zī）：钱财。

⑪ 造物者：万物的创造者与主宰者。靳（jìn）：吝惜。

⑫ "澹乎其无味"三句：闲居的生活平平淡淡的（好像）没有什么趣味，空空漠漠的（好像）没有得到什么，然而这正是自放神思于世事之外的人所追求的。

⑬ 辋川：水名，源出陕西蓝田县南，北流入霸水，地处秦中，景色美丽。唐代诗人王维曾筑别墅于此。

登西台恸哭记[①]

谢 翱[②]

始故人唐宰相鲁公开府南服[③],余以布衣从戎。明年别公漳水湄[④]。后明年,公以事过张睢阳庙及颜杲卿所尝往来处,悲歌慷慨,卒不负其言而从之游[⑤],今其诗具在[⑥],可考也。余恨死无以藉手[⑦]见公,而独记别时语,每一动念,即于梦中寻之,或山水池榭,云岚[⑧]草木与所别之处,及其时,适相类,则徘徊顾盼,悲不敢泣。又后三年,过姑苏[⑨]。姑苏,公初开府旧治也[⑩],望夫差之台[⑪]而始哭公焉。

---

① 本文选自文渊阁四库全书本《晞发集》卷一○。西台:在浙江桐庐县富春江山下,有东西二台,各高10余丈,下临富春江,为东汉高士严子陵钓台。

② 谢翱:1249—1295年,字皋羽,晚号晞发子,福州长溪(今福建霞浦县)人。景炎元年(1276年)文天祥起兵时,曾率乡兵投效,任谘议参军。宋亡后不仕。诗文感情真挚,风格遒劲。

③ 鲁公:即颜真卿。安禄山反,颜真卿起兵讨伐。李希烈叛,颜真卿往谕被害。颜真卿在代宗时官尚书右丞,封鲁郡公,所以称宰相鲁公。本文作于至元二十七年(1290年),其时元朝统治全国已11年,对具有民族气节的爱国志士的迫害仍极严酷,作者不便明言,所以以唐宰相鲁公指文天祥。明徐贽民云,家中有此文手抄本,篇首称"宰相信公"(文天祥晋爵至信国公),不称"故人唐宰相鲁公",可证鲁公指文天祥。开府:开建府属。南服:南方。景炎元年(1276年)文天祥从海路至福建,任枢密使同都督诸路军马,于延平开府治事,传令各州县发兵勤王。

④ 漳水:江西赣州市南之章水。湄:水岸。景炎二年(1277年),文天祥率军由福建入江西,屡战失利,妻子儿女皆被俘,仅文天祥与其子及幕客数人免于难。

⑤ "后明年"四句:祥兴元年(1278年),文天祥在广东海丰兵溃后被俘。祥兴二年(1279年)被解赴大都,路过张巡、颜杲卿所尝往来处,悲歌慷慨,表示了以身殉国的决心。至元十九年(1282年),即宋亡后4年,文天祥在燕京英勇就义,实践了自己追随张、颜等殉国的决心。张睢(suī)阳:张巡,唐邓州南阳(在今河南省)人,为真源县令。安禄山反,巡起兵讨贼。最后因兵尽粮绝,壮烈牺牲。颜杲(gǎo)卿:唐临沂人,安禄山叛乱时守常山(郡名,治所在今河北省正定),城陷不屈,骂敌而死。

⑥ 其诗具在:文天祥《指南后录》中有《许远》诗:"睢阳水东流,双庙垂百世。"又有《颜杲卿》诗:"常山义旗奋,范阳哽喉咽。……人世谁不死,公死千万年。"又《正气歌》:"为张睢阳齿,为颜常山舌。"

⑦ 藉手:有所借助,有所贡奉。

⑧ 云岚:山中的云雾。

⑨ 过姑苏:谢翱于至元十九年(1282年)路过姑苏(今江苏苏州吴中区)。

⑩ 初开府旧治:德祐元年(1275年)文天祥被委任浙西、江东制置使兼江西安抚大使知平江知府,时驻姑苏。

⑪ 夫差之台:又名姑苏台,春秋时吴王夫差所筑,台在姑苏山上。

又后四年而哭之于越台①，又后五年及今而哭于子陵之台②。

先是一日，与友人甲乙若丙③约，越宿而集④，午雨未止，买榜江涘⑤，登岸谒子陵祠⑥，憩祠旁僧舍，毁垣枯甃⑦，如入墟墓。还，与榜人治⑧祭具。须臾雨止，登西台设主于荒亭隅⑨，再拜跪伏。祝毕，号而恸者三⑩，复再拜起。又念余弱冠⑪时，往来必拜谒祠下。其始至也，侍先君⑫焉。今余且老，江山人物，睠焉⑬若失，复东望泣拜不已。有云从南来，渰浥淳郁⑭，气薄⑮林木，若相助以悲者。乃以竹如意⑯击石，作楚歌招之⑰，曰："魂朝往兮，何极⑱? 暮归来兮，关塞黑⑲。化为朱鸟兮，有咮焉食!⑳"歌阕㉑，竹石俱碎。于是相向感喟㉒，复登东台

---

① 越台：又名越王台。春秋时越王勾践所筑。《清一统志》："勾践登眺之所，在会稽（今浙江绍兴）稷山。"

② 子陵之台：即严子陵的钓台。子陵：东汉时严光，字子陵，是光武帝的朋友，光武帝刘秀统一天下后，他隐居于浙江桐庐富春江，钓台就在富春江上。

③ 与友人甲乙若丙：为避迫害，作者对从祭之人略而不书姓名。据清黄宗羲考证：甲为吴思齐，字子善，流寓于桐庐，故下文云"别甲于江"；乙为严侣，字君友，系严子陵后裔，奉祀祖祠，家在富春江岸，故下文云"登岸宿乙家"；丙为冯桂芳，居家于睦（今浙江建德县境内），故下文云"与丙独归"。若：连词，及，与。

④ 越宿而集：隔宿（次日）集会。

⑤ 榜：本指船桨，这里代指船。下文"榜人"即船夫。涘（sì）：水岸，岸边。

⑥ 子陵祠：严子陵祠，在西钓台下。

⑦ 枯甃（zhòu）：即枯井，这里指代井。甃：用砖砌的井壁。

⑧ 治：准备，安排。

⑨ 主：牌位，灵位，这里指文天祥的牌位。隅：角落。

⑩ 号而恸者三：古代吊祭死者的全礼。

⑪ 弱冠：古代男子20岁为成人，行加冠礼，因体犹未壮，故称弱冠。《礼记·曲礼上》："二十曰弱，冠。"

⑫ 先君：去世的父亲，这里指谢翱的父亲谢钥。

⑬ 睠（juàn）焉："睠"通"眷"，回视貌。

⑭ 渰（yǎn）浥（yì）淳（bó）郁：云兴起时阴郁满天蕴积湿润的样子。

⑮ 薄：迫近。

⑯ 如意：古代搔痒用具，用骨、角、竹、木、玉、石、铜、铁等制成，长三尺许，前端作手指形。脊背有痒，手所不到，用以搔抓，可如人意，因而得名。

⑰ 作楚歌招之：《楚辞》有《招魂》，为屈原哀悼楚怀王的诗篇。谢翱此处仿效屈原，作歌辞对文天祥表示哀悼。

⑱ 极：至，到达。

⑲ 关塞黑：一本作"关水黑"。杜甫《梦李白》诗有"魂来枫林青，魂返关塞黑"句，设想李白魂来时经过江南地区青葱的枫林，魂返时经过秦陇的关塞。文天祥已死，故称"关塞黑"。

⑳ "化为朱鸟兮"两句：文天祥《正气歌》说"上则为日星"，朱鸟是南方星宿，文天祥是南宋人，所以说他死后化为朱鸟。朱鸟自然有嘴，那它要吃什么呢？含有文天祥死后也不忘为国杀敌，即古人说的化为厉鬼以杀贼之意。咮（zhòu）：鸟嘴。焉食：安食，吃什么。

㉑ 阕（què）：完毕，终了。

㉒ 感喟（jiè）：感叹。喟：叹息。

抚苍石还，憩于榜中。榜人始惊余哭，云：适有逻舟①之过也，盍②移诸？遂移榜中流，举酒相属③，各为诗以寄所思。薄暮，雪作④风凛，不可留，登岸宿乙家，夜复赋诗怀古。明日，益风雪，别甲于江，余与丙独归，行三十里又越宿乃至。其后甲以书及别诗来言：是日风帆怒驶，逾久而后济⑤，既济，疑有神阴相以著兹游之伟⑥。"余曰："呜呼！阮步兵死，空山无哭声且千年矣⑦；若神之助固不可知，然兹游亦良伟，其为文词因以达意，亦诚可悲已。"

余尝欲仿太史公著季汉月表如秦楚之际⑧，今人不有知余心，后之人必有知余者，于此宜得书⑨，故纪之以附季汉事后。

时先君登台后二十六年也。先君讳某字某⑩，登台之岁在乙丑⑪云。

【简析】

这是一篇缅怀抗元英雄、颂扬民族正气的记叙性散文。作者通过不同时间、不同地点的"三哭"，表达对文天祥临难死节的景仰之情。作者怀着悲痛的心情缅怀死者，梦中相忆，登台而哭，长歌号恸，声泪俱下，其情谊之深、哀思之切，令人动容。文章为文天祥恸哭，实为抗元失败而恸哭，为祖国河山陷于敌手而恸哭，为三百年宋朝一旦覆亡而恸哭。

受时代环境逼迫，作者在文中采用了言此意彼的影射笔法。以"唐宰相"喻指宋宰相，使文天祥的光辉形象与颜真卿、张睢阳等交相辉映；以"季汉"代指季宋，暗示自己借详记宋末史事来尊奉宋朝正统、不忘南宋亡国之辱的民族气节和爱国精神。

---

① 逻舟：元军的巡逻船。
② 盍：何不。
③ 相属（zhǔ）：互相劝酒、敬酒。
④ 作：兴起，这里指雪下起来。
⑤ 济：渡河。
⑥ 阴：暗中。相：帮助，相助。
⑦ "阮步兵"两句：阮步兵，即三国时期魏人阮籍，曾任步兵校尉。阮籍为人率真坦荡，由于受到当时统治阶级的迫害，对现实的黑暗敢怒而不敢言，经常借醉酒来发泄内心的愤懑。出游登山玩水时，每至路径穷尽，引起感触，动辄恸哭而返。
⑧ 太史公：指司马迁。著季汉月表：司马迁《史记》中，记述秦楚之际的历史大事，因当时战争频繁，各诸侯旋兴旋灭，无法以年记事，故作《秦楚之际月表》以月记事。宋亡后各地义军虽多，但不久即失败，作者不承认元政权为"正统"，故记述宋末大事仿司马迁著月表而不用纪年。按，季汉即汉末之意，作者此处转借以代指宋末。
⑨ 书：记录，记载。
⑩ 讳某字某：古时对父母的名字要避讳，即以某替代。
⑪ 乙丑：度宗咸淳元年（1265年）。谢翱随其父初登西台在乙丑年，距此次（1290年）登台吊祭已26年。

送何太虚北游序①

吴　澄②

　　士可以游乎？"不出户，而知天下"③，何以游为哉！士可以不游乎？男子生而射六矢，示有志乎上下四方也④，而何可以不游也？

　　夫子⑤，上智⑥也，适周而问礼⑦，在齐而闻韶⑧，自卫复归于鲁，而后雅颂各得其所也⑨。夫子而⑩不周不齐不卫也，则犹有未问之礼，未闻之韶，未得所之雅颂也。上智且然，而况其下者乎？士何可以不游也！然则彼谓不出户而能知者，非欤？曰，彼老氏⑪意也。老氏之学，治身心而外天下国家者也⑫。人之一身一心，天地万物咸备⑬，彼谓吾求之一身一心有余也，而无事乎他求也，是固老氏之学

---

①　本文选自文渊阁四库全书《吴文正集》卷三十四。何太虚：何中，字太虚，抚州乐安（今江西省乐安县）人。宋末进士，元文宗时为龙兴（今江西南昌）学师。

②　吴澄：1249—1333年，字幼清，抚州崇仁（今江西崇仁）人。宋末举进士不第，元初应召入京，历任江西儒学副提举、国子监司业、翰林直学士等职。曾总修《英宗实录》，书成后辞官讲学，人称"草庐先生"。其文"词华典雅，往往斐然可观"（《四库全书总目·吴文正集》）。

③　不出户，而知天下：《老子》第四十七章载"不出户，知天下；不窥牖，见天道。其出弥远，其知弥少。是以圣人不行而知，不见而明，不为而成"。

④　"男子生"两句：《礼记·内则》载"国君之世子生，告于君……射人以桑弧、蓬矢六，射天地四方"，古代君王的嫡长子出生时，射人要用桑木做弓，蓬草做箭，射天地四方，表示男子将来志在四方。

⑤　夫子：指孔子。

⑥　上智：上等智慧的人。《论语·季氏》："孔子曰：生而知之者上（智）也。"实际上孔子并不认为自己是上智。《论语·述而》："子曰：我非生而知之者，好古，敏以求之者也。"

⑦　适周而问礼：据《史记·孔子世家》记载，孔子曾至周朝问礼于老子。适：往，到。

⑧　在齐而闻韶：在齐国听过韶乐（传说为舜时乐曲）。《论语·述而》："子在齐闻韶，三月不知肉味，曰：不图为乐之至于斯也。"

⑨　"自卫"两句：据《史记·孔子世家》记载，孔子在卫国，曾学鼓琴于师襄子，习其曲、得其数、得其志、得其为人。从卫国返回鲁国后，整理前代流传下来的乐谱，使合于雅颂之音，故雅颂各得其所。《论语·子罕》："子曰：吾自卫反鲁，然后乐正，雅颂各得其所。"

⑩　而：如果。

⑪　老氏：指老子。

⑫　治身心：即修养自己的精神、道德。外天下国家：不管天下国家的事。老子主张回到小国寡民的社会，实行无为而治，即以对人民不干涉作为治理天下的手段，并不是"外天下国家"。

⑬　"人之一身一心"两句：《孟子·尽心上》载"孟子曰：万物皆备于我矣"。这里用来批评老子"治身心而外天下国家"的主张。

也。①而吾圣人②之学不如是。圣人生而知也，然其所知者，降衷秉彝之善而已③。若夫山川风土、民情世故④、名物度数⑤、前言往行⑥，非博其闻见于外，虽上智亦何能悉知也。故寡闻寡见，不免孤陋⑦之讥。取友者，一乡未足，而之一国；一国未足，而之天下，犹以天下为未足，而尚友古之人焉。⑧陶渊明所以欲寻圣贤遗迹于中都⑨也。

然则士何可以不游也？而后之游者，或异乎是。方其出而游于上国⑩也，奔趋乎爵禄之府，伺候乎权势之门，摇尾而乞怜，胁肩⑪而取媚，以侥幸于寸进。及其既得之，而游于四方也，岂有意于行吾志哉！岂有意于称吾职哉！苟可以敚攘⑫其人，盈厌⑬吾欲，囊橐⑭既充，则扬扬⑮而去尔。是故昔之游者为道，后之游者为利，游则同，而所以游者不同。余于何弟太虚之游，恶⑯得无言乎哉！太虚以颖敏之资、刻苦之学，善书工诗，缀文⑰研经，修于己不求知于人，三十余年矣。口未尝谈爵禄，目未尝睹⑱权势，一旦而忽有万里之游，此人之所怪而余独知其心也。世之能操笔仅记姓名，则曰："吾能书！"属辞⑲稍协声韵，则曰："吾能诗！"言

---

① "彼谓"三句：《老子》第十三章载"吾所以有大患者，为吾有身，及吾无身，吾有何患"。无事乎他求：不必向别处寻求。

② 圣人：指孔子。

③ 这句话是说，圣人之所以能生而知之，那是上天给予的善性。降衷：《尚书·汤诰》："惟皇上帝，降衷于下民。""衷"作"善"解，引申为特长。秉彝：《诗经·大雅·烝民》载"民之秉彝，好是懿德"，"彝"作"常"解，即法度、规律，引申为本性。

④ 世故：世俗人情。

⑤ 度数：标准，准则。

⑥ 前言往行：前人的言论和行为。

⑦ 孤陋：见闻少，学识浅陋。

⑧ "取友者"数句：《孟子·万章下》载"孟子谓万章曰：一乡之善士，斯友一乡之善士，一国之善士，斯友一国之善士，天下之善士，斯友天下之善士；以友天下之善士为未足，又尚论古之人。颂其诗，读其书，不知其人，可乎？是以论其世也。是尚友也"。尚：同"上"，进而上之。

⑨ 中都：指中州，今河南一带。陶渊明的集子中有《圣贤群辅录》，里面所载圣贤辅大都是中州人，作者据此认为陶渊明要"尚友古人"。其实《圣贤群辅录》是别人编写托名陶著的。

⑩ 上国：京城，国都。

⑪ 胁肩：耸起肩膀，这里形容谄媚的姿态。

⑫ 敚（duó）攘：指强行抢夺。敚：强取。攘：窃取。

⑬ 盈厌：满足。厌：满足。

⑭ 囊橐：袋子，口袋。

⑮ 扬扬：得意的样子。

⑯ 恶（wū）：疑问代词，怎么。

⑰ 缀文：连缀词句成文，指作文章。

⑱ 睹：看。

⑲ 属辞：撰写文辞。

语布置，粗如往时所谓举子业①，则曰："吾能文！"阖②门称雄，矜③己自大，醯瓮之鸡，坎井之蛙④，盖不知瓮外之天，井外之海为何如，挟其所已能，自谓足以终吾身、没吾世而无憾，夫如是又焉用游，太虚肯如是哉？书必钟王⑤，诗必韦陶⑥，文不韩柳班马不止也⑦。且方窥闯圣人之经⑧，如天如海，而莫可涯⑨，讵敢以平日所见所闻自多乎⑩？此太虚今日之所以游也。是行也，交从⑪日以广，历涉日以明，识日长而志日超⑫，迹圣贤之迹而心其心⑬，必知士之为士，殆不止于研经缀文工诗善书也。闻见将愈多而愈寡，愈有余而愈不足，则天地万物之皆备于我者，真可以不出户而知。——是知也，非老氏之知也。如是而游，光前绝后之游矣，余将于是乎观。

澂所逮事⑭之祖母，太虚之从祖姑⑮也。故谓余为兄，余谓之为弟云。

【简析】

在这篇文章中，作者通过送何太虚北游，发表了自己对于游历的看法。作者从树雄心、立大志和提高修养的角度，阐述了通过游历扩大生活领域、开拓见闻的必要性，对老庄蔽塞耳目的保守态度提出了非议，对假游历之名而行干谒之实的卑庸之徒进行了抨击。

文章构思严密，论辩深入，语言简练而畅达，具有相当的说服力。作为赠序，有颂扬、有勉励、有告诫、有期望，情真语挚，深沉感人。

---

① 举子业：这里指科举时代专为应试而写的文章。
② 阖：关闭。
③ 矜：自夸，自恃。
④ 醯（xī）瓮之鸡，坎井之蛙：典出《庄子》。这两句用于喻指孤陋寡闻而又自以为是的人。醯瓮之鸡：即醯鸡，是浮在酒上的一种小虫子，又名蠛蠓（miè měng）。《庄子·田子方》载，孔子请教老子后出来对颜回说："丘之于道也，其犹醯鸡与？微夫子（指老子）之发吾覆也，吾不知天地之大全也。"坎：作"浅"解，坎井之蛙即浅井之蛙。《庄子·秋水》载：坎井之蛙，自以为井宽水深，足以为乐，向东海之鳖夸口，请其入井参观，东海之鳖的左脚还未伸下去，右膝已经被狭窄的井口绊住了。
⑤ 钟：指魏钟繇。王：指东晋王羲之。他们都是古代著名的书法家。
⑥ 韦：指唐代韦应物。陶：指东晋陶渊明。两人都是古代著名诗人。
⑦ 韩柳：指唐代韩愈、柳宗元。班马：指汉代班固、司马迁。
⑧ 闯（chèn）：窥视。经：常道。
⑨ 涯：本指边际，这里用为动词，表度量意。
⑩ 讵（jù）：副词，表反问，岂，难道。自多：自满，自夸。
⑪ 交从：交游，指往来的朋友。
⑫ 长：增长。超：提升。
⑬ 迹圣贤之迹而心其心：遵循圣贤的行迹，以圣人之心为心。
⑭ 逮事：赶得上侍奉。
⑮ 从祖姑：对叔祖的姊妹称"从祖姑"。

大龙湫记①

李孝光②

　　大德七年③,秋八月,予尝从老先生④来观大龙湫。苦雨⑤积日夜,是日,大风起西北,始见日出。湫水方⑥大,入谷未到五里余,闻大声转出谷中。从者心掉⑦。望见西北立石,作人俯势,又如大楹⑧;行过二百步,乃见更作两股相倚立;更进百数步,又如树⑨大屏风,而其颠谽谺⑩,犹蟹两螯时一动摇,行者兀兀⑪。不可入,转缘南山趾⑫稍北,回视如树圭⑬。又折而入东崦⑭,则仰见大水从天上坠地,不挂著四壁,或盘桓⑮久不下,忽迸落如震霆⑯。东岩趾有诺讵那庵⑰,相去五六步,山风横射,水飞著人。走入庵避,余沫进入屋,犹如暴雨至。水下捣⑱大潭,轰然⑲万人鼓也。人相持语⑳,但见口张,不闻作声,则相顾大笑。先生曰:"壮哉!吾行天下,未见如此瀑布也。"

---

① 本文选自《李孝光集校注》(上海社会科学院出版社2005年版)。大龙湫:在北雁荡山西谷。《广雁荡山志》:"泻下望若悬布,随风作态,远近斜正,变幻不一。"
② 李孝光:1285—1350年,初名同祖,字季和,后改名孝光,号五峰,温州乐清(今浙江温州)人。
③ 大德七年:即1303年。大德:元成宗铁穆耳年号。
④ 老先生:对年高望重者的敬称。本文末云:"老先生谓南山公也。"南山公,即泰不华,字谦善,姓伯牙吾台氏,色目人,曾拜李孝光为师,官至礼部尚书,参与宋、辽、金三史编修。
⑤ 苦雨:久下成灾的雨。
⑥ 方:正。
⑦ 心掉:指惊恐心跳。掉:颤动。
⑧ 楹:厅堂的前柱。
⑨ 树:树立,耸立。
⑩ 谽谺(hān xiā):山谷空旷的样子。
⑪ 兀兀:心情紧张而小心翼翼的样子。
⑫ 山趾:山脚。
⑬ 树圭:树立的玉圭。圭:古时帝王、诸侯所执的玉质符板,长条形,上尖下方。
⑭ 崦(yān):山曲,山坡。
⑮ 盘桓:盘绕曲折。
⑯ 震霆:霹雳。
⑰ 诺讵那庵:即罗汉庵。诺讵那为十六罗汉之一。
⑱ 捣(dǎo):舂,这里指冲击。
⑲ 轰然:轰轰鸣响。
⑳ 相持语:相互握着手讲话。

是后，予一岁或一至。至，常以九月。十月则皆水缩，不能如向①所见。今年冬又大旱，客入到庵外石矼②上，渐闻有水声。乃缘石矼下，出乱石间，始见瀑布垂，勃勃③如苍烟，乍小乍大，鸣渐壮急，水落潭上洼石，石被激射，反红④如丹砂。石间无秋毫土气，产木宜瘠反碧⑤，滑如翠羽凫毛⑥。潭上有斑鱼⑦廿余头，闻转石声，洋洋远去，闲暇回缓⑧，如避世士⑨然。家僮方置大瓶石旁，仰接瀑水，水忽舞向人，又益壮一倍，不可复得瓶，乃解衣脱帽著石上，相持扼掔⑩，欲争取之，因大呼笑。西南石壁上，黄猿数十，闻声，皆自惊扰，挽崖端偃木牵连下⑪，窥人而啼。纵观久之，行出瑞鹿院⑫前——今为瑞鹿寺，日已入，苍林积叶，前行，人迷不得路。独见明月宛宛⑬如故人。老先生谓南山公也。

【简析】

雁荡山的风景以奇峻秀丽名闻天下，大龙湫瀑布是山中著名的风景之一。在这篇短文里，作者以逼真而又传神的笔触，极为生动地描绘了大龙湫的形象，是一篇短而精的写景散文。描画景物时作者善用比喻，使景物形象生动鲜明。写山水景物时，不时点出游人的内心感受，以景寓情，情景交融。

① 向：以前，以往。
② 石矼（gāng）：石桥。
③ 勃勃：烟气上升的样子。
④ 反红：反射出来的红光。
⑤ 产木宜瘠反碧：生长在石间的树木本应该瘦弱，却反而碧绿。
⑥ 滑如翠羽凫毛：树皮上长的青苔，柔滑如同翠鸟的羽和野鸭子的毛。凫：野鸭。
⑦ 斑鱼：身上有斑点的鱼。
⑧ 回缓：徘徊徐行。
⑨ 避世士：逃避世务的隐士。
⑩ 相持扼掔（qiān）：指与家僮一起握牢大瓶取水。扼掔：指把瓶握固。掔：牢固。
⑪ 偃木：卧伏的树木。牵连：接连。
⑫ 瑞鹿院：雁荡山中的一座寺院。
⑬ 宛宛：依依不舍的样子。

秦士录①

宋　濂②

邓弼，字伯翊③，秦人也。身长七尺，双目有紫棱④，开合闪闪如电。能以力雄⑤人，邻牛方斗不可擘⑥，拳其脊，折仆地⑦；市门⑧石鼓，十人舁⑨，弗能举，两手持之行。然好使酒⑩，怒视人，人见辄⑪避，曰："狂生不可近，近则必得奇辱。"

一日，独饮娼楼，萧、冯两书生过其下，急牵入共饮；两生素贱其人⑫，力拒⑬之。弼怒曰："君终不我从⑭，必杀君，亡命⑮走山泽耳；不能忍君苦⑯也！"两生不得已，从之。弼自据中筵⑰，指左右，揖两生坐。呼酒歌啸以为乐。酒酣，解衣箕踞⑱，拔刀置案上，铿然鸣。两生雅⑲闻其酒狂，欲起走，弼止之曰："勿走

---

① 本文选自文渊阁四库全书本《宋景濂未刻集》卷下。秦：地名，指今陕西省一带。春秋战国时为秦国疆域，故称。
② 宋濂：1310—1381年，字景濂，号潜溪。幼时家贫，借书苦读。元至正中，荐授翰林编修，以亲老辞不行。明初应召，任江南儒学提举，为太子讲经，兼任顾问。后任修纂《元史》总裁官、翰林院学士、国子司业、礼部主事等职。洪武十年（1377年）告老归家。洪武十三年（1380年），受胡惟庸案牵连，被谪往茂州（今四川茂汶羌族自治县一带），中途病死于夔州（今重庆奉节县一带）。
③ 邓弼，字伯翊：弼为辅佐的意思，所以字伯翊，翊也是辅佐，伯表示他排行老大。
④ 紫棱：东晋刘恢尝称桓温眼如紫石棱，喻指眼光锐利有神。
⑤ 雄：称雄。
⑥ 擘（bò）：分开。
⑦ "拳其脊"两句：用拳头打它（牛）的脊背，牛脊折断，仆倒在地。
⑧ 市门：古代做买卖的市场的门。
⑨ 舁（yú）：抬。
⑩ 使酒：借酒使性。
⑪ 辄：总是。
⑫ 素：向来。贱：轻视，看不起。
⑬ 力拒：尽力拒绝。
⑭ 不我从：即"不从我"。
⑮ 亡命：谓削除户籍上的姓名逃亡在外，泛指逃亡。
⑯ 苦：困辱，此处指蔑视、轻视。
⑰ 筵：席位。
⑱ 箕踞：张开两腿坐着，形如畚箕，是一种轻慢无礼的坐姿。
⑲ 雅：素来，向来。

也！弼亦粗知书，君何至相视如涕唾？今日非速①君饮，欲少吐胸中不平气耳！四库书从君问②，即③不能答，当血是刃④。"两生曰："有是哉？"遽摘七经数十义叩之⑤；弼历举传疏⑥，不遗一言。复询历代史，上下三千年纚纚⑦如贯珠。弼笑曰："君等伏⑧乎未也？"两生相顾惨沮⑨，不敢再有问。弼索酒⑩，被发⑪跳叫曰："吾今日压倒老生矣！古者学在养气，今人一服儒衣，反奄奄⑫欲绝，徒欲驰骋文墨⑬，儿抚一世豪杰⑭，此何可哉？此何可哉？君等休矣！"两生素负⑮多才艺，闻弼言大愧，下楼，足不得成步。归，询其所与游，亦未尝见其挟册呻吟⑯也。

　　泰定⑰末，德王执法西御史台⑱，弼造书数千言袖谒之⑲。阍卒不为通⑳，弼曰："若㉑不知关中有邓伯翊耶？"连击踣㉒数人，声闻于王；王命隶人捽入㉓，欲鞭之。弼盛气曰："公奈何不礼壮士？……㉔"

　　王曰："尔自号壮士，解持矛鼓噪前登坚城乎㉕？"曰："能。""百万军中，可刺大将乎？"曰："能。""突围溃阵，得保首领乎㉖？"曰："能。"王顾左右曰：

---

① 速：召，请。
② 四库书：指经史子集四部的书。四库：古代宫廷收藏图书的处所，《新唐书·艺文志》载"列经史子集四库"。从君问：任凭你们提问。
③ 即：假如，如果。
④ 血是刃：让血沾染这把刀的刀刃。
⑤ 遽：急忙，立即。摘：选取。七经：指《易》《书》《诗》《周礼》《仪礼》《礼记》《春秋》。叩：询问。
⑥ 传疏：解释经义的文字。
⑦ 纚纚（xǐ xǐ）：连绵不断的样子，这里指谈吐滔滔不绝。
⑧ 伏：屈服，认输。
⑨ 惨沮：忧愁，沮丧。
⑩ 索酒：指喝光酒。索：尽。
⑪ 被发：披散头发。
⑫ 奄奄：衰弱无生气的样子。
⑬ 驰骋文墨：这里指卖弄学问。
⑭ 儿抚一世豪杰：把世上的豪杰当小孩子来玩弄，意指对豪杰的极端轻视。
⑮ 负：依恃，倚仗。
⑯ 呻吟：吟咏，诵读。
⑰ 泰定：元泰定帝年号（1324—1328年）。
⑱ 德王：《元史》诸王表有安德王、宣德王、懿德王、保德郡王等，此处德王不知所指为谁。执法：考核、纠察官吏的善恶，政治的得失。西御史台：陕西道御史府。
⑲ 造：写。书：用以陈述对政事的见解、意见的文章。
⑳ 阍卒：守门的士卒。阍：守门人。通：通报，传达。
㉑ 若：你。
㉒ 击踣（bó）：击打使仆倒在地上。
㉓ 隶人：家丁，差役。捽（zuó）：抓，揪。
㉔ 以下略有删节。
㉕ 解：能够。鼓噪前登坚城：击鼓进军，大呼向前，攀登坚城。
㉖ 溃阵：把敌人的阵地冲垮。得：能够，可以。首领：头和脖子，指脑袋。

"姑试之。"问所须①，曰："铁铠良马各一，雌雄剑二②。"王即命给与。阴戒善槊者五十人③，驰马出东门外，然后遣弼往。王自临观，空一府随之。暨④弼至，众槊并进；弼虎吼而奔，人马辟易⑤五十步，面目无色。已而烟尘涨天，但见双剑飞舞云雾中，连斫⑥马首坠地，血涔涔⑦滴。王抚髀骧曰⑧："诚壮士！诚壮士！"命勺酒劳弼⑨，弼立饮不拜。由是狂名振一时，至比之王铁枪⑩云。

王上章⑪荐诸天子。会丞相与王有隙⑫，格⑬其事不下。弼环视四体⑭，叹曰："天生一具铜筋铁肋，乃槁死三尺蒿下⑮，命也，亦时也！尚何言！"遂入王屋山⑯为道士。后十年终。

史官曰："弼死未二十年，天下大乱，中原数千里，人影殆⑰绝；玄鸟⑱来降失家，竟栖林木间。使弼在，必当有以自见⑲。惜哉！弼鬼不灵则已；若有灵，吾知其怒发上冲⑳也！"

【简析】

这是一篇人物传记，讲述了秦士邓弼的事迹和遭遇。文章通过几个富有特征的情节，用酣畅淋漓的笔墨，描绘出邓弼这样一个身怀绝技、勇猛无敌而又博学多才、豪爽狂放的英雄形象。人物形象虎虎有生气，跃然纸上，使人如闻其声，如见其人。文章还抒写出邓弼命运坎坷、怀才不遇的满腔愤懑，寄寓作者为国惜才、为有志之士不得重用抱不平的内心愤慨。

---

① 须：同"需"，需要。
② 雌雄剑二：雌雄剑一双。《吴越春秋》记载，吴人干将做剑，其妻莫邪断发剪爪，投于炉中，金铁乃濡，遂以成剑，雄号干将，雌名莫邪。此处借指宝剑。
③ 阴戒：暗中嘱咐。槊（shuò）：长矛。
④ 暨（jì）：及，等到。
⑤ 辟易：退避，避开。
⑥ 斫（zhuó）：砍。
⑦ 涔涔（cén）：血不断往下滴流的样子。
⑧ 抚髀：拍大腿，表示振奋或感叹。髀：胯骨。骧：同"欢"，欢呼。
⑨ 勺酒：用勺舀酒，犹斟酒。劳：慰劳。
⑩ 王铁枪：五代时梁将王彦章，骁勇绝伦，出战时用两支铁枪，各重百余斤，人称王铁枪。
⑪ 章：奏章。
⑫ 会：碰巧。丞相：元泰定末年，右丞相为塔失帖木儿，左丞相为倒刺沙。有隙：有矛盾。
⑬ 格：阻止。
⑭ 四体：四肢。
⑮ 槁死三尺蒿下：困死在长的茅草中，即不在战场上为国立功而死，默默无闻地死去。
⑯ 王屋山：在今山西阳城县西南。
⑰ 殆：差不多。
⑱ 玄鸟：燕子。
⑲ 使：假如。有以自见：有用来表现自己才能的机会。
⑳ 怒发上冲：头发直竖，形容愤怒到了极点。

寒花葬志①

归有光②

　　婢，魏孺人媵也③。嘉靖丁酉④五月四日死，葬虚丘。事我而不卒⑤，命也夫！

　　婢初媵时，年十岁，垂双鬟，曳深绿布裳⑥。一日，天寒，爇火煮荸荠熟，婢削之盈瓯⑦，予入自外，取食之；婢持去，不与。魏孺人笑之。孺人每令婢倚⑧几旁饭，即饭，目眶冉冉⑨动。孺人又指予以为笑。

　　回思是时，奄忽便已十年⑩。吁，可悲也已！

【简析】

　　这篇短文好似一幅清淡的素描画。作者没有花太多笔墨去描写人物的言行，只是捕捉了日常生活中能表现人物性格、心理和相互关系的三件小事，用寥寥的几笔加以点染，就传神地写出了寒花天真无邪、稚气未脱的性格特点，自然流露出主仆、夫妻之间和谐温馨的真挚情感。

　　文章感情真切而不伪饰，文字精巧而不纤弱，描写活泼而不流俗，充分体现了归有光散文"一往情深，每以一二细事见之，使人欲涕"（黄宗羲语）的艺术成就。

---

① 本文选自《震川先生集》（上海古籍出版社1981年版）。寒花：文中婢女的名字。这篇文章是归有光为寒花写的墓志。

② 归有光：1506—1571年，字熙甫，号震川，昆山（今江苏昆山）人。嘉靖十九年（1540年）中举，后屡试不第，遂移居嘉定（今上海嘉定），读书授业，学徒常数百人，世称"震川先生"。嘉靖四十四年（1565年），始中进士，任长兴知县。后升任南京太仆寺丞，留掌内阁制敕房，修纂《世宗实录》，卒于官。

③ 魏孺人：作者的妻子，姓魏，原籍苏州，后迁居昆山，南京光禄寺典簿魏庠之女（见《魏孺人墓志铭》及《祭外舅魏光禄文》）。孺人：本为古代贵族、官吏之母或妻子的封号。明清时为七品官的母亲或妻子的封号。媵（yìng）：古代诸侯女儿出嫁时随嫁或陪嫁的人。这里指陪嫁的婢女。

④ 嘉靖丁酉：嘉靖十六年，即1537年。

⑤ 事：服侍。卒：终了，完结。

⑥ 媵：这里指陪嫁。曳（yè）：拖着。裳（cháng）：古时下身穿的裙子。

⑦ 爇（ruò）：烧。盈：满。瓯（ōu）：盆盂一类的瓦器。

⑧ 倚：靠着。

⑨ 冉冉：眼睛微微闪动的样子。

⑩ 奄忽：倏忽，迅疾。十年：魏孺人于嘉靖七年（1528年）嫁归有光，距嘉靖十六年（1537年）寒花之死，恰好十年。

答茅鹿门知县书①

唐顺之②

　　熟观鹿门之文，及鹿门与人论文之书，门庭路径与鄙意殊有契合③，虽中间小小异同，异日当自融释④，不待喋喋⑤也。至如鹿门所疑于我本是欲工文字之人，而不语人以求工文字者，此则有说⑥。

　　鹿门所见于吾者，殆故吾也，未尝见夫槁形灰心之吾乎⑦，吾岂欺鹿门者哉！其不语人以求工文字者，非谓一切抹摋，以文字绝不足为也。盖谓学者先务⑧，有源委⑨本末之别耳！文莫犹人，躬行未得⑩，此一段公案⑪，姑不敢论。只就文章家论之，虽其绳墨布置奇正转折⑫，自有专门师法，至于中一段精神命脉骨髓⑬，

---

① 本文选自四部丛刊本《荆川先生文集》卷七。茅鹿门：茅坤（1512—1601年），字顺甫，别号鹿门，明归安（今浙江省湖州）人，嘉靖时进士，善古文，好谈兵法，曾任广西兵备金事、大名副使等职。为贯彻"唐宋派"的文学主张，编选《唐宋八大家文钞》一六四卷，著有《白华楼藏稿》《玉芝山房稿》等。
② 唐顺之：1507—1560年，字应德，一字义修，武进（今属江苏常州）人。嘉靖八年（1529年）进士，任兵部主事，后转吏部。嘉靖十二年（1533年）任翰林院编修。后罢官入阳羡山中读书10余年。倭寇为乱时，以郎中视师、浙江，亲身泛海，屡破倭寇，以功升右金都御史，巡抚凤阳。嘉靖三十九年（1560年）卒于巡海舟中。其诗率意自然，其文汪洋恣肆。
③ 门庭路径：门径，方法，这里指文学的主张。殊：很，极。
④ 融释：融解消释，即归于一致。
⑤ 喋喋（dié dié）：多言，啰唆。
⑥ 说：解释说明。
⑦ "未尝见夫"句：《庄子·齐物论》载，南郭子綦靠桌而坐，仰头望天呼吸，样子如同精神已经脱离了他的躯体。弟子颜成子游站在旁边问他："形固可使如槁木（使躯体像枯木），而心固可使如死灰乎（使心如死灰）？"南郭子綦回答说，我现在已经忘掉了自己，意即精神的真我已经忘掉了形骸的假我。唐顺之此处意谓经过一番摸索探求，他已经不是鹿门当年所见的"欲工文字"的"我"，而是掌握了写文章的精神实质的"我"了。
⑧ 先务：首要的事务，最先着手的地方。
⑨ 源委：本指水流的源头与下游，这里指本末。
⑩ "文莫犹人"两句：《论语·述而》载"子曰：'文莫吾犹人也（我的文章没有胜过别人的地方），躬行君子，则吾未之有得。'"这是孔子自谦之辞。此处唐顺之引以自谦。
⑪ 公案：有不同意见或纠纷的事件。
⑫ 绳墨：本指木匠用绳浸墨画直线的工具，这里指文章的法度规格。布置：文章的结构布局。奇正转折：指文章的或奇或正，变化转折。
⑬ 精神命脉骨髓：用以比喻文章的精神实质。

则非洗涤心源①，独立物表②，具今古只眼者③，不足以与此④。今有两人：其一人心地超然⑤，所谓具千古只眼人也，即使未尝操纸笔，呻吟⑥学为文章，但直据胸臆⑦，信手写出，如写家书，虽或疏卤⑧，然绝无烟火酸馅习气⑨，便是宇宙间一样绝好文字；其一人犹然尘中人也⑩，虽其专专⑪学为文章，其于所谓绳墨布置，则尽是矣，然番来覆去，不过是这几句婆子舌头语⑫，索其所谓真精神，与千古不可磨灭之见，绝无有也，则文虽工而不免为下格⑬。此文章本色也。即如以诗为谕⑭，陶彭泽未尝较声律⑮，雕句文⑯，但信手写出，便是宇宙间第一等好诗。何则？其本色高也。自有诗以来，其较声律、雕句文、用心最苦而立说最严者，无如沈约⑰，苦却⑱一生精力，使人读其诗，只见其捆缚龌龊⑲，满卷累牍，竟不曾道出一两句好话。何则？其本色卑也。本色卑，文不能工也，而况非其本色⑳者哉！且夫两汉而下，文之不如古者，岂其所谓绳墨转折之精之不尽如哉！秦、汉以前，儒家者有儒家本色，至如老庄家，有老庄本色，纵横家㉑有纵横本色，名家、墨家、阴阳家皆有本色㉒。虽其为术也驳㉓，而莫不皆有一段千古不可磨灭之

---

① 洗涤心源：把内心洗净，指不受陈腐思想和固定形式的束缚。
② 独立物表：超出于事物的表象之外。
③ 具今古只眼者：具有与今古一般人不同眼光的人，指有独到创见的人。
④ 与此：称作有精神命脉骨髓。
⑤ 超然：高超出众。
⑥ 呻吟：指古人构思文章时的吟哦声。
⑦ 胸臆：内心的思想情感。
⑧ 疏卤（lǔ）：粗疏草率。
⑨ 烟火：烟火气，道家修炼主张不食人间烟火，因以指俗气。《南唐书·孙鲂传》载，李建勋立了一个诗社，沈彬好评诗，建勋拿着孙鲂的诗让他评，他说："此非有风雅制度，但得人间烟火气多尔！"酸馅习气：迂腐寒酸气。苏东坡《赠惠通》诗："气含蔬笋到公无。"自注："谓无酸馅气。"
⑩ 犹然：仍然，还是。尘中人：世俗人。
⑪ 专专：专一。
⑫ 婆子舌头语：形容说话琐碎，言语啰唆，没有新意。
⑬ 下格：下一等。
⑭ 谕：比方，比喻。
⑮ 陶彭泽：即陶渊明，因其曾为彭泽令，故称。较：计较，这里指刻意追求。
⑯ 雕句文：雕饰文句。
⑰ 沈约：南朝梁人，字休文。历仕宋、齐、梁三代，著有《宋书》《四声韵谱》等。他精通音律，提出了八种音律上的毛病为声病，要求作诗的人必须避免。与谢朓、王融等相善，强调作诗要重声律对仗，时称"永明体"。
⑱ 却：用在动词后面，表动作的完成。
⑲ 捆缚：指作文章的各种束缚。龌龊：琐碎局促。
⑳ 非其本色：不是他自己的本来面目，指复古主义者模拟古人。
㉑ 纵横家：战国时期审察时势、陈明利害以游说各国政客的谋士。以苏秦、张仪为代表，在外交上主张合纵或连横，称为纵横家。
㉒ 名家：讲求名实关系，以正名辩义为主的诸子学派，代表人物有惠施、公孙龙等。墨家：指墨子所创立的学派，主张兼爱、非攻等。阴阳家：提倡阴阳五行说的诸子学派，代表人物有邹衍等。
㉓ 驳：驳杂，杂乱。

见。是以老家必不肯剿①儒家之说，纵横必不肯借墨家之谈，各自其本色而鸣②之为言。其所言者，其本色也，是以精光注焉③，而其言遂不泯④于世。唐、宋而下，文人莫不语性命⑤，谈治道，满纸炫然⑥，一切自托于儒家。然非其涵养畜聚之素⑦，非真有一段千古不可磨灭之见，而影响⑧剿说，盖头窃尾⑨，如贫人借富人之衣，庄农作大贾之饰，极力装做，丑态尽露，是以精光枵焉⑩，而其言遂不久湮废。然则秦、汉而上，虽其老、墨、名、法杂家之说而犹传，今诸子之书是也；唐、宋而下，虽其一切语性命、谈治道之说而亦不传，欧阳永叔所见唐四库书目百不存一焉者是也⑪。后之文人，欲以立言为不朽计者，可以知所用心矣。然则吾之不语人以求工文字者，乃其语人以求工文字者也？鹿门其可以信我矣。

虽然，吾槁形而灰心焉久矣，而又敢⑫与知文乎！今复纵言⑬至此，吾过矣！吾过矣！此后鹿门更见我之文，其谓我之求工于文者耶，非求工于文者耶？鹿门当自知我矣，一笑。

鹿门东归后，正欲待使节西上时，得一面晤，倾倒十年衷曲⑭；乃乘夜过此，不已急乎？仆三年积下二十余篇文字债，许诺在前，不可负约，欲待秋冬间病体稍苏⑮，一切涂抹⑯，更不敢计较工拙，只是了债。此后便得烧却毛颖⑰，碎却端溪⑱，兀然⑲作一不识字人矣。而鹿门之文，方将日进，而与古人为徒未艾⑳也。

---

① 剿：抄袭。
② 鸣：抒发，表达。
③ 精光：精神光辉，这里指人的思想情感。注焉：灌注于文章之中。
④ 泯：泯灭。
⑤ 性命：本指万物的天赋和禀受，这里指宋代统治阶级为维护封建礼教所倡导的理学。
⑥ 炫然：光彩耀人的样子。
⑦ 非其涵养畜聚之素：不是他们平素有深厚的修养和渊博的学识。
⑧ 影响：仿效，模仿。
⑨ 盖头窃尾：意即抄袭古人的见解、主张，略加修饰，便当作自己的创见。
⑩ 枵（xiāo）焉：空空的样子。
⑪ "欧阳永叔"句：《新唐书·艺文志一》："两都各聚书四部，以甲乙丙丁为次，列经史子集四库。"欧阳修《新唐书·艺文志序》："自汉以来，史官列其名氏篇第，以为六艺九种七略，至唐始分为四类，曰经史子集。而藏书之盛，莫盛于开元，其著录者五万三千九百一十五卷，而唐之学者自为之书，又二万八千四百六十九卷。呜呼！可谓盛矣！……然凋零磨灭，不可胜数，……今著于篇，有其名而亡其书者十盖五六也，可不惜哉！"欧阳永叔，即欧阳修，字永叔。
⑫ 敢：岂敢，这里是反语。
⑬ 纵言：放肆地谈论。
⑭ 倾倒：倾吐，畅谈。衷曲：心中想说的话。
⑮ 苏：恢复，好转。
⑯ 一切：临时。涂抹：胡乱写成，这是唐顺之的自谦之辞。
⑰ 毛颖：指毛笔。韩愈曾作《毛颖传》，以笔拟人，为笔作传。后遂以毛颖为毛笔代称。
⑱ 端溪：本广东端溪县东的溪水名，因溪中所产的石头坚实细润，唐宋以来，皆采作砚材，世称端砚。这里指砚石。
⑲ 兀然：平庸无知的样子。
⑳ 未艾：没有终止。艾：尽，止。

异日吾倘得而观之，老耄①尚能识其用意处否耶？并附一笑。

【简析】
　　唐顺之在给茅鹿门的这封信中用汪洋恣肆的文笔，对复古派展开了尖锐的嘲讽，反对他们一味抄袭古人、缺乏新意、追求形式、雕琢词句的歪风逆流，主张作文写诗要直抒胸臆、要有创见、要首重内容等。
　　文章行文活泼自然，不受形式束缚，用语通俗形象，说理条分缕析，感情真挚自然，是作者"直抒胸臆，信手写出，如写家书"理论的实践。

---

① 老耄：老糊涂，这是作者的戏语。

杂 说①

李 贽②

《拜月》③《西厢》④，化工⑤也；《琵琶》⑥，画工⑦也。夫所谓画工者，以其能夺⑧天地之化工，而其孰知天地之无工乎⑨？今夫天之所生，地之所长，百卉具在，人见而爱之矣，至觅其工，了⑩不可得，岂其智固不能得之欤！要知造化无工，虽有神圣，亦不能识知化工之所在，而其谁能得之？由此观之，画工虽巧，已落二义⑪矣。文章之事，寸心千古⑫，可悲也夫！

且吾闻之：追风逐电之足⑬，决不在于牝牡骊黄⑭之间；声应气求⑮之夫，决

---

① 本文选自《焚书》（中华书局1975年版）。
② 李贽：1527—1602年，号卓吾，又号宏甫、笃吾、思斋等，泉州晋江（今福建晋江）人。嘉靖三十一年（1552年）中举，任共城教谕，历南京国子监博士、刑部主事等职。万历五年（1577年）任云南姚安府知府，后辞官。于湖北黄安、麻城等地著书讲学，以"异端"自居。其著作被视为邪说，屡遭禁毁。76岁时以"敢倡乱道，惑世诬民"的罪名被捕下狱，死于狱中。李贽在文学上反对模拟复古，主张抒发己见。其诗文直抒胸臆，不事雕饰，有强烈的战斗性。
③ 《拜月》：即《拜月亭记》，元关汉卿有《闺怨佳人拜月亭》一本，此处系指传为施惠（字君美）所作的南戏《拜月亭记》。
④ 《西厢》：即王实甫的《西厢记》。
⑤ 化工：自然形成的工巧。
⑥ 《琵琶》：指高则诚的《琵琶记》。
⑦ 画工：用意刻画出来的作品，虽然精致工巧，但却露出了雕琢的痕迹，缺少自然真朴、合情合理的自然美。
⑧ 夺：压倒，胜过，这里作模仿讲。
⑨ "而其孰知"句：而他（指作者）哪里知道天地生长万物是根本不露任何雕琢刻画的痕迹的。
⑩ 了：完全。
⑪ 二义：次等，二流。
⑫ 寸心千古：杜甫《偶题》诗："文章千古事，得失寸心知。"
⑬ 追风逐电：形容马跑得很快。足：马足，这里代指马。
⑭ 牝（pìn）牡骊黄：牝，母马；牡，公马；骊，黑马；黄，黄马。《淮南子·道应训》载：九方堙为秦穆公相马，三月复命。穆公问他是什么样的马，他回答说是"牡而黄"（黄色的公马）。秦穆公派人去查看，却是"牝而骊"（黑色的母马）。秦穆公召伯乐而责之，说九方堙连牝牡骊黄都弄不清。伯乐说这正是他善相马的证明，因为他的相马术已越过牝牡骊黄而深入观察到马的风骨品性，因此他重其内而忘其外。此处是借指一般的普通马。
⑮ 声应气求：《易·乾》文言"同声相应，同气相求"，意指意气相投。

不在于寻行数墨之士①；风行水上之文②，决不在于一字一句之奇。若夫结构之密，偶对之切；依于理道，合乎法度；首尾相应，虚实相生：种种禅病③皆所以语文，而皆不可以语于天下之至文④也。杂剧院本⑤，游戏之上乘⑥也，《西厢》、《拜月》，何工之有！盖工莫工于《琵琶》矣。彼高生⑦者，固已殚⑧其力之所能工，而极吾才于既竭。惟作者穷⑨巧极工，不遗余力，是故语尽而意亦尽，词竭而味索然亦随以竭。吾尝揽《琵琶》而弹⑩之矣：一弹而叹，再弹而怨，三弹而向之怨叹无复存者。此其故何耶？岂其似真非真，所以入人之心者不深耶！盖虽工巧之极，其气力限量只可达于皮肤骨血之间，则其感人仅仅如是，何足怪哉！《西厢》、《拜月》，乃不如是。意者⑪宇宙之内，本自有如此可喜之人，如化工之于物，其工巧自不可思议尔。

且夫世之真能文者，比其初皆非有意于为文也。其胸中有如许⑫无状可怪之事，其喉间有如许欲吐而不敢吐之物，其口头又时时有许多欲语而莫可所以告语之处，蓄极积久，势不能遏⑬。一旦见景生情，触目兴叹；夺他人之酒杯，浇自己之垒块⑭；诉心中之不平，感数奇⑮于千载。既已喷玉唾珠⑯，昭回云汉，为章于天矣⑰，遂亦自负，发狂大叫，流涕恸哭，不能自止。宁使见者闻者切齿咬牙，欲杀欲割，而终不忍藏于名山，投之水火。余览斯记，想见其为人，当其时必有大

---

① 寻行数墨之士：指那些只知终日寻章摘句、拘泥于文字章句而不明道理的迂夫子。
② "风行"句：《易·涣》象辞"风行水上涣"。正义曰："风行水上涣者，风行水上激动波涛，散释之象。"此处指思想内容入情合理、语言自然朴素的文章。
③ 禅病：指佛教中修禅定（一心审考为禅，息虑凝心为定，即僧家的习静）者所招种种之病魔，有《治禅病秘要法》，详说其病相及治法。此处借指评论文章的一些法则。
④ 至文：最好的文章。
⑤ 杂剧院本："杂剧"之名甚古，宋代即有"杂剧"，此处指元人"杂剧"，元"杂剧"的体制，通常每本有四折，另有一个楔子。院本：金代称剧本为"院本"。
⑥ 上乘：即"大乘"。佛经分大小二乘，佛家说法因人而异。人有智愚，故其说法亦有深浅，其深者为"大乘"，浅者为"小乘"。这里指上等。
⑦ 高生：指《琵琶记》的作者高则诚。
⑧ 殚（dān）：尽。
⑨ 穷：穷尽，用尽。
⑩ 弹：这里指研读欣赏。
⑪ 意者：表示测度，大概，或许。
⑫ 如许：这么多。
⑬ 遏：阻止。
⑭ 垒块：指胸中郁积的不平之气。
⑮ 数奇：命运不好。
⑯ 喷玉唾珠：写出像珠玉一样的好文章。
⑰ "昭回云汉"两句：《诗经·大雅·棫朴》云："倬（广大）彼云汉（银河），为章于天"；又《诗经·大雅·云汉》云："倬彼云汉，昭（光）回（转）于天"。这里把两首诗的话合在一起，说写出来的文章像光明的银河一样，成为天上的纹彩（文章）。即指写出了极好的文章。

不得意于君臣朋友之间者，故借夫妇离合因缘以发其端①。于是焉喜佳人之难得，羡张生之奇遇，比云雨之翻覆，叹今人之如土②。其尤可笑者：小小风流一事耳，至比之张旭、张颠、羲之、献之而又过之③。尧夫云："唐虞揖让三杯酒，汤武征诛一局棋。"④夫征诛揖让何等也，而以一杯一局觑之，至眇小矣！

呜呼！今古豪杰，大抵皆然。小中见大，大中见小，举一毛端建宝王刹⑤，坐微尘里转大法轮⑥。此自至理，非干戏论。倘尔不信，中庭月下，木落秋空，寂寞书斋，独自无赖，试取《琴心》⑦一弹再鼓，其无尽藏⑧不可思议，工巧固可思也。呜呼！若彼作者，吾安能见之欤！

【简析】

文章对《拜月亭》《西厢记》和《琵琶记》进行了评论。作者对前两种作品极力赞扬，认为是"化工"之笔，而对《琵琶记》则加以贬抑，认为只是"画工"之笔。其所以如此，因为《拜月》《西厢》是真实的，是"宇宙之内，本自有如此可喜之人"，而《琵琶记》则"似真非真"，"入人之心者不深"。《琵琶记》里确实有一些人物是比较概念化的，作者通过这个戏来宣传封建道德的目的也比较明显。李贽的这种见解，与他一贯的反封建思想是有内在的联系的。特别是他强调文学作品要有真实的思想感情，从而赞扬具有反封建的思想内容的《西厢记》和《拜月亭》，认为这是"化工"之笔；而批评宣扬了封建思想的《琵琶记》，认为"三弹而向之怨叹无复存者"。李贽的这种评论虽然不见得很全面，但无疑是有见地的，在当时则更有积极意义，在今天也还值得我们参考。

---

① 发其端：借以开头。
② "比云雨之翻覆"两句：杜甫《贫交行》载"翻手为云覆手雨，纷纷轻薄何须数。君不见管鲍贫时交，此道今人弃如土！"此诗感慨世人反复无常，不重友谊而重金钱地位。文中即用此意。
③ 张旭、张颠、羲之、献之：唐代的张旭，字伯高，工草书，嗜酒，每次喝醉后，必大呼狂走，然后下笔，传说他有时还以头濡墨而书，故时人称他为张颠，又称他为"草圣"；晋代的王羲之，字逸少，曾官右军将军，世称王右军，他所作的行书，最为后世所珍视；王献之，字子敬，羲之次子，也工于书法，后人称他们父子为"二王"。
④ "尧夫云"句：这里引的两句诗，用其大中见小的意思。宋邵雍，北宋哲学家，字尧夫，精《易经》，自号安乐先生，宗其学者，称为"百源学派"，卒谥康节。
⑤ "举一毛端"句：意谓在毛的一端可以建立一座佛寺。这是夸张的说法，意思是在小中可以见大。这里引的两句诗，用其大中见小的意思。
⑥ 此句是说坐在一粒微尘里，也可以运转"大法轮"。这也是小中见大的意思。大法轮：指佛家的道法；佛家说法，自谓能摧破众生之恶，故以轮为比，称为"法轮"。《维摩经·佛国品》："三转法轮于大千，其轮本来常清静。"
⑦ 《琴心》：即指《西厢记》第二本第二折《听琴》。
⑧ 无尽藏：也是佛家语，即无穷尽的意思。《大乘义章》："德广难穷，名为无尽，无尽之德包含曰藏。"

叙小修诗①

袁宏道②

弟小修诗散逸③者多矣,存者仅此耳。余惧其复逸也,故刻之。

弟少也慧,十岁余,即著《黄山雪》一赋④,几五千余言。虽不大佳,然刻画饤饾⑤,傅以相如、太冲之法⑥,视今之文士,矜重⑦以垂不朽者,无以异也。然弟自厌薄之,弃去。顾独喜读老子、庄周、列御寇诸家言⑧,皆自作注疏。多言外趣⑨。旁及西方之书⑩,教外之语⑪,备极⑫研究。既长,胆量愈廓⑬,识见愈朗,的然⑭以豪杰自命,而欲与一世之豪杰为友。其视妻子之相聚,如鹿豕之与群而不相属也⑮;其视乡里小儿⑯,如牛马之尾行⑰而不可与一日居也。泛舟西陵⑱,走马

---

① 本文选自《袁宏道集笺校》(上海古籍出版社1981年版)。小修:袁中道字。袁中道是公安派健将之一,在文学见解上和袁宏道基本相同,而比袁宏道更加激烈地反对竟陵派所提倡的作诗要幽峭的主张;但在后期,却对文学语言要通俗浅近的问题做了修正。他的诗歌创作,一如他的主张,大多直抒胸臆,著有《珂雪斋集》。

② 袁宏道:1568—1610年,字中郎,号石公,公安(今湖北公安)人。与兄袁宗道、弟袁中道并称"三袁"。袁宏道是公安派的代表人物,反对"文必秦汉、诗必盛唐"的复古主张,提出文学作品要"独抒性灵,不拘格套"(《叙小修诗》)。其诗文感情真率自然,语言清新轻俊。

③ 逸:散失,丢失。

④ 《黄山雪》一赋:一作"《黄山》《雪》二赋"。

⑤ 刻画:细致地铺陈描写。饤饾(dìng dòu):将食品堆叠在盘中,摆设出来。这里指堆砌文字。

⑥ 傅:配合。相如、太冲之法:司马相如、左思作赋的技巧,指他们做的赋内容空虚、词语堆砌。相如:汉武帝时宫廷辞赋家司马相如。太冲:指左思(字太冲),西晋时文学家。

⑦ 矜重:自夸自重。

⑧ 顾:反而。列御寇:战国时郑国人,后人伪托作《列子》一书。

⑨ 趣:旨趣,意思。

⑩ 西方之书:指佛经文献。

⑪ 教外之语:指儒家思想之外的佛教思想。

⑫ 备极:形容范围极广。

⑬ 廓:大。

⑭ 的然:明确地。

⑮ "其视妻子"两句:他认为和妻儿聚守在一起,就如同和鹿豕在一起,非同类而不相适应。

⑯ 乡里小儿:指乡之中那些见解狭隘、迂腐庸俗的文人。

⑰ 牛马之尾行:走在牛马之后,粪土飞扬,污秽不堪。指小修不堪与乡里小儿为伍。

⑱ 西陵:三峡之一,在今湖北宜昌市西北。

塞上①，穷览燕、赵、齐、鲁、吴、越之地②，足迹所至，几半天下。而诗文亦因之以日进。大都独抒性灵③，不拘格套④，非从自己胸臆流出，不肯下笔。有时情与境会⑤，顷刻千言，如水东注，令人夺魄。其间有佳处，亦有疵处⑥。佳处自不必言，即疵处亦多本色独造语⑦。然予则极喜其疵处。而所谓佳者，尚不能不以粉饰蹈袭为恨⑧，以为未能尽脱近代文人气习故也。

盖诗文至近代而卑极矣。文则必欲准于秦、汉，诗则必欲准于盛唐。⑨ 剿袭模拟，影响步趋⑩。见人有一语不相肖者，则共指以为野狐外道⑪。曾不知文准秦、汉矣，秦、汉人曷尝字字学六经欤？诗准盛唐矣，盛唐人曷尝字字学汉、魏欤？秦、汉而学六经，岂复有秦、汉之文；盛唐而学汉、魏，岂复有盛唐之诗？唯夫代有升降⑫，而法不相沿，各极其变⑬，各穷其趣⑭，所以可贵，原不可以优劣论也。且夫天下之物，孤行则必不可无，必不可无，虽欲废焉而不能；雷同则可以不有，可以不有，则虽欲存焉而不能。故吾谓今之诗文不传矣。其万一⑮传者，或今闾阎妇人孺子所唱《擘破玉》《打草竿》之类⑯，犹是无闻无识真人所作，故多真声。不效颦⑰于汉、魏，不学步⑱于盛唐，任性⑲而发，尚能通于人之喜怒哀乐嗜好情欲，是可喜也。

盖弟既不得志于时，多感慨。又性喜豪华，不安贫窘。爱念光景，不受寂寞。

---

① 塞上：指当时西北一带荒寒的边区。

② "穷览"句：游览遍了河北、山西、山东、江苏、浙江等地方。燕：今河北北部。赵：今河北、山西一部分。齐：今山东东北部。鲁：今山东西南部。吴：今江苏南部。越：今浙江东部。

③ 独抒性灵：独具特色地表现自己的个性和"心灵"。"性灵说"是公安派在创作上提出的口号。一方面，它对传统的"温柔敦厚"的诗教和一味模仿前人的剿袭风气积极反抗；另一方面，它的唯心主义，使得作家脱离现实，给公安派的创作带来了明显的不良影响。

④ 格套：一定的规格和俗套。

⑤ 会：交融。

⑥ 疵处：有毛病的地方。

⑦ 本色独造语：反映自己真实精神面貌的独创的语言，不是因袭古人、剽窃他人的陈词滥调。

⑧ 粉饰蹈袭：模仿别人，加以装点。恨：遗憾。

⑨ "文则"两句：当时的复古主义者提倡作文章必须以秦、汉为标准，作诗必须学盛唐。

⑩ 影响步趋：相互追随，相互效仿。

⑪ 野狐外道：邪道。《传灯录》说，有一人谈佛道，因错说了一句话，后来托生为野狐，禅家因此称外道禅为野狐禅。

⑫ 代有升降：每一个时代都有它兴盛和衰败的东西。

⑬ 各极其变：各在自己的时代里，创造出不同于前代的作品，并达到新的时代的顶峰。

⑭ 各穷其趣：各具不同的意趣，体现自己所处时代的独特追求。

⑮ 万一：万分之一，极少的一部分。

⑯ 闾阎：里门，此处指民间。《擘破玉》《打草竿》：均为明代流行的民间歌调。

⑰ 效颦：《庄子·天运》载"西施病心而矉（颦）其里，其里之丑人见之而美之，归亦捧心而矉（颦）其里"。

⑱ 学步：《庄子·秋水》载"且子独不闻夫寿陵（燕国城市）余子之学行于邯郸（赵国国都）与？未得国能（赵国国都人走路的本领），又失其故行矣，直匍匐而归耳"。

⑲ 任性：听凭秉性行事，率真不做作。

百金到手，顷刻都尽，故尝贫。而沉湎嬉戏，不知撙节①，故尝病。贫复不任贫，病复不任病，故多愁；愁极则吟，故尝以贫病无聊②之苦，发之于诗，每每若哭若骂，不胜其哀生失路③之感。予读而悲之。大概情至之语④，自能感人，是谓真诗，可传也。而或者犹以太露⑤病之。曾不知情随境变，字逐情生，但恐不达，何露之有？且《离骚》一经，忿怼⑥之极。党人偷乐，众女谣诼，不揆中情，信谗齌怒⑦，皆明示唾骂，安在所谓怨而不伤⑧者乎？穷愁之时，痛哭流涕，颠倒反复，不暇择音，怨矣，宁有不伤者？且燥湿异地⑨，刚柔异性。若夫劲质⑩而多怼，峭急⑪而多露，是之谓楚风⑫，又何疑焉！

【简析】

　　文章从对小修人与诗的述评中引出"独抒性灵，不拘格套"的创作论，以之为尺度评论小修诗并自然过渡到对七子的议论，再通过驳斥七子树起"代有升降，而法不相沿"的文学发展论，最终对小修诗的成就作进一步阐述。全文逻辑清晰，谨严邃密，议论风趣，笔锋犀利，语言简洁有力。

　　作者在文中尖锐地批评了当时文坛的复古运动，批判了前、后七子文必秦、汉，诗必盛唐的主张，斥责了复古派剽窃、模拟的形式主义逆流，批驳了诗歌创作要怨而不伤的谬论。作者大力提倡诗歌创作要独抒性灵，要表达真实的思想和感情，指出文学随历史的前进而发展，民间歌谣远胜雕饰堆砌、模拟虚伪的文人作品。这些都是值得肯定的文艺观点。

---

① 撙（zǔn）节：节制。
② 无聊：贫穷无依。
③ 哀生失路：哀叹人生，感到无路可走。
④ 情至之语：感情真挚的语言。
⑤ 太露：毫不掩饰地流露出自己的思想感情，意即喜、怒、哀、乐无所隐藏。
⑥ 忿怼（duì）：气愤怨恨。
⑦ "党人偷乐"四句：《离骚》有"惟党人之偷乐兮"（小人们结党为朋、苟安偷乐），"众女嫉余之蛾眉兮，谣诼谓余以善淫"（小人们嫉妒我的才能，造谣中伤我），"荃不察余之中情兮，反信谗而齌怒"（王不了解我的内心，反而听信小人们的谗言而大怒）。偷乐：贪图享乐。众女：指小人们。谣诼：造谣中伤。揆：度，量；不揆中情：即不察中情。齌（jì）怒：盛怒。袁中郎引用这些话，意在说明屈原在《离骚》中的这些话，指斥昏聩的怀王，揭露苟合营私的小人，感情非常愤懑，用语十分激烈。
⑧ 怨而不伤：语本《论语·八佾》"《关雎》乐而不淫，哀而不伤"。淫、伤，都是过度的意思。怨而不伤，意谓虽怨而不过分。儒家传统的诗教，提倡作诗要温柔敦厚，怨而不伤。
⑨ 燥：干燥的地方。湿：低湿的地方。
⑩ 劲质：性情刚直。
⑪ 峭急：孤傲急躁。
⑫ 楚风：楚辞的风格，意即像《离骚》一样，能直抒自己的愤懑，毫不隐晦。

避风岩记①

张明弼②

避风岩在端州之北三十里许③,或曰与砚坑④相近,古未有是名,余避风其下,故赠以是名也。

余何以避风其下?崇祯己卯仲秋⑤,余供役粤帷⑥。二十五日既竣事⑦,则遍谒粤之大吏。大吏者,非三鸣鼓吹不启户⑧,非启户则令长⑨不敢入。余东驰西骛,左诇右需⑩,目厌于阍驺卤簿绛旗朱帽之状⑪,耳厌于箫鼓引赞殿喝之声⑫,手足筋骨疲于伏谒拜跽以头抢地之事⑬。眩瞀⑭车上,至不择店肆而解衣卧之。凡六日而毕,则又买舟过肇⑮,谒制府⑯。制府,官厌贵⑰,礼愈绝⑱,控拜⑲数四,颔⑳之而已。见毕即登舟,将返杨山。

---

① 本文选自《晚明小品选注》(商务印书馆 1969 年版)。
② 张明弼:1584—1652 年,字公亮,金坛(今江苏金坛)人,明代文学家。
③ 端州:在今广东高要市。州内出产优质砚石,世称端砚。许:左右,表约略估计数。
④ 砚坑:端州境内有烂柯山,中有砚坑,唐宋时曾采砚于此。
⑤ 崇祯:明朝末代皇帝朱由检的年号。己卯:1639 年。
⑥ 供役:执役,供职。帷:本指天子或将帅治事的朝堂、幕府或军帐,这里指作者供职的府署。
⑦ 竣事:事情完毕。
⑧ "非三鸣鼓吹"句:不鸣奏三次鼓乐不开门升堂,这里是说高级官吏升堂办公的繁缛的仪式。三鸣鼓吹:擂三次鼓,吹奏三次唢笙笛等管乐。
⑨ 令长:县级的官吏。秦汉时官制,凡县在万户以上的为令,不足万户的为长。
⑩ "余东驰"两句:描写见上司时趋奔候命的情况。骛(wù):奔跑。诇(xiòng):探询。需:等待。
⑪ "目厌于"句:自己厌烦于看到官场侍从人员和仪仗等的活动情状。阍:司阍,即看门的人。驺(zōu):驺从,即官吏的侍从人员。卤簿:古时帝王和官员们出行时的仪仗。绛旗:深红色的旗子。朱帽:指衙役。封建社会衙门里的差役头上戴着朱红色的帽子,因之称差役为朱帽。
⑫ "耳厌于"句:自己厌烦于听到官吏升堂处理公务或接见下级官员时奏乐、唱名、吆喝的声音。
⑬ 拜跽(jì):指跪拜的动作。以头抢地:以头触地,指叩头。
⑭ 眩瞀(mào):头昏目眩。
⑮ 买舟:雇船。肇:肇庆府,在今广东高要市。
⑯ 制府:指总督府,即总督。
⑰ 官厌贵:总督是地方上最高长官,地方上其他的官没有比他再尊贵的了。厌:极。
⑱ 礼愈绝:礼节更加隔绝。总督位极尊贵,作者向他行礼,他根本不回礼。
⑲ 控拜:投身于地作拜。
⑳ 颔(hàn):微微点头,表示承应。

九月朏①,宿三十里外。力引数步,偶得一岩。江回峰抱,风力稍损②,乃息③焉。及旦而视之,则断崖千尺,上侈下弇④,状如檐牙⑤。仰而睨⑥之,若层衡⑦之列烟上,崩峦倾返⑧,颓石矗突,时有欲落之势,慄⑨乎不可以久留焉。狂飙⑩不息,竟日⑪居其下。胥仆相扶⑫,上舟一步,得坐于石隙草际。听怒涛声,若奔车败马;望沸波⑬,若一群白鹅鼓翼江心,及跳沫山足,又若千百素鳞争跃上岸⑭。石崖磔磔⑮,不沾土壤。而紫茎缠带⑯,青芜⑰数尺,一偃一立,若青狮奋迅而不得去,又若怒毛之兽,风过毛竖,不能自休。身住江坳⑱,目力相界⑲,不能数里,而阴氛交作,如处黑帷。从者皆惨容而相告曰:"日复夕矣,将奈何?"余笑而语之曰:"第⑳安之,第安之。吾视夫复嶂重峦,缭青纬碧㉑,犹胜于院署㉒之严丽也;吾视夫崩崖倾石,怒涛沸波,犹胜于贵人之颐颊心腑也㉓;吾视夫青芜紫茎,怀烟孕露,犹胜于大吏之绛骑彤骎也㉔;吾视夫谷响山啸,激壑鸣川,犹胜于高衙之呵殿赞唱也㉕;吾视夫藉草坐石,仰瞩云气,俯观重泉,犹胜于拳跽㉖伏谒于尊宦之阶下也。天或者见吾出则伛偻㉗,入则簿书㉘,已积两载矣,无以抒吾胸

---

① 九月朏(fěi):九月初三。农历月初,新月开始生明发光,称"朏"。后用于代称每月初三。
② 损:减弱。
③ 息:停息,休息。
④ 上侈下弇(yǎn):上面宽大,下面收缩窄小。侈:大。弇:窄而深。
⑤ 檐牙:檐际翘出如牙的部分。
⑥ 睨:斜视。
⑦ 衡:即衡宇,屋宇。
⑧ 崩峦倾返:形容像要崩裂的山峦左右倾侧。
⑨ 慄:悚惧,害怕。
⑩ 飙(biāo):暴风。
⑪ 竟日:终日。
⑫ 胥:胥吏,旧时官署里办事的人。仆:仆人。
⑬ 沸波:沸腾的波浪。
⑭ "及跳沫"两句:浪打山脚,浪花像无数白鱼向岸上腾跃。
⑮ 磔磔(zhé zhé):陡峭的样子。
⑯ 缠带:缠绕。
⑰ 青芜:青草。
⑱ 江坳:江边洼地。
⑲ 目力相界:视力所达到的界限。
⑳ 第:但。
㉑ "复嶂"两句:山峰重迭,青碧(指山色)围绕。
㉒ 院署:公署,官署。
㉓ "崩崖"三句:指贵人的脸色和心胸比崖崩涛怒还可怕。颐颊:面颊。心腑:心胸。
㉔ "青芜"三句:看青芜紫茎带云烟,含露水,胜过看大官穿着红衣的随从骑兵。绛、彤:都指红。
㉕ "谷响"三句:山川中的各种声响,还胜过衙门内的呵喝。呵殿:在后吆喝。赞唱:在前喊。
㉖ 拳跽:屈膝下跪。
㉗ 伛偻(yǔ lǚ):弯腰曲脊,表示恭敬。
㉘ 簿书:处理文牍案卷。

中之浩浩者①,故令风涛阻滞,使此孤岩以恣吾数刻之探讨乎②?或兹岩壁立路绝,猿徒鼯③党,犹难托寄,若非习金丹火龙之术④,腾空蹑虚,不能一到。虽处大江之中,飞帆如织,而终无一人肯一泊其下,以发其奇气而著其姓字;天亦哀山灵⑤之寂寞,伤水伯⑥之孤清,故特牵柅⑦余舟,与彼结一日之缘耶?余年少有志,养二龙于水壑⑧,调⑨一鹤于中峰,与羽服思玄之徒⑩,上烟驾,登月馆⑪,以望四海三山⑫,如聚米萦带⑬;而心为时夺,至堕俗网,往返数千里,徒以充廝养⑭之役,有才无时,甘于下人。今日见此水石,若见好友,犹恐谆芒、卢敖诸君⑮,诋余以井甃之识⑯,而又何事愁苦于兹岩之下乎?

从者皆笑,余乃纳以兹名。

岩顶有一石,望之如立人,或曰飞来之塔顶也;或曰当是好奇者,跻⑰是崖之巅,如昌黎不得下⑱,乃化而为石云。岩侧有二崩石,一大一小,仅可束两缆⑲。小吏程缨曰:"当黑夜暴风中,舟人安能择此,神引维以奉明府耳⑳。"语皆不可信,并记之。

---

① 浩浩者:博大刚正的胸襟。《孟子·公孙丑上》:"我知言,我善养吾浩然之气。"
② 恣:任随。探讨:探幽寻胜。
③ 鼯(wú):鼯鼠。鼠类,两肢间有膜,能在树上飞行,夜晚寻食时叫声如小儿啼。
④ 金丹火龙之术:指道家炼丹飞升的法术。火龙:即赤龙。《列仙传》载:陶安公善冶炼之术,有赤雀向他鸣叫说:"安公,安公,冶与天通,七月七日迎女(汝)以赤龙。"七月七日,安公果然骑赤龙而去。
⑤ 山灵:山神。
⑥ 水伯:水神。
⑦ 牵柅(nǐ):牵止,羁绊。柅:车轮下制止车轮前行的木头,引申指阻遏、阻拦。
⑧ 养二龙于水壑:神仙有养龙的传说,这是说自己爱好修仙。
⑨ 调:驯养。
⑩ 羽服思玄之徒:穿着羽毛制的衣服,思想玄妙深奥的人们,即学道求仙的人。
⑪ 烟驾:以天空缥缈的烟云作车架。驾:此处用作名词,指车驾。月馆:即月宫。
⑫ 三山:指东海仙山的蓬莱、方丈、瀛洲三岛,古时称为三神山,以为是神仙居住之处。
⑬ 聚米萦带:如同聚积的米堆和萦绕的带子一样。
⑭ 廝养:受人驱使的奴仆。
⑮ 谆芒:《庄子·天地》载,"谆芒将东之大壑,适遇苑风于东海之滨"。谆芒、苑风都是虚拟的人名。卢敖:秦始皇时博士,曾为秦始皇求仙。
⑯ 井甃(zhòu)之识:平庸短浅的见识。井甃:用砖砌的井。
⑰ 跻(jī):登。
⑱ 如昌黎不得下:相传韩愈登华山顶峰,见山势奇险,惊恐而哭。昌黎:指韩愈。韩愈的祖先世居昌黎(今河北省秦皇岛市辖县),宋淳熙三年,追封韩愈为昌黎伯,故称。
⑲ 缆:船缆,即拴船的绳子。
⑳ 维:系舟的大绳。明府:唐以后对县令的专称。这里指本文作者张明弼,他只是县级的官吏,明府是下属对他的尊称。

【简析】

　　本文是一篇别具一格的山水游记，其特点在于作者把看到的自然景物和自己在官场中的深切感受结合起来，把浓郁的抒情和激烈的议论结合起来，既深化了文章的思想内容，又形象地表现了官场的黑暗污浊，是一篇锋芒外见的讽刺性文章。

西湖七月半①

张　岱②

　　西湖七月半，一无可看，止可看看七月半之人。看七月半之人，以五类看之。其一，楼船箫鼓③，峨冠④盛筵，灯火优傒⑤，声光相乱，名为看月而实不见月者，看之；其一，亦船亦楼，名娃⑥闺秀，携及童娈⑦，笑啼杂之，环坐露台⑧，左右盼望，身在月下而实不看月者，看之；其一，亦船亦声歌，名妓闲僧，浅斟低唱，弱管轻丝⑨，竹肉相发⑩，亦在月下，亦看月而欲人看其看月者，看之；其一，不舟不车，不衫不帻⑪，酒醉饭饱，呼群三五，跻入人丛，昭庆、断桥⑫，嚣呼⑬嘈杂，装假醉，唱无腔曲⑭，月亦看，看月者亦看，不看月者亦看，而实无一看者，看之；其一，小船轻幌⑮，净几煖炉，茶铛旋煮⑯，素瓷⑰静递，好友佳人，邀月同坐，或匿影树下，或逃嚣里湖⑱，看月而人不见其看月之态，亦不作意⑲看月者，看之。

---

①　本文选自《陶庵梦忆》（上海古籍出版社2001年版）。七月半：指农历七月十五日中元节。
②　张岱：1597—1689年，字宗子，又字石公，号陶庵，又号蝶庵，山阴（今浙江绍兴）人。张岱出身显贵，喜爱山水，通晓音乐戏剧。明亡后，避居山中，从事著述。布衣蔬食，常至不继。其小品散文短小活泼、流丽清新。
③　楼船：有楼饰的游船。箫鼓：吹箫击鼓，指奏乐。
④　峨冠：高冠。封建社会的士大夫冠高带阔，因此称他们为峨冠博带，这里便指这些人。
⑤　优傒（xī）：倡优歌伎和随身侍仆。傒：奴仆。
⑥　名娃：年轻的美女。
⑦　童娈（luán）：即娈童，被当作女性玩弄的美男。
⑧　露台：指楼船上的平台。
⑨　弱管轻丝：轻轻地弹奏乐器。管：指管乐器。丝：指弦乐器。
⑩　竹肉相发：箫笛声伴着歌唱声。竹：箫笛等管乐器。肉：歌喉，这里指歌唱声。
⑪　帻（zé）：古代男子包发的头巾。
⑫　昭庆、断桥：昭庆寺、断桥，均为西湖名胜。
⑬　嚣（jiào）呼：狂呼乱叫。
⑭　无腔曲：不成腔调的歌曲。
⑮　轻幌：细薄的帏幔。
⑯　茶铛（chēng）：煮茶小锅。旋：屡，频。
⑰　素瓷：指雅洁精致的杯子。
⑱　里湖：指西湖苏堤以内的部分。
⑲　作意：故意做作。

杭人游湖，巳出酉归①，避月如仇。是夕好名②，逐队争出，多犒门军酒钱③，轿夫擎燎④，列俟岸上。一入舟，速舟子急放断桥⑤，赶入胜会。以故二鼓以前人声鼓吹⑥，如沸如撼⑦，如魇如呓⑧，如聋如哑，大船小船一齐凑岸，一无所见，止见篙击篙，舟触舟，肩摩肩，面看面而已。少刻兴尽，官府席散，皂隶⑨喝道去。轿夫叫船上人怖以关门⑩，灯笼火把如列星，一一簇拥而去。岸上人亦逐队赶门，渐稀渐薄，顷刻散尽矣。吾辈始舣舟⑪近岸。断桥石磴⑫始凉，席其上，呼客纵饮。此时月如镜新磨，山复整妆，湖复颒面⑬，向之浅斟低唱者出，匿影树下者亦出，吾辈往通声气，拉与同坐。韵友⑭来，名妓至，杯箸安，竹肉发。月色苍凉，东方将白，客方散去。吾辈纵舟⑮，酣睡于十里荷花之中，香气拍人，清梦甚惬⑯。

【简析】

　　作者在文中形象生动地记述了当时杭州人七月半游西湖的风俗和情景。通过对各种游客看月的描绘，尖锐地暴露出封建士大夫和所谓风雅之士的庸俗丑态，显示了作者清高自傲的取向和风雅不俗的情调。篇中文字简洁生动，寥寥几笔，勾勒出的湖光月色、舟车灯火、人物情态，无不有声有色，使读者如临其境、如见其人。

---

① 巳：上午九点至十一点为巳时。酉：下午五点至七点为酉时。
② 好名：喜欢游湖的名声。
③ 犒：犒赏。门军：守护城门的士兵。
④ 擎燎：举着火把。
⑤ 速：催促。放：顺水泛船。
⑥ 二鼓：即二更天，晚上九点至十一点。鼓吹：鼓吹声，乐曲声。
⑦ 如沸如撼：好像水在沸腾好像山在摇动，这里指人声乐声的喧闹嘈杂。
⑧ 魇（yǎn）：做噩梦，发生梦魇。呓（yì）：说梦话。
⑨ 皂隶：官署中的差役。因为他们身穿青衣，所以称为皂隶。
⑩ 怖以关门：以城门即将关闭恐吓游人。
⑪ 舣舟：整舟向岸。
⑫ 石磴（dèng）：石阶。
⑬ 颒（huì）面：洗脸，这里形容湖面重新呈现出明净的样子。
⑭ 韵友：风雅的朋友。
⑮ 纵舟：这里指任由船在湖面飘荡。
⑯ 惬：惬意，适意。

李龙眠画罗汉记①

黄淳耀②

　　李龙眠画罗汉渡江，凡十有八人③。一角漫灭④，存十五人有半，及童子三人。

　　凡未渡者五人：一人值⑤坏纸，仅见腰足。一人戴笠携杖，衣袂翩然⑥，若将渡而无意者。一人凝立⑦远望，开口自语。一人跽⑧左足，蹲右足，以手捧膝作缠结状，双屦⑨脱置足旁，回顾微哂⑩。一人坐岸上，以手踞⑪地，伸足入水，如测浅深者。

　　方⑫渡者九人：一人以手揭⑬衣，一人左手策杖⑭，目皆下视，口呿⑮不合。一人脱衣，双手捧之而承以首⑯。一人前其杖，回首视捧衣者。两童子首发髼鬙⑰，共舁⑱一人以渡。所舁者长眉覆颊，面怪伟⑲，如秋潭老蛟⑳。一人仰面视长眉者。

---

①　本文选自《文渊阁四库全书补遗》据文津阁四库全书补《陶庵全集》卷七。李龙眠：李公麟，字伯时，号龙眠居士，宋代著名画家。罗汉：梵语 Arhat（阿罗汉）的省称。小乘佛教的最高果位，称为"无学果"。指已断烦恼，超出三界轮回，应受人天供养的尊者。
②　黄淳耀：1605—1645 年，字蕴生，嘉定（今属上海市）人。明崇祯十六年（1643 年）进士，未出仕。清兵南下时，自刭而死。著有《陶庵集》。
③　凡：共计，总共。有：通"又"。
④　漫灭：磨灭，模糊难辨。
⑤　值：遇到，碰上。
⑥　衣袂：衣袖。翩然：轻轻飘动的样子。
⑦　凝立：伫立，一动不动地站着。
⑧　跽：单膝着地。
⑨　屦：鞋子。
⑩　哂（shěn）：微笑。
⑪　踞：撑。
⑫　方：正在。
⑬　揭：提起。
⑭　策杖：拄着拐杖。
⑮　呿（qù）：张口。
⑯　承以首：用头顶着。
⑰　髼鬙（péng sēng）：头发散乱的样子。
⑱　舁（yú）：抬。
⑲　怪伟：奇异雄壮。
⑳　秋潭老蛟：秋天潭水里的老蛟。蛟：蛟龙。

一人貌亦老苍，伛偻①策杖，去②岸无几，若幸③其将至者。一人附④童子背，童子瞪目闭口，以手反负之，若重不能胜⑤者。一人貌老过于伛偻者，右足登岸，左足在水，若起未能。而已渡者一人，捉其右臂，作势⑥起之；老者努其喙⑦，缬纹⑧皆见。又一人已渡者，双足尚跣⑨，出其履将纳⑩之，而仰视石壁，以一指探鼻孔，轩渠⑪自得。

按罗汉于佛氏为得道之称⑫，后世所传高僧，犹云锡飞杯渡⑬。而为渡江，艰辛乃尔，殊⑭可怪也。推⑮画者之意，岂以佛氏之作止语默⑯，皆与人同，而世之学佛者徒求卓诡⑰变幻、可喜可愕之迹，故为此图以警发⑱之与？昔人谓太清楼所藏吕真人画像俨若孔、老⑲，与他画师作轻扬状⑳者不同，当即此意。

【简析】

这篇画记对画卷的内容做了具体传神的记述。文章将画面人物分成"未渡者""方渡者""已渡者"三种类型，勾勒人物不同神态、动作以及相互关系，给人以如见其画、身临其境的感觉，生动地展现了画家高超的艺术功力。文章结尾指出，这幅画描绘的十八罗汉渡江和平常人一样艰辛，并不像人传说的那样有"锡飞杯渡"的本事。其用意在于破除佛教的卓诡变幻和故弄玄虚，给世人以现实的警发。

---

① 伛偻：腰背弯曲。
② 去：离，距离。
③ 幸：庆幸，高兴。
④ 附：贴着。
⑤ 胜（shèng）：经受，承受。
⑥ 作势：用力。
⑦ 努：翘起。喙：嘴巴。
⑧ 缬（xié）纹：皱纹。
⑨ 跣（xiǎn）：光着脚。
⑩ 纳：穿。
⑪ 轩渠：欢悦的样子。
⑫ 按：按语。佛氏：佛家，指信奉佛教的人。
⑬ 锡飞：依凭锡杖（僧人手持的禅杖）飞行。杯渡：乘着木杯渡河。锡飞、杯渡是关于古代高僧的传说。
⑭ 殊：极，很。
⑮ 推：推断，猜想。
⑯ 作止语默：行动、静止、说话、沉默，指行为和言谈。
⑰ 卓诡：高超奇异。
⑱ 警发：警醒启发。
⑲ 太清楼：北宋宫中收藏书画的地方。吕真人：即吕洞宾，唐末人。进士出身，后隐居终南山得道。相传为"八仙"之一。俨若：宛如，好像。孔：孔子。老：老子。
⑳ 轻扬状：像神仙超脱飘扬的样子。

狱中上母书[1]

夏完淳[2]

不孝完淳今日死矣,以身殉父[3],不得以身报母矣!痛自严君见背[4],两易春秋[5],冤酷[6]日深,艰辛历尽。本图复见天日[7],以报大仇,恤死荣生,告成黄土[8],奈天不佑我,钟虐先朝[9],一旅才兴,便成齑粉[10]。去年之举,淳已自分必死[11],谁知不死,死于今日也。斤斤[12]延此二年之命,菽水[13]之养,无一日焉。致慈君托迹于空门,生母寄生于别姓[14]。一门漂泊,生不得相依,死不得相问[15]。淳今日又溘然先从九京[16],不孝之罪,上通于天。呜呼!双慈在堂,下有妹女,门祚

---

① 本文选自《夏完淳集笺校》(上海古籍出版社1991年版)。明桂王永历元年(1647年)六月,夏完淳因鲁王朱以海遥授其为中书舍人而上表谢恩事败露,在家乡被捕,囚禁于南京狱中。这封信是他临刑前写给生母和嫡母的诀别信。
② 夏完淳:1631—1647年,原名复,字存古,华亭(今上海松江)人。幼年聪敏过人,博览群书。受父亲夏允彝、老师陈子龙影响,重气节。清兵南下时,与亲友一起参加抗清斗争。明鲁王遥授中书舍人、太湖吴易军事参谋。不久吴军溃败,只身漂泊长江下游一带。顺治四年(1647年)被捕,不屈殉国,就义时仅17岁。其诗文气壮语俊,情厚调高。
③ 殉父:将生命奉献给父亲,指追随父亲就义而死。
④ 严君:对父亲的敬称。见背:本义指被抛弃,后专指父母或长辈去世。
⑤ 两易春秋:本文写于1647年,作者的父亲夏允彝在1645年殉国,故谓"两易春秋"。
⑥ 冤酷:怨恨惨痛。
⑦ 复见天日:这里指重新收复明朝的天下。
⑧ 告成黄土:以复国成功的消息,祭慰地下的先人。黄土:指父墓。
⑨ 钟虐先朝:聚集所有苛酷、残暴于"先朝",指明朝覆亡。钟:聚结。
⑩ "一旅才兴"两句:一旅,指军队。齑(jī):碎。齑粉,即粉末之意,此处比喻失败。1646年夏完淳和他的老师陈子龙、岳父钱栴共谋起义抗清,上书驻在浙江绍兴的鲁王朱以海,鲁王授夏完淳中书舍人之职。兵败后不久,夏完淳又参加了活动于太湖地区的吴易(字日生)的抗清军,担任参谋之职,但这支义军也很快便被清军击溃。
⑪ "去年之举"两句:去年之举,即指1646年从吴易义军抗清的事情,这次抗清兵败后,夏完淳只身漂泊于长江中下游一带,历尽艰险,几乎陷于绝境。自分:自料,自以为。
⑫ 斤斤:形容时间短促。
⑬ 菽水:豆和水,形容生活清苦。《礼记·檀弓下》:"啜菽饮水尽其欢,斯之谓孝。"
⑭ "致慈君托迹于空门"两句:慈君,指作者的嫡母盛氏。夏允彝殉国后,盛氏弃家削发入尼庵栖居。生母:指作者的生母陆氏,是夏允彝的侧室,家破后寄住在外姓亲戚家中。
⑮ 问:慰问,哀悼。
⑯ 溘(kè)然:忽然,很快地。九京:指坟墓。《礼记·檀弓下》:"以从先大夫于九京也。"九京即九原,为晋大夫坟墓所在地。

衰薄，终鲜兄弟①。淳一死不足惜，哀哀②八口，何以为生？

虽然，已矣！淳之身父之所遗，淳之身君之所用，为父为君，死亦何负于双慈？但慈君推干就湿③，教礼习诗，十五年如一日。嫡母慈惠，千古所难。大恩未酬，令人痛绝。慈君托之义融女兄④，生母托之昭南女弟⑤。淳死之后，新妇遗腹得雄⑥，便以为家门之幸，如其不然，万勿置后⑦。会稽大望⑧，至今而零极矣，节义⑨文章，如我父子者几人哉？立一不肖后，如西铭先生为人所诟笑⑩，何如不立之为愈⑪耶？

呜呼！大造⑫茫茫，总归无后，有一日中兴再造⑬，则庙食⑭千秋，岂止麦饭豚蹄⑮，不为馁鬼⑯而已哉！若有妄言立后者，淳且与先文忠在冥冥诛殛顽嚚⑰，决不肯舍！兵戈天地，淳死后，乱且未有定期，双慈善保玉体，无以淳为念。二十年后⑱，淳且与先文忠为北塞之举⑲矣。勿悲，勿悲，相托之言，慎勿相负！

武功甥将来大器⑳，家事尽以委㉑之。寒食、盂兰㉒，一杯清酒，一盏寒灯，

---

① "门祚"两句：（自己的）门第衰落，福运微薄，又缺少同胞兄弟。两句原出李密《陈情表》。门：门第。祚（zuò）：福气。鲜：少。
② 哀哀：悲伤不已。
③ 推干就湿：把干燥处让给幼儿，自己睡在幼儿便溺后的湿处。指抚育子女的辛劳。
④ 义融女兄：作者的姐姐夏淑吉别号义融。
⑤ 昭南女弟：作者的妹妹夏惠吉字昭南。
⑥ 雄：男孩。
⑦ 后：后嗣。
⑧ 会稽：指会稽郡，松江县属会稽郡所辖。大望：鼎盛的大门族。望：望族。
⑨ 节义：节操与行义。
⑩ "如西铭先生"句：明末文学家、复社领袖张溥，号西铭，生前无子，死后友人为之立嗣子，名永锡，意在希望他继承张溥的遗风。根据本文此处所说"为人所诟笑"，则知嗣子可能不肖，具体情况不详。张溥是夏允彝的挚友、夏完淳的老师。
⑪ 愈：胜过，更好。
⑫ 大造：天地，大自然。
⑬ 中兴再造：指国家转衰为盛，重新创建。
⑭ 庙食：死后立庙，受人奉祀，享受祭飨。
⑮ 麦饭：小麦做成的面食。豚蹄：猪蹄。两者都是祭奠死者的食品。
⑯ 馁鬼：饿鬼。死后没有子孙，无人祭祀的鬼称馁鬼。
⑰ 先文忠：作者的父亲殉国后谥号"文忠"。冥冥：幽暗不明之处，即指阴司地府。诛殛（jí）：诛杀。顽嚚（yín）：愚蠢无行（之人）。
⑱ 二十年后：即俗谓二十年后又是一条好汉之意。
⑲ 北塞之举：出师北伐，驱逐清军。
⑳ 武功甥将来大器：夏完淳的外甥侯檠，字武功，小完淳6岁，年少有才华，夏完淳曾把家事和复国之志寄托在他身上，但武功也竟以17岁弱龄而早死。
㉑ 委：委托，托付。
㉒ 寒食：约在清明节前二日，传统的扫祭先人坟墓的节日。盂兰：古代风俗，每年阴历七月十五为施舍饿鬼的日子。盂兰为佛教外来语，解救众生苦难之意。

不至作若敖之鬼①，则吾愿毕矣。新妇结褵②二年，贤孝素著，武功甥好为我善待之，亦武功渭阳情③也。

语无伦次，将死言善④。痛哉！痛哉！

人生孰无死？贵得死所耳！父得为忠臣，子得为孝子。含笑归太虚⑤，了我分内事。大道本无生，视身若敝屣⑥；但为气所激，缘悟天人理⑦。恶梦十七年，报仇在来世。神游天地间，可以无愧矣！

【简析】

这是一封绝笔信。信中虽然谈的是家事，表达的是"不得以身报母"的悲痛和对身后家人生计的忧虑，但全篇洋溢着爱国激情和正义感，充满着视死如归的乐观主义战斗精神和坚贞不屈、视死如归的英雄气概。全文多用短语，简洁酣畅，不假藻饰，直抒胸臆，慷慨悲壮，令人读之动容。

---

① 若敖之鬼：无后代的饿鬼。若敖为楚国君主熊仪的姓氏，若敖氏的后人楚国令尹（官名）子文害怕他的侄子越椒将来会使若敖氏灭宗，临死时对族人哭着说：鬼还要饭吃，若敖氏的鬼难道就不饥饿吗？后来若敖氏终于灭族。（见《左传·宣公四年》）

② 结褵（lí）：指女子出嫁、结婚。旧时女子出嫁时，拴系红色覆面巾（俗称蒙头袱子）于头上，称"结褵"，此处即用其意。

③ 渭阳情：甥舅之间的情谊。渭阳：陕西渭水之阳（北）。春秋时晋国公子重耳亡命于秦，后来归国时其甥秦康公送行，作诗赠别，有"我送舅氏，曰至渭阳"之句，后世遂用"渭阳"比喻甥舅。

④ 将死言善：《论语·泰伯》载"鸟之将死，其鸣也哀，人之将死，其言也善"。

⑤ 太虚：天，天上。旧时迷信说法，以为人死之后魂魄便会归天。

⑥ "大道"两句：这是一种唯心的说法，认为死生的变化本来没有什么界限，所以看待自己的身体，就如同一只破鞋子一样，随时可以舍弃。屣（xǐ）：鞋子。

⑦ "但为气所激"两句：人的生命只是由于被一种气所激扬才存在，并由此而觉悟出宇宙和人生本原的道理。

李姬传①

侯方域②

　　李姬者,名香,母曰贞丽③。贞丽有侠气,尝一夜博④,输千金立尽⑤;所交接⑥皆当世豪杰,尤与阳羡陈贞慧善也⑦。姬为其养女⑧,亦侠而慧,略知书,能辨别士大夫贤否,张学士溥、夏吏部允彝急称之⑨。少风调皎爽不群⑩。十三岁,从吴人周如松受歌玉茗堂四传奇⑪,皆能尽其音节⑫。尤工琵琶词⑬,然不轻发⑭也。

---

① 本文选自顺治刻本《壮悔堂文集》卷五。李姬:又称香君,即孔尚任《桃花扇》中的李香君,明末秦淮名妓。
② 侯方域:1618—1655 年,字朝宗,归德(今河南商丘)人,明末清初散文家,复社领袖。
③ 贞丽:字淡如,秦淮名妓。
④ 博:赌博。
⑤ 立尽:一会儿输光。
⑥ 交接:交往。
⑦ 阳羡:古县名,故城在今江苏省宜兴县南,此处指宜兴。陈贞慧:字定生,复社领导人之一,曾与复社名士吴应箕等草《留都防乱揭帖》,攻击魏党党羽阮大铖。与冒襄、侯方域、方以智并称"明末四公子"。明亡,隐居不出,清顺治年卒。著有《雪岑集》《皇明语林》等。
⑧ 养女:收养的非亲生的女儿。
⑨ 张学士溥:张溥,字天如,江苏太仓人。崇祯年间集四方名士,创复社,为该社领导人。有《汉魏六朝百三家集》等著作。因曾为明朝进士,故尊称学士。夏吏部允彝:夏允彝,字彝仲,松江(今属上海松江)人,崇祯时进士,创几社,与复社相应。明亡后,起兵抗清,事败,投水自杀。因他曾在吏部做过官,故称夏吏部。急:非常,特别。一本作"亟"。称:赞扬她。
⑩ 风调:风度格调。皎爽:高洁爽朗。不群:与一般人不一样,脱俗。
⑪ 吴人:苏州人。周如松:固始(今属河南)人,明末清初著名昆曲家,艺名苏昆生。玉茗堂:明代戏曲家汤显祖的居室名,在江西临川。四传奇:指汤显祖的代表作《紫钗记》《还魂记》(即《牡丹亭》)《南柯记》《邯郸记》,合称《玉茗堂四梦》或《临川四梦》。传奇:指明代的戏剧,与唐人称小说为传奇不同。
⑫ 皆能尽其音节:《牡丹亭》等由昆曲谱成,音律严谨,声调缓急高低颇难掌握,而香君能之。其练曲一节,可参看《桃花扇》第二出《传歌》。
⑬ 琵琶词:即《琵琶记》,明初高明所作。
⑭ 发:吐音,歌唱。

雪苑侯生①，已卯来金陵②，与相识。姬尝邀侯生为诗，而自歌以偿之。初，皖人阮大铖③者，以阿附魏忠贤论城旦④，屏居⑤金陵，为清议所斥⑥。阳羡陈贞慧、贵池吴应箕实首其事⑦，持之力⑧，大铖不得已，欲侯生为解⑨之，乃假所善王将军⑩，日载酒食与侯生游。姬曰："王将军贫，非结客者，公子盍叩之⑪？"侯生三问，将军乃屏人述大铖意⑫。姬私语侯生曰："妾少从假母识阳羡君⑬，其人有高义⑭，闻吴君尤铮铮⑮，今皆与公子善，奈何以阮公负⑯至交乎？且以公子之世望⑰，安事⑱阮公！公子读万卷书，所见岂后于贱妾耶⑲？"侯生大呼称善，醉而卧⑳。王将军者殊怏怏㉑，因辞去，不复通㉒。

未几，侯生下第㉓。姬置酒桃叶渡㉔，歌琵琶词以送之，曰："公子才名文藻，

---

① 雪苑：作者曾别号雪苑。雪苑即梁苑，在河南商丘市东，为汉梁孝王所筑，原名兔园。南朝谢惠连作《雪赋》，描绘梁苑雪景，传诵极广，故梁苑亦称雪苑。作者因是商丘人，故常借梁苑以点明自己的籍贯。侯生：指侯方域自己。

② 己卯：崇祯十二年（1639年）。金陵：今江苏省南京市。

③ 阮大铖：字集之，号圆海、百子山樵，安徽怀宁人。初依附阉党魏忠贤，造《百官图》，残杀忠臣杨涟、左光斗等。魏党败后，被废为民。崇祯末，在南京企图混入复社，被揭发。又依附奸臣马士英，任兵部尚书。后降清，充向导攻福建，行至浙江仙霞岭，因无用，被清军所杀。为人阴险狡猾，与当时进步人士为死敌。《桃花扇》以他为主要反面人物。

④ 魏忠贤：河北肃宁人，少无赖，天启年间入宫为宦官，为阉党魁首，结党专权，杀害忠良不计其数，后贬凤阳，自杀，百姓磔其尸以解恨。论：定罪。城旦：秦、汉时徒刑名，罚做苦工，白日防寇，夜间筑城。这里指崇祯时，阮大铖入魏党逆案，按徒刑，曾废为民。

⑤ 屏居：退隐，隐居。

⑥ 清议：社会舆论。斥：指责，攻击。

⑦ 吴应箕：字次尾，安徽贵池人，复社领导人之一。明亡，于池州起兵抗清，兵败被捕，不屈而死。首其事：首先倡议揭发。

⑧ 持之力：竭力坚持揭发。

⑨ 解：指从中排解。

⑩ "乃假"句：便托请有交情的王将军。王将军：不详。

⑪ 结客：交结宾客。盍：何不。叩：问。

⑫ 三问：再三问，反复问。屏人：屏退旁人。

⑬ 假母：养母，指贞丽。阳羡君：指陈贞慧。

⑭ 高义：高尚的行义。

⑮ 吴君：指吴应箕。铮铮：为人刚直。

⑯ 负：辜负。

⑰ 世望：世家望族。因侯方域的父亲曾参加过东林党反对魏忠贤，故侯家有反阉党的传统风气。

⑱ 安：怎么。事：为……办事。

⑲ 所见：见识。后：落后。贱妾：古代女子自谦之称。

⑳ 醉而卧：侯生醉卧，表示不再理睬王将军。

㉑ 怏怏：不满意，闷闷不乐。

㉒ 通：交往，往来。

㉓ 下第：考试不中。

㉔ 桃叶渡：渡口名。在今南京城内秦淮河与青溪会合处。相传东晋王献之曾在此送其爱妾桃叶渡河，故名。王献之有《桃叶歌》云："桃叶复桃叶，渡江不用楫，但渡无所苦，我自迎接汝。"

雅不减中郎①。中郎学不补行②，今琵琶所传词固妄③，然尝昵董卓，不可掩也④。公子豪迈不羁，又失意，此去相见未可期，愿终自爱，无忘妾所歌琵琶词也⑤！妾亦不复歌矣！"

侯生去后，而故开府田仰者⑥，以金三百锾⑦，邀姬一见。姬固却之。开府惭且怒，且有中伤姬。姬叹曰："田公宁异于阮公乎⑧？吾向之所赞于侯公子者谓何⑨？今乃利⑩其金而赴之，是妾卖公子⑪矣！"卒不往。

【简析】

本篇着重叙述秦淮名妓李姬坚持正义、明辨是非、热爱复社进步人士、反对阉党余孽的事迹。明末，魏忠贤阉党专断朝政，残害忠良，祸国殃民，引起广大人民及东林党进步组织的激烈反对。继东林党而起的复社、几社中人继续同阉党进行斗争，赢得了东南各大都市人民的响应。秦淮河畔的歌妓也受到影响，倾向于支持东林党而坚决反对阉党。

本文作者以自己的亲身经历，刻画了李姬这样一位坚决勇敢、明白是非而又妩媚多情的歌妓形象。文章开始先介绍李姬"侠而慧""能辨别士大夫贤否"，为进步人士所称道的出众之处。然后通过记述李姬与侯生相识、侯生下第、侯生去后发生的三件事情，充分表现李姬的品德节操、阅历见识。全文紧扣李姬对阉党余孽的鲜明态度展开叙述，结构严谨，文笔流畅，中心突出，人物形象的塑造生动丰满。清初戏剧家孔尚任曾以此为主要素材将李姬和侯方域的故事写成历史剧《桃花扇》。

---

① 雅不减中郎：一向不比蔡邕差。雅：向来。中郎：即蔡邕，字伯喈，东汉陈留人。尝官左中郎将，故称中郎。

② 学不补行：学问好不能弥补品行上的缺点。

③ 琵琶所传词：《琵琶记》叙述蔡邕入京登第，入赘于牛丞相府，抛弃妻儿赵五娘等人之事。固妄：诚然是假的。

④ "然尝昵董卓"两句：蔡邕依附了奸臣，纵有才学，也不能遮掩这一污点。这是香君告诫侯生的话，语极恳切、严正。昵：亲近。董卓：东汉临洮人，少帝时引兵入朝，诛灭宦官，自为相国，专断朝政。蔡邕曾被董卓征召为祭酒，累迁中郎将。后董卓被诛，人皆称贺，独蔡邕为之感叹，邕也因此事下狱而死。（见《后汉书·蔡邕传》）

⑤ "无忘"句：指香君用《琵琶记》中一曲告诫勉励侯方域。

⑥ 开府：开建府署，选置僚属。明清时，各省巡抚称开府。田仰：马士英的亲戚，南明福王时任淮阳巡抚。

⑦ 锾（huán）：古代重量单位。

⑧ 宁：岂。阮公：指阮大铖。

⑨ 向：过去，之前。赞：告诉，告知。

⑩ 利：贪图。

⑪ 卖公子：负心于公子。卖：出卖，背叛。

阎典史传①

邵长蘅②

阎典史③者，名应元，字丽亨，其先浙绍兴人也。四世祖某，为锦衣校尉④，始家北直隶之通州⑤，为通州人。应元起掾史⑥，官京仓大使⑦。崇祯十四年，迁江阴县典史⑧。始至，有江盗百艘，张帜乘潮⑨，阑入内地⑩，将薄⑪城，而会县令摄篆旁邑⑫，丞、簿选愞怖急⑬，男女奔窜。应元带刀鞬⑭出，跃马大呼于市曰："好男子，从我杀贼护家室！"一时从者千人。然苦无械，应元又驰竹行⑮呼曰："事急矣，人假⑯一竿，直⑰取诸我。"千人者，布列江岸，矛若林立，士若堵墙。应元往来驰射，发一矢，辄殪⑱一贼。贼连毙者三，气慑，扬帆去。巡抚状闻⑲，

---

① 本文选自清康熙刻本《邵子湘全集·青门剩稿》卷六。
② 邵长蘅：1637—1704年，字子湘，别号青门山人。长期在江苏巡抚宋荦处任幕僚，以诗古文辞名于时。
③ 典史：官名，元代始置，与县尉同为知县属下的小官，掌管收发公文。明清沿置。明代废除县尉，由主簿掌管缉捕、监狱，如主簿出缺，则典史兼领其职。
④ 锦衣校尉：明代掌管侍卫、缉捕、刑狱的官署锦衣卫的下属军吏。
⑤ 北直隶：明代称直属京师的地区为直隶。明成祖迁都北京后，称直属北京的地区为北直隶，与旧都金陵附近的南直隶相区别，辖区相当于今河北长城以南地区。通州：即今北京通州区。
⑥ 起：出身。掾（yuàn）史：分曹治事的属吏。汉以后中央及各州县皆置掾史。
⑦ 官：担任。京仓大使：明代户部掌管京城所设仓场的官员。
⑧ 迁：调任。江阴县：今江苏江阴市。
⑨ 乘潮：趁着潮水行船。
⑩ 阑入：擅自闯入。内地：境内。
⑪ 薄：迫近。
⑫ 摄篆旁邑：到邻县代理县令职务。摄：代理。篆：官署的印信，因其多刻篆文，故名。
⑬ 丞、簿：县丞和主簿，均为知县的属官。选愞（xùn nuò）怖急：怯懦恐惧。
⑭ 鞬：装弓的袋子，这里指弓箭。
⑮ 竹行（háng）：出售竹竿的店铺。
⑯ 假：借。
⑰ 直：通"值"，价钱。
⑱ 殪：杀死。
⑲ 巡抚：官名，明洪武二十四年（1391年）始置，初非专任官。其后各省均设巡抚，与总督同为地方最高长官，总揽一省的军民政务。状闻：写奏章上报皇帝。

以钦依都司掌徼巡①，县尉得张黄盖拥纛②，前驱清道③而后行。非故事④，邑人以为荣。久之，仅循资迁广东英德县主簿⑤，而陈明选代为尉。应元以母病未行，亦会国变⑥，挈家侨居邑东之砂山⑦。是岁乙酉⑧五月也。

当是时，本朝定鼎改元二年矣⑨。豫王⑩大军渡江，金陵⑪降，君臣出走。弘光帝寻被执⑫。分遣贝勒⑬及它将，略定东南郡县。守土吏或降或走，或闭门旅距⑭，攻之辄拔。速者功在漏刻⑮，迟不过旬日。自京口⑯以南，一月间下名城大县以百数；而江阴以弹丸下邑⑰，死守八十余日而后下，盖应元之谋计居多。

初，薙发令⑱下，诸生许用德者⑲，以闰六月朔⑳，悬明太祖御容明伦堂㉑，率众拜且哭，士民蛾聚㉒者万人，欲奉新尉陈明选主城守。明选曰："吾智勇不如阎君，此大事，须阎君来。"乃夜驰骑往迎应元。应元投袂㉓起，率家丁四十人，夜驰入城。是时，城中兵不满千，户裁及万，又饷㉔无所出。应元至，则料尺籍㉕，

---

① 以钦依都司掌徼（jiào）巡：以皇帝的命令加阎典史都司职衔，掌管全县巡察缉捕事务。
② 县尉：知县的属官，掌管地方治安。元代除县尉外，另置典史。明代废县尉，留典史，执掌县尉事，因此也称典史为县尉。这里即指阎典史。黄盖：黄色的伞盖。纛（dào）：军中或仪仗队的大旗。
③ 清道：古代帝王或大官外出时，驱除道路，驱赶行人，谓之清道。这是皇帝赐给阎典史的特殊恩典。
④ 非故事：不是旧时的制度所有的，即没有先例。故事：旧时的典章制度，先例。
⑤ 循资：按照资历。迁：升任。
⑥ 国变：指明朝灭亡。
⑦ 侨居：寄居他乡。砂山：在江阴市东南约30里。
⑧ 乙酉：南明弘光元年，清顺治二年（1645年）。
⑨ 本朝：指清朝。定鼎：指王朝建立。传说夏禹收九州之金，铸为九鼎，象征九州，经商至周，均为传国重器，置于国都。后因称定都或建立王朝为定鼎。改元：更改年号。
⑩ 豫王：即和硕豫亲王，名多铎，于顺治二年（1645年）五月率清军渡过长江。
⑪ 金陵：指南京弘光政权。
⑫ 弘光帝：南明福王朱由崧。寻：不久。
⑬ 贝勒：清封爵名，位在郡王下、贝子上，此处指平南大将军勒克德浑。
⑭ 旅距：聚众抗拒。
⑮ 漏刻：顷刻。
⑯ 京口：在今江苏省镇江市。
⑰ 弹丸：比喻狭小。下邑：小地方。
⑱ 薙（tì）发令：顺治二年（1645年），清兵攻入南京，强迫汉族男子剃发留辫，改为满族装束，违者处死。薙，通"剃"。
⑲ 诸生：明代称经本省各级考试录取入府、州、县学的生员为诸生，通称秀才。许用德：《明史》卷二七七作"许用"，江阴人。南京失守后，许用提议守江阴城，城破后全家自焚而死。
⑳ 朔：阴历每月初一。
㉑ 明伦堂：学宫的大殿。《孟子·滕文公上》："夏曰校，殷曰序，周曰庠，学则三代共之，皆所以明人伦也。"人伦是封建礼教所规定的人与人之间的关系。旧时因称学宫大殿及孔庙正殿为明伦堂。
㉒ 蛾（yǐ）聚：像蚂蚁聚在一处，形容人数之多。蛾：同"蚁"。
㉓ 投袂（mèi）：甩动衣袖，形容奋发的样子。
㉔ 饷：军粮。
㉕ 料尺籍：整理军中的文书簿籍。尺籍：书写军功、军令的簿籍。

治楼橹①,令户出一男子乘城②,余丁传餐③。已乃发前兵备道曾化龙所制火药火器贮堞楼④,已乃劝输巨室⑤,令曰:"输不必金,出粟、菽、帛、布及它物者听⑥。"国子上舍程璧首捐二万五千金⑦,捐者麇集⑧。于是围城中有火药三百罂⑨、铅丸、铁子千石⑩,大炮百,鸟机⑪千张,钱千万缗⑫,粟、麦、豆万石,它酒、酤、盐、铁、刍、藁称是⑬。已乃分城而守:武举⑭黄略守东门,把总⑮某守南门,陈明选守西门,应元自守北门,仍徼巡⑯四门。部署甫⑰定,而外围合。

时大军薄城下者已十万,列营百数,四面围数十重,引弓卬⑱射,颇伤城上人。而城上礌炮、机弩乘高下⑲,大军杀伤甚众。乃驾大炮击城,城垣裂。应元命用铁叶裹门板,贯铁絚⑳护之,取空棺,实㉑以土,障㉒隤处。又攻北城,北城穿。下令人运一大石块,于城内更筑坚垒,一夜成。会城中矢少,应元乘月黑,束藁为人,人竿一灯,立睥睨㉓间,匝㉔城,兵士伏垣内,击鼓叫噪,若将縋㉕城斫营者。大军惊,矢发如雨,比㉖晓,获矢无算㉗。又遣壮士夜縋城入营,顺风纵火,军乱,自蹂践相杀死者数千。

---

① 治楼橹:修整守城的工事。楼橹:古代军中用以瞭望、攻守的无顶盖的高台。
② 乘城:登城,即守城。
③ 传餐:传送食物。
④ 兵备道:官名,明代于各省重要地方设整饬兵备的道员。堞楼:城楼。堞:城上的矮墙,也称女墙。
⑤ 劝输:劝说捐献。巨室:大户人家。
⑥ 听:任凭,随意。
⑦ 国子上舍:即明代国子监的监生。上舍指班级较高的士子,借用宋代旧称。宋代太学分外舍、内舍和上舍,学生可按一定的年限和条件依次而升。明清时因以"上舍"为监生别称。
⑧ 麇(qún)集:成群而集。
⑨ 罂:一种小口大腹的瓦器。
⑩ 石:计量单位。
⑪ 鸟机:即鸟嘴铳,一种火药武器。
⑫ 缗(mín):本指穿钱用的绳子。这里指成串的钱。当时以一千钱为一贯,亦称一缗。
⑬ 酤:一夜酿成的酒。刍、藁:喂牲口的干草。称是:指与上面举出数量的东西多少相当。称(chèn):相当。
⑭ 武举:武举人。科举时代选士分文、武两科。明代各省武生在本省乡试,考中者称武举人。
⑮ 把总:武官名,在千总之下。明代各地总兵属下及驻守京师三大营皆设把总,为较低级的武官。
⑯ 徼巡:巡查。
⑰ 甫:刚刚,方才。
⑱ 卬:通"仰"。
⑲ 礌炮:打石弹的炮。机弩:以机械制动的强弓。
⑳ 铁絚(gēng):大铁索。
㉑ 实:装满。
㉒ 障:阻塞,拦住。
㉓ 睥睨(pí nì):城上女墙。
㉔ 匝:围绕。
㉕ 縋:用绳拴人而下。
㉖ 比:等到。
㉗ 无算:无法计算,不计其数。

大军却，离城三里止营。帅刘良佐拥骑至城下，呼曰："吾与阎君雅故①，为我语阎君，欲相见。"应元立城上与语。刘良佐者，故弘光四镇②之一，封广昌伯，降本朝总兵者也。遥语应元："弘光已走，江南无主，君早降，可保富贵。"应元曰："某明朝一典史耳，尚知大义。将军胙土分茅③，为国重镇，不能保障④江淮，乃为敌前驱，何面目见吾邑义士民乎？"良佐惭退。

　　应元伟躯干，面苍黑，微髭，性严毅，号令明肃，犯法者，鞭笞贯耳⑤，不稍贳⑥。然轻财，赏赐无所吝。伤者手为裹创，死者厚棺敛，酹醊⑦而哭之。与壮士语，必称好兄弟，不呼名。陈明选宽厚呕煦⑧，每巡城，拊循⑨其士卒，相劳苦，或至流涕。故两人皆能得士心，乐为之死。

　　先是，贝勒统军略地苏、松⑩者，既连破大郡，济师⑪来攻。面缚⑫两降将，跪城下说降，涕泗交颐⑬。应元骂曰："败军之将，被禽不速死，奚喋喋⑭为！"又遣人谕令⑮："斩四门首事各一人，即撤围。"应元厉声曰："宁斩吾头，奈何杀百姓！"叱之去。会中秋，给军民赏月钱，分曹携具⑯，登城痛饮，而许用德制乐府《五更转曲》⑰，令善讴者曼声⑱歌之。歌声与刁斗、笳吹声相应⑲，竟三夜罢。

　　贝勒既觇⑳知城中无降意，攻逾急；梯冲㉑死士，铠胄皆镔铁㉒，刀斧及之，声铿然，锋口为缺。炮声彻昼夜，百里内，地为之震。城中死伤日积，巷哭声相

---

① 雅故：这里指故旧。
② 弘光四镇：南明弘光时，分江北为四镇，刘良佐驻临淮，刘泽清驻淮北，黄得功驻庐州，高杰驻泗州。
③ 胙（zuò）土分茅：这里是说刘良佐受命镇守一方，是有封爵的大官。胙，赐予。分茅：古代帝王分封功臣土地，用白茅裹着泥土授予被封者，象征授予土地及权力，叫作分茅。
④ 保障：保护，保卫。
⑤ 贯耳：用短箭插耳示众，古代军中的一种刑罚。
⑥ 贳（shì）：宽恕，饶恕。
⑦ 酹醊（lèi zhuì）：以酒浇地而祭。
⑧ 呕煦（xǔ xǔ）：和蔼可亲的样子。
⑨ 拊循：抚慰，安抚。
⑩ 苏、松：苏州、松江两府所属各地。
⑪ 济师：增派军队。
⑫ 面缚：双手反绑于背而面向前。
⑬ 交颐：犹满腮。
⑭ 喋喋：啰唆，多言。
⑮ 谕令：命令。
⑯ 分曹：分批。具：指酒肴和食器。
⑰ 《五更转曲》：古代《从军行》一类的歌曲。内容多叙述军中生活，曲调自一更至五更，递转咏叹，故称"五更转"。
⑱ 曼声：舒缓的长声。
⑲ 刁斗：古代行军用具。斗形有柄，铜质，白天用作炊具，晚上击以巡更。笳吹：胡笳的吹奏。
⑳ 觇（chān）：窥视。
㉑ 梯冲：攻城用的云梯与冲车。
㉒ 镔铁：精炼的铁。

闻。应元慷慨登陴，意气自若。旦日，大雨如注，至日中，有红光一缕起土桥，直射城西。城俄①陷，大军从烟焰雾雨中蜂拥而上。应元率死士百人，驰突②巷战者八，所当杀伤以千数。再夺门，门闭不得出，应元度不免，踊身投前湖，水不没顶。而刘良佐令军中，必欲生致③应元，遂被缚。

良佐箕踞乾明佛殿，见应元至，跃起，持之哭。应元笑曰："何哭？事至此，有一死耳！"见贝勒，挺立不屈。一卒持枪刺应元贯胫，胫折，踣地。日暮，拥至栖霞禅院。院僧夜闻大呼"速斫我"不绝口。俄而寂然。应元死。

凡攻守八十一日，大军围城者二十四万，死者六万七千，巷战死者又七千，凡损卒七万五千有奇④。城中死者，无虑⑤五六万，尸骸枕藉⑥，街巷皆满，然竟无一人降者。城破时，陈明选下骑搏战，至兵备道前被杀。身负重创，手握刀，僵立倚壁上不仆⑦。或曰阊门投火死。

论曰：《尚书·序》⑧曰："成周既成，迁殷顽民。"⑨而后之论者，谓于周则顽民，殷则义士。夫跖犬吠尧⑩，邻女詈人⑪，彼固各为其主。予童时，则闻人啧啧⑫谈阎典史事，未能记忆也。后五十年，从友人家见黄晞所为死守孤城状⑬，乃摭其事而传之⑭。微夫⑮应元，故明朝一典史也，顾其树立⑯，乃卓卓⑰如是！呜呼！可感也哉！

---

① 俄：一会儿。
② 驰突：快跑猛冲。
③ 生致：活着送到，指活捉。
④ 有奇：有余。
⑤ 无虑：大约，大略。
⑥ 枕藉：纵横相枕而卧。
⑦ 仆：倒下。
⑧ 《尚书·序》：指《尚书》中《多士》篇的序。
⑨ 成周既成，迁殷顽民：全句是说西周灭殷以后，把不服从周朝的殷人迁到成周这个地方，防止他们叛乱。成周：古地名，在今河南洛阳市东北。周成王时，周公旦曾筑城于此。
⑩ 跖犬吠尧：比喻人臣各为其主。跖：古代传说中的大盗。吠：狗叫。尧：古代传说中的贤君。《战国策·齐策六》："貂勃曰：'跖之狗吠尧，非贵跖而贱尧也，狗固吠非其主也。'"
⑪ 邻女詈人：《战国策·秦策一》："楚人有两妻者，人挑（tiǎo，挑逗，引诱）其长者，长者詈之；挑其少者，少者许之。居无几何，有两妻者死，客谓挑者曰：'汝取长者乎，少者乎？'曰：'取长者。'客曰：'长者詈汝，少者和汝，汝何为取长者？'曰：'居彼人之所，则欲其许我也；今为我妻，则欲其为我詈人也。'"詈：咒骂。
⑫ 啧啧：赞叹声。
⑬ 黄晞所为死守孤城状：指《江阴城守纪》。状：情况。
⑭ 摭：摘取。传之：为之作传。
⑮ 微夫：小小的。夫：语气词。
⑯ 顾：但是。树立：指建立的功业。
⑰ 卓卓：卓越出众。

【简析】
　　本文是一篇人物传记，作者详细记述了阎应元、陈明选和江阴百姓反抗强敌的斗争事迹，充分表现了他们坚强不屈的斗争精神和英雄气概，热烈歌颂了他们崇高的民族气节，也愤怒地斥责了敌人的强暴。
　　文章没有系统地写阎应元的一生，而是撷取一些具体事例重点记述，突出人物的性格特点。比如，文章开头写阎应元率众抵御江盗、保家护民，借以表现他的英勇机智和多谋善断。在坚守江阴的过程中，写他如何部署防务，以表现他的才智；写他如何拒降，以表现他的坚贞；写他如何为人，以表现他的严明；写他如何与军民赏月，以表现他的乐观；写他如何率众守城、巷战，被缚、牺牲以表现他的英勇顽强和坚贞不屈。作者对战斗场景的描绘、人物神态的刻画真实生动，全文饱含深情，具有强烈的感染力。

梅花岭记①

全祖望②

　　顺治二年乙酉四月③，江都围急④，督相史忠烈公⑤知势不可为，集诸将而语之曰："吾誓与城为殉！然仓皇中不可落于敌人之手以死，谁为我临期成此大节⑥者？"副将军史德威慨然任之。忠烈喜曰："吾尚未有子，汝当以同姓为吾后，吾上书太夫人⑦，谱汝诸孙中⑧。"

　　二十五日，城陷。忠烈拔刀自裁，诸将果争前抱持之，忠烈大呼德威，德威流涕不能执刃，遂为诸将所拥而行。至小东门，大兵如林而至。马副使鸣騄、任太守民育⑨，及诸将刘都督肇基⑩等，皆死。忠烈乃瞋目曰："我史阁部⑪也。"被执至南门。和硕豫亲王⑫以先生呼之，劝之降，忠烈大骂而死。

　　初，忠烈遗言："我死，当葬梅花岭上。"至是，德威求公之骨不可得，乃以

---

　　① 本文选自《全祖望集汇校集注》（上海古籍出版社 2000 年版）。梅花岭：在江苏省江都县（今江苏省扬州市）广储门外。明代州官吴秀疏通河流，堆土成岭，树梅其上，故名"梅花岭"。明末史可法守扬州，城陷殉国，其衣冠即葬梅花岭上。全祖望为了表彰史可法的忠义，写了这篇文章。

　　② 全祖望：1705—1755 年，字绍衣，号谢山，小名补，自署"鲒埼亭长"，世称"谢山先生"。年少即能为古文，论经史，明掌故。乾隆元年（1736 年）进士，选为翰林院庶吉士。因受权贵排斥，以知县候选，遂辞官归里，专心著述，不复出仕。曾主讲绍兴蕺山书院、广东端溪书院，为士林推崇仰重。

　　③ 顺治：清世祖福临年号。乙酉：顺治二年，1645 年。

　　④ 江都：扬州府治所在地。1644 年，史可法镇守扬州，阻遏清兵。次年 4 月，清豫亲王多铎率兵围扬州，史可法孤守扬州。扬州城破，史可法殉难，全军战士，无一人投降。清兵屠杀扬州 10 天。王秀楚作有《扬州十日记》，记载当时惨状。

　　⑤ 督相史忠烈公：即史可法，字宪之，明祥符（今河南开封）人，崇祯时进士。福王朱由崧立史可法为兵部尚书、大学士，统辖军队，镇守扬州。后扬州被围时，清豫亲王多铎曾数次写信劝史可法投降，均遭拒绝。1645 年 4 月 25 日扬州城破，殉难。因其以大学士身份督师扬州，而明代大学士相当宰相职位，所以称督相。"忠烈"为其死后谥号。

　　⑥ 临期成此大节：到城破的时候，把他杀死，以成全他的节义，免得落入清兵之手。

　　⑦ 太夫人：指史可法的母亲。

　　⑧ 谱汝诸孙中：把你列入史家的孙儿辈中。

　　⑨ 马副使鸣騄：马鸣騄，陕西褒城人。任太守民育：任民育，字时泽，山东济宁人。《明史·任民育传》："（任）以才擢扬州知府，可法倚之。城破，绯衣端坐堂上，遂见杀，阖家男妇尽赴井死。"

　　⑩ 刘都督肇基：刘肇基，字鼎维，辽东人。据《南忠纪》和《小腆纪年附考》记载：都督刘肇基守扬州北门，发炮杀伤清兵甚众，城破率所部四百人巷战，以身殉难。

　　⑪ 阁部：明朝仿照宋制，置诸殿阁大学士，协助皇帝办理政务，后大学士兼领六部尚书。史可法是大学士，兼管兵部，故称史阁部。

　　⑫ 和硕豫亲王：清太祖努尔哈赤第十五子，名多铎。

衣冠葬之。或曰，城之破也，有亲见忠烈青衣乌帽，乘白马，出天宁门投江死者，未尝殡于城中也。自有是言，大江南北，遂谓忠烈未死。已而英、霍山师大起①，皆托忠烈之名，仿佛陈涉之称项燕②。吴中孙公兆奎以起兵不克③，执至白下④，经略洪承畴与之有旧⑤，问曰："先生在兵间，审知故扬州阁部史公果死耶，抑未死耶？"孙公答曰："经略从北来，审知⑥故松山殉难督师洪公果死耶，抑未死耶？"承畴大恚⑦，急呼麾下驱出斩之。呜呼！神仙诡诞之说，谓颜太师以兵解⑧，文少保亦以悟大光明法蝉脱⑨，实未尝死。不知忠义者圣贤家法⑩，其气浩然，长留天地之间⑪，何必出世入世之面目⑫？神仙之说，所谓"为蛇画足"⑬。即如忠烈遗骸，不可问矣，百年而后，予登岭上，与客述忠烈遗言，无不泪下如雨，想见当日围城光景，此即忠烈之面目，宛然⑭可遇，是不必问其果解脱否也；而况冒⑮其未死之名者哉！

墓旁有丹徒⑯钱烈女之冢，亦以乙酉在扬，凡五死而得绝，特告其父母火⑰之，

---

① 英、霍山师：史可法殉难的当年夏天，皖北义士冯弘图、侯应龙等假托史阁部名义，起兵霍山（县名，今安徽省霍山县）以抗清，连克英山（县名，今湖北省英山县）、六安等地。之后，于英山又有张福寰等、霍山有余化龙等领导的起义军，以及附近其他各路的义军。他们互相联结，奉明宗室石城王朱统锜为领袖，以英、霍山区最险要的地区飞龙寨为中心据点，与清军作战，一直坚持了十年之久。

② 陈涉之称项燕：陈涉起兵抗秦时假借项燕的名义。项燕：战国末年楚国名将，为楚人所爱戴，楚国灭亡时，生死不明。秦末，楚人陈涉、吴广起义时，为号召群众，假称是楚国大将项燕。（见《史记·陈涉世家》）

③ 吴中：今江苏苏州吴中区。孙公兆奎：孙兆奎，字君昌，吴江举人，曾与吴日星合兵抗清，兵败被俘。

④ 白下：古地名，在今南京市中部。唐高祖武德时改金陵为白下，治于此地，以后沿用为南京别称。

⑤ 经略：官名。明代为用兵时特设经略，权力极大，在总督之上。清代初年因袭明制，后废除。洪承畴：字彦演，号亨九，福建南安人。明万历年间进士，崇祯时任兵部尚书、蓟辽总督。曾率兵与清兵战于松山（在今辽宁凌海市南），兵败投降。明崇祯帝朱由检以为他兵败殉难，设坛哭祭。他投降后，为清王朝效死力，被任命为经略使，领兵南下镇压各地抗清军队，为清廷出谋划策。孙兆奎的反问，是对他的尖锐的讽刺。

⑥ 审知：清楚地知道，确实知道。

⑦ 恚（huì）：恼怒。

⑧ 颜太师：即颜真卿，唐德宗时官至太子太师。据《太平广记》所引《仙传拾遗》及《戎幕闲谭》等记载，他被叛臣李希烈杀害后10余年，家仆至洛京，偶到同德寺，见颜真卿"衣白衫，张盖，在佛殿上坐"，并与金十两，以救家费。世人因此传说他尸解得道。兵解：道家称学道的人死于兵刃为"兵解"，意即借兵刃解脱了躯体而成仙。

⑨ "文少保"句：文天祥也因为参悟了大光明法登仙而去。文少保：即文天祥。传说文天祥坚不降元被杀后数日，其妻收尸，颜面如生。大光明法：佛法。《大方便佛报恩经》记载，释迦牟尼在前世做波罗奈国王，称大光明，布施一切。敌人要他的头，他让敌人把头砍去后成佛。蝉脱：本指蝉脱皮，喻指人脱去肉身而登仙境。旧称有道之人尸解登仙为蝉脱。

⑩ 家法：这里指道德准则。

⑪ "其气浩然"两句：他们的刚正之气，永远存留在天地之间。

⑫ 出世：指脱离尘世，成仙而去。入世：指活在世上。

⑬ 为蛇画足：即画蛇添足。

⑭ 宛然：仿佛，很像。

⑮ 冒：假冒，冒充。

⑯ 丹徒：镇江府治所在地，今江苏镇江。

⑰ 火：火化。

无留骨秽地。扬人葬之于此。江右王猷定①、关中黄遵岩②、粤东屈大均③，为作传铭哀词④。

顾尚有未尽表章者⑤。予闻忠烈兄弟，自翰林可程⑥下，尚有数人。其后皆来江都省墓⑦。适英、霍山师败，捕得冒称忠烈者，大将发至江都，令史氏男女来认之。忠烈之第八弟已亡，其夫人年少有色，守节，亦出视之。大将艳其色，欲强娶之。夫人自裁而死。时以其出于大将之所逼也，莫敢为之表章者。呜呼！忠烈尝恨可程，在北当易姓之间，不能仗节，出疏纠之⑧。岂知身后乃有弟妇以女子而踵兄公之余烈乎！梅花如雪，芳香不染，异日有作忠烈祠者，副使诸公⑨，谅在从祀之列⑩，当另为别室以祀夫人，附以烈女一辈⑪也。

【简析】

本文借梅花岭的史可法衣冠冢为题，叙述他英勇殉国的经过，热烈赞颂了史可法等人忠贞不屈、慷慨就义的高尚节操，并对洪承畴之流的卖国行径做了深刻的鞭挞和讽刺。

文章以"成大节"作为贯串全文的线索，对史可法的事迹进行剪裁。文章前三段以记叙为主，依照时间顺序，首先突出史可法"成大节"的决心，次叙其"成大节"的经过，再写其"成大节"后的葬埋和传说；最后转入议论，谈论史可法"成大节"的意义，抒发作者对于立身处世的见解。

文章夹叙夹议，人物生动形象，结构紧凑，语言精练，感情深挚，爱憎分明。李慈铭评论全祖望文："其文多言忠义，读之激发，自十八九岁时即观之忘倦。"（《越缦堂读书记》）本文即充分体现了这一特点。

---

① 王猷定：江西南昌人，字于一，号轸石，拔贡生，任侠仗义，曾在史可法幕下效命。明王朝灭亡后，隐居不出，著有《四照堂集》。

② 黄遵岩：未详待考。

③ 粤东：今广东省。屈大均：广东番禺人，字翁山，明末诸生。明王朝灭亡，出家为僧，名今种，字一灵，以后还俗，曾漫游各地，凭吊故国。与陈恭尹、梁佩兰，并称"岭南三大家"。著有《道援堂集》《广东新语》等。

④ 为作传铭哀词：给钱烈女作传记悼词。

⑤ 顾：但是。章：通"彰"。

⑥ 可程：史可法之弟。崇祯时进士，擢庶吉士，农民军入京时，曾投降农民军。

⑦ 省（xǐng）墓：祭扫坟墓。

⑧ 恨：遗憾。易姓之间：指李自成入京，朱氏王朝崩溃之时。仗节：坚守节操，这里指忠于明王朝，拒降农民军。出疏纠：指史可法向南明统治者写奏章，揭发指责史可程投降之"罪"。

⑨ 副使诸公：指和史可法共同殉难的部将。

⑩ 谅：料想。从祀：配享，附祭。

⑪ 附以烈女一辈：归入烈女一辈中，加以祭祀。

哀盐船文①

汪 中②

乾隆三十五年十二月乙卯③，仪征④盐船火，坏船百有三十，焚及溺死者千有四百。是时盐纲⑤皆直达，东自泰州⑥，西极于汉阳⑦，转运半天下焉。惟仪征绾⑧其口。列樯蔽空⑨，束江而立，望之隐若城郭。一夕并命⑩，郁为枯腊⑪，烈烈厄运，可不悲邪！

于时，玄冥告成⑫，万物休息⑬，穷阴涸凝，寒威凛慄⑭，黑眚拔来⑮，阳光西

---

① 本文选自四部丛刊本《述学·补遗》。哀文，又称"哀辞"。《文体明辨序说》："哀辞者，哀死之文也，故或称文。……其文皆用韵语，而四言骚体，惟意所之，则与耒体异矣。"本文是作者27岁时写的一篇骈体文。文章对仪征盐船失火的惨状做了具体的描述。文章写成之后，当时主讲扬州安定书院的著名学者杭世骏读之甚为礼敬，为之作序，因此传诵一时。

② 汪中：1745—1794年，字容甫，江都（今江苏扬州）人。幼年丧父，孤苦家贫，无力就学，由其母教读。乾隆四十二年（1777年），为拔贡生，受提学使者谢墉赏识，后不再应试。一生坎坷，长期为人幕僚，卖文为生。汪中能诗，尤精骈文。其骈文不事雕琢，不受形式束缚，充满真情实感。

③ 乾隆三十五年：即1770年。乙卯：乙卯日，即十九日。

④ 仪征：今江苏仪征市。

⑤ 盐纲：旧时成批运输食盐的组织。古时把结帮同行专运某类物资的车辆、船只、马匹等统称为"纲"，如盐纲、茶纲、花石纲等。

⑥ 泰州：今江苏泰州市。

⑦ 极：至，到达。汉阳：今湖北武汉市。

⑧ 绾（wǎn）：联结，贯连。

⑨ 列樯蔽空：排列的船桅遮满了天空。樯：船的帆柱，即桅杆。

⑩ 并命：舍弃生命。

⑪ 郁为枯腊（xī）：由于烈火焚烧、炙烤，人的尸体变成了焦枯的干肉。郁：聚结的样子。腊：干肉。

⑫ 玄冥告成：意谓时近冬末，玄冥的工作即将完成。玄冥：传说中主管冬令的神。《礼记·月令》："季冬之月，其神玄冥。"告成：竣事，完成。

⑬ 万物休息：万物进入了休眠状态，停止生长。

⑭ "穷阴"两句：意谓极其阴沉的天气，像凝结起来一样，严寒的威力使人冻得发抖。穷阴：极阴（天气）。凛慄：因寒冷而颤抖。

⑮ 黑眚（shěng）拔来：黑色的云雾疾速卷来。眚：目生翳叫眚，这里指黑的云雾。拔：疾速。

匿。群饱方嬉，歌罢宴食①。死气交缠，视面惟墨②。夜漏始下③，惊飙勃发④。万窍怒号⑤，地脉荡决⑥。大声发于空廊⑦，而水波山立⑧。于斯时也，有火作焉。摩木自生⑨，星星如血⑩，炎光一灼，百舫⑪尽赤。青烟晱晱⑫，熛若沃雪⑬。蒸云气以为霞，炙阴崖而焦爇⑭。始连樵以下碇，乃焚如以俱没⑮。跳踯火中，明见毛发，痛謈田田⑯，狂呼气竭。转侧张皇，生涂未绝⑰。倐阳焰之腾高，鼓腥风而一哎⑱。洎埃雾之重开，遂声销而形灭⑲。齐千命于一瞬⑳，指人世以长诀。发冤气之焄蒿㉑，合游氛㉒而障日。行当午而迷方㉓，扬沙砾之嫖疾㉔。衣繒㉕败絮，墨查㉖炭屑，浮江而下，至于海不绝。

---

① "群饱方嬉"两句：人们正互相嬉戏，又歌又唱地进餐。罢（è）：徒歌，即无伴奏而歌唱。
② "死气交缠"两句：死气已交缠着他们，看起来满脸晦色。死气：迷信说法，以为人有凶兆，必有死气出现。墨：气色晦暗。
③ 夜漏始下：夜晚（计时）刚刚开始。漏：古代计时器，由铜壶滴水，看壶中箭上度数来计时刻。
④ 飙（biāo）：暴风。勃发：突然刮起。
⑤ 万窍怒号：千穴万孔怒声号叫。
⑥ 地脉荡决：河水震荡而决口。地脉：指地上的河流。
⑦ 空廊：空旷开阔。
⑧ 水波山立：水面波涛矗立如山。
⑨ 摩木自生：《庄子·外物》载"木与木相摩则然（燃）"。
⑩ 星星如血：（火初起时）点点如赤血。
⑪ 舫：并连起来的船只。
⑫ 晱晱（shǎn）：火光闪耀的样子。
⑬ 熛（biāo）：迅疾，疾速。沃雪：用沸水浇雪。
⑭ "蒸云气"两句：天空的云气被烈火蒸烤得变成彩霞，背阴的河崖也被烧得焦灼起来。爇（ruò）：烧灼。
⑮ "始连樵"两句：因为原先把船只联结在一起下碇停泊，所以一同被烧毁沉没在水中。樵：同"樵"，船桨，这里代指船只。下碇（dìng）：犹抛锚。如：语助词。
⑯ 痛謈（pó）：因痛楚而喊叫。田田：痛楚呼叫的声音。
⑰ 生涂未绝：生路还没断绝，指（被火烧灼的人）还没有最后死亡。
⑱ "倐阳焰"两句：忽然明亮的火焰飞腾起来，一阵腥风吹过，发出了烧灼的声音。倐：忽然。阳：明亮。哎（xuè）：微小的声音。
⑲ "洎（jì）埃雾之重开"两句：等到烈火扬起灰尘、烟雾散开的时候，被烧的人不但声音消失了，他的形体也焚灭了。洎：等到。
⑳ 齐千命于一瞬：上千条的性命都在同一瞬间完结了。齐：皆，都。
㉑ 焄（xūn）蒿：本指祭祀时祭品发出的气味，此处指冤气散发的样子。焄：气味。蒿：气味蒸发的样子。
㉒ 游氛：飘动的云雾。
㉓ 方：方向。
㉔ 嫖疾：轻快。嫖：同"僄"，轻。
㉕ 衣繒：这里指衣服的碎片。
㉖ 墨查：漂浮在水面的被烧得焦黑的木头。查：通"楂（chá）"，水中浮木。

亦有没者善游，操舟若神。死丧之威，从井有仁。① 旋入雷渊，并为波臣。② 又或择音无门③，投身急濑④。知蹈水之必濡⑤，犹入险而思济⑥。挟惊浪以雷奔⑦，势若陟而终坠⑧，逃灼烂之须臾，乃同归乎死地。积哀怨于灵台⑨，乘精爽而为厉⑩。出寒流以浃辰⑪，目睊睊而犹视⑫。知天属之来抚⑬，慭流血以盈眦⑭。诉强死⑮之悲心，口不言而以意。若其焚剥支离，漫漶⑯莫别。圜者如圈，破者如玦。⑰ 积埃填窍⑱，攦指失节⑲。嗟狸首之残行⑳，聚谁何而同穴㉑！收然灰之一抔㉒，辨焚余之白骨。呜呼哀哉！

---

① "死丧之威"两句：死亡虽然是可怕的，但是那些善于潜水的人还是冒着生命危险去援救他人。《诗经·小雅·常棣》："死丧之威，兄弟孔怀。"郑玄笺："死丧可怖之事。"《论语·雍也》："仁者，虽告之曰：'井有仁焉。'其从之也？"孔安国注："仁者必济人于患难，故问有仁者堕井，将自投下从而出之不乎？欲极观仁者忧乐之所至。"后用以比喻冒极大危险去援救他人。

② "旋入雷渊"两句：（那些救人的潜水者）沉入水底，一起做了水鬼。旋：转。雷渊：有雷神的深渊。《楚辞·招魂》："旋入雷渊。"洪兴祖补注："《山海经》云：雷泽中有雷神，龙身而人头。"波臣：水中之鬼。古人设想江海的水族也有君臣关系，其被统治的臣隶称为"波臣"，后亦称被水淹死者为"波臣"。

③ 择音无门：指找不到避难的场所，逃生无路。音：通"荫"，荫蔽之处。

④ 急濑（lài）：湍急的水流。

⑤ 濡：这里指淹没。

⑥ 犹入险而思济：（那些跳水的）还是冒着被淹死的危险而希望能够活命。

⑦ 雷奔：形容水流迅疾。

⑧ 势若陟而终坠：（被浪卷走的人）看样子好像爬到了浪头顶上，却终于又沉没了。陟：同"跻"，登上，爬上。

⑨ 灵台：心中，内心。

⑩ 乘：恃。精爽：指人死后魂魄所集蓄的精气。为厉：作祟。

⑪ 浃辰：即十二天。浃：周遍，一个循环。辰：十二地支，古代用天干和地支相配纪日，从子到亥一周为十二天。

⑫ 目睊睊而犹视：（十二天后尸体从寒冷的江水里漂浮出来）眼睛仍然斜瞪着好像在看什么。睊睊：侧视的样子。

⑬ 天属：有血缘关系的亲属，即至亲。抚：慰告，悼念。

⑭ 慭（yìn）流血以盈眦：（当他知道亲人来慰告和悼念的时候）心里伤痛，因而眼眶里流满了血。慭：同"憖"，伤痛。眦：眼眶。

⑮ 强死：无疾而死，即暴死。

⑯ 漫漶（huàn）：模糊不清。

⑰ "圜者"两句：被烧死的人，有的尸体蜷曲如圈，有的尸体破裂、拗折。圜（yuán）：环绕。玦（jué）：缺口的玉环。

⑱ 窍：指人的耳、鼻、口等孔道。

⑲ 攦（lì）：折断。节：骨节。

⑳ "嗟狸首"句：说棺椁樽凿的文采像狸的头。后借"狸首"指棺椁。这里感叹盛在棺木里的尸体都是残破的。《礼记·檀弓下》："孔子之故人曰原壤，其母死，夫子助之沐椁。原壤登木曰：'久矣，予之不托于音也。'歌曰：'狸首之斑然，执女手之卷然。'"

㉑ 这句是说，把不知姓名的人聚集一起，葬在一个墓穴里。谁何：谁人，何人。

㉒ 然：通"燃"。一抔：一把，一捧。

且夫众生乘化①,是云天常②。妻孥环之,绝气寝床。③ 以死卫上,用登明堂。④ 离而不惩,祀为国殇。⑤ 兹也无名,又非其命。⑥ 天乎何辜,罹⑦此冤横? 游魂不归,居人心绝⑧。麦饭壶浆,临江呜咽。日坠天昏,凄凄鬼语。守哭迍邅,心期冥遇。⑨ 惟血嗣之相依,尚腾哀而属路。⑩ 或举族之沉波,终狐祥而无主。⑪ 悲夫! 丛冢有坎,泰厉有祀。⑫ 强饮强食⑬,冯其气类⑭。尚群游之乐,而无为妖祟。⑮

人逢其凶也邪? 天降其酷也邪? 夫何为而至于此极哉!

【简析】

这是一篇骈体文,全文大体分为四个部分。第一部分交代盐船失火的时间、地点,简要介绍火灾的惨况。第二、三部分具体描述盐船失火的经过和悲惨情景,这部分的叙述井然有序,描绘细致如画。第四部分写人的死亡各有不同,最后三句抒发感慨。这篇文章充分体现了作者写景状物的艺术才能。火灾迅猛而起的场面、火中人们张皇逃生的景象,以及死者亲属临江悲祭的场景犹如一幅巨画栩栩如生地展现在读者面前。

作者在对事件的描述中,表达了对遇难船民的深切同情,和对死难者的沉痛哀悼。杭世骏在《哀盐船文序》中指出:"或疑(汪)中方学古之道,其言必期于有用,若此文将何用邪? 答曰:中目击异灾,迫于其所不忍,而饰之以文藻。当人心肃然震动之时,为之发其哀矜痛苦,而不忘天之降罚,且闵死者之无辜,而吁嗟噫歆,散其冤抑之气,使人无逢其灾害,是小雅之旨也,君子故有取焉。"

---

① 且夫:发语词。乘化:顺随自然化去,指正常死亡。
② 天常:自然的现象。
③ "妻孥环之"两句:善终的人被妻子、儿女围绕着死在灵床上。寝床:停放尸体的床,又称灵床。
④ "以死卫上"两句:那些为保卫君王而死的人,有资格进入明堂。上:指君王。明堂:古代天子宣明政教的地方,朝会、祭祀、庆赏等大典举行的地方。
⑤ "离而不惩"两句:那些身首异处而其志不屈的人,被奉祀为烈士。离:这里指身首异处。不惩:不屈,不悔。国殇:为国牺牲的烈士。
⑥ "兹也无名"两句:如今这些人死得没有名声,又死于非命。
⑦ 罹(lí):遭受。
⑧ 居人:家中亲人。心绝:心如断裂,比喻极度悲痛。
⑨ "守哭迍邅(zhān)"两句:死者的亲人们守候在那里哭泣,依依不去,一心希望与死者在阴间相见。迍邅:迟迟不进的样子,引申指依依不舍之意。冥:幽暗不明之处,这里指阴间。
⑩ "惟血嗣之相依"两句:唯独那些与死者相依为命的血亲子孙们,一路哀声不断。血嗣,血亲子孙。腾哀:高声哀泣。属:连续。属路:即相接连于道路。
⑪ "或举族之沉波"两句:有的全家都溺水而死,死者的阴魂孤伤无依,没人供奉他们的神主。狐祥:《战国策·秦策四》载"鬼神狐祥无所食"。《史记·春申君列传》引作"孤伤",指孤独忧伤。主:神主。
⑫ "丛冢有坎"两句:乱葬的人还有个自己的墓穴,死而无后的鬼也有人奉祀。意指这些被焚死的人鬼魂孤独无依。丛冢:乱葬坟。坎:墓穴。泰厉:死而无后的鬼。
⑬ 强饮强食:勉强吃些喝些之意,这是对火灾中死者游魂的祝祷之词。强:勉强。
⑭ 冯其气类:凭依气类,即气味相投的鬼和鬼结合。冯:通"凭",依照。气类:指气味相投的同类。
⑮ "尚群游之乐"两句:希望你们以群游之乐为重,不要到人间来兴妖作祟。此句亦为祝祷之词。

少年中国说①

梁启超②

　　日本人之称我中国也,一则曰老大帝国,再则曰老大帝国。是③语也,盖袭译④欧西人之言也。呜呼!我中国其果老大矣乎?梁启超曰:恶⑤!是何言!是何言!吾心目中有一少年中国在。

　　欲言国之老少,请先言人之老少。老年人常思既往,少年人常思将来。惟⑥思既往也,故生留恋心;惟思将来也,故生希望心。惟留恋也,故保守;惟希望也,故进取。惟保守也,故永旧;惟进取也,故日新。惟思既往也,事事皆其所已经者,故惟知照例;惟思将来也,事事皆其所未经者,故常敢破格。老年人常多忧虑,少年人常好行乐。惟多忧也,故灰心;惟行乐也,故盛气。惟灰心也,故怯懦;惟盛气也,故豪壮。惟怯懦也,故苟且⑦;惟豪壮也,故冒险。惟苟且也,故能灭世界⑧;惟冒险也,故能造世界。老年人常厌事,少年人常喜事。惟厌事也,故常觉一切事无可为者;惟好事也,故常觉一切事无不可为者。老年人如夕照,少年人如朝阳。老年人如瘠牛⑨,少年人如乳虎⑩。老年人如僧,少年人如侠。老年人如字典⑪,少年人如戏文⑫。老年人如鸦片烟,少年人如泼兰地酒⑬。老年人如别行星之陨石,少年人如大洋海之珊瑚岛。老年人如埃及沙漠之金字塔,少年

---

① 本文选自《饮冰室合集·文集》第一册(中华书局1988年版)。本文是戊戌变法失败后梁启超流亡日本时写的一篇政论散文,发表于光绪二十六年(1900年)正月十一日第三十五册的《清议报》。该文描绘了少年中国的光辉前景,鼓励国人为祖国独立富强而战斗,充满了真挚的爱国激情和乐观进取的精神。
② 梁启超:1873—1929年,字卓如,一字任甫,号任公,又号饮冰室主人、饮冰子、哀时客、中国之新民、自由斋主人。清朝光绪年间举人,戊戌变法领袖之一,中国近代思想家、政治家、教育家、史学家、文学家。
③ 是:此,这。
④ 袭译:照译。
⑤ 恶(wū):感叹词,表反诘。
⑥ 惟:由于。
⑦ 苟且:得过且过。
⑧ 灭世界:使世界走向灭亡。
⑨ 瘠牛:瘦弱的老牛。
⑩ 乳虎:初生的小虎。
⑪ 字典:喻指枯燥乏味。
⑫ 戏文:本指戏曲,这里喻指生动活泼。
⑬ 泼兰地酒:即白兰地酒,酒性醇烈。

人如西比利亚之铁路①。老年人如秋后之柳,少年人如春前之草。老年人如死海之潴②为泽,少年人如长江之初发源。此老年人与少年人性格不同之大略也。梁启超曰:人固有之,国亦宜然。

梁启超曰:伤哉,老大也!浔阳江头琵琶妇③,当明月绕船,枫叶瑟瑟④,衾⑤寒于铁,似梦非梦之时,追想洛阳尘中春花秋月之佳趣⑥。西宫南内⑦,白发宫娥,一灯如穗⑧,三五对坐,谈开元、天宝间遗事⑨,谱《霓裳羽衣曲》⑩。青门种瓜人⑪,左对孺人⑫,顾弄孺子⑬,忆侯门似海珠履杂遝之盛事⑭。拿破仑之流于厄蔑⑮,阿剌飞之幽于锡兰⑯,与三两监守吏,或过访之好事者,道当年短刀匹马驰骋中原,席卷欧洲,血战海楼,一声叱咤,万国震恐之丰功伟烈,初而拍案⑰,

---

① 西比利亚之铁路:即西伯利亚铁路。全长 7400 公里,起自车里雅宾斯克(如以莫斯科为起点,则全长 9288 公里),穿过松树林,跨过乌拉尔山脉,穿越西伯利亚冻土带最终抵达太平洋不冻港符拉迪沃斯托克(海参崴)。这条铁路自 1891 年开始动工,1916 年全线通车。

② 潴(zhū):水积聚蓄积。

③ 浔阳江头琵琶妇:白居易《琵琶行》中所描写的在浔阳江(在今江西九江市)上弹奏琵琶的歌女。

④ 明月绕船,枫叶瑟瑟:《琵琶行》载"去来江口守空船,绕船月明江水寒""浔阳江头夜送客,枫叶荻花秋瑟瑟"。这里指漂泊凄凉的处境。

⑤ 衾:被子。

⑥ 佳趣:高雅的情趣。

⑦ 西宫:唐代长安城内的太极宫。南内:唐代长安城内的兴庆宫。安史之乱平定后,唐玄宗李隆基由蜀返京,先居南内,后迁居西宫,不再过问天下大事。白居易《长恨歌》:"西宫南内多秋草,落叶满阶红不扫。"

⑧ 穗:禾穗。

⑨ 开元、天宝:均为唐玄宗年号。

⑩ 《霓裳羽衣曲》:唐代著名宫廷舞乐。被为开元中河西节度使杨敬忠所献的《婆罗门曲》,经唐玄宗润色并制歌词后改用此名。以上六句写白发宫女闲话开元旧事,抒发她们对玄宗兴废的感慨。元稹《行宫》:"寥落古行宫,宫花寂寞红。白头宫女在,闲坐说玄宗。"

⑪ 青门种瓜人:指汉初召平。《史记·萧相国世家》:"召平者,故秦东陵侯,秦破,为布衣,贫,种瓜于长安城东,瓜美,世俗谓之东陵瓜。"青门:汉代长安城东南门,本名霸城门,因其门色青,故称青门。

⑫ 孺人:妻子。

⑬ 顾弄:照顾,戏逗。孺子:子女。

⑭ 侯门似海:相传唐崔郊之姑有侍婢,与郊相恋。姑贫,将婢卖与连帅。郊思慕无已。其婢因寒食出,与郊相遇,郊赠之以诗曰:"公子王孙逐后尘,绿珠垂泪滴罗巾。侯门一入深如海,从此萧郎是路人。"(见唐范摅《云溪友议》卷一)后以"侯门如海"谓显贵之家门禁森严,外人不能随便出入。珠履:缀有明珠的鞋子。《史记·春申君列传》:"春申君客三千余人,其上客皆蹑珠履以见赵使,赵使大惭。"这里指贵客。杂遝:也作"杂沓",纷纭聚集的样子,这里形容召平做官时高朋满座的情景。

⑮ 拿破仑:法兰西帝国国王拿破仑一世。1796 年带兵进攻意大利,攻破奥地利,侵入埃及。1804 年称帝,称霸欧洲。1814 年反法联军攻陷巴黎,被放逐于地中海的厄尔巴岛。厄蔑:即厄尔巴岛,在意大利半岛与法国科西嘉岛之间。

⑯ 阿剌飞:即阿拉比(1839—1911 年),埃及爱国军官,1879 年组织祖国党,在"埃及是埃及人的"口号下,要求保卫民族独立,实施宪政,扩充军队。1881 年发动政变,1882 年在新政府中担任陆军部长。同年 7 月,英国发动对埃及的侵略战争,阿拉比率军抗击。9 月战败,被流放锡兰岛。1901 年被释放回国。幽:囚禁。锡兰:今斯里兰卡。

⑰ 拍案:以手击案,表示振奋。

继而抚髀①，终而揽镜②。呜呼，面皱③齿尽，白发盈把，颓然老矣！若是者④，舍幽郁之外无心事，舍悲惨之外无天地；舍颓唐⑤之外无日月，舍叹息之外无音声；舍待死之外无事业。美人豪杰且然，而况寻常碌碌⑥者耶？生平亲友，皆在墟墓⑦；起居饮食，待命于人。今日且过，遑⑧知他日？今年且过，遑恤⑨明年？普天下灰心短气之事，未有甚于老大者。于此人⑩也，而欲望以拿云⑪之手段，回天之事功，挟山超海⑫之意气，能乎不能？

呜呼！我中国其果老大矣乎？立乎今日以指畴昔⑬，唐虞三代，若何之郅治⑭；秦皇汉武，若何之雄杰；汉唐来之文学，若何之隆盛；康乾⑮间之武功，若何之炟赫⑯。历史家所铺叙，词章家⑰所讴歌，何一非我国民少年时代良辰美景、赏心乐事之陈迹哉！而今颓然老矣！昨日割五城，明日割十城，处处雀鼠尽，夜夜鸡犬惊。十八省⑱之土地财产，已为人怀中之肉；四百兆⑲之父兄子弟，已为人注籍之奴⑳，岂所谓"老大嫁作商人妇"㉑者耶？呜呼！凭㉒君莫话当年事，憔悴韶光㉓不

---

① 抚髀：以手拍股，表示感叹。髀：大腿。
② 揽镜：对镜，表示衰老。
③ 皱（cūn）：皮肤有皱纹。
④ 若是者：像这些人。
⑤ 颓唐：精神萎靡不振。
⑥ 碌碌：平庸无能。
⑦ 墟墓：坟墓。
⑧ 遑：闲暇。
⑨ 恤：忧虑。
⑩ 于此人：对于这样的人。
⑪ 拿云：李贺《致酒行》载"少年心事当拿云，谁念幽寒坐呜呃"。本指以手取云，喻指本领高强，志向远大。
⑫ 挟山超海：夹着泰山跨越北海。《孟子·梁惠王上》："挟泰山以超北海，曰：'我不能。'是诚不能也。"喻指不可能做到的事情，这里比喻豪壮的气概。
⑬ 畴昔：往昔，往日。
⑭ 郅（zhì）治：大治。郅：盛大。
⑮ 康乾：康熙（清圣祖年号）与乾隆（清高宗年号）的并称。
⑯ 炟赫：声威盛大。
⑰ 词章家：文学家。
⑱ 十八省：清初划分全国为十八省，这里指代全中国。
⑲ 四百兆：即四万万。当时中国人口的总数。兆：百万。
⑳ 注籍之奴：登记入册的奴隶。
㉑ 老大嫁作商人妇：白居易《琵琶行》语，这里喻指腐朽衰落的清政府。
㉒ 凭：请。
㉓ 憔悴韶光：指青春消逝。韶光：美好的时光，喻指青春时期。

忍看！楚囚相对①，岌岌②顾影，人命危浅，朝不虑夕③。国为待死之国，一国之民为待死之民。万事付之奈何④，一切凭人作弄，亦何足怪！

梁启超曰：我中国其果老大矣乎？是今日全地球之一大问题也。如其老大也，则是中国为过去之国，即地球上昔本有此国，而今渐渐灭⑤，他日⑥之命运殆将尽也。如其非老大也，则是中国为未来之国，即地球上昔未现此国，而今渐发达，他日之前程且方长也。欲断⑦今日之中国为老大耶？为少年耶？则不可不先明"国"字之意义。夫国也者，何物也？有土地，有人民，以居于其土地之人民，而治其所居之土地之事，自制法律而自守之；有主权，有服从，人人皆主权者，人人皆服从者。夫如是，斯谓之完全成立之国。地球上之有完全成立之国也，自百年以来也。完全成立者，壮年之事也。未能完全成立而渐进于完全成立者，少年之事也。故吾得一言以断之曰：欧洲列邦在今日为壮年国，而我中国在今日为少年国。

夫古昔之中国者，虽有国之名，而未成国之形也。或为家族之国，或为酋长之国，或为诸侯封建之国，或为一王专制之国。虽种类不一，要之⑧，其于国家之体质也，有其一部而缺其一部。正如婴儿自胚胎以迄成童，其身体之一二官支⑨，先行长成，此外则全体虽粗具，然未能得其用也。故唐虞以前为胚胎时代，殷周之际为乳哺时代，由孔子而来至于今为童子时代。逐渐发达，而今乃始将入成童以上少年之界焉。其长成所以若是之迟者，则历代之民贼⑩有窒其生机者也。譬犹童年多病，转类老态，或且疑其死期之将至焉，而不知皆由未完成未成立也。非过去之谓，而未来之谓也。

且我中国畴昔，岂尝⑪有国家哉？不过有朝廷耳！我黄帝子孙，聚族而居，立于此地球之上者既数千年，而问其国之为何名，则无有也。夫所谓唐、虞、夏、商、周、秦、汉、魏、晋、宋、齐、梁、陈、隋、唐、宋、元、明、清者，则皆朝名耳。朝也者，一家之私产也。国也者，人民之公产也。朝有朝之老少，国有

---

① 楚囚相对：《世说新语·言语》载，"过江诸人，每至美日，辄相邀新亭，藉卉饮宴。周侯（周𫖮）中坐而叹曰：'风景不殊，正自有山河之异！'皆相视流泪。唯王丞相（王导）愀然变色曰：'当共戮力王室，克复神州，何至作楚囚相对！'"后用以形容人们遭遇国难或其他变故，相对无策，徒然悲伤。

② 岌岌：危险的样子。

③ 人命危浅，朝不虑夕：语出李密《陈情表》，意指病情危险，命在旦夕。

④ 奈何：怎么办。

⑤ 渐灭：消失灭亡。

⑥ 他日：后来。

⑦ 断：判断，确定。

⑧ 要之：总之。

⑨ 官支：器官和肢体。

⑩ 民贼：残害人民的统治者。

⑪ 尝：曾经。

国之老少。朝与国既异物，则不能以朝之老少而指为国之老少明矣。文、武、成、康①，周朝之少年时代也。幽、厉、桓、赧②，则其老年时代也。高、文、景、武③，汉朝之少年时代也。元、平、桓、灵④，则其老年时代也。自余历朝⑤，莫不有之。凡此者谓为一朝廷之老也则可，谓为一国之老也则不可。一朝廷之老且死，犹一人之老且死也，于吾所谓中国者何与⑥焉。然则，吾中国者，前此尚未出现于世界，而今乃始萌芽云尔⑦。天地大矣，前途辽矣。美哉我少年中国乎！

玛志尼⑧者，意大利三杰之魁也⑨。以国事被罪，逃窜异邦。乃创立一会，名曰"少年意大利"。举国志士，云涌雾集以应之。卒乃光复旧物⑩，使意大利为欧洲之一雄邦。夫意大利者，欧洲之第一老大国也。自罗马亡后，土地隶于教皇，政权归于奥国⑪，殆所谓老而濒于⑫死者矣。而得一玛志尼，且能举全国而少年之，况我中国之实为少年时代者耶！堂堂四百余州之国土，凛凛⑬四百余兆之国民，岂遂无一玛志尼其人者！

龚自珍氏⑭之集有诗一章，题曰《能令公少年行》⑮。吾尝爱读之，而有味乎其用意之所存。我国民而自谓其国之老大也，斯果老大矣；我国民而自知其国之少年也，斯乃少年矣。西谚⑯有之曰："有三岁之翁，有百岁之童。"然则，国之老

---

① 文、武、成、康：指周代的文王、武王、成王、康王。文王、武王创立了周朝的基业，成王、康王继承文王、武王的遗业，使天下太平，刑措不用，史称"成康之治"。

② 幽、厉、桓、赧：指周代的幽王、厉王、桓王、赧王。厉王暴虐无道，被放于彘（今山西霍县），幽王宠褒姒废申后，申侯联合犬戎攻周，幽王被杀，西周灭亡。东周桓王时，诸侯势力膨胀，王室衰微，至战国末年，周王朝已成诸侯大国的附庸，赧王死后，即被秦所灭。

③ 高、文、景、武：指汉代的高祖、文帝、景帝、武帝。汉高祖刘邦灭秦败楚，建立汉朝。文帝、景帝继承其业，生产发展，社会富裕，史称"文景之治"。武帝时，经济文化繁荣，国家强盛。

④ 元、平、桓、灵：指西汉的元帝、平帝，东汉的桓帝、灵帝。元帝、平帝时，宦官专权，国力衰弱，西汉开始由盛而衰。光武帝刘秀建立东汉，王室中兴。至桓帝、灵帝时，外戚专权，党锢祸起，中平元年（184 年）爆发了黄巾起义。

⑤ 自余历朝：自汉以后的各个朝代。

⑥ 何与：有什么相干，有什么关系。

⑦ 云尔：如此而已。

⑧ 玛志尼：意大利革命志士。曾创立"少年意大利党"，创办《少年意大利报》，发动和组织民主革命，完成意大利独立统一事业。

⑨ 意大利三杰：指玛志尼、加里波第、喀富尔。魁：首，第一。

⑩ 卒：最后，最终。光复旧物：这里指统一复兴意大利。

⑪ 奥国：奥地利。

⑫ 濒：接近。

⑬ 凛凛：使人敬畏的样子。

⑭ 龚自珍氏：龚自珍（1792—1841 年），字璱人，号定庵。清代思想家、诗人。曾任内阁中书、宗人府主事和礼部主事等官职，主张革除弊政，抵制外国侵略。

⑮ 《能令公少年行》：诗作于道光元年（1821 年），诗中有句云："公毋哀吟娅姹声沈空，酌我五石云母钟，我能令公朱颜丹鬓绿而与年少争光风。"有劝诫他人不要因年老而气馁，应该放宽心怀，饮酒作歌，与年轻人争风采之意。

⑯ 西谚：西方的民间谚语。

少，又无定形，而实随国民之心力以为消长者也。吾见乎玛志尼之能令国少年也，吾又见乎我国之官吏士民能令国老大也。吾为此惧！夫以如此壮丽浓郁翙翙绝世之少年中国，而使欧西日本人谓我为老大者，何也？则以握国权者皆老朽之人也。非哦几十年八股①，非写几十年白折②，非当几十年差，非捱③几十年俸，非递几十年手本④，非唱几十年喏⑤，非磕几十年头，非请几十年安，则必不能得一官、进一职。其内任卿贰⑥以上，外任监司⑦以上者，百人之中，其五官不备者，殆九十六七人也。非眼盲则耳聋，非手颤则足跛，否则半身不遂也。彼其一身饮食步履视听言语，尚且不能自了⑧，须三四人左右扶之捉⑨之，乃能度日，于此而乃欲责之以国事，是何异立无数木偶而使治天下也！且彼辈者，自其少壮之时既已不知亚细亚、欧罗巴为何处地方⑩，汉祖唐宗是那朝皇帝，犹嫌其顽钝腐败之未臻其极⑪，又必搓磨之，陶冶之，待其脑髓已涸，血管已塞，气息奄奄，与鬼为邻之时，然后将我二万里山河，四万万人命，一举而畀⑫于其手。呜呼！老大帝国，诚哉其老大也！而彼辈者，积其数十年之八股、白折、当差、捱俸、手本、唱喏、磕头、请安，千辛万苦，千苦万辛，乃始得此红顶花翎⑬之服色，中堂⑭大人之名号，乃出其全副精神，竭其毕生力量，以保持之。如彼乞儿拾金一锭，虽轰雷盘旋其顶上，而两手犹紧抱其荷包⑮，他事非所顾也，非所知也，非所闻也。于此而

---

① 哦：吟诵。八股：亦称制义、时艺、时文、八比文等。明清科举考试的一种文体。其体源于宋元的经义，明成化以后渐成定式，至清光绪末年始废。文章就四书取题。开始先揭示题旨，为"破题"。接着承上文而加以阐发，叫"承题"。然后开始议论，称"起讲"。再后为"入手"，为起讲后的入手之处。以下再分"起股""中股""后股"和"束股"四个段落，每个段落都有两股排比对偶的文字，合共八股，故称八股文。其所论内容，都要根据宋朱熹《四书集注》等书"代圣人立说"，不许作者自由发挥。

② 白折：清代应试考卷的一种，用白纸叠成的折页。进士经殿试后，在授任官职前要举行一次朝考，朝考时用白折。

③ 捱：熬。

④ 手本：明清时见座师、上司或贵官所用的名帖。书写官衔姓名者称官衔手本，书写履历听候使用者称履历手本。

⑤ 喏（rě）：向人作揖并同时出声致敬。

⑥ 卿贰：次于卿相的朝官。贰：副职。

⑦ 监司：负有监察之责的官吏。汉以后的司隶校尉和督察州县的刺史、转运使、按察使、布政使等通称为监司。

⑧ 自了：自己处理。

⑨ 捉：握，持。

⑩ 亚细亚："亚洲"的旧译。欧罗巴："欧洲"的旧译。

⑪ 顽钝：愚笨僵化。臻：达到。

⑫ 畀：给予，付与。

⑬ 红顶花翎：清代官员的冠饰。红顶：红绢制成的帽顶。花翎：即孔雀翎，缀于帽顶。花翎有单眼、双眼、三眼之别，以翎眼多者为贵。

⑭ 中堂：唐代于中书省设政事堂，为宰相理事的地方，后因称宰相为中堂。明清时，大学士亦沿用此称。

⑮ 荷包：随身佩带或缀于袍上的装钱及其他物品的小囊袋。

告之以亡国也，瓜分也，彼乌从而听之，乌从而信之！即使果亡矣，果分矣，而吾今年七十矣，八十矣，但求其一两年内，洋人不来，强盗不起，我已快活过了一世矣！若不得已，则割三头两省之土地奉申贺敬，以换我几个衙门；卖三几百万之人民作伥为奴，以赎我一条老命，有何不可？有何难办？呜呼！今之所谓老后、老臣、老将、老吏者①，其修身齐家治国平天下之手段，皆具于是矣。西风一夜催人老，凋尽朱颜白尽头。使走无常②当医生，携催命符以祝寿，嗟乎痛哉！以此为国，是安得不老且死，且吾恐其未及岁而殇③也。

　　梁启超曰：造成今日之老大中国者，则中国老朽之冤业④也。制出将来之少年中国者，则中国少年之责任也。彼老朽者何足道，彼与此世界作别之日不远矣，而我少年乃新来而与世界为缘。如僦屋⑤者然，彼明日将迁居他方，而我今日始入此室处。将迁居者，不爱护其窗栊⑥，不洁治其庭庑⑦，俗人恒情，亦何足怪！若我少年者，前程浩浩，后顾茫茫。中国而为牛为马为奴隶，则烹脔棰鞭之惨酷⑧，惟我少年当之。中国如称霸宇内，主盟⑨地球，则指挥顾盼⑩之尊荣，惟我少年享之。于彼气息奄奄与鬼为邻者何与焉？彼而漠然置之，犹可言也。我而漠然置之，不可言也。使举国之少年而果为少年也，则吾中国为未来之国，其进步未可量也。使举国之少年而亦为老大也，则吾中国为过去之国，其澌亡可翘足⑪而待也。故今日之责任，不在他人，而全在我少年。少年智则国智，少年富则国富；少年强则国强，少年独立则国独立；少年自由则国自由，少年进步则国进步；少年胜于欧洲则国胜于欧洲，少年雄于地球则国雄于地球。红日初升，其道大光。河出伏流⑫，一泻汪洋。潜龙腾渊，鳞爪飞扬。乳虎啸谷，百兽震惶。鹰隼试翼，风尘吸

---

① 老后：这里指慈禧太后。老臣、老将、老吏：指与慈禧太后一同镇压维新运动、反对变法革新的顽固派。
② 走无常：旧时迷信的说法，谓勾摄活人到阴间当差，事讫放还。
③ 殇：未至成年而死。
④ 冤业：佛教称因造恶业而招致的冤报。
⑤ 僦（jiù）屋：租赁房屋。
⑥ 栊（lóng）：窗上棂木。
⑦ 庭庑：庭院居室。庑：本指堂下周围的廊屋，亦泛指房屋。
⑧ 脔（luán）：切成碎块的肉，这里用为动词，指宰割。棰：鞭打。
⑨ 主盟：做盟会的领袖，意指称霸。
⑩ 指挥顾盼：挥手命令，举目示意。
⑪ 翘足：举足，形容时间短暂。
⑫ 伏流：潜藏于地下的水流。

张①。奇花初胎②,矞矞皇皇③。干将发硎④,有作其芒⑤。天戴其苍,地履⑥其黄。纵有千古,横有八荒⑦。前途似海,来日方长。美哉我少年中国,与天不老!壮哉我中国少年,与国无疆!

"三十功名尘与土,八千里路云和月。莫等闲,白了少年头,空悲切。"此岳武穆⑧《满江红》词句也。作者自六岁时即口受记忆,至今喜诵之不衰。自今以往,弃"哀时客"⑨之名,更自名曰"少年中国之少年"。作者附识。

【简析】

本文是梁启超较有代表性的新体散文。被认为是梁启超著作中思想最积极、情感最激越的篇章。作者本人也把它视为自己"开文章之新体,激民气之暗潮"的代表作。

文章将封建古老的中国与他心目中的少年中国作鲜明对比,极力歌颂少年的朝气蓬勃,对封建腐朽势力进行了无情的批判。鼓励人们肩负起建设少年中国的重任,寄托了作者渴望祖国繁荣富强的愿望和积极乐观的进取精神。该文熔辞赋、四六、律句、古文于一炉,长短句交替,韵散文结合,大量采用体现新时代新生活气息的形象和词汇,反复运用对偶、比喻、排比等修辞方法,使文章生动活泼、新鲜广阔,感情饱满,气势恢宏,极具说服力和感染力。

---

① 吸张:收缩张开。
② 胎:孕育,这里指开放。
③ 矞矞(yù)皇皇:美盛的样子。
④ 干将:古代名剑,相传为春秋时吴人干将所铸。发硎(xíng):意指刀刃新磨。硎:磨刀石。
⑤ 有作其芒:指剑光四射。有:语助词,无实义。作:发出。
⑥ 履:踩踏。
⑦ 八荒:八方荒远之地,意指地域辽阔。
⑧ 岳武穆:岳飞(1103—1142年),字鹏举,宋代著名军事家、民族英雄,受秦桧等诬陷冤死,后追谥武穆,又追谥忠武。
⑨ 哀时客:作者梁启超的笔名之一。

柏　　舟①

《诗经》②

汎彼柏舟③，亦④汎其流。耿耿⑤不寐，如有隐忧。微⑥我无酒，以敖⑦以游。我心匪鉴⑧，不可以茹⑨。亦有兄弟，不可以据⑩。薄言往愬⑪，逢彼之怒。我心匪石，不可转也。我心匪席，不可卷也。威仪棣棣⑫，不可选⑬也。忧心悄悄⑭，愠于群小⑮。觏闵既多⑯，受侮不少。静言思之⑰，寤辟有摽⑱。日居月诸⑲，胡迭而微⑳？心之忧矣，如匪澣㉑衣。静言思之，不能奋飞。

---

① 本诗选自阮元校刻《十三经注疏》本《毛诗正义》卷三（中华书局1980年影印本）。
② 《诗经》：我国第一部诗歌总集。最初称"诗"或"诗三百"，因被汉代儒者奉为经典，故称《诗经》。该书共收入自西周初期至春秋中叶约500年间的诗歌305篇，分为风、雅、颂三类。风指地方乐调，包括周南、召南、王风、齐风等十五国风。邶风为其中之一，共19篇，《柏舟》居首。
③ 汎（fàn）：同"泛"。柏舟：柏木制成的小船。
④ 亦：语助词。
⑤ 耿耿：心中忧愁不安的样子。
⑥ 微：非，不是。
⑦ 敖：同"遨"，出游。
⑧ 匪：同"非"，不是。鉴：镜子。
⑨ 茹：容纳，包容。
⑩ 据：依靠。
⑪ 薄：语助词，这里含有勉强的意思。愬（sù）：同"诉"，倾诉。
⑫ 威仪：庄严的容貌举止。棣棣：雍容安和的样子。
⑬ 选（xùn）：同"巽"，屈挠退让。
⑭ 悄悄：心里忧愁的样子。
⑮ 愠：怨怒。群小：众多奸邪小人。
⑯ 觏（gòu）：同"遘"，碰到，遭受。闵："愍"的借字，痛苦忧伤。
⑰ 静：审，仔细。言：语助词。
⑱ 寤：醒来。辟（pì）：同"擗"，捶胸。摽（biào）：捶胸的样子。
⑲ 居、诸：语助词。
⑳ 胡：为什么。迭：更换，轮流。微：昏暗无光。
㉑ 澣（huàn）：同"浣"，洗。

【简析】

　　关于这首诗的作者与主旨，历来颇多争议。《毛诗序》认为："《柏舟》，言仁而不遇也。卫顷公之时，仁人不遇，小人在侧。"朱熹《诗序辩说》则抨击云："且如《柏舟》，不知其出于妇人，而以为男子；不知其不得于夫，而以为不遇于君。此则失矣。"不过，从诗中"无酒""敖游""威仪""群小""奋飞"等词语可以看出，这首诗的作者当为男子，且是大臣，因此朱熹所说并不可靠。整首诗以"隐忧"为主线，逐层深入地倾诉了受群小倾陷、不能奋飞的幽愤之情。

　　这首诗最大的艺术特色在于善用比喻，且富于变化，如"汎彼柏舟，亦汎其流"，隐喻忧心沉重而飘忽；"心之忧矣，如匪澣衣"，明喻忧之缠身而难去。"我心匪鉴""我心匪石""我心匪席"等，则用反喻表达了自己坚定不移的节操。

湘　君①

屈　原②

　　君不行兮夷犹③，蹇谁留兮中洲④？美要眇兮宜修⑤，沛吾乘兮桂舟⑥。令沅湘⑦兮无波，使江水兮安流。望夫⑧君兮未来，吹参差⑨兮谁思！

　　驾飞龙兮北征⑩，邅⑪吾道兮洞庭。薜荔柏兮蕙绸⑫，荪桡兮兰旌⑬。望涔阳兮极浦⑭，横大江兮扬灵⑮。扬灵兮未极⑯，女婵媛兮为余太息⑰。横流涕兮潺湲⑱，隐思君兮陫侧⑲。

　　桂櫂兮兰枻⑳，斲冰兮积雪㉑。采薜荔兮水中，搴㉒芙蓉兮木末。心不同兮媒

---

① 本诗选自《四部丛刊》本《楚辞·九歌》。《九歌》包括《东皇太一》《云中君》《湘君》《湘夫人》《大司命》《少司命》《东君》《河伯》《山鬼》《国殇》《礼魂》，共11篇。"九"非实数，古人常以之表示数目之多。这组诗是屈原据民间祭神乐歌改作或加工而成，供祭祀之用。

② 屈原：约公元前340—公元前278年，名平，字原，战国楚人。他是楚王同姓贵族，曾任左徒、三闾大夫等职。屡受谗忌，顷襄王时，被流放到江南。最后自投汨罗江而死。作为我国最早的伟大诗人，他作有《离骚》《九歌》《天问》《九章》等，开创了"骚体"，是古代爱国主义与浪漫主义诗歌的典范。

③ 君：指湘君，湘水之神。相传帝尧二女娥皇、女英为帝舜二妃。舜巡视南方，死于苍梧，二妃追至洞庭，投湘水而死，遂为其神。不行：指湘君不来赴约。夷犹：犹豫不决。

④ 蹇（jiǎn）：楚方言，发语词。谁留：为谁而留。中洲：水中陆地。

⑤ 要眇（miǎo）：美好的样子。宜修：修饰得恰到好处。

⑥ 沛：水流迅疾的样子，这里形容舟行迅速。桂舟：桂木制造的船。

⑦ 沅湘：沅水和湘水，都在湖南。

⑧ 夫：语助词。

⑨ 参差：古乐器，箫之别名，与笙相似，由长短不齐的竹管编排而成，故称排箫。

⑩ 飞龙：龙舟。北征：北行。

⑪ 邅（zhān）：转，指改变航向。

⑫ 薜（bì）荔：蔓生香草。柏（bó）：通"箔"，帘子。蕙：香草名。绸：帷帐。

⑬ 荪（sūn）：香草，即石菖蒲。桡（náo）：短桨。旌：旗杆顶上的饰物。

⑭ 涔（cén）阳：在涔水北岸，洞庭湖西北。极浦：遥远的水边。

⑮ 横：横渡。扬灵：显扬自己的精诚。

⑯ 极：至，到达。

⑰ 女：湘夫人身边的侍女。婵媛：楚方言，叹息的样子。

⑱ 潺湲：缓慢流动的样子。

⑲ 陫侧：即"悱恻"，忧心悲伤的样子。

⑳ 櫂（zhào）：同"棹"，长桨。枻（yì）：短桨，一说船舷。

㉑ 斲（zhuó）：砍。积雪：斫碎冰块，冰屑纷然好似积雪。

㉒ 搴（qiān）：摘取。

劳，恩不甚兮轻绝。石濑兮浅浅①，飞龙兮翩翩②。交不忠兮怨长③，期不信兮告余以不闲④。

鼂骋骛兮江皋⑤，夕弭节兮北渚⑥。鸟次⑦兮屋上，水周⑧兮堂下。捐余玦兮江中⑨，遗余佩兮醴浦⑩。采芳洲兮杜若⑪，将以遗兮下女⑫。时不可兮再得，聊逍遥兮容与⑬。

【简析】

在《九歌》中，《湘君》与《湘夫人》为姊妹篇，皆为祭祀湘水配偶神的诗歌。湘君为湘水男神，湘夫人为湘水女神，屈原把他们描写成一对相爱而不得相会的恋人。《湘君》采用湘夫人的口吻，由湘夫人的扮演者演唱，抒发了湘夫人等待湘君不来而产生的思念和怨伤。全诗四章，除了一往情深的倾诉笔调之外，还善于运用景物烘托的办法，细致入微地刻画了湘夫人由期待到幻想、再到失望，并由失望而生哀怨的复杂的心理过程，为我们展现了一个凄艳迷离、缠绵哀婉的湘夫人形象。整首诗想象奇特，凄婉动人，体现了屈原作品独特的艺术风格。

---

① 石濑（lài）：石上急流。浅浅：犹"溅溅"，水流急速的样子。
② 翩翩：轻盈快速的样子。
③ 交：交往。怨长：长相怨恨。
④ 期：期约。不闲：没有空暇。
⑤ 鼂（zhāo）：同"朝"，早晨。骋骛（wù）：急行。皋：水旁高地。
⑥ 弭（mǐ）：止。节：与策同义，马鞭。渚：水中小块陆地。
⑦ 次：止宿。
⑧ 周：围绕。
⑨ 捐：舍弃。玦（jué）：环形有缺口的玉佩。
⑩ 佩：佩饰。醴（lǐ）：澧水，源出湖南桑植，经澧县流入洞庭湖。
⑪ 杜若：香草名。
⑫ 下女：下界之女。
⑬ 聊：姑且。容与：安逸闲暇的样子。

涉江采芙蓉[①]

《古诗十九首》[②]

涉江采芙蓉[③],兰泽[④]多芳草。采之欲遗[⑤]谁?所思在远道。还顾望旧乡,长路漫浩浩[⑥]。同心而离居,忧伤以终老。

【简析】

东汉末年政治黑暗,社会动荡,许多下层文士被迫外出游学游宦,备尝艰辛。这首诗便是在这种背景之下,道出了漂泊无依的士子深沉的思乡念远的苦闷情绪。该诗先说采香花芳草打算赠人,再说所思之人在远方,心愿难成,于是回望故乡,感叹人各一方,忧伤难遣。由于此情为"人同有之情"(陈祚明《采菽堂古诗选》),因此动人心魄,千古常新。

从艺术上来看,这首诗对屈原辞赋借鉴颇多,如化用字面,"涉江""芙蓉""芳草""旧乡""浩浩""同心""离居"等等都是。通过这些字面,一种凄迷怆怏的意境便被营造出来。又如在抒情方式上,楚辞常常一唱三叹,复沓曲折,给人以郁悒哀怨的感受,这首诗也有类似特点,"采芙蓉"与"采之"、"远道"与"长路",意义相似,在有意的反复中,诗人深切的相思和无尽的哀怨得以呈现。

---

① 本诗选自萧统编《文选·杂诗·古诗十九首》(中华书局1977年版)。
② 梁代萧统在编《文选》时,从传世《古诗》中选录了19首无名氏的五言诗,列在"杂诗"类之首,冠名为《古诗十九首》。这些诗原非一时一人所作,一般认为创作于东汉末年,多写夫妇朋友间的离愁别绪和士子彷徨失意的情绪,语言朴素自然。刘勰《文心雕龙》以之为"五言之冠冕",钟嵘《诗品》誉之为"文温以丽,意悲而远,惊心动魄,可谓几乎一字千金"。
③ 芙蓉:荷花。
④ 兰泽:有兰草的低湿之地。
⑤ 遗(wèi):赠送,古人有赠香草以结恩情的风俗。
⑥ 漫:无尽的样子。浩浩:广大无际的样子。

白马篇①

曹 植

白马饰金羁②,连翩③西北驰。借问谁家子?幽并④游侠儿。少小去乡邑,扬声沙漠垂⑤。宿昔秉良弓⑥,楛矢何参差⑦!控弦破左的⑧,右发摧月支⑨。仰手接飞猱⑩,俯身散马蹄⑪。狡捷⑫过猴猿,勇剽若豹螭⑬。边城多警急,胡虏数迁移。羽檄⑭从北来,厉马⑮登高堤。长驱蹈匈奴,左顾凌鲜卑⑯。弃身锋刃端,性命安可怀?父母且不顾,何言子与妻?名编壮士籍⑰,不得中顾⑱私。捐躯赴国难,视死忽如归。

【简析】

这首诗是曹植早期的作品,描写和塑造了一位武艺高强又富有爱国精神的青年英雄形象。曹植素有功业之心,他在太和二年(228年)向魏明帝呈送的《求自试表》中提到:"昔从先武皇帝南极赤岸,东临沧海,西望玉门,北出玄塞,伏

---

① 本诗选自萧统编《文选》卷二七(中华书局1977年版)。《白马篇》,又名《游侠篇》,是曹植自创的乐府新题,属《杂曲歌·齐瑟行》,以开头二字名篇,为曹植早期代表作之一。
② 羁:马络头。
③ 连翩:这里形容白马奔驰的样子。
④ 幽并:幽州和并州,今河北、山西、陕西诸省的一部分地方。
⑤ 扬声:扬名。垂:同"陲",边远的地方。
⑥ 宿昔:昔时。秉:执、持。
⑦ 楛(hù)矢:用楛木做成的箭。参差:长短不齐的样子。
⑧ 控弦:拉弓。破左的:射中左边的箭靶。
⑨ 摧:毁坏。月支:箭靶的名称。
⑩ 接:迎射飞驰而来的东西。猱(náo):猿的一种,行动轻捷,攀缘树木,上下如飞。
⑪ 散:射碎。马蹄:一种箭靶的名称。
⑫ 狡捷:灵活敏捷。
⑬ 剽(piào):行动轻捷。螭(chī):传说中形状如龙的黄色猛兽。
⑭ 羽檄:军事文书,插鸟羽以示紧急,必须迅速传递。
⑮ 厉马:扬鞭策马。
⑯ 鲜卑:我国古代东北方的少数民族,东汉末年开始强大。
⑰ 籍:名册。
⑱ 中顾:内顾。

见所以行军用兵之势,可谓神妙矣。……志欲自效于明时,立功于圣世。"因此,此篇可以视为曹植心志的自我写照。

  作为新题乐府,这首诗对汉乐府有所借鉴,但多有变化。明代胡应麟《诗薮》内篇卷二云:"子建《名都》《白马》《美女》诸篇,辞极赡丽,然句颇尚工,语多致饰,视东、西京乐府天然古质,殊自不同。"如"借问谁家子"两句故设问答,补叙"游侠儿"的来历,为汉乐府常见的叙事方式;中间"宿昔秉良弓"八句刻意铺陈"游侠儿"的武艺,用语赡丽工致。整体看来,这首诗"骨气奇高"(钟嵘《诗品》),具有一股慷慨激昂之气。

咏怀诗①

（其一）

阮 籍②

夜中不能寐，起坐弹鸣琴。③薄帷鉴明月④，清风吹我襟。孤鸿号外野⑤，翔鸟鸣北林⑥。徘徊将何见？忧思独伤心。

【简析】

这首诗表现了阮籍的忧思。所忧者何？李善注说："嗣宗身仕乱朝，常恐罹谤遇祸，因兹发咏。"（《文选》卷二三）曹魏明帝之后，曹爽集团与司马懿集团明争暗斗，政局险恶。阮籍深感世事已不可为，于是，或闭门读书，或登山临水，或酣醉不醒，或缄口不言，以求全身避祸。然而，内心素有的功业之念，对于时局的孤愤之情，却难以泯灭，故见于诗中。从艺术上来看，这首诗可谓言近旨远，寄托幽深，虽写忧思，但却王顾左右而言他，借冷月清风、旷野孤鸿、北林翔鸟等直观形象来加以暗示喻托，不但展现了作者自身寂寞孤愤的形象，还揭示了这一形象的产生根源即在险恶的环境。

---

① 本诗选自明刻《汉魏六朝百三家集》本《阮步兵集》。《咏怀》共82首，是阮籍平生诗作的总题，并非一时所作，大都具有寄托遥深、悲愤哀怨的特点。此处所选为其中第一首。
② 阮籍：210—263年，字嗣宗，陈留尉氏（今河南省尉氏县）人。曾任步兵校尉，世称阮步兵。他崇奉老庄之学，纵酒谈玄，不问世事以求全身避祸。与嵇康、刘伶等人为友，为竹林七贤之一。有《阮步兵集》。
③ "夜中不能寐"两句：化用王粲《七哀诗》"独夜不能寐，摄衣起抚琴"。
④ 此句意为，月光照在薄帷之上。薄帷：薄薄的帐幔。鉴：照。
⑤ 孤鸿：失群的大雁。号：鸣叫，哀号。
⑥ 翔鸟：飞翔盘旋着的鸟。因为月明，所以鸟在夜里飞翔。北林：《诗经·秦风·晨风》载，"鴥（yù）彼晨风，郁彼北林。未见君子，忧心钦钦。如何如何，忘我实多！"后人常用"北林"表示忧伤。

读山海经①

陶渊明②

孟夏③草木长，绕屋树扶疏④。群鸟欣有托，吾亦爱吾庐。既耕亦已种，时还读我书。穷巷隔深辙，颇回故人车⑤。欢然酌春酒，摘我园中蔬。微雨从东来，好风与之俱。泛览周王传⑥，流观山海图⑦。俯仰终宇宙⑧，不乐复何如！

【简析】

《读山海经》："凡十三首，皆记二书（《山海经》及《穆天子传》）所载事物之异。而此发端一篇，特以写幽居自得之趣耳。"（元刘履《选诗补注》）这里所说的"幽居自得之趣"，就是陶渊明归隐田园后耕种之暇泛览图书的乐趣。除了将欣托惬意、良辰好景、遇友乐事等次第写出之外，陶渊明还谈到了自己别有会心的读书态度，即以怡情悦性为旨归的阅读，"泛览""流观"云云，不着力，不拘泥，与他在《五柳先生传》中"好读书，不求甚解，每有会意，辄欣然忘食"的说法是一致的。而且，与"少年罕人事，游好在六经"（《饮酒》）不同，归隐之后的陶渊明所读之书已是《山海经》《穆天子传》之类记载怪异、趣味颇多的书了。这首诗造语安闲，间用比兴，自然有味，臻于神妙。

---

① 本诗选自四部丛刊影印宋本《笺注陶渊明集》。《山海经》是一部记载古代神话传说及海内外山川异物的书，晋代郭璞曾为它作注和图赞。陶渊明《读山海经》共13首，此处所选即为其中第一首。

② 陶渊明：365—427年，一名潜，字元亮，私谥靖节，浔阳柴桑（今江西省九江市）人。早年曾任江州祭酒、镇军参军、彭泽令等职，后因厌恶官场污浊，退隐归田。他被称为"古今隐逸诗人之宗"（钟嵘《诗品》)，开创了田园诗一体，对后世影响广泛。有《陶渊明集》。

③ 孟夏：夏历四月。

④ 扶疏：枝叶茂盛的样子。

⑤ 穷巷：陋巷。隔：隔绝。深辙：指显贵者所乘大车的车迹。回：回转。

⑥ 周王传：即《穆天子传》，记载周穆王西游的书。

⑦ 山海图：《山海经》图。

⑧ 俯仰：在低头抬头之间，顷刻之间。宇宙：《淮南子·齐俗训》载"往古来今谓之宙，四方上下谓之宇"。

感　遇①

（其 二）

陈子昂②

兰若生春夏③，芊蔚何青青④。幽独空林色，朱蕤冒紫茎⑤。迟迟白日晚，嫋嫋秋风生⑥。岁华尽摇落⑦，芳意竟何成！

【简析】

自屈原在《离骚》中采用香花香草比拟自己的高洁情操后，托物感怀、寄意深远的作品便一直不绝如缕，如阮籍的《咏怀诗》等。陈子昂的这首诗也是继承了这一传统。通过对兰草与杜若两类香草的多方面的描写，寓托了自身空有才华而不能及时有为的失意与苦闷情绪。此诗前半部分着力赞美兰若压倒群芳的风姿，实则比喻自己出众的才华；后半部分以"白日晚""秋风生"写芳华逝去，寒光逼迫，充满了美人迟暮之感。"岁华""芳意"云云，表面上是对兰若命运的感叹，本质上抒发的何尝不是作者年华渐老、理想破灭的悲慨之衷呢！

---

① 本诗选自徐鹏校点《陈子昂集》（中华书局1960年版）。《感遇》38首是陈子昂抒写生平所遇之事的作品，并非成于一时一地，所作大都紧扣时事，兴寄慷慨。此处所选为其中第二首。
② 陈子昂：661—702年，字伯玉，梓州射洪（今四川省射洪县）人。唐睿宗文明元年（684年）进士。武后时，官右拾遗，故世称陈拾遗。青少年时轻财好施，慷慨任侠。任职后，直言敢谏，所陈多切中时弊。曾两次从军边塞，后因父老解官回乡，为县令段简陷害，冤死狱中。有《陈伯玉文集》十卷。
③ 兰：香草，多年生草本植物，夏秋间开花。若：即杜若，水边生香草。
④ 芊蔚（qiān yù）：草木茂盛的样子。蔚：通"郁"，有繁盛和香气盛意。青青："菁菁"的借字，繁盛的样子。
⑤ "朱蕤"句：红花开在紫茎的上面。蕤（ruí）：花下垂的样子。
⑥ 嫋嫋（niǎo）：风微微吹动貌。《楚辞·九歌·湘夫人》："嫋嫋兮秋风。"
⑦ 华：古"花"字。

终南别业①

王　维②

　　中岁颇好道③，晚家南山陲④。兴来每独往，胜事⑤空自知。行到水穷处，坐看云起时。偶然值林叟⑥，谈笑无还期。

【简析】

　　这是一首王维自道人生意趣的诗。从中年的信佛，到晚年的归隐，厌弃尘俗与归心自然的思想一脉相承。对于辋川别墅所在的"胜事"，王维善于用佛家之眼观照，"搜求于象，心入于境，神会于物，因心而得"（王昌龄《诗格》），因而诗境往往过滤掉了机心，而充满了物我冥合的禅意。在《山中与裴秀才迪书》中，王维曾提到终南山中的"胜事"："近腊月下，景气和畅，故山殊可过。足下方温经，猥不敢相烦，辄便往山中，憩感配寺，与山僧饭讫而去。北涉玄灞，清月映郭。夜登华子冈，辋水沦涟，与月上下。寒山远火，明灭林外。深巷寒犬，吠声如豹。村墟夜春，复与疏钟相间。此时独坐，僮仆静默，多思曩昔，携手赋诗，步仄径，临清流也。"以此来看这首诗，王维可说是独有会心。

---

① 本诗选自（清）赵殿成笺注《王右丞集笺注》（上海古籍出版社1984年版）。
② 王维：701—761年，字摩诘，祖籍太原祁州（今山西省祁县），寄籍蒲州（今山西省永济市）。开元九年（721年）进士，为太乐丞。张九龄执政，擢为右拾遗，迁监察御史，后奉命出塞，为凉州河西节度幕府判官。安史之乱时被迫出任伪职，后得宽宥。晚年迁中书舍人，终尚书右丞，世称王右丞。诗画俱善。苏轼评价道："味摩诘之诗，诗中有画；观摩诘之画，画中有诗。"
③ 中岁：中年。道：指佛教。
④ 南山：终南山。陲（chuí）：边缘，旁边，边境。
⑤ 胜事：美好的事。
⑥ 值：遇到。叟（sǒu）：老翁。

岁暮归南山①

孟浩然②

北阙休上书③,南山归敝庐④。不才明主弃,多病故人疏。白发催年老,青阳⑤逼岁除。永怀愁不寐,松月夜窗虚。

【简析】

这是诗人归隐之作,大约创作于唐开元十六年(728年),此时孟浩然已40岁了。这年,孟浩然来长安应进士举,不幸落第,纠缠于仕隐之间,故有此作。这首诗虽然牢骚满腹,却不直接说出,而是正话反说,曲折表现自己的矛盾心情。如首句"北阙休上书"明显带有自怨自艾的情绪,实际表达的却是心念魏阙之意。"南山归敝庐"也不是真实意愿,无奈之举而已。又如接下两句,"不才"既是谦词,又兼含有才不被人识的感慨。而"明主"既有谀美之意,又因为与"不才"构成"弃"的关系,故寓含"明"即"不明"的微词。"多病故人疏"不去埋怨"故人"引荐不力,而说成自己"多病"疏远了故人,因此委婉有致。

① 本诗选自四部丛刊影明本《孟浩然集》。
② 孟浩然:689—740年,名浩,字浩然,襄州襄阳(今湖北省襄樊市)人,世称孟襄阳。少时,隐居鹿门山。40岁时,游长安,应进士举不第,失意而归。他的诗多写隐居闲逸与羁旅愁思,意境清远,自然超妙,与王维并称"王孟",是山水田园诗派的代表人物之一。有《孟浩然集》四卷。
③ 北阙:皇宫北面的门楼,汉代尚书奏事和群臣谒见都在北阙,后因用作朝廷的别称。休上书:停止进奏章。
④ 南山:唐人诗歌常以南山代指隐居,此处指孟浩然故乡襄阳岘山。敝庐:破旧的房屋。
⑤ 青阳:指春天。

芙蓉楼送辛渐[1]

王昌龄[2]

寒雨连江夜入吴[3]，平明送客楚山[4]孤。洛阳亲友如相问，一片冰心在玉壶。

【简析】

这一首送别诗大约作于开元二十九年（741年）以后，当时王昌龄为江宁丞。《芙蓉楼送辛渐》共两首，第二首为："丹阳城南秋海阴，丹阳城北楚云深。高楼送客不能醉，寂寂寒江明月心。"写的是芙蓉楼饮宴饯别的情形。而本篇为第一首，着力点却是在江边话别。起两句即景生情，渲染离情别绪，不言朋友去后己孤而言"楚山孤"，则朋友相惜之情更可深见。后两句巧设比喻，以见自己的高风亮节。王昌龄一生遭谤不断，玉壶冰心之语恰是清者自清的深刻表白。

---

[1] 本诗选自李云逸注《王昌龄诗注》卷四（上海古籍出版社1984年版）。芙蓉楼：原名西北楼，在润州（今江苏省镇江市）西北。据《元和郡县志》卷二六《江南道·润州》载："晋王恭为刺史，改创西南楼名万岁楼，西北楼名芙蓉楼。"辛渐：王昌龄的朋友，生平不详。

[2] 王昌龄：698—约756年，字少伯，河东晋阳（今山西省太原市）人，一说京兆（今陕西省西安市）人。早年贫贱，困于农耕，开元十五年（727年）始中进士，授秘书省校书郎。二十二年（733年）中博学宏词科，官汜水尉郎，出为江宁丞。晚年，被谤谪龙标尉。安史乱起，为刺史闾丘晓所杀。后世称为王江宁或王龙标。其诗以七绝见长，被誉为"七绝圣手"。现存诗180余首，《全唐诗》编为四卷。

[3] 吴：古国名，这里泛指江苏南部、浙江北部一带。江苏镇江一带为三国时吴国所属。

[4] 楚山：古时吴、楚两地相接，镇江一带也称楚地，故其附近的山也可叫楚山。

答王十二寒夜独酌有怀①

李 白

　　昨夜吴中雪，子猷佳兴发②。万里浮云卷碧山，青天中道流孤月③。孤月沧浪④河汉清，北斗错落长庚⑤明。怀余对酒夜霜白，玉床金井⑥冰峥嵘。人生飘忽百年内，且须酣畅万古情。君不能狸膏金距学斗鸡⑦，坐令鼻息吹虹霓⑧。君不能学哥舒⑨，横行青海夜带刀，西屠石堡取紫袍⑩。吟诗作赋北窗里，万言不直一杯水。世人闻此皆掉头，有如东风射马耳⑪。鱼目亦笑我，谓与明月同。⑫骅骝⑬拳跼不能食，蹇驴⑭得志鸣春风。折杨皇华⑮合流俗，晋君听琴枉清角⑯。巴人谁肯

---

　　① 本诗选自四部丛刊影明本《分类补注李太白诗》卷十九。王十二：生平不详。王曾赠李白《寒夜独酌有怀》诗，李白作此以答。
　　② "子猷"句：《世说新语·任诞》载，"王子猷居山阴，夜大雪，眠觉，开室命酌酒，四望皎然，因起彷徨，咏左思《招隐》诗，忽忆戴安道。时戴在剡，即便夜乘小船就之。经宿方至，造门不前而返。人问其故，王曰：'吾本乘兴而行，兴尽而返，何必见戴？'"此以子猷拟王十二。
　　③ 中道：中间。流孤月：月亮在空中运行。
　　④ 沧浪：王琦注云"沧浪，犹沧凉，寒冷之意"。
　　⑤ 长庚：星名，即太白金星。
　　⑥ 玉床金井：指井上装饰华丽的栏杆。床：井栏。
　　⑦ 狸膏：用狐狸肉炼成的油脂，斗鸡时涂在鸡头上，对方的鸡闻到气味就畏惧后退。金距：套在鸡爪上的金属品，使鸡爪更锋利。南朝梁简文帝《鸡鸣篇》："陈思助斗狸膏，邴昭妒敌安金距。"
　　⑧ "坐令"句：王琦注云"玄宗好斗鸡，时以斗鸡供奉者若王准、贾昌之流，皆赫奕可畏"。李白《古风·大车扬飞尘》载"路逢斗鸡者，冠盖何辉赫。鼻息干虹霓……"。
　　⑨ 哥舒：即哥舒翰，唐朝大将，突厥族哥舒部人，曾任陇右、河西节度使。
　　⑩ 西屠石堡：指天宝八载（749年），哥舒翰率大军强攻吐蕃的石堡城。紫袍：唐朝三品以上大官所穿的服装。
　　⑪ 有如句：比喻无关紧要，不值得一听的话。
　　⑫ 明月：一种名贵的珍珠。《文选》卷二九张协《杂诗十首》之五："鱼目笑明月。"张铣注："鱼目，鱼之目精白者也。明月，宝珠也。"此以鱼目混为明月珠而喻朝廷小人当道。
　　⑬ 骅骝：骏马，喻贤才。
　　⑭ 蹇驴：跛足之驴，喻奸佞。
　　⑮ 折扬皇华：《庄子·天地》载"大声不入于里耳，《折杨》《皇华》则嗑然而笑"。成玄英疏："《折杨》《皇华》，盖古之俗中小曲也，玩狎鄙野，故嗑然动容。"
　　⑯ 清角：曲调名。

和阳春①，楚地由来贱奇璞②。黄金散尽交不成，白首为儒身被轻。一谈一笑失颜色，苍蝇③贝锦喧谤声。曾参岂是杀人者？谗言三及慈母惊④。与君论心握君手，荣辱于余亦何有？孔圣犹闻伤凤麟⑤，董龙更是何鸡狗⑥！一生傲岸苦不谐，恩疏媒劳志多乖。严陵⑦高揖汉天子，何必长剑拄颐事玉阶⑧。达亦不足贵，穷亦不足悲。韩信羞将绛灌比⑨，祢衡耻逐屠沽儿⑩。君不见李北海⑪，英风豪气今何在！君不见裴尚书⑫，土坟三尺蒿棘居！少年早欲五湖去⑬，见此弥将钟鼎疏⑭。

【简析】

　　这首诗大约作于唐玄宗天宝八载（749年），王琦《李太白年谱》云："是年六月，陇右节度使哥舒翰攻吐蕃石堡城，拔之。白有《答王十二寒夜独酌有怀》诗。"虽为答朋友之作，但李白却借以批判黑暗现实，表现了蔑视权贵、傲岸不屈的精神。这首诗艺术特点鲜明：一是议论纵横，李白出入历史、现实之间，从庸才得志到坏人擅威再到贤才遭嫉，皆反复指斥，予以揭露；二是情感激烈，虽然运用了大量的典故，但却融汇了李白对于现实的感受和态度，或嘲讽，或怒骂，恣意挥斥，感情激越。三是形象狂放，在这首诗中，愤激与傲岸构成了两种主要情绪，李白狂放不羁的性格特点得以彰显。

---

　① 巴人、阳春：乐曲名。
　② "楚地"句：楚人和氏得玉璞，先后献给厉王、武王，皆以欺诳之罪而受刑。直到文王即位，方知为宝，而命名为和氏璧。
　③ 苍蝇：比喻进谗言之人。
　④ "曾参"句：《战国策·秦策二》载，曾子之母误信曾子杀人的传言，大惧逃走。
　⑤ "孔圣"句：《论语·子罕》载，"子曰：'凤鸟不至，河不出图，吾已矣夫！'"
　⑥ 董龙：《资治通鉴》卷一〇〇载，"秦司空王堕性刚毅，右仆射董荣，侍中强国，皆以佞幸进，堕疾之如仇。每朝见，荣未尝与之言。或谓堕曰：'董君贵幸如此，公宜小降意接之。'堕曰：'董龙是何鸡狗？而令国士与之言乎！'"胡三省注："龙，董荣小字。"
　⑦ 严陵：即东汉隐士严光，字子陵，曾与光武帝刘秀同学。
　⑧ 长剑拄颐：《战国策·齐策六》载"大冠若箕，修剑拄颐"。事玉阶：在皇宫的玉阶下侍候皇帝。
　⑨ 韩信：汉初大将，淮阴人。楚汉战争期间，曾被封为齐王。汉王朝建立后，改封楚王，后降为淮阴侯。在此之后，韩信常称病不朝，羞与降侯周勃、颍阴侯灌婴并列。
　⑩ 祢衡：《后汉书·祢衡传》载，"祢衡……少有才辩，而气尚刚毅，矫时慢物……是时许都新建，贤士大夫四方来集。或问衡曰：'盍从陈长文、司马伯达乎？'对曰：'吾焉能从屠沽儿耶！'"
　⑪ 李北海：李邕（678—747年），字泰和，鄂州江夏（今湖北省武汉市）人。李邕少年成名，后召为左拾遗，曾任户部员外郎、括州刺史、北海太守等职，人称"李北海"。唐代著名书法家。生平喜爱结交名士，天宝四年（745年），李白与之相见，颇为倾心。后被李林甫冤杀，李白为之愤然不平。
　⑫ 裴尚书：裴敦复，唐玄宗时任刑部尚书，与李邕同时被李林甫冤杀。
　⑬ 五湖去：《国语·越语下》载，春秋末越国大夫范蠡辅佐越王勾践，灭亡吴国，功成身退，乘轻舟以隐于五湖。后因以"五湖"指隐遁之所。
　⑭ 弥：更加。钟鼎：鸣钟列鼎而食，代指富贵。

戏为六绝句①

(其 五)

杜 甫②

不薄今人爱古人,清词丽句必为邻③。窃攀屈宋宜方驾④,恐与齐梁作后尘。

【简析】

《戏为六绝句》是杜甫面对当时人们崇尚古人却菲薄庾信与初唐四杰等今人的不良倾向,于唐肃宗上元二年(761年)所创作的一组论诗绝句。为了冲淡批评的锋芒,所以题作"戏为"。这首诗作为其中第五首,反对时人薄今而厚古的取法倾向,认为应一视同仁。同时提出,若要使诗境更进一步,必须"窃攀屈宋",运用健拔之笔,方能救"清词丽句"之弊,才不至于沿流失源,步齐、梁时期那种轻浮侧艳诗风的后尘。

杜甫这组诗开创了后世以诗论诗的先河,成为传统文学批评的特有形式。《唐宋诗醇》云:"以诗论文,于绝句中,又属创体。此元好问《论诗绝句》之滥觞也。"正说明了此类诗的独特价值。

---

① 本诗选自(清)仇兆鳌注《杜诗详注》卷十一(中华书局1979年版)。《戏为六绝句》共六首七言绝句,总结了杜甫诗歌的创作经验,堪称其诗论的总纲。此处所选为其中第五首。

② 杜甫:712—770年,字子美,自号少陵野老,祖籍襄阳(今湖北省襄樊市),寄居巩县(今河南省巩义市)。祖父杜审言,文章四友之一。天宝中,客居长安十年,备尝艰辛。安史乱起,趋唐肃宗行在,官左拾遗,因直言极谏,改华州司功参军。不久,弃官入蜀。严武任西川节度使,表荐为节度参军、检校工部员外郎,故世称杜工部。后病死在湘江舟中。为诗奇绝,号为"诗圣"。有《杜少陵集》25卷,收诗1400余首。

③ 清词丽句:陈琳《答东阿王笺》载"清词妙句,焱绝焕炳"。《宋书·谢灵运传论》载"清词丽曲,时发乎篇"。必为邻:一定要引以为邻居,即不排斥的意思。

④ 窃攀:私意追攀。屈宋:屈原和宋玉,楚国著名辞赋家。方驾:并车而行。

山 石①

韩 愈②

　　山石荦确行径微③，黄昏到寺蝙蝠飞。升堂坐阶新雨足，芭蕉叶大栀子④肥。僧言古壁佛画好，以火来照所见稀。铺床拂席置羹饭，疏粝⑤亦足饱我饥。夜深静卧百虫绝，清月出岭光入扉。天明独去无道路，出入高下穷烟霏。山红涧碧纷烂漫⑥，时见松枥⑦皆十围。当流赤足踏涧石，水声激激风吹衣。人生如此自可乐，岂必局束为人鞿⑧？嗟哉吾党二三子，安得至老不更归。

【简析】

　　一般认为，这首诗作于唐德宗贞元十七年（801 年），所游之地为洛阳北面的惠林寺。诗虽题为"山石"，但并非咏山石，而是记游。依照时间顺序，这首诗记叙了游览过程中的所见所感，描绘了从黄昏至入夜再到黎明的山中景色，抒发了不愿受世俗羁绊的心情。从章法上看，诗人明显借鉴了古文的散句单行特色，不事雕琢，直书所见，将游踪一一呈现出来。同时，写景不尚粉饰而有原始生气，抒情不重激烈而能真挚有味。因此，成为韩愈极具诗歌创新意识的代表作品。苏轼极赏爱之，曾与友人游南溪，解衣濯足，朗诵《山石》，"慨然知其所以乐"，又有诗道及："荦确何人似退之，意行无路欲从谁？宿云解驳晨光漏，独见山红涧碧时。"（《王晋卿所藏着色山二首》其二）

---

① 本诗选自钱仲联集释《韩昌黎诗系年集释》卷二（上海古籍出版社 1984 年版）。《山石》，取首句"山石"二字为题，乃古诗标题的常见拟法。
② 韩愈：768—824 年，字退之，河南河阳（今河南省孟州市）人，自称郡望昌黎，世称韩昌黎。唐德宗贞元八年（792 年）进士。先后任宣武及宁武节度使判官。贞元末，累迁至监察御史，因论事而遭权臣谗害，被贬为阳山令。后历都官员外郎、史馆修撰、中书舍人等职。元和十四年（819 年），因谏迎佛骨一事被贬至潮州。晚年官至吏部侍郎，人称韩吏部。谥号文，故称韩文公。有《韩昌黎集》40 卷，《外集》十卷。
③ 荦（luò）确：险峻不平的样子。微：狭窄。
④ 栀子：常绿灌木，夏季开白花，香气浓郁。
⑤ 疏粝（lì）：糙米饭。
⑥ 山红涧碧：即山花红艳，涧水清碧。纷：繁盛。烂漫：光彩四射的样子。
⑦ 枥（lì）：同"栎"，一种落叶乔木。
⑧ 局束：拘束，不自由。鞿（jī）：套在马口上的缰绳，这里作动词用，喻受人牵制、束缚。

旧将军①

李商隐②

云台③高议正纷纷，谁定当时荡寇勋④？日暮灞陵原上猎，李将军是旧将军。⑤

【简析】

　　托古讽时是李商隐咏史诗的一大特点。这首诗表面上是为汉代名将李广功高未封而打抱不平，实质上却是感慨于唐宣宗朝贬斥有功将相的行为而深致不满。清代学者冯浩认为："李卫国之攘回纥、定泽潞，竟无一人讼之，且将置之于死地，诗所为深慨也。"（《玉溪生诗集笺注》）李卫国即李德裕，为李党领袖，但由于唐宣宗重用牛党人物，故李德裕深受牛党压制，被一贬再贬。这首诗在言辞之间，可见李商隐对于时政的深切关怀与沉重感慨。

---

① 本诗选自刘学锴、余恕诚编《李商隐诗歌集解》（中华书局2004年版）。
② 李商隐：812—858年，字义山，号玉溪生，祖籍怀州河内（今河南省沁阳市）人，祖辈迁至荥阳（今河南省郑州市）。开成二年（837年）进士，授秘书省校书郎，补宏农尉。陷于牛李党争，一生仕宦不偶。长于诗赋，与杜牧合称"小李杜"。其诗构思新奇，讲究辞藻，为人传诵。有《李义山诗集》三卷。
③ 云台：汉代宫中高台。
④ 荡寇勋：指当年李广抗击匈奴的功勋。
⑤ 日暮句：《史记·李将军列传》载，李广在抗击匈奴的战争中屡建功勋，但未得封侯。后退居蓝田南山，以射猎消遣。

春　日[①]

苏　轼

鸣鸠乳燕寂无声[②]，日射西窗泼眼明。午醉醒来无一事，只将春睡赏春晴。

【简析】
　　这首诗抒写了诗人在春日午后酒醒之际的独特感受，无鸟鸣之乱耳，有落照之入室，无限韶光，正容醉眠。在字里行间，诗人耳闻目睹的皆是静好之境，而于此境之中，诗人闲适容与的心情便在不经意间洒落出来。而"只将春睡赏春晴"，甚至带了一份固执与任性，令人相信这才是苏轼一直向往的生活。王文诰说："此诗乃得旨放还，未闻神宗遗制之前在南都作。"（《苏轼诗集》卷二五）如此，则时在宋神宗元丰七年（1084年）。苏轼刚结束了5年的贬居黄州的生活，而有意归居久已期待的常州，故在两次上疏乞求朝廷并获得批准时，他欢欣鼓舞："归去来兮，清溪无底，上有千仞嵯峨。画楼东畔，天远夕阳多。"（《满庭芳》）因此，这首诗中所描写的生活正是苏轼在久历宦海风波之后所朝思暮想的，一旦达成，何其完满！

[①] 本诗选自（清）王文诰辑注、孔凡礼点校《苏轼诗集》卷二五（中华书局1982年版）。
[②] "鸣鸠"句：语出杜甫《题省中院壁》"落花游丝白日静，鸣鸠乳燕青春深"。

病起荆江亭即事十首①

(其 一)

黄庭坚②

翰墨场中老伏波③,菩提坊里病维摩④。近人积水无鸥鹭,惟见归牛浮鼻过⑤。

【简析】

宋徽宗建中靖国元年(1101年)初,黄庭坚被召为吏部员外郎。因病新愈,辞谢不赴,羁留在江陵等候新的任命。这首诗便是此时所作,即目所见,自绘形象。前两句用典,一以伏波将军马援自比,许自己是愿为国事而死的文坛老将;一以病维摩相形,颇见自身久病初愈而心地洞明的样子。后两句化用前人陈咏"隔岸水牛浮鼻渡,傍溪沙鸟点头行"之句,有点铁成金之妙。一则虽为化用,却能贴合眼前所见实景;二是融入对佛典的暗用,与"病维摩"相承接。《维摩经》曾把佛法比作"以大海内于牛迹",则唯露一鼻在外的渡牛,应是对作者之于佛法的关系的某种隐喻。

---

① 本诗选自(宋)任渊等注、刘尚荣校点《黄庭坚诗集注》卷十四(中华书局2003年版)。这组诗作于宋徽宗建中靖国元年(1101年),时黄庭坚离开戎州贬所,到达峡州,在荆江听命。此为第一首。

② 黄庭坚:1045—1105年,字鲁直,号山谷道人,晚号涪翁,洪州分宁(今江西省修水县)人。宋英宗治平四年(1067年)进士,任叶县尉、北京国子监教授,知太和县。宋哲宗元祐初,任秘书郎、《神宗实录》检讨官、著作佐郎。绍圣元年(1094年),贬涪州别驾、黔州安置。徽宗以后,复谪宜州,卒于贬所。谥文节。苏门四学士之一,著名文学家、书法家。诗歌生新瘦硬,开"江西诗派"。有《山谷集》。

③ 老伏波:指东汉伏波将军马援,年六十二,尚能率将士征讨蛮夷,建功立业。

④ 菩提坊:《华严经》载"佛在菩提道场,始成正觉"。病维摩:维摩诘在佛说法时,称疾不去,佛就派弟子前来问疾。黄庭坚借以自道其晚年向禅之意,并关合当时背上生疽、刚刚痊愈之事。

⑤ "近人积水"句:《北梦琐言》卷七载陈咏诗句"隔岸水牛浮鼻渡,傍溪沙鸟点头行"。此化用之。

小园①

（其 三）

陆 游②

村南村北鹁鸪③声，水刺④新秧漫漫平。行遍天涯千万里，却从邻父学春耕。

【简析】

　　自陶渊明以来，普通常见的田园乡居便被赋予了诗意色彩，成为诗人的精神家园。这首诗写于淳熙八年（1181年）春天，时陆游刚从官场抽身，回到家乡山阴闲居。前两句描写乡村景色，鸟声嘹亮，新稻初萌，处处充满春意与生机。后两句揭示了理想与现实之间的矛盾：为了实现报国杀敌、收复失地的愿望而"行遍天涯"，结果"却从邻父学春耕"回到生活的起点。所以，这首诗在表达乡居生活的闲适惬意的同时，也隐含了一种无奈之叹。换言之，人虽老，雄心壮志亦不曾磨灭，但碍于世事艰难，也只有这样的田园乡居生活能洗涤诗人的尘世风霜，给诗人以情感的抚慰了。

---

　　① 本诗选自钱仲联校注《剑南诗稿校注》卷十三（上海古籍出版社1985年版）。《小园》为陆游退居家乡后所作，共4首，此为其中第三首。
　　② 陆游：1125—1210年，字务观，号放翁，越州山阴（今浙江省绍兴市）人。宋高宗绍兴二十三年（1153年）试礼部，名列第一，触怒秦桧，被黜免。孝宗即位，任枢密院编修，赐进士出身。乾道五年（1169年）入蜀，任夔州通判，后参加四川宣抚使王炎幕府，积极筹划进取中原。后官至宝谟阁待制。晚年退居家乡。中兴四大诗人之一。有《剑南诗稿》85卷、《渭南文集》50卷等。
　　③ 鹁（bó）鸪：也叫水鹁鸪，羽毛黑褐色，天要下雨或刚晴的时候，常在树上咕咕地叫。
　　④ 水刺：秧苗露出水面的尖叶，如水生的刺一般。

秋　　望①

李梦阳②

黄河水绕汉边墙③,河上秋风雁几行。客子过壕追野马④,将军弢箭射天狼⑤。黄尘古渡迷飞挽⑥,白月横空冷战场。闻道朔方⑦多勇略,只今谁是郭汾阳⑧?

【简析】

这是一首边塞诗。明代边患严重,屡受鞑靼、女真等民族侵扰,战事不断。然而,与唐代不同,明代在这类战争中常处于下风,因此流露在诗歌中的情绪,昂扬乐观少而忧虑实多。明代弘治年间,李梦阳出使前线,有感于当时战争情形,写下了这首诗。一方面,前线将士的英勇豪情令人心潮澎湃;另一方面,边塞秋光的苍凉,战场白月的冷瑟,则蕴含了诗人的深沉忧虑。尾联以问句作结,对于像唐代郭子仪一类的名将,实在抱有一种深切的期待。全诗苍劲有力,慷慨激楚,置于唐人边塞诗中,曾无愧色。

---

① 本诗选自刻本《明诗别裁集》卷四。
② 李梦阳:1473—1530年,字献吉,号空同子,庆阳安化(今甘肃庆城县)人,后徙河南扶沟(今河南周口)。弘治进士,官户部郎中。为尚书韩文草疏弹劾宦官刘瑾,事泄,几死。后迁江西提学副使。李梦阳提倡"文必秦汉,诗必盛唐",为前七子领袖。有《空同集》。
③ 汉边墙:汉代长城,这里指明朝当时在大同府西北所修的长城。
④ 客子:离家戍边的士兵。壕:护城河。野马:游气或游尘,此处指人马荡起的烟尘。
⑤ 弢箭:将箭装入袋中,整装待发之意。弢(tāo):装箭的袋子。天狼:天狼星,古人认为此星出现预示有外敌入侵。
⑥ 飞挽(wǎn):快速运送粮草的船只。
⑦ 朔方:唐代方镇名,治所在灵州(今宁夏灵武西南),此处借指西北一带。
⑧ 郭汾阳:郭子仪,唐代名将,平定叛乱有功。曾任朔方节度使,封汾阳郡王。

己亥杂诗[①]

（其　四）

龚自珍[②]

此去东山又北山[③]，镜中强半[④]尚红颜。白云出处从无例[⑤]，独往人间竟独还。（予不携眷属傔从[⑥]，雇两车，以一车自载，一车载文集百卷出都。）

【简析】

《己亥杂诗》共315首，或直抒胸臆，或回忆往事，或叙写见闻，或朋友赠答，于短章之中，展现了诗人极其复杂且魅力十足的内心世界。这首诗为其中第四首，据诗后自注，可知此为龚自珍辞官后独自离京之作，表现了脱去羁绊、自在洒落的精神。在诗中，借助于白云意象，龚自珍潜藏于心的出处矛盾被冲淡了，而呈现出机心化尽之态。尾句则意蕴丰富，客观而言，诗人亦为"人间"之人，受其羁绊，但在诗人，却独往独还，不为所染、所限，之所以如此，显然取决于诗人充满哲学意味的认知与旷达傲岸的胸襟。

[①] 本诗选自《龚自珍全集》（上海人民出版社1975年版）。《己亥杂诗》写于道光十九年（1839年），龚自珍辞官返乡之时，共315首。于中可见作者的生平、思想。此为其中第四首。

[②] 龚自珍：1792—1841年，一名巩祚，字璱人，号定庵，仁和（今浙江省杭州市）人。出身于世代官宦学者家庭。27岁中举人，38岁中进士，曾任内阁中书、宗人府主事、礼部主事等。48岁辞官南归，次年卒于丹阳云阳书院。他主张革除弊政，抵制外国侵略，是近代改良运动的先驱。诗文主张"更法""改图"，揭露清统治者的腐朽，洋溢着爱国热情，被柳亚子誉为"三百年来第一流"，对近代文学影响巨大。著有《定庵文集》。

[③] 东山：东晋谢安隐居之地。北山：即南京紫金山，南齐周颙隐居于此，后出山为官，孔稚圭作《北山移文》予以讽刺。

[④] 强半：多半。

[⑤] 白云：陶渊明《归去来兮辞》载"云无心以出岫，鸟倦飞而知还"。出处：个人进退。无例：没有规律，随心随势而动。

[⑥] 傔（qiàn）从：随从，仆役。

叶遐庵自香港寄诗询近状赋此答之①

陈寅恪②

道穷文武欲何求，残废流离更自羞。垂老未闻兵甲洗③，偷生争为稻粱谋④。招魂楚泽⑤心虽在，续命河汾⑥梦亦休。忽奉新诗惊病眼，香江回忆十年游⑦。

【简析】

这是一首比较集中体现陈寅恪晚年心境的诗歌。"这首诗不仅集中了道穷之境、残废之身、流离之路、垂老之念、偷生之意、惊悚之心，几乎汇聚了陈寅恪诗歌的所有重要的核心意象，而且写出了有心招魂、无力续命的无奈甚至绝望的心境。""他的'故国'之思，他的'流离'之感，他的'续命'之愿，都根源于这样一种文化遗民心态。在这样一种心态支配下，自然的山川风物与节候流转，社会的风云变幻和个人的身世遭际，便不免带着情绪的投射，其诗歌的种种意象和语言，也就同样呼应着这种情绪。"（见彭玉平《论陈寅恪的生命诗学》，《中山大学学报》2011 年第 3 期）

---

① 本诗选自《陈寅恪集·诗集（附唐篔诗存）》（生活·读书·新知三联书店 2009 年版）。叶遐庵：叶恭绰（1881—1968 年），字裕甫，又字誉虎，号遐庵、遐翁，晚年别署矩园，广东番禺人。现代著名书画家、收藏家、政治活动家。早年毕业于京师大学堂，后留学日本，加入同盟会。曾任北洋政府交通总长、南京国民政府铁道部长。中华人民共和国成立后，任中央文史馆副馆长、第二届中国政协常委。编有《广箧中词》《全清词钞》。1950 年前后，叶恭绰有《寄怀陈寅恪广州》："昆仑星宿久探源，知尔南来道益尊。作传左邱严义例，审音师旷定群喧。无明漫虑能生火，不视悬知胜洞垣。伫望一花开五叶，好培岭学接中原。"陈寅恪作此词答之。

② 陈寅恪：1890—1969 年，字鹤寿，修水义宁人。中国现代著名文史学家、语言学家、诗人。先后任教于清华大学、西南联大、中山大学等校。著有《隋唐制度渊源略论稿》《唐代政治史述论稿》《元白诗笺证稿》《金明馆丛稿》《柳如是别传》等。

③ 兵甲：杜甫《洗兵马》云"安得壮士挽天河，尽洗甲兵长不用"。

④ 稻粱谋：龚自珍《己亥杂诗·咏史》载"著书都为稻粱谋"。

⑤ 招魂楚泽：屈原被放逐江南，魂魄将散，宋玉便作《招魂》为之伸张。这里作者以宋玉自比，表达了为失落的传统文化（即诗中所谓"道"）而招魂的意思。

⑥ 河汾：黄河与汾水。隋末大儒王通在黄河、汾水之间设馆教学，远近来求学者达 1000 余人，唐初功臣如房玄龄、杜如晦、魏徵、李靖等都是他的门徒。

⑦ 香江句：抗日战争期间，陈寅恪曾滞留香港任教，叶恭绰亦避难此地，二人有过交游。

更漏子[1]

温庭筠[2]

玉炉香,红蜡泪。偏照画堂秋思。眉翠薄[3],鬓云残[4]。夜长衾[5]枕寒。梧桐树。三更雨。不道[6]离情正苦。一叶叶,一声声。空阶滴到明。

【简析】

此词写秋思,而其所思具体在"离情"二字。上片以画堂为主要场景,由玉炉的香雾氤氲与蜡泪的黯淡光影带出秋思,又由秋思而写出闺妇憔悴、凌乱之体貌,侧重在视觉描写。下片虽然思妇仍在画堂,但由听觉而描写窗外雨打梧桐、滴落空阶的情形,离情也在这种听觉描写中被彰显出来。全词色泽凄丽而不失疏朗之致,情思缠绵而饶有力度。

---

[1] 本词选自影宋本《花间集》卷一(文学古籍刊行社1955年版)。
[2] 温庭筠:约812—约866年,本名岐,字飞卿,太原祁(今山西省祁县)人。屡试进士不第。曾任方城尉,官终国子助教,世称温方城、温助教。为人放浪不羁,性格倨傲,然文思敏捷,每入试,押官韵,八叉手而成八韵,故有"温八叉"之称。辞章律赋擅名一时,与李商隐并称"温李"。又精通音律,能逐弦吹之音,为侧艳之词,为花间派鼻祖。后人辑有《金奁词》一卷。
[3] 眉翠薄:涂在眉毛上的翠色逐渐褪去。
[4] 鬓云残:鬓发散乱。
[5] 衾:被子。
[6] 不道:不管、不顾。

菩萨蛮①

韦　庄②

劝君今夜须沉醉，尊前③莫话明朝事。珍重主人心，酒深情亦深。　　须愁春漏④短，莫诉金杯满。遇酒且呵呵⑤，人生能几何！

【简析】

韦庄的词以叙事见长，往往在明白自然的话语中将款款深情表现出来。他的这组《菩萨蛮》词共有 5 首，这里选的是第四首，可能是韦庄漫游江南时所作。此词主题写的是人生短暂、及时行乐之意，似为经过多年人生历练后的感怀之作。开头两句将"今夜"与"明朝"对写，以今日之沉醉来换取莫话明朝之事，起笔感情便沉潜。今夜沉醉也是主人之心，酒深情深，其实也是不容不醉了。上片在沉郁中不失豪情。下片则希望今夜能无限地延长，词人抗拒明朝的情怀再次被强调了出来。结二句则将词人留恋今夜的原因点明：因为人生几何，故在有限的人生中不妨自寻生活的乐趣，而酒则是这种乐趣的重要媒介。全词似乎都沉浸在浓烈的酒香之中，沉醉、尊前、酒深、金杯、遇酒等，酒的意象贯串在词的各个部分，从而形成了连贯的意思脉络。

---

① 本词选自影宋本《花间集》卷二（文学古籍刊行社 1955 年版）。
② 韦庄：836—910 年，字端己，京兆杜陵（今陕西省西安市附近）人。中唐诗人韦应物四世孙。少孤贫力学，才思过人。僖宗广明元年（880 年）应进士试，遇黄巢兵乱，流落江南十年之久。乾宁元年（894 年）方登进士第，授校书郎。天复元年（901 年），入蜀为王建掌书记，并终身仕蜀。天祐四年（907 年），劝王建称帝，为左散骑常侍，判中书门下事，定开国制度，官终吏部侍郎兼平章事。擅词，与温庭筠并称"温韦"。有《浣花词》辑本，存词 54 首。
③ 尊前：酒席前。尊：同"樽"，古代盛酒器具。
④ 春漏：春日的更漏，多指春夜。
⑤ 呵呵：笑声，这里有勉力为乐的意思。

采桑子①

冯延巳②

笙歌放散人归去，独宿红楼。月上云收。一半珠帘挂玉钩。起来点检③经由地，处处新愁。凭仗东流。将取离心过橘洲④。

【简析】

在冯延巳写的诸多《采桑子》词中，这首词的知名度并不高，但作者写景抒情别有一种缠绵的力度，读来让人为之动容。此词写闺阁离愁，乃唐五代词的常见主题，但作者写出了感情的力量。起笔即写笙歌放散，斯人远去，愁人独归，离别的主题已经点出。接以"独宿"，再次强调形单影只的境地。"月上"两句由帘望月，可见其无法安睡之情形，则虽说"独宿"其实未"宿"。下片因不寐而起，一一点检以往经历，原本或是寻求安慰，没想到触发的是处处新愁。何以是新愁呢？盖往事既难追寻，而今又是分离，则新愁旧愁不免叠加在一起。结二句因新愁旧愁难以遣去，所以希望滔滔东流能将自己的这份情意带到远行人的身边。从结构上来说，此词从离别、独归、独宿、不寐、回忆再到驰想，顺承而下，但情感却是处在不断收紧的过程中。作者不仅将离愁写得形象感人，而且层次多变。

---

① 本词选自清王鹏运四印斋本《阳春集》。
② 冯延巳：903—960年，又名延嗣，字正中，广陵（今江苏省扬州市）人。南唐中主时，官至翰林学士承旨、中书侍郎、左仆射同平章事，终太子太傅，卒谥忠肃。其词多写闺阁情事，但语言清新宛转，取象开阔，对北宋词人影响较大。词集名《阳春集》。
③ 点检：回顾、反思。
④ 离心：离愁。橘洲：橘子洲，在今湖南长沙西湘江中，多美橘，故名。

浪淘沙①

李 煜②

往事只堪哀。对景难排。秋风庭院藓侵阶③，一任珠帘闲不卷，终日谁来。金锁已沉埋。壮气蒿莱。④ 晚凉天净月华开。想得玉楼瑶殿影，空照秦淮⑤。

【简析】

唐圭璋在《李后主评传》中说："他自迁宋都后，自然是事事不得自由。他看不见江南的人物风景，他也挽不回过去的青春。仅仅有自由的梦魂，时时去萦绕他的故国。"这首词即作于李煜被囚汴京期间，抒发了由天子降为臣虏后难以排遣的失落感以及对南唐国都的深切眷念。全词以往事与今景对写，一虚一实，动人心魄。起两句是全词主旨，"往事堪哀"与"对景难排"，使词人深陷于往事与今景的痛苦之中，由昔至今，凄凉一色。"秋风"三句既补足难排之景，又与《相见欢》所谓"寂寞梧桐深院锁清秋"意趣相近，极言其环境落寞之状。过片两句是对当年壮气豪情的回忆。现在一旦归为臣虏，颇有悔不当初之意。"晚凉"句由忆念往事而移写今景，亦上阕"对景难排"之"景"也。日暮凉至，天空明净高旷，月光融融。人事虽非，自然却是依旧。"想得"句是因月想得南唐故都的玉楼瑶殿与波光闪烁的秦淮河，同在此月之下，然情景已非，痛从中来。此词情感摇曳今昔之间，或写实或想象，笔法动宕得奇。

---

① 本词选自《晨风阁丛书》本《南唐二主词》。

② 李煜：937—978年，初名从嘉，字重光，号钟隐、莲峰居士，彭城（今江苏省徐州市）人。南唐中主李璟第六子，初封安定郡公，后改封吴王，建隆二年（961年）嗣位，在位15年，史称南唐后主、李后主。开宝八年（975年），宋军攻破金陵，李煜被迫降宋，被俘至汴京，封为右千牛卫上将军、违命侯。太平兴国三年（978年），被毒死。李煜精书法，工绘画，通音律，诗文均有一定造诣，尤以词的成就最高。存词30余首，与其父李璟词汇刻为《南唐二主词》。

③ 藓侵阶：苔藓长满台阶，意为久无人迹往来。

④ 金锁句：用三国时吴国用铁锁封江对抗晋军，但终归失败之事。事见《晋书·王濬传》："吴人于江险碛要害之处，并以铁锁横截之。"壮气蒿莱：王气尽失之意。蒿莱：野草。

⑤ 秦淮：秦淮河，横贯金陵。据说是秦始皇为疏通淮水而开凿的，故名秦淮。

踏莎行①

晏 殊②

　　小径红稀③，芳郊绿遍。高台树色阴阴见④。春风不解⑤禁杨花，濛濛乱扑行人面。　　翠叶藏莺，朱帘隔燕。炉香静逐游丝⑥转。一场愁梦酒醒时，斜阳却照深深院。

【简析】

　　此词通过对暮春景物的描绘，抒发一种时节流逝之感和人生苦短之愁闷。上片写暮春之景，极具诗情画意。视点由小径、芳郊而高台，颇见移步换形之迹。红稀、绿遍、树色阴阴，春将去夏将至的时节之感十分强烈，色彩浓郁。"春风"两句写景更为灵动。杨花扑面本是暮春习见之景，但著一"乱"字，尤见其漫天飞舞之形。"扑"字不是一般的随意触碰，而是带有一定的力度。杨花本身无所谓力度，这力度便来自于春风。作者在这里采用拟人手法，认为杨花乱扑，是春风未加禁抑之故。怨得无理，但无理而妙。"行人面"三字，引出下片春思。过片两句承上启下，"翠叶"接"树色阴阴"，"藏莺"是状翠叶之茂盛。"朱帘"引出人事，并使景物描写由室外移到室内。炉香静逐游丝乱转，写室内景象，虽止一句，但内室零乱之迹已可想见，以此也衬写出主人之无绪。一"逐"一"转"，虽有动态却无声音，故"静"字下得极准极重。煞拍两句，略涉抒情，但稍即却离，又以"斜阳却照深深院"景语作结，有余不尽之意留在言外。其中是否融入了惜春之情和感叹生命流逝之迅捷无痕，作者将这一答案尽托于斜阳夕照之中，让读者去自由玩索了。

---

　　① 本词选自张草纫笺注《二晏词笺注》（上海古籍出版社2008年版）。
　　② 晏殊：991—1055年，字同叔，抚州临川（今江西省抚州市）人。景德二年（1005年）以神童召试，赐同进士出身。仁宗时，官至同中书门下平章事兼枢密使。卒谥元献，世称晏元献。其词宗法南唐，所作温润秀洁，有富贵气象，被清人冯煦誉为"北宋倚声家初祖"（《六十一家词选例言》）。有《珠玉词》。
　　③ 红稀：花儿稀少、凋谢。
　　④ 阴阴见：隐隐约约地显现。
　　⑤ 不解：不懂得。
　　⑥ 游丝：蜘蛛、青虫等吐出的丝飞扬空中，因其游移不定，故称。

鹧鸪天[①]

晏几道[②]

醉拍春衫惜旧香[③]。天将离恨恼疏狂[④]。年年陌上生秋草,日日楼中到夕阳。云渺渺,水茫茫。征人归路许多长。相思本是无凭语,莫向花笺[⑤]费泪行。

【简析】

这首《鹧鸪天》写绵绵离恨,以痴迷的形态来起笔,思绪至为细密。"醉拍"二字尽见疏狂之态,以此也折射出其心绪之凌乱。而醉了以后,既未昏昏睡去,又无狂言乱语,独将春衫拎起,并揭出"惜旧香"之意,则因何而醉,因何而拍,因何而惜,俱成不解之解,似乎隐隐地表现出恋人不得后的恋物倾向。下片自释离恨,不见疏狂,唯有黯然,或有幡然醒悟之意。云水渺茫,征人路长,此是从对方着眼,亦是自我宽慰之语。煞拍两句则又从自我宽慰中顿悟。相见本属偶然,相思更属无凭,则自己纵使泪滴花笺,以书寄情,恐也是徒自增扰而已。"莫向"二字,尤见其决绝态度。晏几道在当时以"痴"闻名,这首词即从相思的角度写出了他的痴心痴态。

---

① 本词选自张草纫笺注《二晏词笺注》(上海古籍出版社2008年版)。
② 晏几道:1038—1110年,字叔原,号小山,抚州临川(今江西省抚州市)人。晏殊子。历任颍昌府许田镇监、乾宁军通判、开封府推官等。性孤傲,好藏书,能诗,尤以词著称。其词浓挚深婉,工于言情,与其父齐名,世称"二晏"。有词集《小山词》,存词260首。
③ 旧香:指情人遗留在衣衫上的香泽。
④ 疏狂:狂放,不受拘束。
⑤ 花笺:带花纹的信纸。

凤栖梧①

柳 永②

　　伫倚危楼③风细细。望极④春愁，黯黯生天际。草色烟光残照里。无言谁会凭阑意。　　拟把疏狂图一醉。对酒当歌，强乐还无味。衣带渐宽⑤终不悔。为伊消得人憔悴。

【简析】

　　此词表现了柳永在离别情人之后挥之不去、难以自拔的相思之情，笔端情感历历，荡气回肠。起笔七字，含蕴极丰。"伫倚"即长时间斜倚之意，盖登楼之前即已怀愁；危楼风细，亦足启人情思。"望极春愁"四字笔力极重，望而极者，无非是希望在视觉的尽点能出现一些堪作安慰之景，而结果却是愁生天际，正是愈努力愈显悲伤。情深一往之态，已露端倪。"草色"句写日暮景象，生动传神。朦胧凄迷之景，为突出词人无人会得凭栏之意的孤寂，铺设了苍茫的背景，孤独怀人之意隐隐而出。而伫倚以至日暮，望极而尽天际，皆非薄情人所为。思念之渴，昭然在目。下片由无人会意之凄凉，转写词人自我安慰，自得其乐。但追求快乐反得伤感，"强乐还无味"一语，伤心备至。"衣带"句乃酒后痛悟之言，其对爱情执着无悔之精神，尽见乎此。"为伊消得人憔悴"，更浑然流露出一派无怨深情。语决绝而情意深妙，是在经历种种迷惘和痛苦之后的大彻大悟之语。王国维《人间词话》曾以这两句所表现的执着精神，而把它喻为成就大事业、大学问的第二种境界，可见其概括了一种相当普遍的磨难意识，可以引发一些相同或相近的感受。通阅语言雅致，心理变化的描写曲尽其致，写境写情俱浑厚可感。

---

　　① 本词选自薛瑞生校注《乐章集校注》（中华书局2012年版）。
　　② 柳永：约987—约1055年，原名三变，字景庄，后改名永，字耆卿，因排行七，又称柳七，祖籍河东（今属山西），后移居崇安（今属福建）。家世业儒，与兄三复、三接并有文名。宋仁宗朝进士，官至屯田员外郎，世称柳屯田。为人放浪不检，长期沉抑下僚。他是北宋第一个专力作词的词人，精于音律，长于慢词，对词之题材有较大开拓。有《乐章集》。
　　③ 危楼：高楼。
　　④ 望极：极目远望。
　　⑤ 衣带渐宽：指人逐渐消瘦。《古诗十九首》："相去日已远，衣带日已缓。"

八声甘州[①]

寄参寥子[②]

苏　轼

　　有情风万里卷潮来,无情送潮归。问钱塘江上,西兴[③]浦口,几度斜晖。不用思量今古,俯仰昔人非。谁似东坡老,白首忘机[④]。　　记取西湖西畔,正春山好处,空翠烟霏。算诗人相得,如我与君稀。约他年、东还海道,愿谢公雅志莫相违。[⑤]　西州路,不应回首,为我沾衣。[⑥]

【简析】

　　苏轼此词既是临别寄情友人之作,又有参破世间荣辱、共继谢安雅志之意。上片在写景中参酌今古,揭示"忘机"之意。起两句气魄雄奇,写潮来潮归而分别以有情无情相拟,实寓自己与友人离合变化之有情无情,两意一笔,文心妙发。"问钱塘江上"三句追溯往日共游观潮之踪,问得深情摇曳。接下两句由眼前景和过去事加以议论,今古之事何用思量?昔人之非俯仰已成,则有情与无情其实并无差别,离合聚散也无须萦怀。歇拍两句寄意故人,忘机始能忘情,忘机忘情,才能造就人格之大。"谁似"二字,看似有问,实是两心相契,不言而喻。下片仍以写景开端,但由上片壮观之西兴观潮而转为空蒙之湖山胜景。盖亦为当年与参寥时相游赏之处,故以"记取"二字,唤起记忆。珍重友情之意,溢于笔端。接下两句直言双方相知相得之深,是一般诗人间难以见到的。最后数句便借谢安、羊昙的典故,表达了遥接谢安雅志、一意归隐的愿望。全词景语、情语和议论间出,风格高远道劲,感慨深沉,并且巧用典故,融化无痕。

[①] 本词选自邹同庆、王宗堂《苏轼词编年校注》(中华书局2002年版)。
[②] 参寥子:即僧人道潜,字参寥,浙江於潜人,精通佛典,工诗,与苏轼交厚。
[③] 西兴:即西陵,在钱塘江南,今杭州市对岸,萧山县治之西。
[④] 忘机:忘却机诈之心。
[⑤] "约他年"三句:以东晋谢安的故事喻归隐之志。《晋书·谢安传》载"谢安虽受朝寄,然东山之志始末不渝,每形于言色"。
[⑥] "西州路"三句:据《晋书·谢安传》载,羊昙素为谢安所重,谢安过西州门病死之后,羊昙"辍乐弥年,行不由西州路"。这里苏轼是说自己要实现谢公之志,希望参寥子不要像羊昙一样痛哭于西州路。

八六子①

秦　观②

　　倚危亭。恨如芳草，萋萋刬③尽还生。念柳外青骢④别后，水边红袂⑤分时，怆然暗惊。　　无端天与娉婷。夜月一帘幽梦，春风十里柔情⑥。怎奈向⑦、欢娱渐随流水，素弦声断，翠绡香减，那堪片片飞花弄晚，濛濛残雨笼晴。正销凝⑧，黄鹂又啼数声。

【简析】

　　这是一首写离情的名作，在宋代即"为名流推激"。起三句起得突兀，写倚亭生恨，恨如芳草，刬尽还生，极善形容。接以"念"字领起一段回忆，又陡然折回现实，一"念"一"惊"，情思动宕得奇。离情至此明白逗出。作者对当日离别情景记忆历历。柳外水边，青骢红袂，景色清幽而色彩分明，故其一"念"明晰如此。唯其情深，才能恨长。"暗惊"二字含怆然痛楚，以此衬合起笔，突兀之笔方趋平稳，如草之恨才得确解。下片由离别之念更进一步追溯当年欢聚之乐。换头"无端"二字亦所谓无理而有情，赏爱怜惜之意，均由此汩汩而出。"怎奈向"三字转出波澜，柔情、幽梦亦顿挫急下。欢娱如水渐流渐远，悲情横集，至斯而极。煞末数句写景，层层深入，深厚有致。飞花片片，濛濛残雨，一弄晚一笼晴，意兴极为阑珊，词心词境两相凄美。"正销凝"乃自我振醒之语，以黄鹂数啼遥接满目芳草，境界虽空灵深邃，但含恨深远。秦观此词词旨缠绵，音调凄婉。且融情入景，情景交炼，体制雅淡而气骨不衰，让人咀嚼无滓，久而知味。

---

① 本词选自徐培均校注《淮海居士长短句》（上海古籍出版社1985年版）。
② 秦观：1049—1100年，字太虚，又字少游，别号邗沟居士、淮海居士，扬州高邮（今江苏省高邮市）人。元丰八年（1085年）进士。元祐初，苏轼以贤良方正荐少游于朝，除太学博士，后迁国史院编修官，预修《神宗实录》，为"苏门四学士"之一。秦观少豪隽盛气，好大见奇，慷慨溢于文辞。词名尤盛，被誉为"今代词手"（宋陈师道《后山诗话》）。有《淮海居士长短句》。
③ 刬（chǎn）：铲除。
④ 青骢：毛色青白相间的马。
⑤ 红袂（mèi）：红袖，指女子、情人。
⑥ "春风"句：语出杜牧《赠别》："春风十里扬州路，卷上珠帘总不如"。
⑦ 怎奈向：宋人方言，即怎奈、如何。向：为语尾助词，无义。
⑧ 销凝："销魂凝恨"的简称，黯然神伤、茫然出神之义。

西河[①]

金陵怀古

周邦彦[②]

佳丽地[③]。南朝盛事谁记。山围故国绕清江[④],髻鬟对起[⑤]。怒涛寂寞打孤城,风樯遥度天际。　　断崖树、犹倒倚。莫愁[⑥]艇子曾系。空余旧迹郁苍苍,雾沉半垒。夜深月过女墙来,伤心东望淮水。[⑦]　　酒旗戏鼓甚处市。想依稀[⑧]、王谢邻里。燕子不知何世。向寻常、巷陌人家,相对如说兴亡,斜阳里。

【简析】

此词乃怀古词,通过对金陵古今之事的勾勒,抒发了人世沧桑之感,当作于周邦彦知溧水任上。上片总写金陵的地理形势,"佳丽""盛事"点明其不凡之处,而"寂寞"则是现今的实况。中片重点写金陵旧迹。由眼前倒倚之断崖树引出历史,以莫愁故事为核心,写出了黯然之景和伤心之情。下片也由"酒旗戏鼓甚处市"的眼前景象引出,但已是风物不再了。接下写词人的想象,引入王、谢故事。最后则发出了"相对如说兴亡"的深沉慨叹。此词极富艺术感,眼前景象、历史陈迹、虚拟情景、兴亡之感既有顺承,也有交叉,技巧堪称高超。

---

① 本词选自孙虹校注、薛瑞生订补《清真集校注》(中华书局2002年版)。
② 周邦彦:1056—1121年,字美成,号清真居士。浙江钱塘(今浙江省杭州市)人。宋神宗时因献《汴京赋》擢为太学正。哲宗时,任庐州教授、知溧水县、国子主簿、秘书省正字。徽宗时除校书郎、议礼局检讨、大晟府提举,为朝廷制礼作乐。晚年知顺昌府、处州,任南京鸿庆宫提举。卒赠宣奉大夫。周邦彦精通音律,能自度曲,所作造语精工,辞气高华,对南宋姜张一派有很大影响。有《清真词》。
③ 佳丽地:指江南,更指金陵。谢朓《入城曲》:"江南佳丽地,金陵帝王州。"
④ "山围"句:语本刘禹锡《石头城》"山围故国周遭在,潮打空城寂寞回"。
⑤ 髻鬟对起:以女子髻鬟喻长江边上相对而立的山。
⑥ 莫愁:南朝时的民间女子。《莫愁乐》:"莫愁在何处,莫愁石城西;艇子打两桨,催送莫愁来。"
⑦ "夜深"句乃檃括刘禹锡《石头城》"淮水东边旧时月,夜深还过女墙来"而成。女墙:城墙上的矮墙。淮水:指秦淮河,横贯南京城中,为南朝时都人士女游宴之所。
⑧ "想依稀"以下数句:语本刘禹锡《乌衣巷》"朱雀桥边野草花,乌衣巷口夕阳斜。旧时王谢堂前燕,飞入寻常百姓家"。

武陵春①

李清照②

  风住尘香③花已尽,日晚倦梳头。物是人非事事休。欲语泪先流。　闻说双溪④春尚好,也拟泛轻舟。只恐双溪舴艋⑤舟。载不动、许多愁。

【简析】

  此词是李清照入南宋后流寓金华之作,由春事阑珊引出物是人非之感。起两句不仅写春去花尽之景,更写黄昏茫然之思。用"倦梳头"这一细节,带出后面物是人非的人生空落悲凉之感。"欲语泪先流"一句尤见其情绪沉闷无端之情形。下片词人乃欲强作调整,故拟另觅双溪春色,以消解眼前无所不在之落寞景象。但词人又忽生异想,担心自己如此沉重的愁情,恐怕小小的舴艋舟也承载不动了。此种细微之思,非精微之人断难想到,以此可见李清照真乃天赋词人。在她的异思妙想之下,原本抽象的无形的愁情,也变得具体形象起来,甚至有了明确的重量。这种写法给词带来了特殊的艺术魅力。

---

  ① 本词选自王仲闻校注《李清照集校注》(人民文学出版社1979年版)。
  ② 李清照:1084—约1155年,号易安居士,齐州(今山东省济南章丘)人。其父李格非为元祐后四学士之一。18岁嫁给太学生赵明诚,感情和睦。宋徽宗大观元年(1107年),二人屏居青州,长逾10年。靖康之变发生后,逃难江南。晚年往来于金华、临安两地,郁郁而终。所作词号易安体,被誉为婉约之宗。有《漱玉词》辑本。
  ③ 尘香:尘埃中夹杂着花香。
  ④ 双溪:河流名,即东港和南港,二河在浙江金华城南会合。
  ⑤ 舴艋(zé měng):小船。

贺新郎①

别茂嘉十二弟

辛弃疾②

  绿树听鹈鸠③。更那堪、鹧鸪声④住，杜鹃声⑤切。啼到春归无寻处，苦恨芳菲都歇。算未抵、人间离别。马上琵琶关塞黑⑥，更长门翠辇辞金阙⑦。看燕燕⑧，送归妾。　　将军百战身名裂，向河梁回头万里，故人长绝。⑨易水萧萧西风冷，满座衣冠似雪。正壮士、悲歌未彻。⑩啼鸟还知⑪如许恨，料不啼、清泪长啼血。谁共我，醉明月。

【简析】

  这是一首表达政治失意情怀的词，情感沉郁而悲愤。上片从"绿树"到"人间离别"，连用鹈鸠、鹧鸪、杜鹃三种声音，极力表现春归芳菲都歇的无情。接下

---

① 本词选自邓广铭笺注《稼轩词编年笺注》（中华书局1962年版）。
② 辛弃疾：1140—1207年，字幼安，号稼轩居士，历城（今山东省济南市）人。21岁参加抗金义军，后归南宋，历任湖北、江西、湖南、福建、浙东安抚使等职。一生主张抗金，但遭到主和派打击，长期落职闲居江西上饶、铅山一带。晚年韩侂胄当政，一度起用，不久病卒。其词雄深雅健，多抚时感事之作，间作妩媚语，别具情韵。有《稼轩长短句》，存词620余首。
③ 鹈鸠：鸟名，一说杜鹃，一说伯劳，辛弃疾取伯劳之说。其在夏至前后出鸣，暗用《离骚》"恐鹈鸠之先鸣兮，使夫百草为之不芳"意。
④ 鹧鸪声：鹧鸪鸣声类似"行不得也哥哥"。
⑤ 杜鹃声：传说为蜀王望帝失国后魂魄所化，常悲鸣出血，声像"不如归去"。
⑥ "马上"句：暗用王昭君出嫁匈奴呼韩邪单于离开汉宫事。石崇《王明君辞序》："昔公主嫁乌孙，令琵琶马上作乐，以慰其道路之思，其送明君，亦必尔也。"
⑦ "更长门"句：指陈皇后（阿娇）失宠于汉武帝，被幽闭在长门宫之事。
⑧ 燕燕：春秋时卫庄公之妻庄姜，美而无子，而庄公妾戴妫生子完，在庄公死后，继立为君。州吁作乱，完被杀，戴妫被迫离开卫国。据说，《诗经·邶风·燕燕》就是为"卫庄姜送归妾"而作。
⑨ "将军"三句：汉将李陵多次与匈奴作战，后战败投降。他的友人苏武出使匈奴，被留19年，守节不屈。后武归汉，李陵相送，有"异域之人，一别长绝"之语。
⑩ "易水"三句：用战国燕太子丹在易水边送荆轲入秦行刺秦王故事。相传送者都穿戴白衣冠，荆轲临行歌唱："风萧萧兮易水寒，壮士一去兮不复还。"
⑪ 还知：如果知道。

"算未抵、人间离别"一句则将自然之情上升到人间之情，意思再逼近一层。说明人间悲情才是更大的无奈。接下连续化用古代庄姜、荆轲、苏武、陈皇后、昭君等离别故事，来说明离别的古今通怀。此词虽为送别茂嘉而作，但其情感则由此升华到因为南北对峙而形成的家国分裂之感。用典密集是此词最大的特色，但因为意脉宛转相承，所以并不显堆垛。王国维在《人间词话》中说："稼轩《贺新郎》词送茂嘉十二弟，章法绝妙。且语语有境界，此能品而几于神者。然非有意为之，故后人不能学也。"可见其推崇之意。

踏莎行^①

自沔东来,丁未元日至金陵,江上感梦而作^②

姜　夔^③

　　燕燕轻盈,莺莺娇软^④。分明又向华胥^⑤见。夜长争得薄情知,春初早被相思染。　　别后书辞,别时针线。离魂暗逐郎行远。淮南皓月冷千山,冥冥归去无人管。

【简析】

　　这是一首因感梦而思念恋人之作。姜夔长期流寓江淮之间,曾热恋一位合肥歌女,其词集中多首追忆之作都与此有关。起笔三句虽然写梦境,但一写视觉上的体态轻盈,一写听觉上的娇音软语,以此落实"分明"二字,果然真切如在目前。姜夔因为幕僚清客的身份,常常会身不由己行走在各地,也因此会使恋人因别而生怨。故姜夔特别提到其实在刚刚离别的"春初"就已经被相思染满了心怀。如何来证明这种"相思染"的情况呢?姜夔在下片特别用两个细节来说明,即收到的书信、亲手缝制的衣衫一直像"离魂"一样伴随着自己,以此来表明自己并非薄情,而是深情。结二句深受王国维喜爱。归去的其实是"离魂",在明月映照的群山之下,恋人独自魂归,意境清冷,令人生无限之思。

---

①　本词选自《彊村丛书》本《白石道人歌曲》卷三。

②　沔(miǎn)东:唐、宋州名,今湖北汉阳(属武汉市),姜夔早岁流寓此地。丁未,宋孝宗淳熙十四年(1187年)。

③　姜夔:1154—约1221年,字尧章,号白石道人,饶州鄱阳(今江西省鄱阳县)人。他少年孤贫,往来沔鄂20年。绍熙四年(1193年),结识贵胄张鉴,依之10年。曾上书论雅乐,进《大乐议》一卷,《琴瑟考古图》一卷。庆元五年(1199年),复上《圣宋铙鼓吹》12章,诏试礼部,不第,遂布衣终身。姜夔多才多艺,精通音律,能自度曲,其词清空峭拔,格律严密。有《白石道人歌曲》。

④　"燕燕""莺莺":借指伊人。苏轼《张子野八十五岁闻买妾述古令作诗》:"诗人老去莺莺在,公子归来燕燕忙。"

⑤　华胥:梦里。典出《列子·黄帝》:"黄帝昼寝而梦,游于华胥氏之国。"

八声甘州①

陪庾幕诸公游灵岩②

吴文英③

渺空烟四远,是何年、青天坠长星④。幻苍厓云树,名娃金屋⑤,残霸⑥宫城。箭径酸风射眼⑦,腻水⑧染花腥。时靸双鸳响⑨,廊⑩叶秋声。　　宫里吴王沉醉,倩五湖倦客⑪,独钓醒醒⑫。问苍天无语,华发奈山青。水涵空、阑干高处,送乱鸦斜日落渔汀。连呼酒、上琴台去⑬,秋与云平。

【简析】
　　这首词从副题来看,应该是吴文英在苏州为仓台幕僚时的陪游之作。此词在

---

① 本词选自《彊村丛书》本《梦窗词集》。
② 灵岩:又名石鼓山,在今苏州市西 30 里处。山顶有灵岩寺,相传为吴王夫差所建馆娃宫遗址。庾幕:即仓幕,一说为幕府僚属的美称。作者 30 余岁时曾在苏州为仓台幕府。
③ 吴文英:约 1200—约 1260 年,字君特,号梦窗,晚年又号觉翁,四明(今浙江省宁波市)人。早岁曾入苏州仓幕供职,此后长期以清客身份往来杭州、苏州、绍兴一带。交游如吴潜、史宅之等都是朝中显贵。其词字句研炼,质实密丽,成就很大。有《梦窗词集》,存词 340 余首。
④ 长星:彗星。
⑤ 名娃:指西施,为越王勾践献给吴王夫差的美女。金屋:用汉武帝金屋藏娇的故事。《汉武故事》载,汉武帝为胶东王时,曾对其姑母说:"若得阿娇,当作金屋贮之也。"这里借指吴王在灵岩山上为西施修建的馆娃宫。
⑥ 残霸:指吴王夫差,他曾先后破越败齐,争霸中原,后为越王勾践所败,身死国灭,霸业有始无终。
⑦ 箭径:即采香径,溪名,在灵岩山前、香山旁,远望水直如箭,故称。酸风射眼:寒风吹得眼睛发痛。化用李贺《金铜仙人辞汉歌》"魏官牵牛指千里,东关酸风射眸子"句意。
⑧ 腻水:宫女濯妆的脂粉水,一说即西施曾沐浴过的香水溪。
⑨ 靸(sǎ):一种草制的拖鞋。此作动词,指穿着拖鞋。双鸳:绣有鸳鸯的女鞋。
⑩ 廊:响屧(xiè)廊。《吴郡志·古迹》:"响屧廊在灵岩山寺,相传吴王令西施辈行屧,廊虚而响,故名。"屧:古代鞋的木底。
⑪ 五湖倦客:指范蠡。范蠡辅佐越王勾践灭吴后,功成身退,泛舟五湖而去。五湖:指胥湖、蠡湖、洮湖、滆湖、太湖。
⑫ 醒醒:清楚,清醒。
⑬ 琴台:吴国遗迹,在灵岩山上。

记游中怀古，在怀古中伤今。起笔勾勒出灵岩山高古神秘的景象，接着以"幻"字领起，化实为虚，将吴宫陈迹自馆娃宫、采香径等一一写来，以现实感受追怀历史兴废，自如出入古今之中。下片继续怀古，将吴王沉醉与范蠡独醒对应写来，其实是影射南宋君臣不思复国之时事。词人斟酌古今之间，不觉有参透世事之悲哀。结句虽似豪情勃发，其实是悲情难抑而已。此词意象密集，辞采艳丽，但潜气内转，是吴文英密丽词风的典范之作。

摊破浣溪沙[1]

纳兰性德[2]

　　一霎灯前醉不醒,恨如春梦畏分明[3]。淡月淡云窗外雨,一声声。　　人道情多情转薄,而今真个不多情。又听鹧鸪啼遍了,短长亭。

【简析】

　　纳兰性德是清代词史上风格直追北宋的词人,他的词往往以白描手法写出婉转深情,看似不费力气,其实"得来容易却艰辛"。此词从鹧鸪啼、短长亭等意象来看,应是写离情。但作者写来,情感曲折多变,先写因离情沉重而一霎酒醉,此可见非酒令人醉,而是情使人醉。接着写其实词人是求醉的,因为醉后思虑俱消,不用面对冷峻的现实了。"一霎"二字可见其离情汹涌之形,而"恨"字更补写出词人试图以醉来逃避离情的真实心态。此后写月、云、雨,并将这种景致总体定格在不息的雨声中。下片引出人生感慨。"人道情多情转薄"一句,看似无理,其实是写无奈。因为再多的深情也只能面对黯然而别的现实,而这一现实仿佛映照出薄情的状态。当词人已经逐渐接受了离别的现实,似乎"真个不多情"之时,而鹧鸪啼、短长亭又将沉淀的离情唤醒了。此词起结皆沉郁,虽是小令,读来却有长调般回肠荡气的感觉。

---

[1] 本词选自张草纫笺注《纳兰词笺注》(上海古籍出版社2003年版)。
[2] 纳兰性德:1655—1685年,原名成德,字容若,号楞伽山人,满洲正黄旗人。出身于贵族家庭,父亲是康熙朝武英殿大学士、一代权臣纳兰明珠。自幼饱读诗书,文武兼修,17岁入国子监,18岁参加顺天府乡试,考中举人。19岁参加会试中第,成为贡士。康熙十五年(1676年)补殿试,赐进士出身。曾任皇帝侍卫。其词长于小令,清丽婉约,哀感顽艳。有《纳兰词》,一名《饮水词》。
[3] "恨如"句:意为怕醉中梦境与现实分明起来。

减字浣溪沙[1]

听歌有感其二

况周颐[2]

惜起残红泪满衣。它生莫作有情痴[3]。人天无地著相思。花若再开非故树，云能暂驻亦哀丝。不成消遣只成悲。

【简析】

这首词带着浓烈的遗民情怀，"故树"云云其实隐喻着深沉的亡国之痛。况周颐以"听歌有感"为题写了一组五首《减字浣溪沙》，这里选录的是第二首。所谓听歌，是听梅兰芳唱京戏，况周颐十分倾慕梅兰芳的演技唱功，集中多有感怀之作。此词没有具体描写唱戏剧目，只是由听歌而驰想，看似胡天胡帝，其实是将由听歌而触发的眷念故国的情怀渲染了出来。或许春去残红惹人生愁，但其实情感与风月本无关联。况周颐似乎参透了情感与外物的关系本在虚无飘渺之间，故自警实在不必作一情痴之人，因为天地之间其实无法安顿这种磅礴而执著的情感。下片乃由残红满地而假想春天再来，但再来又如何呢？花固然会再开，但树已非故树，一切已经发生了改变。天上的流云也能暂时停留，但也只是徒增难以挽留的哀痛而已，所以"不成消遣只成悲"，写出了世事变换中人类命运的悲哀。此词沉痛满怀，寄寓了况周颐难以言说的人生感慨。

---

[1] 本词选自秦玮鸿校注《况周颐词集校注》（上海古籍出版社2013年版）。

[2] 况周颐：1859—1926年，原名周仪（因避宣统帝溥仪讳，改名周颐），字夔笙，一字揆孙，别号玉梅词人、玉梅词隐，晚号蕙风词隐，临桂（今广西临桂县）人。光绪五年（1879年）举人，官至内阁中书，后入张之洞、端方幕府。论词主重、拙、大，要求情真、景真，所作情调沉郁。与王鹏运、朱孝臧、郑文焯并称"清末四大家"。著有《蕙风词》《蕙风词话》。

[3] "它生"句：化用欧阳修《玉楼春》"人生自是有情痴，此恨不关风与月"。

浣溪沙①

王国维②

已落芙蓉③并叶凋。半枯萧艾④比墙高。日斜孤馆易魂销。　　坐觉⑤清秋归荡荡，眼看白日去昭昭。人间争度渐长宵。⑥

【简析】

王国维的词以对普泛性人生哲思的关注而在近代词坛别开新境。这首词不仅是1918年时王国维抄示沈曾植的《履霜词》中殿末的一首，而且王国维特地在致罗振玉的信中说此词"甚有'苕华''何草'之意"，实际上将此词所包含的政治寓意点明了。"苕华"即《苕之华》，"何草"即《何草不黄》，此两篇乃《诗经·小雅》殿后的两篇。毛诗小序云："《苕之华》，大夫闵时也。幽王之时，西戎、东夷交侵中国，师旅并起，因之以饥馑。君子闵周室之将亡，伤己逢之，故作是诗也。""《何草不黄》，下国刺幽王也。四夷交侵，中国背叛，用兵不息，视民如禽兽。君子忧之，故作是诗也。"合观二诗，其大旨在悯时、忧民与伤己而已。此《浣溪沙》应是1908年秋作于北京，从字面上来看，乃是写常见的悲秋主题，但写得骨格硬朗，尤其是开头两句以芙蓉并叶齐凋与萧艾半枯攀高形成对比，委婉写出了清末政治的混乱局面。

---

① 本词选自王国维《〈人间词〉〈人间词话〉手稿》（浙江古籍出版社2005年影印本）。
② 王国维：1877—1927年，初名国桢，字静安，亦字伯隅，初号礼堂，晚号观堂，又号永观，谥忠悫，浙江海宁人。王国维早年研究哲学与美学，继而转攻词曲戏剧，又转治史学、古文字学、考古学，是我国近代集史学家、文学家、美学家、考古学家、词学家、金石学家和翻译理论家于一身的著名学者。生平著述达62种，今人谢维扬、房鑫亮主编《王国维全集》收录最富。
③ 芙蓉：即荷花。《楚辞》中常用来比喻君子的高洁气节，如《离骚》："制芰荷以为衣兮，集芙蓉以为裳。"
④ 萧艾：即艾蒿。《楚辞》中常用来比喻小人，如《离骚》："何昔日之芳草兮，今直为此萧艾也？"
⑤ 坐觉：正觉，恰觉。
⑥ "眼看"两句：语本《楚辞·九辩》："去白日之昭昭兮，袭长夜之悠悠。"昭昭：明亮。

〔仙吕〕醉中天①

咏大蝴蝶

王和卿②

蝉破庄周梦③,两翅驾东风,三百座名园一采一个空。难道风流种?唬杀寻芳的蜜蜂。轻轻地飞动,把卖花人搧过桥东。

【简析】

蝴蝶在古代诗文中经常被写到,一般是作为美的甚至带有梦幻性的意象出现。这首散曲写的蝴蝶却与以往的文学作品不同,至少具有三个新的特征:第一是体形庞大,两只翅膀如架着东风一般,可见其架势之大;第二是能量惊人,将300座名园的蜜都采空了,足见其采蜜欲望之强烈;第三是力量巨大,只是轻轻飞动,便已将卖花人扇过了桥东。大概是因为生活中不常见到如此大的蝴蝶,所以王和卿说此蝴蝶仿佛从庄子的梦境中飞出一般。作品中点题的应是"难道风流种"一句,因为有此一句,这只体格庞大、力气惊人、贪欲无限的大蝴蝶,其实是用来比喻欺凌弱小、势欲熏天、贪婪专横的权贵人物形象,从一个侧面反映了元代社会恃强凌弱的混乱局面。

---

① 本篇选自隋树森编《全元散曲》(中华书局1964年版)。
② 王和卿:大名(今属河北省)人,生卒年不详。元代散曲家,《录鬼簿》列其为"前辈名公",陶宗仪《南村辍耕录》说他"滑稽佻达,传播四方。与关汉卿相友善"。现存散曲小令21首,套曲1首。
③ 蝉破:又作"弹破""挣破"。庄周梦:《庄子·齐物论》云:"昔者庄周梦为胡蝶,栩栩然胡蝶也,自喻适志与! 不知周也。俄然觉,则蘧蘧然周也。不知周之梦为胡蝶与,胡蝶之梦为周与? 周与胡蝶,则必有分矣。"这句意为所咏大蝴蝶是从庄周梦里来的。

〔双调〕寿阳曲[①]

山市晴岚

马致远[②]

花村外,草店西,晚霞明雨收天霁。四围山一竿残照[③]里,锦屏风[④]又添铺翠。

【简析】

　　马致远以《寿阳曲》曲调写了一组 8 首小令,集中描写洞庭湖一带的风物景观,被誉为"潇湘八景"。这首写"山市晴岚",以写景为主,文笔从容,从中凸显了作者静谧安闲的生活情趣。开头用花村、草店来位置山市的地理特征,接着写雨后放晴、晚霞明灭。四围山与锦屏风乃是由山市而写黄昏远景,"一竿残照"形象地写出了夕阳即将西下的景致。四围山看似封闭,其实安详,所以马致远用"锦屏风又添铺翠"来形容这种群山包围的锦绣旖旎之感。寥寥数言,形象鲜明,人与自然的融洽也在不经意间被勾画了出来。

---

① 本篇选自隋树森编《全元散曲》(中华书局 1964 年版)。
② 马致远:约 1250—1321 年以后,字千里,号东篱(一说名不详,字致远),大都(今北京市)人。青年时期曾任浙江省务官,晚年隐居田园。曾在大都参加"贞元书会",有"曲状元"之誉,与关汉卿、郑光祖、白朴并称"元曲四大家"。著有杂剧 15 种,今存《汉宫秋》《荐福碑》《岳阳楼》等 7 种,散曲有《东篱乐府》。
③ 一竿残照:太阳西下,离山只有一竿子高。
④ 屏风:此处像屏风一样的山峦。

〔双调〕折桂令①

村庵即事

张可久②

  掩柴门啸傲烟霞，隐隐林峦，小小仙家。楼外白云，窗前翠竹，井底硃砂③。五亩宅无人种瓜④，一村庵有客分茶⑤。春色无多，开到蔷薇，落尽梨花。

【简析】

  张可久是元代后期散曲的代表性人物。他的散曲风格清丽，与传统诗词写法相近。这首"村庵即事"由眼前景象写起，着力表现了从容自然的村居闲情，读来令人神往。从结句"春色无多"，梨花落后，蔷薇开时，可见写的是初夏景致。开头由柴门带出隐隐林峦，景象既是啸傲烟霞，难怪有小小仙家之感。接着笔触回收，重点写窗前翠竹、井底硃砂，再转写小园荒芜，最后入室分茶。从自然如画的景观，到温暖可亲的人情，情景融合无间。在艺术上，"楼外白云""窗前翠竹""井底硃砂"的鼎足对，也别具韵味。

---

① 本篇选自隋树森编《全元散曲》（中华书局1964年版）。
② 张可久：约1270—约1350年，字小山（一说名伯远，字可久，号小山），庆元（今浙江省宁波市）人。以路吏转首领官，又曾为桐庐典史。元代著名散曲作家，与乔吉并称"双璧"，与张养浩合称"二张"。现存小令800余首，数量为元代之冠。有《小山乐府》。
③ 硃砂：亦作"硃沙"，矿物名。旧称丹砂，色鲜红，可作颜料，亦供药用。
④ 五亩宅：《孟子·梁惠王上》载"五亩之宅，树之以桑，五十者可以衣帛矣"。后常以五亩宅代指农家宅院。种瓜：据《史记·萧相国世家》载，秦东陵侯召平在秦灭亡后不仕新主，在长安东门外种瓜。这里借指离官隐居务农。
⑤ 分茶：把茶饼研成碎末，然后煮茶，分茶还是一种与煮茶不同的沏茶技艺。